Sous la coupe d'un imposteur

Le mystère des O'Sullivan

CAT SCHIELD

Sous la coupe d'un imposteur

Traduction française de
ROSA BACHIR

Passions

HARLEQUIN

Collection : PASSIONS

Titre original :
LONE STAR SECRETS

HARPERCOLLINS FRANCE
83-85, boulevard Vincent-Auriol, 75646 PARIS CEDEX 13
Service Lectrices — Tél. : 01 45 82 47 47

www.harlequin.fr

ISBN 978-2-2804-2267-3 — ISSN 1950-2761

- 1 -

Lorsque Will Sanders sortit du bureau du shérif, il plissa les yeux pour contrer la lumière vive du soleil. La chaleur écrasante de septembre n'était rien comparée à la colère qui bouillait en lui. Richard Lowell était toujours dans la nature, et la chasse à l'homme ne semblait pas près de se terminer.

Cette ordure de Richard avait tenté de le tuer. Et, en se faisant passer pour Will, Rich avait dupé cinq femmes — peut-être plus — les privant de leur argent, de leur dignité, et concevant un enfant avec deux d'entre elles. Lowell avait dérobé des millions et, pire, il avait assassiné le grand ami et confident de Will, Jason. Pourtant, il était toujours en liberté. Combien de vies encore Rich allait-il gâcher avant de payer pour ses crimes ?

Les mains tremblantes de rage, Will sortit les clés de sa poche et déverrouilla sa Land Rover. L'espace d'un instant, la lumière rouge des phares l'aveugla, et il trébucha sur un nid-de-poule dans le bitume. Ce qui lui remit les idées en place. Posant la main sur le capot de son SUV blanc, il prit une profonde inspiration. Cela ne servait à rien de se laisser emporter par la colère. Il inspira et expira lentement, le temps que sa vision se rétablisse tout à fait.

Depuis qu'il s'était réveillé au Mexique avec des douleurs terribles à la tête, et sans aucun souvenir de ce qui lui était arrivé, il était à fleur de peau. Parfois, quand il se regardait dans le miroir, il ne se reconnaissait même pas. Avant d'entreprendre ce funeste voyage en yacht au Mexique avec Rich, il avait tout ce dont un homme pouvait rêver. Et il lui avait fallu ce terrible choc pour se rendre compte qu'il avait tenu pour acquis sa famille, ses amis et sa bonne fortune.

Cette épreuve était derrière lui, se rappela-t-il pour la énième fois, espérant maintenir ses démons à distance.

Il devait rester calme, et rationnel. Il ne pouvait se permettre de laisser ses émotions gouverner ses actes.

S'installant au volant, il sortit son téléphone et consulta la liste de ses contacts préférés. Son cœur fit un bond quand le nom de Megan apparut au sommet de la liste. Avec elle, justement, il avait bien du mal à ne pas laisser ses émotions gouverner ses actes…

Entre eux, la situation s'était tendue depuis leurs ébats explosifs, après l'enterrement de Jason. Depuis, ils s'étaient reparlé plusieurs fois, mais ils évitaient tout sujet personnel, n'évoquant que le manque de progression dans l'enquête sur Lowell, ou la situation difficile de la fille de Jason, Savannah. Megan adorait sa nièce de sept ans, et elle s'efforçait de passer autant de temps que possible avec la fillette. Will savait que Megan avait le cœur brisé chaque fois que Savannah réclamait son papa.

Depuis une semaine, Will attendait que Megan accepte de parler enfin de leur étreinte inattendue, mais elle évitait résolument le sujet. C'était comme si elle voulait rayer ces moments de sa mémoire. Will espérait que ce n'était pas le cas. Car lui, pour sûr, n'avait aucune envie de les oublier.

Peut-être aurait-il dû approcher Megan autrement. Elle méritait qu'on lui fasse la cour, qu'on l'invite à dîner dans des restaurants chics, et qu'on prenne son temps pour la séduire. Au lieu de cela, il l'avait embrassée sans crier gare, submergé par le besoin primaire de la consoler, après l'enterrement de Jason, disparu plusieurs mois plus tôt, mais dont la mort n'avait été confirmée que récemment.

Leur douleur commune les avait réunis, mais ils n'avaient établi aucun cadre dans lequel construire une relation.

C'était lui, le fautif. Il avait perdu la raison quand Megan lui avait arraché ses vêtements et qu'il avait remonté la main sous sa jupe. Il avait succombé à l'appel de la chair. À la sensualité de Megan, à ses cris quand elle avait tremblé d'extase entre ses bras. Il l'avait trouvée si belle... Rien que d'y repenser, il brûlait de réitérer l'expérience. Il avait envie de la posséder de toutes les manières que son imagination fertile pouvait concevoir. Une étreinte passionnée contre un mur, ou langoureuse dans la vaste baignoire de sa suite. Ou encore, sur la banquette arrière de sa voiture, comme des adolescents excités.

Le sang afflua dans son aine tandis que la liste s'allongeait, et il tapa du poing contre le volant pour oublier le désir qui faisait pression contre l'entrejambe de son jean. Les mains tremblantes de désir, il ferma les yeux et s'abandonna à la chaleur qui le consumait comme un feu de forêt.

Bien vite, la prudence reprit le dessus. Certes, le désir les avait réunis, Megan et lui, de manière spectaculaire, mais cela ne voulait pas dire qu'une relation durable était possible entre eux.

Leur situation était si compliquée... Megan avait épousé Rich lorsqu'il se faisait passer pour Will. Aujourd'hui, ils étaient deux étrangers qui, sur demande des autorités, devaient rester légalement mariés tant que Rich était recherché. Ils ne vivaient pas ensemble et, hormis quelques conversations téléphoniques et quelques réunions avec la famille et les amis, ils n'avaient pas passé beaucoup de temps ensemble.

Pourtant, chaque fois qu'il voyait Megan, Will luttait contre une envie croissante d'être avec elle. Un changement dans sa perception s'était opéré : il ne voyait plus Megan comme la splendide petite sœur de Jason. Désormais, il pensait à elle comme à sa femme.

Hélas, elle n'était pas vraiment sa femme. Pas comme il l'aurait souhaité.

Elle avait épousé un imposteur. Et une question le taraudait : lorsque Megan voyait son visage, si semblable à celui de l'homme qui lui avait volé son identité, que ressentait-elle ? Elle refusait de parler de Rich. Comme Will, elle se sentait sans doute humiliée et furieuse d'avoir été manipulée. Se rappellerait-elle toujours, quand elle regarderait son visage, tous les terribles événements qui s'étaient produits ?

À la vérité, il y avait mille choses qu'il avait envie de découvrir au sujet de Megan. Il n'avait pas seulement envie de caresser sa peau nue, de l'embrasser à perdre haleine, de réaliser ses fantasmes les plus torrides. Il voulait aussi connaître ses rêves et ses aspirations. Et, surtout, il voulait comprendre pourquoi il n'arrêtait pas de penser à elle.

Alors, pourquoi n'agissait-il pas ? Pourquoi, en dehors de ces ébats frénétiques et passionnés après l'enterrement de Jason, n'avait-il jamais cédé à son attirance irrésistible pour Megan ?

Sans doute parce que cette attirance mettait ses émotions en plein chaos. Quand il était revenu à Royal, il avait décidé de patienter jusqu'à ce que Rich soit capturé, puis de demander un divorce ou une annulation de mariage, afin d'oublier toute cette histoire. Mais, bien avant de tenir Megan dans ses bras et de lui faire l'amour, il s'était mis à redouter le moment où il devrait divorcer d'elle. Elle s'était infiltrée dans son cœur et suscitait un désir en lui comme aucune autre femme. D'un autre côté, il ne savait pas comment la retenir, ni même s'il devait la retenir.

Avant tout, il souhaitait le bonheur de Megan. Il avait échoué à la sauver d'un mariage de façade. Et la mort de Jason était un fardeau qu'il porterait à jamais. Il avait fait confiance à Lowell. Il avait cru qu'ils étaient amis. Son erreur de jugement le torturait. Toute sa fortune ne suffirait pas à réparer les dégâts que Rich avait créés. Des gens avaient souffert. Jason était mort. Et c'était la faute de Will, parce que c'était à cause de lui que Rich était venu à Royal.

Le téléphone qu'il tenait à la main se mit à vibrer. Surpris, il jeta un coup d'œil vers l'écran avant de répondre.

— Hé, Lucy, quoi de neuf ?

— Je voulais juste te rappeler que je quitte la ville quelques jours pour livrer des chevaux et aller en voir d'autres à Houston.

Sa sœur par alliance était une entraîneuse de chevaux réputée, spécialisée dans les sauvetages. Son fils de quatre ans et elle partageaient avec lui la maison principale de l'Ace in the Hole, le ranch familial.

— Je n'avais pas oublié, rétorqua-t-il.

Pieux mensonge. En vérité, il était très préoccupé depuis que la cachette secrète de Lowell avait été découverte, quelques semaines plus tôt.

Pour cacher et déplacer aisément les millions qu'il avait pillés, Rich avait converti l'argent en lingots d'or qu'il avait stockés en dehors de Royal. Personne ne comprenait pourquoi il ne les avait pas emportés avec lui quand il s'était enfui, il y avait de cela plusieurs mois, mais tout le monde pensait qu'il reviendrait chercher son butin.

Lorsque la police avait découvert sa cachette, un chalet situé près de Royal, Will avait cru que l'arrestation de l'imposteur était imminente. Mais quand les jours s'étaient succédé, sans aucun signe de Rich, Will avait déchanté.

— Tu emmènes Brody ? demanda-t-il.

— Le voyage durera plus longtemps que je ne le pensais, alors ce serait mieux qu'il reste à Royal.

— Bonne idée. Lui et moi, on va bien s'amuser pendant ton absence.

— Eh bien… En fait, je voulais le confier à Jesse et à Jillian. Brody adore Mackenzie, et toi, tu as beaucoup à faire…

Jesse était le frère biologique de Lucy, et le frère par alliance de Will. Il se consacrait à la gestion du ranch, laissant à Will la liberté de se consacrer à sa passion pour l'entreprise familiale. Depuis son retour, Will avait vu Jesse tomber amoureux d'une autre victime de Lowell, Jillian Norris. Ex-show girl de Las Vegas, elle était tombée enceinte après une nuit sans lendemain avec Rich, qui se faisait alors passer pour Will. C'étaient les e-mails et les appels téléphoniques de Jillian qui avaient prévenu Will que quelque chose clochait. Lorsque, en toute naïveté, Will avait fait part de ses interrogations à Rich, durant un voyage de pêche au Mexique, son ancien ami avait tenté de le tuer.

— D'accord, dit-il, s'assurant de ne pas laisser percer la déception dans sa voix. Je comprends. Dis à Jesse et à Jillian que je suis disponible s'ils ont besoin d'aide pour s'occuper de Brody.

Toutefois, il doutait qu'ils fassent appel à lui.

— Je te souhaite bon voyage, conclut-il.

— Merci. Je te revois dans une semaine.

Il raccrocha, tentant de chasser le sentiment d'avoir été rejeté. Durant ses mois au Mexique, il n'avait pensé qu'à une chose : ce qu'il ferait une fois de retour chez lui. Il avait été impatient de retrouver sa vie, de se concentrer sur sa famille et ses amis, de reprendre ses fonctions de P-DG et de continuer à assurer le succès de sa compagnie.

À présent, après avoir passé des mois dans l'ombre, à regarder ses proches vivre pleinement et avancer, il se sentait plus isolé que jamais. Il fit à nouveau défiler la liste de ses contacts sur son téléphone et s'arrêta sur le nom de Megan.

Il avait très envie de l'appeler. Ces derniers mois, elle

était devenue importante pour lui, car le fait que Rich coure toujours les avait rapprochés. Il fronça les sourcils. Était-il en train de se mentir ? Garder ses distances avec Megan était une chose, mais nier le désir farouche qui le tenaillait chaque fois qu'elle était près de lui était tout bonnement idiot.

Un élan de panique s'empara de lui quand il se remémora leurs ébats. Elle était comme une drogue pour lui, une addiction dont il n'avait aucune envie de se sevrer. Leur étreinte enflammée et impérieuse lui avait fait découvrir un niveau de passion inégalé.

Était-il en train de tomber sous le charme de Megan ? Oui, à l'évidence. Mais il ignorait ce qu'elle ressentait pour lui. Ces moments enfiévrés et sauvages avaient eu pour but de les aider à composer avec un chagrin qu'aucun d'eux ne voulait affronter seul. Will ne devrait pas attendre qu'une relation née d'une souffrance soit le début de quoi que ce soit.

Pourtant, pour lui, cela avait été le cas.

L'intimité qu'il avait connue ce soir-là avec Megan lui manquait. Il souhaitait avoir ce que son frère avait trouvé avec Jillian. Parmi les cinq femmes que Rich avait dupées et qui avaient été présentes à son faux enterrement — Rich, après avoir volé son identité, avait simulé sa mort —, seule Megan n'était pas accompagnée. Avait-elle été amoureuse de Richard Lowell lorsqu'il faisait semblant d'être Will ? Serait-elle tombée amoureuse de Rich sans cette usurpation d'identité ? Will n'avait posé aucune de ces questions à Megan, car il ignorait de quelle manière les réponses pourraient l'affecter.

Sans prendre le temps de se demander pourquoi, il se mit à taper un message.

Cora Lee prévoit un BBQ au ranch ce samedi. Nous serions ravis de t'y voir.

Dès qu'il eut envoyé le message, il fut submergé par un sentiment d'anticipation.

Megan et lui étaient pour l'instant sur le même bateau. Ironiquement, une part de lui espérait que Lowell échappe aux autorités un peu plus longtemps. Car, tant qu'il ne serait pas retrouvé, Will aurait une excuse pour passer du temps avec Megan. Il se surprit à sourire pour la première fois depuis des heures. Quand il pensait à Megan Phillips-Sanders, cette splendide jeune femme, il se sentait toujours mieux.

Derrière les fenêtres de son bureau, le ciel prenait une teinte bleu nuit quand Megan termina d'étudier les excellents chiffres de la collection été. Son personnel s'était surpassé, et elle était très fière de la réussite de son équipe.

Le succès de son entreprise de création de chaussures avait surpris tout le monde, à commencer par elle. Megan avait fondé Royals Shoes pour sortir de l'ombre de ses frères. Lorsqu'elle avait fait part de son intention de se lancer dans l'industrie de la chaussure de luxe, ils avaient été surpris, car ils étaient restés bloqués sur l'image qu'ils avaient d'elle : celle d'un garçon manqué qui avait passé son enfance à essayer de rivaliser avec ses frères aînés. C'était compréhensible. Mais le fait qu'ils aient douté de sa capacité à créer une entreprise et à en faire un succès l'avait blessée.

Dans un état comme le Texas et une ville comme Royal, il valait mieux voir grand. Les ranchs, les fortunes, les personnalités, tout était démesuré. Difficile de se démarquer dans un environnement où la réussite était la norme plutôt que l'exception. Et sa famille n'échappait pas à la tendance : ses frères avaient toujours fait la fierté et la joie de ses parents, excellant en classe mais aussi en sport. Dès son enfance, Megan avait tout fait pour les égaler.

Elle s'enfonça sur le canapé de cuir de son bureau et posa les pieds sur la table basse en verre. Elle sourit en contemplant ses chaussures, ses propres créations. Des escarpins à lanières vertigineux, aux rayures noires et blanches, et dont la boucle était rehaussée de cristaux. Consciente de la nécessité de se démarquer dans un marché très concurrentiel, Megan avait à cœur de créer des modèles forts et originaux.

Son téléphone portable vibra. Elle consulta l'écran et vit que Dani Moore lui avait envoyé un message. Dani et elle se connaissaient depuis le lycée, et Megan était heureuse que la distance et les années n'aient pas altéré leur amitié.

Je ne pourrai pas être là demain à 14 heures.

Elle poussa un soupir de déception. Mariée à Cole Sullivan, Dani était mère de jumeaux et chef au Glass House, un restaurant haut de gamme. Elle était donc très occupée. Pour encourager son amie à prendre un peu de temps pour elle, Megan avait récemment offert à Dani une paire de chaussures, espérant que cela lui donnerait envie de faire les boutiques. Toutes deux devaient trouver une tenue pour la fête de fiançailles d'Aaron, le frère de Megan. Il s'apprêtait à épouser Kasey Monroe, son assistante devenue la nourrice de Savannah, sept ans, la fille de Jason.

Après avoir répondu à Dani qu'elle comprenait et qu'elle lui proposerait un autre rendez-vous dans la semaine, Megan ouvrir le message qu'elle avait reçu de Will un peu plus tôt. Son pouls s'accéléra un peu, comme chaque fois qu'elle lisait un message de Will.

Cora Lee prévoit un BBQ au ranch ce samedi. Nous serions ravis de t'y voir.

Elle fixa les mots durant plusieurs minutes. Que répondre

à ce qui semblait être une invitation anodine ? Elle l'ignorait. Apparemment, Will se montrait simplement poli, et cela la contrariait. Ce qu'elle voulait vraiment, et qu'elle avait du mal à s'avouer, c'était qu'il lui montre le même intérêt qu'une semaine plus tôt, après l'enterrement de Jason. Depuis leur nuit de passion, elle avait l'impression qu'une certaine gêne s'était instaurée entre eux.

Ou peut-être se faisait-elle des idées. Will ne se comportait pas différemment. Quand il avait appris qu'il était marié, il s'était montré prévenant et n'avait pas changé d'attitude. Il savait qu'elle avait été dupée par Richard Lowell, et il avait compris qu'elle était une victime dans cette histoire, tout comme lui.

Avec un grand soupir, elle se leva, puis empoigna son sac. Il était tard, et elle aurait dû rentrer chez elle pour se reposer. Mais elle n'avait aucune envie de retourner dans sa grande maison vide aux abords de la ville. Ce qui avait autrefois été un symbole de son succès lui rappelait maintenant la plus grande erreur qu'elle ait jamais commise : son mariage avec Rich Lowell.

Après avoir enclenché l'alarme, Megan quitta le bâtiment. Devant elle, le petit parking était sombre. Elle se dirigea vers sa Porsche rouge vif, qui semblait bordeaux sous le faible éclairage. Elle adorait sa voiture de sport, et elle la conduisait avec la capote baissée aussi souvent que possible. Ce soir, cependant, elle n'était pas d'humeur à laisser le vent chaud du Texas emmêler ses longs cheveux châtains.

Une soudaine vague de fatigue s'abattit sur elle, sans doute provoquée par une baisse de glycémie. Elle avait encore oublié de déjeuner et n'avait donc rien avalé depuis son petit déjeuner, quatorze heures plus tôt.

Elle ralentit le pas et plongea la main dans son sac pour trouver ses clés. Comme toujours, elle dut fouiller longtemps avant de les trouver. Quand ce fut fait, elle poussa un soupir de soulagement. Mais, une seconde plus tard, elle eut le souffle coupé quand elle entendit quelqu'un derrière elle.

— Megan, dit une voix familière.

Le cœur battant, elle se retourna. *Rich.*

Il était habillé de tons sombres, ce qui le rendait presque indiscernable dans l'obscurité du parking. À la manière dont les vêtements épousaient son corps musclé, elle devina qu'il portait un de ces costumes onéreux qu'il préférait. On pouvait toujours compter sur Richard Lowell pour être impeccablement vêtu, même avec la police et le FBI aux trousses.

Une fois de plus, sa ressemblance avec Will la frappa. Pourtant, après avoir appris à connaître le vrai Will ces derniers mois, Megan ne s'expliquait pas comment ce monstre de Rich avait pu la duper. Comment avait-elle pu être aussi stupide ?

La honte l'envahit tandis que son « mari » avançait pour se placer entre la Porsche et elle. Elle se rendit compte trop tard qu'elle était en danger et regretta aussitôt d'avoir travaillé jusqu'à une heure aussi avancée.

— Qu'est-ce que tu fais ici ? assena-t-elle.

Malgré sa peur, elle avait réussi à parler d'une voix forte, et elle en était fière.

Comme il ne répondait pas, elle lança :

— Qu'est-ce que tu veux ?

— Toi. La seule raison pour laquelle je suis revenu, c'est pour te convaincre de t'enfuir avec moi.

Un spasme de répulsion la secoua. Elle recula en titubant, consciente qu'elle n'avait nulle part où fuir. Avec ses talons de quinze centimètres, elle n'avait aucune chance de gagner le bâtiment avant qu'il la rattrape.

Elle s'efforça de masquer sa terreur.

— Comment ça ? demanda-t-elle.

— Tu es ma femme. Nous appartenons l'un à l'autre.

Le crépuscule rendait son expression indéchiffrable, et Megan ignorait s'il était sincère ou s'il la manipulait pour la tourmenter.

— Je ne suis pas ta femme, riposta-elle avec hardiesse.

Néanmoins, elle n'était pas sûre d'avoir dit vrai. Elle avait épousé cet homme. Elle avait peut-être juré d'aimer, d'honorer et de chérir Will Sanders, mais c'était Rich qu'elle avait regardé dans les yeux quand elle avait promis d'être à lui pour toujours. Un fait qui avait mis en pièces sa confiance en elle ces derniers mois.

— Si, insista Rich. Tu m'aimes.

— Je suis tombée amoureuse de Will Sanders.

Était-elle en train d'imaginer la rage qu'elle sentait émaner de lui ? Ou avait-elle capté les signes subtils de son langage corporel, annonçant un potentiel acte de violence ? Ce ne serait pas la première fois qu'il la malmènerait.

Comment avait-elle pu croire un instant qu'il était Will ? se demanda-t-elle pour la énième fois. Les deux hommes n'avaient rien en commun, hormis leur apparence. Pourtant, elle avait trouvé toute une série d'excuses à ses sautes d'humeur et à son tempérament colérique. Elle avait été stupide de s'en tenir à son image, et de ne pas voir que l'âme de cet homme était un poison.

— Tu es tombée amoureuse de moi. C'était moi, l'homme qui était dans ton lit. Celui dont tu ne pouvais te rassasier.

Il fit plusieurs pas menaçants vers elle.

— Tu te rappelles comme tu haletais mon nom quand tu jouissais ?

Rassemblant son courage, elle rétorqua :

— J'appelais le nom de Will. Pas le tien.

— J'étais Will. *Ton* Will. Le seul Will Sanders qui voulait bien de toi.

Ses paroles atteignirent leur cible. Alors qu'elle accusait

le coup, elle eut tout de même le réflexe de garder son attention sur les mains de Rich, pour guetter le moindre mouvement brusque. Elle écarta légèrement les jambes afin de renforcer son équilibre. S'il tentait quoi que ce soit, elle pourrait esquiver une attaque plus aisément.

— Mais tu n'es pas Will Sanders, déclara-t-elle. Et tu n'es pas du tout comme lui.

Son instinct lui cria de se taire. Cet homme était un meurtrier, et elle était seule dans un parking sombre, sans personne pour venir à sa rescousse.

— Non, je suis mieux que lui, argua-t-il. J'ai toujours été plus intelligent que lui. La différence entre nous, c'est que tout ne m'a pas été servi sur plateau d'argent. J'ai dû travailler dur pour obtenir tout ce que j'ai obtenu.

Et c'était sans doute là que l'obsession de Rich avait pris racine. Peut-être était-ce une chose qu'elle avait en commun avec lui : elle aussi était fascinée par Will au lycée. Mais, dans le cas de Richard, l'admiration s'était transformée une jalousie destructrice.

— Pourquoi as-tu tué mon frère ?

Parler de son crime était le summum de l'imprudence, mais elle avait besoin de réponses.

— Jason posait trop de questions, et il en savait un peu trop.

— Alors tu l'as tué, dit-elle d'une voix rauque, submergée par le chagrin. Tu comptes me tuer, moi aussi ?

— Je ne pourrais jamais te faire de mal. Tu es à moi.

— Je ne t'appartiens pas, répliqua-t-elle.

L'idée même d'être à lui l'emplissait de terreur.

Mais, ensuite, la curiosité l'emporta. Pendant des mois, elle s'était demandé pourquoi il l'avait choisie. Avait-il remarqué une faiblesse chez elle et l'avait-il exploitée ?

— Ce n'était qu'un jeu pour toi ? demanda-t-elle.

Il ne répondit pas, mais elle l'avait surpris, elle le

sentait. Était-ce sa question ou l'amertume dans sa voix qui l'avait étonné ? Elle n'aurait su le dire.

— Viens avec moi, et je te montrerai à quel point tu es importante pour moi.

Son ton enjôleur la transporta vers leurs premiers jours de relation, quand il lui avait fait la cour, balayant ses réserves par un déluge de phrases romantiques et de gestes tendres. Son cœur traître se mit à battre. Elle savait pourtant que ses sentiments pour Rich reposaient sur une mascarade.

Alors qu'elle avait toujours évité les histoires sentimentales, le fait de tomber amoureuse de « Will Sanders » l'avait émerveillée. Lorsqu'elle avait compris qu'elle avait été mystifiée, elle avait eu le cœur meurtri.

Elle secoua la tête.

— Si tu crois que je quitterai la ville avec toi, c'est que tu es fou.

Discrètement, elle avait plongé la main dans la poche latérale de son sac, où se trouvait le pistolet qu'elle avait acheté, pour se protéger de Rich, justement. Malgré sa taille compacte et sa crosse couleur rose nacrée, l'arme était fiable, et dissuasive. Elle l'avait achetée quand elle avait appris l'imposture de Rich. Vivant seule et travaillant tard, elle avait imaginé ce scénario mille fois mais, maintenant qu'il se réalisait, elle se demandait si elle était capable de tirer sur Rich de sang-froid.

— Ma vie est ici, continua-t-elle, retirant le cran de sûreté et empoignant la crosse tandis que Rich faisait un pas dans sa direction.

— Est-ce vraiment ta vie qui est ici… ou Will ? ironisa-t-il. Si tu crois qu'il pourrait t'aimer un jour, c'est que tu es stupide. Je t'ai vue avec lui, je sais pourquoi tu n'as pas demandé le divorce. Tu espères qu'il finira par t'aimer. Mais ça n'arrivera pas.

— Tu ne sais pas de quoi tu parles.

Mue par des émotions qu'elle ne put définir, elle sortit l'arme et la pointa sur lui.

— N'approche pas.

Rich écarquilla les yeux, ce dont elle se réjouit. Puis il se mit à rire.

— Tu ne vas pas me tirer dessus avec ce jouet ?

— Pas si tu recules et que tu me laisses partir.

Elle tenta d'ignorer ses mains tremblantes et espéra que Rich ne remarquerait rien.

— Je n'irai nulle part avec toi, affirma-t-elle.

— C'est ce qu'on verra.

Il avança encore. Sans réfléchir, elle appuya sur la détente. Le bruit explosif brisa le silence, et Megan se figea, choquée. Il n'y avait que trois mètres entre Rich et elle, et elle était capable d'atteindre des cibles à plus de six mètres. Mais elle n'avait pas visé le centre de son corps. Rich était toujours debout. Quand il se pencha vers la gauche, elle en profita pour filer vers sa voiture, sans attendre d'être sûre de l'avoir touché.

Elle s'engouffra dans son véhicule et alluma le moteur mais, tandis qu'elle passait une vitesse, sa portière s'ouvrit brusquement. Les yeux furieux de Rich la transpercèrent. Elle sentit son cœur marteler sa poitrine, et émit un cri étouffé. Au lieu de refermer la portière, elle la poussa vers Rich, heurtant le bas de son corps, puis démarra en trombe dans un crissement de pneus.

L'espace d'un battement de cœur, Rich s'accrocha à la portière tandis que Megan écrasait la pédale de l'accélérateur, puis il disparut. Haletante de peur, elle tourna brusquement à droite sur le parking, et la portière se referma.

Par chance, il n'y avait pas de circulation sur la route secondaire qui menait à Royals Shoes. Tout ce que Megan voulait, c'était mettre autant de distance que possible entre Rich et elle. Elle fixa le pistolet sur le siège passager. Dieu merci, elle avait acheté une arme et s'était entraînée à tirer. Malgré tout, elle n'arrivait pas à croire qu'elle s'était vraiment servie du pistolet contre Rich. Elle l'avait blessé. Pas mortellement, puisqu'il avait pu se lancer à sa poursuite. Mais elle avait prouvé qu'elle pouvait se défendre seule.

Des émotions contradictoires livraient bataille en elle. Une part d'elle se réjouissait d'avoir réussi à échapper à ce fou et d'être saine et sauve. Mais une autre part d'elle était choquée de n'éprouver aucun remords après avoir tiré sur un être humain. Et puis, elle était terrifiée d'avoir eu un aperçu du monstre que Rich était devenu.

Comme en pilote automatique, elle roula jusqu'au bureau du shérif. Elle y avait passé bien trop de temps ces derniers temps, mais elle ne pouvait imaginer rentrer chez elle et prendre le risque de trouver Richard devant sa porte.

— Appeler Will, commanda-t-elle à sa voiture.

Tandis que la sonnerie retentissait dans les haut-parleurs de luxe, elle déglutit pour tenter de détendre sa gorge nouée.

— Megan. Je pensais justement à toi.

La voix profonde de Will brisa le contrôle ténu qu'elle exerçait jusque-là sur ses émotions, et elle se mit à trembler.

— R-Rich…

— Tout va bien ? demanda-t-il avec inquiétude.

— Il m'a poursuivie.

Il proféra un juron.

— Tu es blessée ?

— Non.

Elle poussa un soupir saccadé.

— Je crois que je lui ai tiré dessus.

Il marqua un temps avant de demander d'un ton brusque :

— Où es-tu ?

Devant elle se trouvaient les magasins familiers du centre-ville et le restaurant Royal Diner. Seul le restaurant était éclairé, ce qui accrut son sentiment d'isolement.

— Dans ma voiture.

Elle était si tendue qu'elle avait du mal à parler.

— Je me dirige vers le bureau du shérif.

— Je t'y retrouve.

Un silence s'ensuivit.

Quand Will reprit la parole, ce fut avec une voix douce et soucieuse.

— Tu es sûre qu'il ne t'a pas fait de mal ?

— Oui.

— Je serai là dans dix minutes.

— D'accord.

Elle raccrocha, étonnée de constater qu'elle se sentait déjà mieux. Le soutien de Will n'avait jamais failli. Il était le roc auquel elle se raccrochait dans les eaux vives que sa vie était devenue, et elle se surprenait à se reposer sur lui de plus en plus souvent.

À son grand soulagement, elle trouva une place de parking libre juste devant la porte du bureau du shérif. Elle freina brusquement, et les pneus de la Porsche heurtèrent le trottoir. L'espace d'un instant, elle resta assise, moteur allumé, examinant son environnement pour s'assurer que Rich n'était pas là. Puis, elle sortit et rejoignit le bâtiment en hâte.

Quand elle ouvrit la porte à la volée, des larmes lui brûlaient les yeux. À son grand désarroi.

— Le shérif Battle est là ? demanda-t-elle à la policière chargée de l'accueil. Richard Lowell vient de m'attaquer sur le parking de ma société.

La jeune femme ouvrit de grands yeux, mais sa voix demeura calme et professionnelle.

— Il n'est pas là, mais l'agent spécial Bird est dans la salle de réunion. Je vais le chercher.

Megan prit place sur l'une de chaises de plastique froid de la salle d'attente et serra son sac pour empêcher ses mains de trembler. À cette heure-ci, le bureau était presque désert. L'adrénaline en elle commençait à laisser place à un désespoir sourd. À chaque minute qui passait, ses muscles se raidissaient davantage, au point qu'elle se demanda si elle pourrait se lever de sa chaise.

Que fabriquait l'agent du FBI ?

La porte d'entrée s'ouvrit, et Will apparut. C'était un homme d'une beauté frappante, dont la stature et la musculature attiraient tout de suite l'attention. L'air sombre, il regarda autour de lui, jusqu'à ce que ses yeux vert émeraude s'arrêtent sur elle.

— Megan.

Un seul mot. Son prénom. Mais cela suffit à faire déferler une vague de soulagement sur elle. Tout allait mieux maintenant que Will était ici, avec elle.

- 2 -

Quand Will avait entendu la voix tremblante de Megan à l'autre bout du fil, plus rien d'autre n'avait compté. Au moment où elle lui avait téléphoné, il était dans son bureau de Spark Energy Solutions, en train d'examiner les finances de son entreprise, car il manquait de l'argent dans les caisses.

Lorsqu'il entra en trombe dans le poste de police et vit Megan assise, indemne, dans la salle d'attente, le nœud d'angoisse dans son ventre se défit peu à peu. Puis, quand elle leva les yeux vers lui et que la joie éclaira son visage, il eut l'impression qu'un feu d'artifice éclatait dans sa poitrine.

— Tu es sûre que tu vas bien ? demanda-t-il, s'agenouillant devant elle et caressant sa joue pâle.

Elle saisit sa main et l'écarta de son visage.

— Je vais bien, répondit-elle avec fermeté.

Manifestement, elle n'avait pas envie d'être cajolée.

— Je t'assure, il ne m'a pas touchée.

Elle esquissa un sourire.

— Si quelqu'un a été touché, c'est lui, dit-elle.

— Tu lui as vraiment tiré dessus ?

— Oui.

— J'ignorais que tu possédais une arme.

Il s'assit à côté d'elle, et Megan lui montra son sac ouvert. Entre son portefeuille et une trousse de maquillage à pois, il distingua un petit pistolet. La couleur rose nacrée le fit sourire malgré lui.

— C'est un Sig Sauer P238, précisa-t-elle.

Voyant son air amusé, elle ajouta, une lueur farouche dans le regard :

— Wayne, du stand de tir, a dit que c'était un bijou balistique.

Difficile de prendre au sérieux une arme à feu avec une telle apparence. Sans nul doute, Rich avait sous-estimé le pistolet — et la femme qui le tenait —, et il avait fait les frais de son erreur.

L'agent spécial Bird les rejoignit dans la salle d'attente.

— Bonsoir, madame Sanders, dit-il, lui offrant une poignée de main.

— Bonsoir, agent spécial Bird, murmura Megan, se levant et lui serrant sa main.

L'agent du FBI était un homme mince et moustachu, qui travaillait depuis un moment sur le dossier Lowell. Will savait, pour avoir longuement étudié avec lui les vols dans la trésorerie de Spark Energy Solutions et du Texas Cattleman's Club, que l'agent Bird connaissait bien les méfaits de Rich.

— Je crois savoir que vous avez rencontré Richard Lowell ce soir, dit l'agent.

— Oui, sur le parking de ma société, dit-elle.

Will s'était levé et se tenait derrière Megan. Même s'il trouvait la lenteur de l'enquête exaspérante, il garda le silence. Il avait déjà vidé son sac plus tôt dans la journée, et évacuer sa colère n'aiderait en rien.

— Si vous veniez dans la salle de réunion pour me raconter cela en détail ? suggéra Bird.

Megan acquiesça et s'apprêta à le suivre dans le couloir. Mais, après un pas, elle prit la main de Will.

— Tu veux bien venir ? demanda-t-elle, se mordillant la lèvre. Je ne peux pas y arriver sans toi.

D'habitude, elle n'était pas si vulnérable. Les traces de mascara sur ses joues et le rouge à lèvres effacé sur ses lèvres témoignaient de son trouble. Will ne l'avait vue si défaite qu'une fois. À l'enterrement de Jason. Le soir où ils avaient fait l'amour. Tout comme ce soir-là, il avait envie de l'attirer dans ses bras et de l'embrasser pour lui faire oublier ses soucis, mais ce n'était ni le moment ni l'endroit pour une démonstration d'affection.

Et puis, il y avait encore trop de non-dits entre eux. Will devrait se satisfaire du fait qu'elle lui ait téléphoné et demandé son soutien.

— Je ne vais pas te quitter, assura-t-il.

Avec un hochement de tête satisfait, elle serra sa main et, ensemble, ils se dirigèrent vers la salle que le shérif Battle avait transformée en poste de commandement pour la traque de Lowell. Quand ils entrèrent dans la pièce, Megan observa les tableaux blancs, couverts de notes, de schémas et de coupures de presse.

Bird leur fit signe de s'asseoir.

— Madame Sanders, dit-il quand ils furent installés, vous avez dit à l'agent d'accueil que vous aviez tiré sur Richard Lowell, c'est bien ça ?

— Oui. Avec ça.

Megan sortit de son sac le petit pistolet. Sous la lumière des néons, la petite taille et l'élégance de l'arme de poing lui donnaient l'aspect d'un jouet. Will observa la réaction de l'agent du FBI. Mais celui-ci ne laissa rien paraître.

— Vous êtes sûre de l'avoir touché ? demanda Bird.

— Je crois. Il s'est penché sur la gauche, mais il se peut que je l'aie juste éraflé, car il m'a poursuivie jusqu'à ma voiture pour m'empêcher de m'enfuir.

Assis à côté d'elle, Will observa Megan, sidéré par son courage.

L'agent opina, l'air impassible.

— Depuis combien de temps possédez-vous ce pistolet, madame Sanders ?

— Un mois, mais je ne le prends avec moi que depuis que j'ai reçu mon permis de port d'arme.

— Avez-vous dit à quelqu'un que vous aviez acheté cette arme ?

Elle baissa les yeux avant de répondre.

— Dani Moore. Elle m'a accompagnée à l'armurerie. Mais c'est la seule à être au courant. Comme personne n'est censé savoir ce qui se passe, je ne pouvais pas justifier mon soudain besoin de protection.

L'agent Bird acquiesça d'un signe de tête.

— Ça explique sans doute pourquoi Lowell vous a approchée, conclut-il.

— Pourquoi ne pouvez-vous pas trouver où il se cache ? questionna Will.

L'agent lança un bref regard à Will, avant de reporter son attention sur Megan.

— Si vous me relatiez les événements de la soirée ? continua-t-il.

— Je suis restée travailler tard, et tout le monde était parti quand je suis sortie sur le parking.

Tandis qu'elle racontait son histoire, Will serra les poings sous la table pour que Megan ne les voie pas. Elle avait déjà subi assez d'émotions fortes comme cela, elle n'avait pas besoin qu'il laisse éclater sa colère en plus.

Néanmoins, il eut du mal à cacher son irritation. Surtout quand elle expliqua comment Lowell s'était accroché sa portière pour l'empêcher de fuir.

Toutefois, Will était stupéfié par les réflexes rapides de Megan, et par l'intelligence dont elle avait fait preuve. Elle s'était très bien débrouillée.

— Il agissait comme s'il s'attendait à ce que je le suive de mon plein gré, conclut Megan d'un ton las, son énergie s'étant épuisée au fil de son récit.

— A-t-il dit où il comptait aller ? interrogea l'agent.

— Non.

Elle ouvrit de grands yeux et demanda d'une voix pleine de désarroi :

— J'aurais dû le lui demander ? Je suis désolée de ne pas l'avoir fait. J'étais si choquée de le voir.

Elle fixa l'arme posée sur le bois sombre de la table de réunion.

— Je ne pensais qu'à une chose, lui échapper.

— Vous avez fait ce qu'il fallait, assura l'agent spécial Bird, qui sembla s'adoucir pendant un instant.

Megan se détendit visiblement. Avait-elle craint la réaction de l'agent ? Avait-elle pensé une seule seconde qu'elle avait mal agi ? Will posa la main sur la sienne et la serra doucement en signe de soutien. Le sourire reconnaissant qu'elle lui adressa lui réchauffa le cœur. Plus que tout, il voulait que Megan soit heureuse.

— Lowell a-t-il dit autre chose qui pourrait nous aider à le trouver ? demanda Bird.

Elle fronça les sourcils tandis qu'elle réfléchissait. Puis elle secoua la tête.

— Je suis désolée, je ne vois rien d'autre. Tout est arrivé si vite !

On frappa à la porte. Un instant plus tard, l'adjoint Jeff Baker passa la tête à l'intérieur et balaya la pièce du regard, l'air troublé.

— Alors ? demanda l'agent Bird.

— Lowell était parti depuis longtemps quand nous sommes arrivés sur le parking.

— Des traces de sang ?

Baker secoua la tête.

— Si Mme Sanders lui a tiré dessus, elle l'a seulement effleuré, sans doute, dit l'adjoint.

— Je vois, répondit Bird. Vous avez pu joindre le shérif Battle ?

— Il est en route.

Sur quoi, l'adjoint Baker se retira.

Bird se tourna vers Megan.

— Avez-vous un endroit sûr où dormir ce soir ? Je ne pense pas que ce soit une bonne idée que vous rentriez chez vous.

— Vous pensez vraiment qu'il fera une nouvelle tentative ce soir ?

— J'en doute, mais cet homme a tendance à agir de manière impulsive. Je ne veux pas prendre le risque de perdre sa trace une fois de plus s'il fait une nouvelle tentative.

La police voulait que Lowell fasse une nouvelle tentative, devina Will. Puisque Rich avait démontré qu'il ne quitterait pas la ville sans elle, Megan devenait leur meilleur espoir de le capturer.

Elle devenait un appât.

Will serra les dents pour contenir sa fureur. Une part de lui comprenait le point de vue de l'agent, mais l'idée que Megan soit en danger réveillait en lui un féroce besoin de la protéger.

Il posa la main sur le bras de Megan et s'aperçut qu'elle tremblait.

— J'aimerais emmener Megan chez moi ce soir, dit-il.

— Je ne suis pas sûre…, commença-t-elle.

— Je pense que c'est une bonne idée, l'interrompit l'agent. Nous pouvons envoyer un policier surveiller sa maison, au cas où Lowell essaierait de la contacter à nouveau. Et une voiture de patrouille pourra garder l'entrée de votre ranch.

— Je pourrais téléphoner à Aaron, avança Megan sans conviction.

— Je suis ton mari, lui rappela Will. C'est moi qui dois prendre soin de toi.

Elle lança un regard vers l'agent du FBI, puis lâcha d'une voix traînante :

— Je n'ai pas besoin que l'on prenne soin de moi.

Will et Bird ignorèrent son commentaire.

— Nous allons conserver l'arme quelques jours, déclara l'agent. Dès que nous aurons examiné le parking et procédé à quelques tests, nous vous la rendrons.

Megan hocha la tête et se leva.

— J'espère que vous pourrez retrouver Lowell, dit-elle. J'ignore combien de temps encore j'arriverai à supporter cette situation.

— Je sais que c'est une période difficile pour vous. Si vous avez besoin de quoi que ce soit ou si Lowell vous contacte de nouveau, je vous en prie, prévenez-nous.

— Merci.

Will la suivit lorsqu'elle quitta la pièce.

— Tu veux passer prendre des affaires chez toi ? proposa-t-il.

— Non. Je ne me sens pas le courage d'aller là-bas ce soir. Tu n'aurais pas un pyjama à me prêter ?

Son petit sourire l'excita. L'idée qu'elle passe la nuit chez lui le tentait. Un peu trop.

— Je crois que je peux te trouver ce qu'il faut pour dormir, dit-il.

Une image de Megan en tenue d'Ève jaillit dans ses pensées. Eh bien, dormir sous le même toit serait un sacré défi…

— J'apprécie vraiment ce que tu fais pour moi, Will.

— Ne me remercie pas. C'est ma faute, ce qui t'est arrivé.

Elle s'arrêta et se tourna pour lui faire face.

— Comment ça ?

Il la prit par le bras et la guida vers la sortie.

— Eh bien, c'est ma vie que convoitait Rich. Si j'avais

détecté les signes, peut-être qu'il n'aurait pas réussi à me voler ma vie.

— Tu ne peux pas endosser la responsabilité de ses actes. Personne n'a rien deviné, et tu n'es pas sa seule victime.

Il hocha la tête, songeant à toutes les femmes auxquelles Rich avait menti et qu'il avait manipulées. À toutes les personnes à qui il avait fait du mal. Et à l'homme qu'il avait tué.

Jason, le frère de Megan, avait enquêté sur les éléments étranges entourant l'imposteur et, à cause de cela, il avait perdu la vie. Personne ne reprochait à Will ce qui était arrivé à Jason, car personne ne savait que Will lui avait téléphoné depuis le Mexique, l'envoyant peut-être sur une piste funeste.

— Mais tu dois admettre que j'étais son obsession, insista-t-il. Il voulait ma vie, et il l'a eue.

Le silence s'étira entre eux tandis qu'ils quittaient le bureau du shérif et se dirigeaient vers la Porsche de Megan.

— Tu veux venir avec moi ? suggéra-t-il. Je peux envoyer des employés du ranch chercher ta voiture demain.

Il observa le véhicule élégant.

— Ils vont sans doute se battre pour savoir qui la conduira, ajouta-t-il.

Megan serra ses bras autour d'elle.

— Non, ça ira.

— Tu as subi un gros choc ce soir. Il est normal que tu sois secouée.

— Je t'assure, je vais bien.

Mais il n'était pas dupe.

— Tu as traversé beaucoup d'épreuves, lui rappela-t-il.

— Je ne suis pas la seule dans ce cas.

— Ça ne rend pas tes épreuves moins terribles.

Une fois de plus, il dut ravaler les multiples questions qui se bousculaient dans son esprit. Depuis qu'il était revenu à Royal et qu'il avait découvert que Megan avait épousé « Will », il luttait pour contenir les sentiments tumultueux qu'il éprouvait pour elle.

— Il y a beaucoup de choses dont nous devons parler, dit-elle de but en blanc, tout en déverrouillant sa voiture.

Il était tout à fait d'accord, mais il se demandait s'ils souhaitaient discuter des mêmes sujets.

— Par exemple ? demanda-t-il.

— Par exemple, le fait que, depuis plusieurs mois, nous évitons poliment la réalité de notre situation.

Will se remémora leur nuit de passion, après l'enterrement de Jason. Rien dans leurs ébats n'avait été poli. Cela avait été une étreinte brute, pleine d'émotions. Nus et haletants, ils s'étaient accrochés l'un à l'autre, pour essayer de se sentir vivants malgré la tristesse écrasante de cette journée. Ils s'étaient soutenus et s'étaient donné du plaisir. Ils avaient eu besoin de se lier à quelqu'un, et d'oublier leur chagrin.

Le problème, c'était que Will avait encore besoin d'elle. Dans son lit. Dans sa vie. Il avait cru savoir ce qu'il attendait de la vie. Mais cette nuit avec Megan avait tout remis en cause. Maintenant, il savait qu'il en voulait davantage. Mais il ignorait si elle partageait son sentiment. Ou si elle le partagerait un jour.

Lorsque Megan se fut installée sur son siège, il déclara :

— Tu as raison. Nous n'avons pas beaucoup discuté des conséquences émotionnelles liées à l'imposture de Rich.

Il avait des dizaines de questions, mais la prudence l'empêchait de les poser. Car il savait que certaines réponses pourraient être désagréables à entendre.

— Si nous buvions quelques verres chez toi ? proposa-t-elle. Comme ça, tu pourras me demander ce que tu veux, sans conséquences.

— C'est une excellente idée. Nous devrions vraiment apprendre à nous connaître mieux.

— Je suis de ton avis, approuva-t-elle.

Quand elle referma sa portière, le sourire qu'elle lui lança ne fit qu'ajouter à sa confusion.

Au volant d'un pick-up ordinaire garé sur Main Street, Rich Lowell regarda Will Sanders entrer dans le bureau du shérif. À l'intérieur se trouvaient des dizaines de personnes qui cherchaient activement Rich depuis des mois. Rester ici, dans cette artère principale très fréquentée, était pour le moins risqué.

Il s'agita sur son siège, et la douleur sur son flanc se réveilla, à l'endroit où Megan l'avait atteint. Avant de la suivre jusqu'au poste de police, il avait examiné sa blessure et constaté que la balle l'avait juste effleuré. Cela n'empêchait pas l'éraflure de lui faire un mal de chien, mais cette douleur nourrissait sa détermination.

Qui aurait cru que son épouse deviendrait une telle tigresse, durant les quelques mois où ils avaient été séparés ? Jamais il n'aurait imaginé qu'elle achèterait une arme pour se défendre contre lui, encore moins qu'elle s'en servirait. Au vu des événements, il devrait revoir sa copie s'il comptait emmener Megan au Mexique. Ou alors, il pourrait changer ses projets et emmener Vanessa à la place.

La strip-teaseuse était plus jeune, plus jolie, et plus à son goût entre les draps. De plus, elle faisait tout ce qu'il lui demandait. Tant qu'il paierait ses vêtements de créateurs et ses produits opiacés, elle serait d'une compagnie agréable. Du moins, jusqu'à ce qu'il se lasse d'elle.

Alors, pourquoi ne démarrait-il pas pour se diriger vers l'appartement miteux de Vanessa ? Cela faisait déjà des semaines qu'il aurait dû récupérer son or et ficher le camp de cette ville. S'attarder, c'était prendre le risque de se faire arrêter. À dire vrai, il serait parti depuis longtemps, si Sanders n'était pas réapparu soudainement, le jour de son propre enterrement.

Rich n'avait pas prévu ce contretemps dans son plan, et il aurait donné n'importe quoi pour voir l'expression des gens ce jour-là. Évidemment, sur le moment, Rich était trop furieux pour trouver la situation amusante. Et il n'arrivait toujours pas à croire que Will ne soit pas mort dans l'explosion. Où Sanders avait-il bien pu passer durant l'année suivante ? Il tapa du poing contre le volant. Cette ordure avait réussi à survivre et à faire un retour triomphal à Royal.

Une bonne douzaine de fois, Rich avait songé à retourner au ranch pour finir le travail qu'il avait commencé sur ce yacht, au large du Mexique. Mais le ranch était trop bien sécurisé. Par conséquent, Rich avait décidé de patienter, certain que Will finirait par commettre une erreur. Mais, jusqu'ici, il n'en avait commis aucune et se montrait particulièrement vigilant. Ce qui expliquait pourquoi Rich avait décidé d'emmener Megan, d'aller chercher son or et de quitter cette fichue ville.

Mais Megan avait refusé de le suivre. À présent, Rich pensait savoir pourquoi. Étant donné la promptitude avec laquelle Will était arrivé au bureau du shérif, il ne faisait aucun doute que Megan lui avait téléphoné. Avait-elle transféré son amour pour Rich sur le vrai Will Sanders ? Cette idée vrilla dans son ventre comme un couteau dans une plaie. Il n'aurait pourtant pas dû être étonné. Megan avait avoué avoir un faible pour Will depuis le lycée. C'était pourquoi il avait été si facile pour Rich de la séduire.

S'il avait décidé de l'épouser alors que beaucoup de femmes lui plaisaient davantage, c'était parce qu'il avait remarqué l'attirance de Will pour elle. Même si Will avait nié, Rich s'était empressé de séduire cette femme que Sanders convoitait mais n'avait jamais possédée. Rich avait adoré détruire toutes les bonnes choses dans la vie de Will, depuis ses relations familiales solides jusqu'à sa réputation d'homme d'affaires brillant.

Puisque Will était de retour à Royal, Rich ne voulait plus se contenter de récupérer les millions qu'il avait volés à Spark Energy Solutions et au Texas Cattleman's Club. Il voulait avoir sa revanche. Assouvir sa vengeance. Prendre ce qui lui revenait de droit. Oui, sa haine pour Will était profonde, très profonde. Et il était bien décidé à détruire son bonheur. Alors, il resterait dans les parages, le temps de trouver un moyen de causer un maximum de dégâts. Maintenant qu'il avait vu son vieil ami venir à la rescousse de Megan, il savait exactement comment faire payer Will.

- 3 -

Lorsqu'elle vit les feux de freinage de Will s'allumer, Megan essuya ses paumes moites sur sa jupe et ralentit à son tour. Puis elle suivit la Land Rover sur un chemin qui les mènerait au ranch.

Était-elle en train de commettre une terrible erreur en venant ici ? se demanda-t-elle. Conduire durant une demi-heure l'avait calmée et lui avait permis de réfléchir. Elle avait accepté de passer la nuit chez Will parce qu'elle craignait que Rich ne la traque jusque chez elle. Maintenant, elle avait des inquiétudes d'une tout autre nature.

La dernière fois qu'elle s'était sentie aussi vulnérable, Will et elle avaient fini dans les bras l'un de l'autre. Elle frissonna en se rappelant ses lèvres sur sa peau, son corps nu contre le sien.

Elle marmonna un juron lorsqu'une tension pulsante naquit entre ses cuisses. Son désir pour Will la consumait. Et, cette fois, ce n'était pas parce qu'elle voulait oublier son chagrin ou sa souffrance. La force et l'assurance qui émanaient de lui étaient comme un aphrodisiaque, transformant ses pensées en fantasmes érotiques.

Tout à l'heure, elle avait suggéré qu'ils boivent quelques verres et apprennent à mieux se connaître. Will serait-il choqué s'il savait qu'elle avait fait cette proposition en s'imaginant verser du whisky sur ses abdominaux ciselés, et lécher l'alcool sur sa peau ?

Elle poussa un soupir tremblant tandis que les hautes

grilles de fer du ranch s'ouvraient devant eux. Il leur faudrait encore parcourir un kilomètre pour arriver à l'immense maison principale, située sur une colline mais non visible depuis la route.

Bien qu'elle soit venue au ranch plusieurs fois, Megan était toujours aussi émerveillée par la vaste demeure aux murs blancs et aux fenêtres immenses, qui permettaient de profiter d'un magnifique panorama. Des fauteuils et une balancelle trônaient sur la large galerie qui encerclait toute la bâtisse.

Elle gara sa voiture près de celle de Will et monta avec lui les larges marches du perron. Une douce lumière se répandait par la grande porte d'entrée vitrée. Après son mariage avec Rich, le faux Will, elle avait été déçue d'apprendre qu'il ne souhaitait pas vivre au ranch, un endroit qu'elle appréciait. Elle adorait les grands espaces, l'odeur de la terre et de l'herbe, les meuglements lointains du bétail.

— Tu souris, remarqua Will en la guidant vers le grand salon. C'est bon signe.

Il ne lui demanda pas pourquoi elle souriait, mais sa curiosité était palpable. Après avoir désigné d'un geste le canapé, il se dirigea vers le bar et prépara deux verres de whisky.

Megan retira ses chaussures et ramena ses jambes sous elle. Appuyant la tête sur son coude, elle observa les mouvements élégants de Will. Pour sûr, elle aimait le regarder. Ses larges épaules, ses cuisses musclées, ses abdominaux en béton… Ce soir, il portait un jean et une chemise blanche. Ses cheveux bruns étaient plus longs que d'habitude, et ce style indompté lui donnait un air rebelle qu'elle trouvait très excitant.

— Je me sens en sécurité quand je suis avec toi, expliqua-t-elle, acceptant le verre que Will lui donna et frissonnant quand il effleura sa main. Et j'aime être au ranch.

— Peut-on parler de ce que tu as fait ce soir ?

Il s'assit à côté d'elle et fixa l'alcool dans son verre, comme s'il cherchait des réponses dans le liquide ambre. Quand il reporta son regard sur elle, l'inquiétude et le respect le disputaient dans ses yeux d'un vert intense.

— Tu es incroyablement courageuse.

Flattée, elle sentit une douce chaleur l'envahir.

— Je n'en reviens pas de lui avoir tiré dessus.

— Je suis certain qu'il n'en revient pas non plus.

— Tu crois que cela va renforcer sa détermination à me traquer ou le dissuader de recommencer ?

Il marqua un temps avant de répondre.

— Je ne laisserai rien t'arriver, promit-il.

Elle fut émue par la ferveur dans sa voix. Will semblait penser qu'il se devait de la protéger. Elle avait envie de se blottir sur ses genoux pour lui montrer à quel point elle aimait l'idée de lui appartenir.

— J'espère qu'ils le retrouveront bientôt, dit-elle. Je suis impatiente que ce cauchemar se termine.

— Moi aussi.

Ils sirotèrent leur whisky en silence.

— Nous devrions parler de ce qui se passera quand Lowell sera capturé, avança-t-il.

Elle sentit son cœur tressauter.

— Comment ça ?

Elle regrettait d'avoir promis de répondre à toutes les questions que Will pourrait lui poser. Elle n'avait presque plus d'alcool dans son verre, et elle était trop épuisée pour faire attention à ce qu'elle dirait.

— Tant que Lowell est encore dans la nature, le FBI veut que nous fassions comme si nous étions mariés. Mais nous devons songer à ce qui se passera quand il sera arrêté. Sur le plan légal, je veux dire.

Elle savait à quoi il faisait allusion, mais comment divorcer de quelqu'un qu'elle n'avait pas vraiment épousé ?

— Aux yeux de la loi, j'ai épousé Will Sanders, souligna-t-elle.

— Et il a bien de la chance.

— Tu te demandes si je vais exiger une pension alimentaire ?

Aussitôt, il se rembrunit.

— Je serais heureux de te payer tout ce que tu veux.

— Je plaisantais, voyons ! Tu ne penses tout de même pas que je m'attends à une compensation financière ?

— Je pense que tu as droit à une sorte de dédommagement. Après tout, ta vie a été chamboulée parce que Lowell a fait semblant d'être moi. J'ai donc une responsabilité envers toi.

— C'est une terrible..., commença-t-elle.

Le fait qu'il suppose lui devoir de l'argent la contrariait.

— Une terrible quoi ?

— Je ne suis pas une croqueuse de diamants qui en a après ta fortune. Tu es peut-être très riche, mais je ne suis pas vraiment pauvre.

En fait, elle gagnait bien plus d'argent qu'elle ne l'aurait jamais imaginé.

— Certes, concéda-t-il, mais sur le plan légal...

— Ne va pas plus loin, avertit-elle, levant les mains. Sinon, nous allons avoir notre première dispute.

Un sourire furtif passa sur le visage de Will.

— Mais, ensuite, nous pourrions nous réconcilier sur l'oreiller, glissa-t-il.

À son grand désarroi, elle sentit ses joues s'empourprer. Tout comme d'autres parties de son corps. Le whisky anéantissait sa prudence et lui faisait oublier pourquoi elle ne devrait pas coucher avec Will à nouveau. Elle s'agita sur le canapé, bien trop consciente des pulsations entre ses cuisses.

— Dans ce cas, vas-y, rétorqua-t-elle d'une voix sensuelle qu'elle ne reconnut pas. Finis ta phrase.

Ils se regardèrent en silence. Le cœur de Megan battait si fort qu'elle se demandait si Will pouvait l'entendre. Si elle se levait et commençait à déboutonner son chemisier, Will l'arrêterait-il ou l'encouragerait-il ?

Il cligna des yeux, brisant la tension érotique de cet instant. Un sourire éclaira son expression.

— Tu sais, dit-il d'une voix rauque, ça me plaît d'être marié avec toi.

Déçue qu'aucun d'eux n'ait eu le courage de tenter une approche, elle termina son whisky et tendit le verre vide à Will.

— Moi aussi, j'aime être mariée avec toi, avoua-t-elle. Je veux bien un autre verre.

Il se leva pour aller les resservir. Lorsqu'il revint s'asseoir sur le canapé, il reprit :

— Ça m'a fait un sacré choc, quand je suis revenu à Royal et que j'ai appris que j'avais une épouse.

— Je suis sûre que tu as eu plusieurs autres chocs ce jour-là. Découvrir que tu étais mort, par exemple.

Elle accepta le verre et observa le breuvage. Will lui avait-il servi une plus grande dose que la première fois ?

— C'est étrange, tu sais.

Il se tourna vers elle et la regarda à travers ses yeux plissés.

Elle l'étudia, songeant qu'il avait changé depuis son retour à Royal. Alors qu'autrefois elle l'avait toujours vu souriant et sûr de lui, elle le découvrait désormais irritable et taciturne par moments. Il n'était pas aussi parfait que par le passé, et cela le rendait plus humain, moins intimidant. Il ressemblait davantage à un homme qui pourrait être intéressé par une femme comme elle, une femme avec des défauts et des complexes qu'elle s'efforçait de cacher.

— Qu'est-ce qui est étrange ? demanda-t-elle.

— Le fait que Lowell ait pu prendre ma place et que personne ne se soit rendu compte de son imposture. Est-ce qu'il me ressemblait à ce point ?

— C'était un piètre Will Sanders, répondit-elle d'un ton léger. Nous avons tous remarqué des changements, mais nous avons mis cela sur le compte de l'accident.

— Il ne devait pas être si mal puisqu'il t'a convaincue de l'épouser.

Elle se souvint qu'elle avait promis de dire la vérité ce soir.

— Pour être franche, j'étais si contente qu'il m'ait enfin remarquée — que *tu* m'aies enfin remarquée — que je me suis laissée embarquer.

Will sembla surpris. Au point où elle en était, elle pouvait bien lui avouer le reste.

— Au lycée, j'avais un gros faible pour toi. J'aurais donné n'importe quoi pour que tu me souries, mais tu ne savais même pas que j'existais.

— Ce n'est pas vrai. Je le savais.

Il soupira.

— Je suis désolé de ne pas avoir été assez intelligent pour t'apprécier. Nous nous connaissions depuis longtemps, et je n'ai jamais pensé qu'il pourrait y avoir quelque chose entre nous.

— Je ne t'y ai pas aidé. J'étais toujours si gauche avec toi ! Et je me disais que tu ne t'intéresserais jamais à moi puisque j'étais un vrai garçon manqué à l'époque.

Il secoua la tête.

— Ne crois pas que tu ne m'attirais pas. Que ce soit à l'époque… ou maintenant. Tu es une femme belle, intelligente, ambitieuse et passionnée… et je trouve ça très séduisant.

— C'est vraiment gentil de ta part de dire ça, mais…

— Pourquoi crois-tu que Lowell t'ait choisie, parmi toutes les femmes de la ville ?

— Je ne sais pas.

Quand elle avait appris qu'elle avait épousé un imposteur, elle avait soupçonné Rich de l'avoir sélectionnée parce qu'elle n'avait jamais vraiment oublié Will. Il fallait l'admettre, Rich était doué pour repérer les gens vulnérables, et il avait sans doute compris que son amour non réciproque pour Will faisait d'elle une cible facile.

— Il voulait me prendre ma vie, continua Will. Peut-être a-t-il pensé qu'il devait séduire une femme que j'admirais et que je désirais.

— Tu me désirais ? Je ne te crois pas.

— Tu plaisantes ? Après ce qui s'est passé entre nous le soir de l'enterrement de Jason ?

— C'était…

En ce qui la concernait, cette unique nuit ne s'expliquait pas seulement par le chagrin et par le besoin de se raccrocher à quelqu'un. Mais qu'en était-il pour Will ? Elle l'ignorait.

— Nous étions tous les deux bouleversés, et nous avions besoin de réconfort, dit-elle.

— Ne fais pas ça.

— Quoi donc ?

— Chaque fois que je te fais un compliment, tu le balaies comme si tu pensais que je mentais.

— Si, je te crois.

Comme Will semblait sceptique, elle rectifia :

— J'ai envie de te croire.

— Qu'est-ce qui t'en empêche ?

— Il y a une petite voix critique dans ma tête qui me dit constamment que je dois mieux faire, fournir plus d'efforts. J'ai l'impression de ne pas pouvoir savourer mon succès, parce que ce n'est jamais assez.

— Si c'est parce que tu te compares constamment à Jason et à Aaron, tu te fais du tort. Ce que tu as construit avec Royals Shoes est fantastique, et je sais que tes frères sont… étaient très fiers de toi.

Un spasme de douleur passa sur son visage. La mort de Jason avait été un coup terrible pour lui. Non seulement il avait aimé Jason comme un frère, mais il se sentait aussi coupable du décès de son ami.

— Tu as raison, dit-elle, posant la main sur la sienne. J'imagine que je continue d'agir comme la petite fille qui veut égaler ses deux frères aînés. Des frères compétiteurs. Même si j'étais une fille, ils ne me faisaient pas de cadeaux.

— Ils auraient dû être plus gentils. Pas parce que tu étais une fille, mais parce qu'ils étaient deux. Je suis sûr qu'ils se liguaient souvent contre toi. Ce n'était pas juste.

— Ça m'a rendue forte.

Du moins en apparence.

— Tu n'as pas besoin d'être forte pour moi. Ou avec moi.

Il lui releva le menton, l'obligeant à le regarder dans les yeux.

— En fait, j'aime grimper sur mon cheval blanc pour venir à ta rescousse.

— T'avoir pour chevalier servant semble très agréable.

Elle se pencha légèrement vers lui, espérant qu'il saisirait le message : elle voulait qu'il l'embrasse.

— Et je compte bien te protéger si Lowell se montre à nouveau, assura-t-il.

La voix sombre de Will était une caresse pour ses sens. Il effleura sa joue, laissant des picotements dans son sillage.

— Je ne pourrais pas me le pardonner s'il t'arrivait quoi que ce soit, dit-il.

Le baiser tant attendu vint mais, hélas, ce fut un baiser léger sur son front, et non ses lèvres. Malgré tout, elle savoura la douceur de son souffle sur sa peau, apprécia la fragrance de son eau de toilette.

— Maintenant, reprit-il avec un sourire malicieux, peut-on parler du pistolet rose ?

Elle roula des yeux.

— J'ai fait des recherches, expliqua-t-elle, et ce pistolet avait de très bonnes critiques.

— Mais il était rose.

— C'était la seule couleur en stock, et je voulais l'obtenir aussi vite que possible.

Elle grimaça.

— Et il a fait l'affaire. J'ai touché Rich, non ? Ou, au moins, je l'ai éraflé. Dans tous les cas, je l'ai surpris, et c'est ce qui m'a permis de m'enfuir.

— Tu t'es très bien débrouillée. Personne n'aurait pu faire mieux. Je regrette juste de ne pas avoir été là pour voir son expression quand tu as sorti ton arme et que tu l'as pointée sur lui.

— C'était assez drôle, avoua-t-elle.

Mais sa satisfaction fut de courte durée.

— S'il était si surpris, c'était sans doute parce que je ne me suis pas vraiment affirmée durant notre mariage.

— Pourquoi ?

— Parce que j'avais peur de le perdre. Pendant notre lune de miel, je ne l'intéressais déjà plus beaucoup. Et si je l'avais perdu…

Elle baissa la tête, mais il lui releva le menton pour rencontrer son regard. Son air compréhensif lui donna le courage de finir sa phrase.

— Si je l'avais perdu, j'aurais eu le sentiment d'être une ratée.

— C'est lui qui aurait dû redouter de te perdre. Tu vaux mille fois mieux que lui.

Elle valait mieux que Rich Lowell, sans nul doute, mais pas mieux que Will Sanders.

Au début, Lowell l'avait couverte de compliments faciles, louant sa beauté, ses tenues, son allure sexy. Elle était alors trop éprise pour se rendre compte qu'il parlait uniquement de son apparence.

Will, en revanche, voyait au-delà de son maquillage soigneusement appliqué et de ses vêtements de créateurs. Il devinait ses failles, mais il ne la jugeait pas. Avec lui, elle pouvait être elle-même, se dévoiler.

— Je suis désolée d'avoir cru qu'il était toi.

— Pas moi, rétorqua-t-il, et il semblait sincère. Nous ne serions pas mariés, sinon.

— Nous ne sommes pas vraiment mariés.

— Techniquement, si.

Ils se dévisagèrent en silence, tandis qu'elle cherchait quelque chose à dire. Une douzaine de réponses lui vinrent à l'esprit, mais aucune ne franchit la barrière de ses lèvres, car elle les trouvait trop légères, trop désinvoltes.

— Est-ce que tu l'aimais ? demanda-t-il.

Elle l'observa, essayant de déterminer ce qui était au cœur de cette question. Will se demandait-il si elle aimait encore Rich ? La réponse était non, mais elle n'avait pas épousé Rich Lowell. Elle avait épousé Will Sanders. En tout cas, c'était ce qu'elle avait cru.

— Je ne l'aurais pas épousé si je ne l'avais pas aimé.

Avec le recul, elle avait compris que Rich Lowell était une pâle copie de Will, qu'il manquait de profondeur, de personnalité et de compassion. Alors, qu'est-ce qui l'avait attirée chez lui ? Avait-elle aimé l'homme réel, ou l'homme qu'elle l'avait cru être ?

Elle n'avait pas la réponse à cette question, et cela la perturbait beaucoup. Pourrait-elle un jour se faire à nouveau confiance en matière d'amour ?

Un muscle tressauta dans la mâchoire de Will, puis il répondit :

— C'est logique.

Cette pointe de déception sur son visage, l'avait-elle imaginée ?

— Je t'ai promis de dire la vérité, et déclarer que je l'aimais est une réponse franche à une situation compliquée.

— Oui. J'imagine que tu éprouves toutes sortes d'émotions contradictoires concernant Lowell.

Pas seulement Lowell.

— Non. Notre relation n'était pas si merveilleuse. Il est devenu une tout autre personne après le mariage.

— Comment ça ?

— Quand nous avons commencé à nous fréquenter, c'était l'homme le plus romantique qui soit. Il m'envoyait des fleurs, me téléphonait pour me dire que je lui manquais. J'étais sur un petit nuage.

— On dirait qu'il était plus doué que moi, remarqua-t-il avec un sourire contrit. Je n'ai jamais fait autant d'efforts pour me faire apprécier d'une femme.

— Mais tu es Will Sanders. Je suis sûre que la plupart des femmes que tu fréquentes n'ont pas besoin de beaucoup d'encouragements pour tomber sous ton charme.

— Pourquoi ? Parce que je suis riche ? Et beau garçon ?

Il esquissa un sourire, mais Megan remarqua de la dureté dans son regard. Il faisait semblant de se moquer de lui-même. Il faisait comme si les expériences de l'année passée ne l'avaient pas changé.

— Sans parler du fait que tu réussis tout ce que tu entreprends, renchérit-elle. Tous les hommes veulent être toi. Et les femmes veulent être avec toi.

Tout en parlant, elle se rendit compte que Will n'était plus aussi sûr de lui. Après son retour du Mexique, cela avait dû être terrible pour lui de découvrir que l'homme qu'il prenait pour son ami l'avait trahi sur tous les plans possibles.

— Et tu es un homme bien.

— Mon psychisme n'est pas si fragile, ironisa-t-il. Tu n'as pas besoin de me prouver que je suis quelqu'un de bien.

— Je ne sais pas. Tu sembles t'en vouloir pour des choses dont tu n'es pas responsable.

— Je n'arrête pas de ressasser le passé.

Il lui laissa voir un aperçu de son âme dans son regard grave.

— J'ai passé beaucoup de temps à réfléchir, pendant que j'étais au Mexique.

— Qu'est-ce qui t'est arrivé au Mexique ? demanda-t-elle, enhardie par le whisky et par ses propres confidences.

Une ombre passa dans son regard, et il secoua la tête.

— Ce n'est pas une conversation que j'ai envie d'avoir ce soir.

— Je comprends.

Elle rentra dans sa coquille comme une tortue effrayée.

— Pardon de t'avoir questionné.

— Non, ce n'est rien.

Il effleura sa main.

— Je me débats encore avec certaines des choses qui se sont produites là-bas, mais je sais que je devrais en parler à quelqu'un. Simplement, je ne suis pas encore prêt.

— Quand tu seras prêt, je serai là pour t'écouter. J'espère que tu le sais.

— J'apprécie ton offre.

Il se leva et lui tendit la main.

— Prête à voir ta chambre ?

Elle accepta sa main et se releva. Il serra légèrement ses doigts, un geste réconfortant qui affola ses sens. Le whisky et cette conversation l'avaient rendue moins prudente. Plus que tout, elle voulait sentir ses bras forts autour d'elle cette nuit. Elle avait épuisé tout son courage pour échapper à Lowell, et elle n'en avait plus pour lutter contre son attirance pour Will.

Mais coucher avec lui serait une erreur. Elle avait tant besoin de son soutien qu'elle pouvait tomber amoureuse trop aisément. Et ce serait un amour à sens unique. Même si Will avait assuré la désirer autrefois, il n'était pas à l'époque suffisamment intéressé pour tenter quoi que ce soit.

Pourquoi cela serait-il différent aujourd'hui ?

Elle afficha un sourire las.

— Je te suis, dit-elle.

Tandis qu'il guidait Megan dans les couloirs de son immense maison, Will se réprimanda pour sa réaction abrupte, quand Megan l'avait questionné sur son séjour au Mexique. Lui qui disait vouloir la connaître mieux, il n'était pas doué pour communiquer. La preuve, il n'arrivait pas à trouver de mots pour briser le silence palpable.

Autrefois, avec les femmes, il était charmeur et désinvolte. N'ayant aucune envie de se fixer alors qu'il pouvait séduire des flopées de beautés, l'ancien Will savait flirter et faire des compliments vides de sens.

Pour l'heure, et ce n'était pas étonnant, il ne pensait qu'à une chose : son unique nuit avec Megan, quelques jours plus tôt. Ce soir-là, il avait perdu la tête, et elle aussi. Leurs ébats avaient été bruts, intenses, excitants. Elle avait crié son nom quand il était entré en elle, s'était farouchement accrochée à lui tandis qu'il avait ondulé entre ses replis intimes. Elle avait pris tout ce qu'il lui avait donné, et lui en avait demandé davantage. Elle l'avait supplié, même. Et quand elle s'était contractée autour de lui, l'attirant dans un abîme de plaisir, Will avait été sidéré par la force de son orgasme.

Il aurait menti s'il avait prétendu l'avoir invitée à séjourner au ranch par pur altruisme. Évidemment, il se souciait d'abord de sa sécurité, mais il aurait pu engager une équipe de vigiles pour la protéger de Lowell. En fait, chaque fois qu'elle était près de lui, il était saisi par un désir insistant et brûlant, et il se demandait s'il en était de même pour elle.

D'après les feux d'artifice qui avaient accompagné leurs ébats, il savait que l'attirance était mutuelle, mais n'y avait-il que cela entre eux ? Du désir charnel ? Quelques semaines de passion torride conduiraient-elles à des regrets ? Megan avait épousé un homme en pensant qu'il était Will. De son propre aveu, elle l'avait aimé. Or, Will et Rich étaient aussi différents que le jour et la nuit. La passion de Megan pour son mari se transférerait-elle à Will ? Le souhaitait-il ?

— C'est ici, dit-il une fois dans la chambre d'invités.

Une précision inutile. Eh bien, voilà qu'il devenait maladroit avec les femmes ! Ou plutôt, avec *cette* femme. Car il se souciait beaucoup de ce que Megan pensait de lui.

— Tu trouveras tout ce qu'il te faut dans la salle de bains.

— Parfait.

Elle observa le grand lit à baldaquin.

— Et le pyjama que tu m'as promis ?

Sa demande lui coupa le souffle. Car il imagina Megan se glisser nue entre les draps de coton égyptien, et frissonner sous l'étoffe fraîche, les tétons dressés.

Mince.

— Je peux t'en prêter un, dit-il d'une voix étonnamment calme.

Il remarqua l'expression de Megan. Elle semblait réprimer un sourire.

— Quoi ? demanda-t-il.

— Tu n'as pas l'air…

Elle rougit.

— Eh bien…, reprit-elle, ça me ferait plaisir de porter un de tes pyjamas.

Elle se mordilla la lèvre et détourna les yeux.

— Je n'ai pas l'air… ? Quoi ? insista-t-il.

— Un pyjama.

Comme si ce simple mot expliquait tout !

Au lieu de la questionner davantage, il attendit, en

silence, espérant qu'elle développerait. Il vit ses joues rosir encore.

— Ça n'a pas l'air d'être ton style, dit-elle enfin.

— Ah, non ?

L'avait-elle imaginé dans un lit ? Il l'espérait. Après tout, ce n'était que justice, étant donné la fréquence à laquelle il s'adonnait au fantasme de l'avoir nue dans le sien.

— Je suppose que tu m'imaginais en tenue d'Adam ?

— Je… Non.

Mais elle refusait de rencontrer son regard, et son visage était toujours rouge.

— Navré de te décevoir mais, en général, je dors en caleçon, et j'ajoute un T-shirt en hiver.

C'était drôle de la voir si gênée, mais il décida d'arrêter ses taquineries. Elle avait eu une soirée éprouvante.

— Tu te demandes sans doute pourquoi j'ai des pyjamas si je ne m'en sers pas.

Elle offrit un sourire reconnaissant.

— En effet, je suis curieuse de le savoir.

— Ce sont des cadeaux de Cora Lee. Chaque année, elle m'en offre un pour Noël. Je n'ose pas lui avouer que je ne les porte pas.

— Ça fait beaucoup de pyjamas non utilisés.

— En général, j'en fais don à des œuvres de charité, mais je n'ai pas eu le temps de donner celui de l'an passé avant…

Sa voix s'évanouit quand il se remémora la raison.

— Quoi qu'il en soit, s'il ne te va pas, je peux fouiller dans la chambre de Lucy pour te trouver quelque chose.

— Fouiller ? Tu ne pourrais pas lui demander, plutôt ?

— Elle est absente pour quelques jours, et Brody dort chez Jesse et Jillian.

Elle écarquilla légèrement les yeux, seul signe de sa surprise. Avait-elle espéré que Lucy et Brody joueraient les chaperons ? Maintenant qu'elle se savait seule avec lui, avait-elle peur qu'il tente de la séduire ?

— Eh bien, murmura-t-elle, je suis sûre que ton pyjama fera très bien l'affaire.

— Je vais le chercher.

Il trouva le pyjama dans le dernier tiroir de son bureau, là où il se rappelait l'avoir rangé presque deux ans plus tôt. Tout en réfléchissant, il retourna dans la chambre d'amis.

— Tu as l'air soucieux, commenta Megan lorsqu'il lui donna le pyjama. Tout va bien ?

— Oui. J'ai reçu ce pyjama il y a presque deux ans. Je me demandais où était celui que Cora a sûrement offert à Rich l'an dernier, quand il faisait semblant d'être moi.

— Nous n'avons pas passé Noël avec ta famille, dit-elle, serrant l'étoffe bleu pâle contre sa poitrine. J'ai trouvé ça étrange qu'il veuille que nous passions les vacances de fin d'année seuls, mais il disait qu'il voulait que notre premier Noël soit spécial.

Elle secoua la tête.

— J'imagine que j'aurais dû deviner que quelque chose clochait, à la façon dont il évitait tout le monde. Mais il était si convaincant, et il donnait un côté si romantique à notre isolement…

Elle s'interrompit et enfouit le visage dans le vêtement, puis marmonna :

— Ce que j'ai pu être bête !

Il posa la main sur son épaule.

— Non, ce n'est pas ta faute.

Elle n'était pas la seule à avoir été trompée par Lowell. Ce vaurien avait réussi à voler la vie de Will et à blesser beaucoup de gens durant son imposture.

Son regard bleu ourlé de longs cils s'assombrit.

— Je ne sais pas pourquoi je continue de parler de mes soucis, alors que c'est ta vie qu'il a chamboulée, dit-elle.

— Nous avons tous les deux souffert.

Un sacré euphémisme, pourtant Megan sembla réconfortée par ses paroles.

— Si tu te reposais ? suggéra-t-il. Je suis sûr que tout ira mieux demain.

Sans réfléchir, il déposa un doux baiser sur ses lèvres. Il avait simplement voulu lui montrer sa solidarité mais, lorsqu'elle émit un doux soupir de plaisir, cela réveilla le désir qui brûlait en lui depuis des mois. Depuis qu'il avait appris qu'il avait une épouse. Et il ne put s'empêcher de l'embrasser à nouveau.

Elle serra son bras, ses doigts s'enfonçant dans son biceps tandis qu'elle se rapprochait de lui. Ses seins effleurèrent son torse, provoquant le chaos dans ses pensées. Elle entrouvrit les lèvres contre les siennes, et il approfondit le baiser. Lentement, il la fit reculer et l'adossa au chambranle. Il la sentit trembler, comme si elle se préparait à un tour sur des montagnes russes. Il effleura sa joue, et elle sembla se détendre un peu. Peu à peu, elle se détendit et, lorsqu'elle posa la main sur sa nuque, il fut parcouru de frissons.

C'était fou, la facilité avec laquelle elle parvenait à l'exciter. Il prit son temps pour explorer sa bouche, mais il lui fallut faire appel à toute sa volonté pour s'en tenir à un baiser. Jamais, auparavant, il n'avait fourni autant d'efforts pour éviter de faire l'amour à une femme. Autrefois, soit il n'était pas intéressé, soit il n'hésitait pas à laisser libre cours à ses ardeurs.

La montée de l'énergie sexuelle en lui fut rapide. Cette fois, il ne pouvait pas mettre cela sur le compte de son année d'abstinence : Megan et lui avaient couché ensemble à peine une semaine plus tôt. Pourtant, son envie d'elle était encore plus aiguë, plus irrésistible.

Malgré tout, il interrompit leur baiser et appuya le front contre le sien, le cœur battant et le souffle court. La situation était déjà complexe, et coucher ensemble ne ferait que la compliquer davantage. Non seulement Megan et lui étaient légalement mariés, mais ils devaient faire croire aux gens que leur mariage était réel. Or, Megan était tombée amoureuse d'un homme qui faisait semblant d'être lui, et non de lui.

Jamais auparavant, il n'avait été un second choix. Autrefois, il menait une vie dorée, et parfaite. Jusqu'à ce que Rich vienne tout détruire.

À présent, les gens qui ignoraient ce qui s'était passé le regardaient différemment. Avec suspicion, indignation ou peine. Comme si, à tout moment, ils s'attendaient à ce qu'il dise quelque chose d'offensant ou d'ignoble. En prétendant être Will, Rich avait fait beaucoup de mal autour de lui. Il avait tué Jason. Pour le bien de l'enquête en cours, l'imposture de Lowell n'avait pas été publiquement dévoilée, et c'était Will qui subissait les conséquences des actes de cette crapule.

— Tout va bien ? demanda Megan avec douceur, l'arrachant à ses sombres pensées.

— J'aurais dû le prévoir, répondit-il d'un ton amer. Je n'ai pas su voir la vraie nature de Rich. J'ai manqué tous les signes indiquant que quelque chose clochait chez lui et, à cause de mon aveuglement, beaucoup de gens ont souffert.

Il recula et passa les mains dans ses cheveux, ses regrets le brûlant comme de l'acide.

— Il a tué Jason, marmonna-t-il.

— Je sais.

— C'est vrai. Désolé.

Megan avait son propre chagrin à supporter. Elle n'avait pas besoin de supporter aussi ses tourments.

— Le problème, c'est que Lowell est toujours en liberté, conclut-il. Je ne peux pas aller de l'avant tant qu'il ne sera pas sous les verrous.

— J'imagine que je suis dans le même cas.

Elle fit tourner son alliance autour de son annulaire.

— Nous devrons nous accommoder de la situation jusqu'à ce qu'il soit en prison, dit-elle.

— Tu as raison.

Mais Will n'avait pas l'habitude de vivre ainsi.

— Repose-toi bien, dit-il. Demain, nous reparlerons de la façon d'assurer ta sécurité. Je ne veux pas que tu retournes vivre seule chez toi. D'ailleurs, je ne pense pas que tu devrais te déplacer seule tant que Lowell n'est pas arrêté.

Elle sembla sur le point de protester, puis se ravisa.

— Merci pour tout, Will. À demain.

Hochant la tête, il glissa les mains dans ses poches pour ne pas la prendre dans ses bras à nouveau, puis sortit de la chambre.

- 4 -

Peu après l'aube, Megan était douchée, habillée, et prête à quitter la confortable chambre d'amis. Dans ses vêtements de la veille, et avec si peu de maquillage, elle ne se sentait guère en beauté. Elle aurait peut-être dû accepter l'offre de Will et passer prendre quelques affaires chez elle la veille au soir, avant de gagner le ranch.

Non pas que son apparence comptât. Elle n'avait aucune raison d'impressionner Will. Cela dit, elle avait envie de voir ses yeux s'illuminer de plaisir quand il la voyait. Elle avait toujours un faible pour Will Sanders. Le *vrai* Will Sanders. La honte l'envahit quand elle songea une fois de plus qu'elle s'était laissé tromper par une pâle imitation.

Alléchée par l'odeur divine du café fraîchement moulu, elle se dirigea vers la cuisine, mais ralentit le pas quand elle entendit des voix. Elle s'arrêta près de l'entrée de la pièce. Non pas pour écouter aux portes, mais parce que le ton de la conversation la dissuadait de se montrer.

— … sûr que c'est une bonne chose qu'elle séjourne ici ?

Megan reconnut la voix de Cora Lee, la seconde épouse du défunt père de Will. Cela ne l'étonnait pas que la matriarche ait des réserves sur sa présence au ranch. Étant l'épouse de Rich et non de Will, Megan avait eu une relation assez froide avec sa « belle-mère ». Étonnée de voir son beau-fils s'éloigner de sa famille et de ses amis, Cora avait accusé Megan d'être responsable du changement de comportement de Will.

— Lowell l'a agressée sur le parking de son entreprise hier soir, expliqua Will patiemment. Je ne vais pas la laisser seule alors que ce détraqué épie ses moindres faits et gestes.

— Tu n'es pas responsable d'elle, rétorqua Cora.

— C'est ma femme.

— C'est la femme de Richard Lowell.

Un lourd silence s'ensuivit.

Le cœur de Megan battait si fort qu'elle craignait que Cora Lee et Will l'entendent.

— Le nom sur la licence de mariage est le mien, répondit-il d'un ton sans réplique. Et les autorités veulent que nous continuions d'agir comme mari et femme. Ce n'est pas logique que nous vivions séparément.

— Vous l'avez pourtant fait pendant des mois. Pourquoi essaies-tu soudain de préserver les apparences ? N'est-ce pas juste une excuse pour l'avoir auprès de toi ?

— Pourquoi aurais-je besoin d'une excuse ? demanda-t-il calmement.

— J'ai vu la façon dont tu la regardes. Elle te plaît, c'est évident.

— Et c'est une mauvaise chose ?

— Oui, si tu commences à penser que ce mariage de papier pourrait mener à une vraie relation.

— C'est drôle, avant que je parte pêcher au large du Mexique avec Lowell, tu me serinais que je devrais me trouver une gentille femme et me caser. Megan est gentille. C'est aussi une femme d'affaires accomplie, généreuse et chaleureuse.

— La plupart des gens la trouvent froide.

Megan grimaça, car elle savait que c'était vrai. Grandir avec deux frères comme Jason et Aaron n'avait pas été facile. Ils l'avaient protégée à l'extérieur mais, au sein de leur foyer, ils s'étaient montrés durs avec elle. Tour à tour choyée et harcelée, elle avait à la fois adoré et détesté ses frères.

Maintenant que Jason n'était plus de ce monde, elle avait de plus en plus de mal à maintenir les défenses qu'elle avait construites pour cacher ses failles. La mort de Jason l'avait fragilisée. Certains soirs, après le travail, elle contemplait les dessins de Savannah, la fille de Jason, en se demandant comment la vie pourrait continuer sans lui.

— Les gens se trompent sur elle, affirma Will.

Après un silence, Cora Lee répondit :

— Je vois. Eh bien, tu es un adulte et, manifestement, tu penses savoir ce que tu fais.

Cora Lee croyait que Will et Megan couchaient ensemble, comprit-elle, le ventre noué. Cela ne ferait qu'accroître la méfiance de Cora Lee envers elle.

— Merci de reconnaître qu'à trente ans je peux être considéré comme un adulte, rétorqua-t-il d'un ton placide. Et, sache-le, je suis conscient que la situation est compliquée.

Il y eut un blanc dans la conversation. Megan attendit la suite avec anxiété.

Quand Will reprit la parole, sa voix était plus incertaine.

— Je ne peux pas me fier à ses sentiments pour moi, car je ne suis pas sûr qu'elle sache ce qu'elle ressent.

C'était dur à entendre. Mais elle devait le reconnaître, Will avait raison. Les sentiments qu'elle éprouvait paraissaient évidents à certains moments, et confus à d'autres. De surcroît, son attirance pour lui ne l'aidait pas à y voir clair.

— Mais tu ne renonceras pas, ajouta Cora.

— Je ne renoncerai pas à la protéger. C'est pourquoi je veux qu'elle reste ici, avec moi, jusqu'à l'arrestation de Lowell.

Megan était touchée par sa sollicitude. Néanmoins, si

la famille de Will lui conseillait activement de se méfier d'elle, Megan s'aventurait peut-être en terrain miné.

Ce qui ne l'empêchait pas de vouloir grappiller autant de moments que possible avec Will. Toutefois, elle devait rester sur ses gardes : la situation dans laquelle Will et elle se trouvaient pourrait générer de faux sentiments d'affection entre eux.

Était-elle vraiment prête à risquer une nouvelle peine de cœur ? Elle posa la main contre son organe traître, et comprit qu'elle avait deux options. Elle pouvait continuer d'attendre passivement ce que l'avenir lui réservait, ou elle pouvait faire en sorte que quelque chose se produise. La seconde option était plus séduisante.

Après quelques instants, elle remarqua que Will et sa belle-mère s'étaient tus. C'était le moment d'aller chercher une tasse de café dont elle avait désespérément besoin après sa nuit agitée.

Elle entra dans la cuisine et, à son grand soulagement, constata que Will était seul. Il lui sourit, et aussitôt son cœur s'affola.

— Bonjour, dit-elle avec un grand sourire. J'espère qu'il y a du café pour moi.

Il prit la verseuse et lui servit une tasse.

— Tu prends du sucre et de la crème ? demanda-t-il.

— Non, je le préfère noir.

— Bien dormi ? demanda-t-il, lui tendant la tasse.

— Très bien, une fois que j'ai trouvé le sommeil.

Elle huma l'odeur du café avant d'en boire une gorgée.

— Hélas, j'ai mis du temps à le trouver.

— Moi aussi, j'ai eu du mal à m'endormir, avoua-t-il. L'idée que Lowell soit toujours en fuite après tout ce temps, et malgré tous les moyens mis en place pour le retrouver, me rend fou.

— Il est malin. Il n'aurait pas pu se faire passer pour toi aussi longtemps s'il ne l'était pas.

— Je n'avais jamais remarqué ça chez lui. J'ai beaucoup pensé à lui… et je me rends compte que je le connaissais très peu.

Il eut l'air pensif.

— Peut-être que nous n'étions pas aussi proches que je le croyais. J'ignore ce qui le pousse à faire tant de mal. J'aurais dû voir qu'il était dérangé.

Megan songea qu'elle aussi avait été aveugle. Will n'était en rien responsable des actes de Lowell. Elle posa la main sur son bras pour le réconforter. Il leva les yeux vers elle, et son visage s'éclaira.

— Peut-on éviter de parler de Rich ? demanda-t-elle.

Elle préférait parler de l'excitation qui courait dans ses veines. Elle avait envie que Will prenne les devants. Qu'il balaie ses doutes et l'embrasse comme s'il ne pouvait pas survivre une seconde de plus sans goûter ses lèvres.

— Bien sûr, dit-il.

Il l'observa un long moment, son air indéchiffrable faisant palpiter son cœur.

— Tu as faim ? demanda-t-il. Je crois qu'il y a des céréales et des œufs.

Elle déclina son offre d'un signe de tête. S'attarder ici ne ferait que lui embrouiller l'esprit. Elle avait besoin d'être seule pour réfléchir à tout ce qui s'était passé depuis la veille.

— Non, merci. Je mangerai chez moi.

— J'ai discuté avec le shérif Battle ce matin. Il n'y avait rien de suspect autour de ta maison hier soir, mais un agent est posté devant chez toi, par sécurité.

— Merci.

Elle n'avait pas très envie de se retrouver seule dans sa maison vide. En dépit de ce qu'elle avait affirmé, l'attaque de Rich l'avait effrayée.

— Je crois que je ferais mieux d'y aller, dit-elle.

— Avant que tu ne t'en ailles, j'ai quelque chose à te

proposer. J'aimerais que tu séjournes ici au ranch jusqu'à ce que Lowell soit arrêté. Comme je te l'ai dit, tu seras plus en sécurité ici et, pour ma part, j'aurai l'esprit plus tranquille.

Même si elle s'était attendue à cette proposition après avoir surpris sa conversation avec Cora Lee, elle fut émue par ses paroles. Elle se reprit rapidement et secoua la tête.

— C'est inutile. J'ai un bon système de sécurité, et la police va me rendre mon arme dans quelques jours.

— Ça ne me rassure pas. Lowell veut te récupérer, et je ne pense pas qu'il renoncera.

— Qu'est-ce qui te fait penser qu'il est encore dans les parages ?

— Crois-moi, je le sais, affirma-t-il sombrement. Et puisque ce n'est qu'une question de temps avant que cette ordure soit arrêtée, ton séjour ne devrait pas durer très longtemps.

— Je vais y réfléchir.

Mais elle savait déjà que sa réponse serait non.

Si elle emménageait au ranch, la tentation de coucher avec Will serait trop forte. Comment pourrait-elle prendre des décisions raisonnables si ses hormones faisaient rage dès qu'elle était en sa présence ? Elle voulait nouer avec lui un lien de confiance, créer une intimité émotionnelle. Le sexe n'était pas forcément le meilleur moyen d'y parvenir.

Will hocha la tête, mais il semblait contrarié qu'elle ait décliné sa proposition.

Pensant qu'il était temps de partir, Megan empoigna son sac. Will l'accompagna jusqu'à sa voiture. Avant qu'elle puisse s'installer sur son siège, il l'attrapa par le coude.

Elle eut le souffle coupé quand son regard s'attarda sur ses lèvres. Elle crut qu'il allait l'embrasser, mais il reporta son attention sur ses yeux.

— Appelle-moi quand tu seras à ton bureau. J'ai besoin de savoir que tu es bien arrivée.

— Tout ira bien, dit-elle avec un soupir exaspéré.

Mais elle vit à son expression qu'il ne renoncerait pas. Sans réfléchir, elle caressa sa joue, sa barbe naissante et drue chatouillant sa paume.

— D'accord, je t'appellerai.

Avec un hochement de tête satisfait, il recula. Elle monta dans sa voiture, légèrement enivrée par sa propre hardiesse. Will avait-il interprété son geste comme de la simple tendresse, ou avait-il deviné que c'était un signe de son désir pour lui ? Elle lui sourit puis démarra.

Quarante minutes plus tard, elle se garait sur le parking où Rich l'avait attaquée la veille. Son téléphone sonna pendant qu'elle cherchait une place libre.

— Je voulais juste m'assurer que tu étais bien arrivée, dit Will.

— Je suis en train de me garer.

Elle sourit. Même parler au téléphone avec lui mettait ses sens en émoi.

— Tout s'est bien passé chez toi ?

— Tout était normal, dit-elle. Apparemment, Rich n'a pas cherché à entrer dans ma maison.

Après avoir appris qu'elle avait épousé un imposteur, elle avait fait changer toutes ses serrures et son code de sécurité. Jusqu'à maintenant, ces mesures lui avaient permis de se sentir à l'abri chez elle. Néanmoins, son isolement lui donnait parfois le sentiment d'être prisonnière. En l'occurrence, elle était la captive des circonstances.

— Je suis sûr qu'il n'avait pas envie de s'attaquer à toi une deuxième fois après ton exploit, reconnut-il.

L'approbation dans sa voix lui fit chaud au cœur.

— Ou alors, il savait que j'irais directement voir le shérif et que des agents de police veilleraient sur moi.

Autre hypothèse : Rich n'avait pas pris la peine de se rendre chez elle parce qu'il savait qu'elle était chez Will. Elle s'était souvent demandé si Rich la surveillait. Durant leur mariage, il s'était montré très possessif, l'éloignant peu à peu de sa famille et de ses amis, jusqu'à ce qu'ils ne soient plus que deux dans leur petit monde.

— Tu as repensé à mon offre ? demanda Will.

— Oui.

Malgré le soleil chaud de septembre qui se reflétait sur les véhicules bien alignés autour d'elle, Megan remarqua qu'elle frissonnait quand elle gara la voiture à la première place libre qu'elle repéra.

— Et ?

— Franchement, je préfère rester chez moi.

Par réflexe, elle jeta un coup d'œil dans ses rétroviseurs, pour ne pas être prise au dépourvu comme la veille. Tout était calme quand elle sortit de sa Porsche rouge vif et qu'elle se dirigea vers son immeuble.

— Et si je te disais que je ressens le besoin d'avoir un garde du corps ? reprit-il. Et que je pourrais utiliser tes services ?

— Je vais raccrocher, Will.

Ce qu'elle fit.

Son téléphone sonna à nouveau quand elle fut sur le trottoir. Espérant que c'était Will, elle éprouva une pointe de déception en découvrant le visage d'Aaron sur son écran.

— Bonjour, dit-elle en approchant de l'entrée de l'immeuble. Quoi de neuf ?

La porte vitrée était ornée du logo de Royals Shoes : une jeune femme souriante aux longs cheveux noirs, portant un tailleur en tweed gris et des chaussures bleu électrique rehaussées de feuilles de vigne argentées. Un parfait mélange de classique et d'extravagant.

— Tu plaisantes ? s'exclama Aaron.

D'habitude calme, son frère semblait agité ce matin.

— Lowell t'a agressée hier soir et tu ne m'as rien dit ?

Elle s'arrêta net. Elle ne voulait pas parler de cela devant ses employés.

— J'ai informé le bureau du shérif, dit-elle. Comment es-tu au courant ?

— C'est Will qui m'a prévenu.

Elle serra les dents.

— Il n'aurait pas dû.

— Il s'inquiète pour toi.

— Je vais bien, assura-t-elle.

— Il m'a aussi dit qu'il veut que tu vives chez lui jusqu'à l'arrestation de Lowell.

— Ah, vraiment ?

Elle soupira, agacée.

— Est-ce qu'il a mentionné aussi que j'avais refusé son offre ?

— Tu as été agressée hier soir.

— Et j'ai réussi à m'enfuir. Will t'a informé que j'ai tiré sur Rich ?

— En effet, répondit Aaron d'une voix traînante. Quand as-tu acheté une arme ?

— Ça fait quelques semaines. Comme tu le sais, papa m'a appris à tirer. J'étais meilleure que Jason et toi.

— C'était du tir sur cible, lui rappela son frère. Ce n'est pas comme tirer sur une vraie personne qui essaie de t'attaquer.

— Et pourtant, j'ai tiré sur mon agresseur hier soir.

Elle poussa la porte d'entrée.

— Écoute, je n'ai pas le temps de discuter de ça avec toi pour l'instant. Je te rappelle plus tard.

Et elle prit un certain plaisir à raccrocher au nez de son grand frère.

Toutefois, tandis qu'elle parcourait le couloir de sa société pour rejoindre son bureau, les craintes de Will et d'Aaron commencèrent à ébranler sa confiance. Prenait-elle des risques inconsidérés uniquement parce qu'elle avait peur de ses sentiments grandissants pour Will ?

Soudain, le souvenir de leur baiser de la veille au soir

jaillit dans son esprit. Au moins, elle avait réussi à refréner ses ardeurs. Malgré tout, Will avait occupé son esprit pendant des heures. Elle avait eu bien du mal à trouver le sommeil dans ce lit inconnu, et elle avait espéré que Will frappe à sa porte ou, mieux, qu'il entre sans frapper et la rejoigne à pas feutrés.

Mais Will n'était pas du genre à se glisser dans sa chambre de cette façon. Il ne comprenait que trop bien ce qu'elle avait subi ces derniers mois, et il savait qu'elle serait opposée à toutes formes d'intrusions.

Elle s'installa dans son fauteuil et alluma son ordinateur. Il n'était que 9 heures du matin, pourtant cinquante e-mails réclamaient déjà son attention. Elle trancherait donc plus tard cette épineuse question : devrait-elle rester chez elle et mettre sa sécurité en danger, ou s'installer au ranch de Will et mettre son cœur en péril ?

Elle avait traité une dizaine d'e-mails lorsqu'elle en ouvrit un qui la plongea dans la stupeur. C'était une photo d'elle et de Rich, prise le jour de leur mariage. Sur le cliché, elle semblait incroyablement heureuse, et elle dévorait son époux du regard. Elle sentit sa gorge se serrer tandis qu'elle observait la photo et se rappelait cette journée.

Il n'y avait pas de légende ni de message. Uniquement une ligne d'objet.

Je n'abandonne pas.

Elle saisit son téléphone et tapa rapidement un message.

Tu as raison. Je serai plus en sécurité au ranch, avec toi.

- 5 -

Le soleil descendait vers l'horizon quand Will rejoignit Megan dans le salon. Elle regardait un documentaire sur des chevaux sauvages en Camargue. C'était la deuxième nuit qu'elle allait passer au ranch, et il se sentait nerveux.

Si Lucy et Brody avaient été présents, il aurait pu regarder la télévision avec eux, ou aller dans son bureau pour s'occuper de sa paperasse. Sa sœur et son neveu vivaient dans cette maison depuis des années, et Will était à l'aise avec eux. Avec Megan, en revanche, il ignorait comment agir. Était-il censé la laisser tranquille ou la distraire ?

— Sur quoi travailles-tu ? demanda-t-il, la rejoignant sur le canapé.

Elle était assise en tailleur, un grand bloc à dessin sur les genoux. Plusieurs feutres de couleur étaient éparpillés à côté d'elle. Quand il se pencha vers elle pour mieux voir, son épaule effleura la sienne.

Elle portait un pantalon bleu marine et un chemisier blanc en soie. Le col de son haut bâillait tandis qu'elle dessinait sur le papier, offrant à Will un aperçu de ses seins généreux et de son soutien-gorge de dentelle. Il avait l'impression d'être un voyeur, mais tant pis. Il s'efforçait déjà de ne pas la toucher, et ne pas la regarder était au-dessus de ses forces.

— Ce sont des dessins pour la prochaine collection automne, expliqua-t-elle, tournant le bloc vers lui.

Il n'y connaissait pas grand-chose en stylisme, mais Megan semblait maîtriser son sujet.

— J'ignorais que tu étais une artiste en plus d'une femme d'affaires.

— Les chaussures sont ma passion depuis longtemps.

Il prit le bloc et parcourut plusieurs pages.

— Ces dessins sont très bons.

Elle l'observa avec une pointe d'amusement.

— J'ignorais que tu t'y connaissais en chaussures pour femmes.

— Je ne m'y connais pas. Je parlais de tes talents artistiques.

— Oh.

Elle se mordilla la lèvre et joua avec le feutre qu'elle tenait, l'air gêné.

— Eh bien, merci. C'est un aspect que j'adore dans mon travail. Mais ce ne sont que des ébauches. J'ai une équipe de stylistes qui se chargent de transformer mes idées en splendides produits finis.

Sur un dessin, le mot « or » était inscrit, à côté d'une flèche dirigée vers un talon.

— Et ça, qu'est-ce ça signifie ?

— Chaque saison, j'essaie de définir un thème. J'ai décidé que tous les modèles de la collection automne de l'an prochain auraient des touches d'or. Des filigranes, des feuilles de vigne ou des serpents qui s'enroulent autour des talons.

— Je suis sûr que cela aura du succès.

Il lui rendit le bloc.

— Cela te dirait de faire quelque chose de nouveau ce soir ? proposa-t-il.

— Qu'est-ce que tu as en tête ?

Elle le regarda d'un air intrigué, les lèvres entrouvertes. Troublé, il dut s'éclaircir la voix avant de répondre.

— J'ai pensé qu'on pourrait faire une balade à cheval. Je connais un bel endroit pour admirer le coucher du soleil.

— Ça fait des années que je ne suis pas montée à cheval ! s'exclama-t-elle, le regard pétillant. Je suis partante.

Aurait-elle été aussi enthousiaste s'il avait proposé une activité plus… physique ? Malheureusement, il ne le saurait jamais.

— Va enfiler un jean et des bottes.

Quinze minutes plus tard, ils se dirigeaient vers une petite colline où Will était souvent allé enfant. Bien qu'il ait grandi au ranch et qu'il y vive toujours, il n'en était pas le propriétaire. Avant son décès, son père avait déclaré vouloir léguer le domaine à son beau-fils Jesse, le fils de son épouse Cora Lee. Will, pour sa part, avait hérité de la compagnie énergétique familiale.

— Dès le début, mon père a su que Jesse avait une passion pour le ranch, contrairement à moi, expliqua Will.

Megan venait de lui demander pourquoi Roy Sanders avait divisé les biens familiaux comme il l'avait fait.

— Mais Jesse est ton frère par alliance, il n'a pas de lien biologique avec toi, souligna-t-elle. Ça ne t'a jamais dérangé que ton père lui lègue l'un des plus grands domaines de Royal ?

— Pas du tout. Mon père n'a jamais considéré Jesse ou Lucy comme ses beaux-enfants. Il les traitait comme s'ils étaient les siens.

Megan l'observa, l'air admiratif.

— Comment se fait-il que tu puisses être si loyal alors qu'il y a tant d'argent en jeu ?

Ce n'était pas la première fois qu'il répondait à des questions sur le sujet.

— Ce n'est que de l'argent. Pourquoi devrais-je hériter de tout, alors que Spark Energy Solutions me suffit amplement ? De plus, en concentrant toute mon attention sur l'entreprise familiale, j'ai pu la développer comme mon père ne l'aurait jamais cru possible.

— Rares sont les gens capables de partager une immense fortune avec des frères et sœurs non biologiques. Tu es stupéfiant.

Il secoua la tête.

— J'étais très jeune quand Cora Lee a épousé mon père. J'ai toujours considéré Cora comme ma mère, et Jesse et Lucy comme mon frère et ma sœur. Quand mon père est mort, Jesse a su admirablement succéder à papa.

— Vous avez tous les deux perdu des parents biologiques très jeunes. C'est terrible, dit-elle avec compassion. Et pourtant, tu es devenu un homme génial, et équilibré.

— Équilibré en apparence, rectifia-t-il avec un sourire ironique. Je dois l'avouer, c'est Cora qui a maintenu le lien familial entre nous tous. Les mois qui ont suivi la mort de papa ont été difficiles. Mais Cora nous a entourés de tout son amour en nous rappelant constamment à quel point nous étions forts.

Il fut surpris quand Megan posa la main sur la sienne. S'agissant de n'importe qui d'autre, Will aurait à peine remarqué le geste mais, avec Megan, le moindre regard, le moindre contact mettaient ses nerfs à vif. Bien trop vite à son goût, elle retira sa main.

— Elle est très protectrice avec toi, commenta-t-elle.

— Protectrice… C'est un euphémisme pour « autoritaire et têtue » ?

— Non. Elle peut l'être aussi, mais c'est seulement parce qu'elle s'inquiète pour toi.

— Comment le sais-tu ?

— Je vous ai entendus ce matin. Elle se demandait si ma présence au ranch était une bonne chose.

— Et je suppose que tu l'as entendue souligner que tu m'attires.

— Oui. Elle n'avait pas l'air ravie. Et elle a dit que j'étais froide.

— Tu ne l'es pas. En fait, tu es tout le contraire.

Il avait pu le constater lui-même. La danse frénétique de ses hanches quand il avait ondulé en elle… Ses cris passionnés et impérieux tandis que la sueur perlait sur leurs corps enlacés. La saveur de sa bouche généreuse…

Remarquant une soudaine raideur dans son jean, il retira son chapeau et essuya la sueur sur son front. Megan lui faisait un effet fou… Il chassa les images de leur nuit de passion, car ce n'était pas le moment de se laisser aller à des pensées érotiques. Megan était en train de se confier à lui. Il devait l'écouter pour pouvoir mieux la comprendre.

— Parfois, j'ai l'impression que je ne peux faire confiance à personne, avoua-t-elle.

Elle avait les joues rouges, comme si elle aussi s'était rappelé leur nuit torride.

— C'est pour cela que j'ai cette apparence très froide. Je dresse mes défenses en permanence et je repousse les gens.

— Mais Rich a brisé ces défenses, rétorqua-t-il avec une pointe de rancœur.

Il s'en voulait d'avoir été trop bête ou trop aveugle pour ne pas la courtiser avant Rich.

— Oui, et regarde où j'en suis, ironisa-t-elle, amère.

— Tu ne peux pas t'en vouloir d'avoir pris le risque d'aimer. Ce n'est pas ta faute si la situation a mal tourné.

— Vraiment ? demanda-t-elle, incrédule.

Elle poussa un soupir.

— Je comprends ce que tu veux dire, mais le fait d'avoir été dupée me rend encore plus méfiante qu'avant.

C'était aussi son cas.

— Tu ne peux pas vivre ta vie sans faire confiance à personne, insista-t-il.

Fais ce que je dis, ne fais pas ce que je fais.

— Je sais, admit-elle. Je dois travailler là-dessus.

— Tu pourrais commencer par me faire confiance.

— Je pourrais.

— Je crois que tu as déjà commencé. Tu m'as révélé ce que tu ressentais pour moi au lycée, et tu m'as avoué avoir surpris ma conversation avec Cora. Ce serait une bonne chose si nous pouvions parler des questions qui nous perturbent.

— J'imagine que je pourrais essayer.

Elle marqua un temps et se mordilla la lèvre.

— Tant que nous y allons en douceur, précisa-t-elle.

— D'accord. Tu as été franche avec moi. Il est normal que j'en fasse autant.

Il poussa un soupir tremblant, puis se lança.

— La nuit que nous avons partagée après l'enterrement de ton frère a été une immense surprise pour moi. Non seulement le sexe était génial, mais être avec toi m'a comblé comme rien ne m'avait jamais comblé.

Il lui était très difficile de se mettre ainsi à nu, mais il sentait qu'il devait la vérité à Megan.

— J'ai l'impression d'être en équilibre sur une branche qui pourrait se briser à tout moment, avoua-t-il.

— Tu n'es pas seul sur cette branche, et il n'y a pas de raison qu'elle se brise.

Elle lui offrit un sourire si vulnérable qu'il fut profondément ému.

— Cette nuit était fantastique pour moi aussi, dit-elle. Mais, tu le sais comme moi, nous sommes dans une situation compliquée. Ce que nous ressentons en ce moment pourrait changer quand Rich sera arrêté et que la vie reprendra son cours normal.

Une part de lui trouvait Megan un peu trop pragmatique, mais il savait qu'elle avait raison. Cela ne l'empêchait pas de rêver de la faire descendre de cheval pour lui faire l'amour sous les étoiles.

— Alors, que devrions-nous faire ? demanda-t-il.

Sans attendre sa réponse, il ajouta :

— J'aimerais que nous apprenions à nous connaître.

— Sur le plan physique ou sur le plan psychologique ?

Elle-même semblait surprise d'avoir posé sa question.

Il ne put s'empêcher de glousser.

— Les deux, dit-il, décidant de jouer la carte de l'honnêteté. Je ne vais pas prétendre que je n'ai pas envie de te faire l'amour une seconde fois. Ce serait mentir. Et puis, le sexe nous permettrait de mieux nous connaître.

— D'accord. Et si nous apprenons à nous connaître… intimement… nous découvrirons peut-être que nous ne nous apprécions pas, finalement.

Elle lui offrit un sourire charmeur qui contredisait ses paroles.

— J'espère que tu plaisantes, dit-il, car je ne vois pas ce que je pourrais apprendre à ton sujet qui puisse changer ma haute opinion de toi.

— J'ai toutes sortes de terribles défauts.

— Cite-m'en un.

— Je ne referme jamais les tiroirs et les portes de placard. Mon assistante n'en peut plus.

— La mienne se plaint que j'oublie les détails. Je ne sais jamais où sont les trombones ou les agrafes.

— J'ai été dupée par un homme que je prenais pour toi, et je l'ai épousé, marmonna-t-elle.

Elle riva son regard à l'horizon. Le soleil s'était couché, laissant derrière lui des stries rouges, orangées et dorées.

— Mon meilleur ami a tenté de me tuer et m'a volé ma vie, il a tué ton frère, et il fait du mal à beaucoup de gens.

Ils se tenaient côte à côte sur leurs chevaux, tandis que la nuit tombait lentement. Le fait d'avouer leurs échecs avait alourdi l'atmosphère, mais cela les avait aussi rapprochés. Ils étaient tous les deux des victimes de Rich. Ce point commun serait-il une base suffisamment solide pour y bâtir une relation ?

— J'imagine qu'aucun de nous n'est parfait, dit-elle, brisant le silence.

— Je ne suis pas de ton avis, répliqua-t-il. Il n'y a pas grand-chose chez toi qui ne soit pas parfait.

Au lieu de sourire ou de balayer son compliment d'un petit rire, elle resta silencieuse, et immobile.

— Qu'est-ce que j'ai dit de mal ? demanda-t-il.

— Rich me faisait toutes sortes de flatteries exagérées. Il me disait que j'étais belle et parfaite.

Elle soupira.

— Je l'ai cru. Vraiment. Parce que je pensais que c'était toi qui me disais ces choses, et qu'elles étaient exactement ce que j'avais espéré entendre quand nous étions adolescents. Or, au lycée, je n'étais ni belle ni parfaite. J'étais maigre, et gauche.

— Je ne suis pas Rich. Je ne te fais pas de compliment dans un but secret. Je ne suis pas en train de te charmer pour t'attirer dans mon lit. Je dis la vérité.

Loin d'être contrarié qu'elle l'ait comparé à Lowell, il appréciait que Megan ait partagé ses tourments avec lui.

— Je te promets de toujours te dire la vérité.

— Merci. Je suis désolée d'avoir tiré des conclusions hâtives.

— Ne t'excuse pas. Tes inquiétudes sont légitimes.

Elle avança au trot pendant quelques instants.

— Tu ne t'es jamais demandé si tu pourrais un jour refaire confiance à quelqu'un ? demanda-t-elle.

— Si… Tout le temps.

C'était la première fois qu'il faisait cet aveu.

— Toi et moi, nous avons bien plus en commun que tu ne pourrais le croire, observa-t-il.

Pendant un instant, ils se turent. Seuls le bruit familier des sabots et la symphonie des insectes brisèrent le silence, tandis que le ciel prenait une teinte bleu marine.

— J'aimerais te faire confiance, finit-elle par dire.

— J'aimerais te faire confiance aussi, dit-il en souriant.

— Tu crois que nous y arriverons ? demanda-t-elle, rencontrant son regard.

Il vit de l'hésitation dans ses yeux, mais aussi de l'espoir.

— Je pense que nous pouvons travailler là-dessus, conclut-il.

Megan observa son reflet dans le miroir à trois volets de la boutique. La décoration luxueuse, l'éclairage placé de manière stratégique, les verres de vin et la vendeuse attentive l'avaient aidée à se détendre. Et la présence de Dani, qui avait enfin pu se libérer, était la cerise sur le gâteau.

Megan n'avait pas vraiment besoin d'une nouvelle robe pour la fête de fiançailles d'Aaron et de Kasey. Son placard regorgeait de tenues de soirée onéreuses. Mais elle assisterait à cette fête avec Will, ce qui lui donnait une excuse pour acheter une nouvelle pièce. Pas seulement nouvelle, mais aussi différente de ce qu'elle portait habituellement. C'était exactement ainsi qu'elle aurait pu décrire la robe de dentelle noire moulante qu'elle portait à cet instant.

— C'est celle-ci, décréta Dani.

— C'est celle-ci, approuva Megan, passant les mains sur l'étoffe.

— Will va tomber à la renverse.

— Je l'espère. Ça fait longtemps que je n'ai pas osé être sexy, et cette robe me donne le sentiment de l'être.

— Comment fais-tu pour ne pas te dire chaque matin devant le miroir : « Bon sang, ce que je suis sexy » ? Tu es l'une des plus belles femmes de la ville !

Megan sourit.

— La beauté, ce n'est pas seulement l'apparence, dit-elle. Pour être belle, il faut se sentir belle. Or, Rich était vraiment doué pour détruire ma confiance en moi.

Dani reprit son sérieux.

— Je comprends. C'est difficile de se sentir sûre de soi quand quelqu'un vous rabaisse.

Megan secoua vigoureusement les bras, chassant ses pensées noires.

— Tout ça est derrière moi maintenant, affirma-t-elle. Je suis la nouvelle Megan.

— Bravo !

— Et, maintenant, passons à ta tenue. La robe fourreau bleu électrique que tu as essayée tout à l'heure t'allait à ravir.

— Je l'adore, mais je ne sais pas si elle ira avec mes nouvelles chaussures.

Dani était tombé amoureuse d'une paire de la collection Royals Shoes actuelle : des sandales rouges à lanières, ornées de fleurs à gros pétales dont le centre était parsemé de strass.

— Et la robe noire et blanche ? suggéra Megan.

La robe fourreau bicolore était constituée de panneaux noirs en forme de sablier, reliés sur les côtés par une large bande blanche. Le design accentuait joliment les courbes de Dani. Les sandales rouges apporteraient une touche sexy et colorée.

— Cole ne pourra pas te résister quand il te verra dedans, assura Megan. Et, en plus d'être fabuleuse, ta tenue sera parfaitement assortie à la mienne.

Elle se tut un instant, soudain submergée par l'émotion.

— Je suis vraiment heureuse que tu fasses à nouveau partie de ma vie, dit-elle d'une voix tremblante.

Dani la rejoignit et la serra dans ses bras.

— Oui, moi aussi, dit-elle.

Une fois leurs tenues choisies, Dani et elle passèrent

en caisse puis sortirent du magasin. Dès que Megan entendit la porte de la boutique se refermer derrière elle, elle regarda autour d'elle, pour vérifier que Rich n'était pas dans les parages. Surveiller son environnement était devenu une habitude nécessaire. Elle avait cru être discrète, mais Dani l'observait d'un air soucieux.

— Il t'a vraiment traumatisée, à ce que je vois.

Megan savait à qui Dani faisait allusion.

— Oui. Quand j'ai découvert que j'avais épousé un imposteur, j'étais plus humiliée qu'inquiète pour ma sécurité. Mais, après avoir appris ce qu'il avait fait à Will puis à Jason, j'ai mesuré à quel point il était dangereux et imprévisible. Et il est de retour en ville.

Elle avait gardé pour elle l'incident sur le parking, et elle se demandait maintenant si elle avait été bien inspirée de venir faire les boutiques avec Dani.

— Il m'attendait sur le parking de ma société il y a quelques jours, révéla-t-elle.

Dani écarquilla ses grands yeux noisette.

— Pourquoi tu ne m'as rien dit ?

— Je ne voulais pas t'inquiéter.

— Tu ne voulais pas…

Dani secoua la tête, l'air effaré.

— Qu'est-ce qui s'est passé ?

— Il a exigé que je le suive.

— Pour aller où ?

— Aucune idée.

Dani se mit à jeter des regards autour d'elle comme Megan venait de le faire.

— Tu es sûre que cette virée dans les boutiques était une bonne idée ? demanda-t-elle, faisant écho à ses pensées. Rich pourrait surgir à tout moment.

Megan regrettait d'avoir parlé de Rich, car maintenant Dani était soucieuse.

— Je ne pense pas qu'il tenterait une attaque dans une

rue bondée, dit-elle pour la rassurer. Je ne t'aurais pas fait courir un tel danger si je croyais le contraire.

— Ce n'est pas pour moi que je m'inquiète.

— Moi, si. Tu as deux magnifiques garçons qui ont besoin de leur maman, et un mari formidable qui serait dévasté s'il t'arrivait quoi que ce soit.

Elle fronça les sourcils.

— En fait, il vaudrait peut-être mieux que nous évitions de nous voir tant que Rich n'est pas en prison.

— Tu ne peux pas cesser de voir les gens que tu aimes pour essayer de les protéger, dit-elle, enroulant le bras autour du sien. Viens, allons déjeuner.

Megan hocha la tête, émue. Sa relation avec Dani n'avait pas de prix, et si, pour protéger son amie, elle devait cesser de la voir temporairement, elle le ferait.

Une fois qu'elles furent installées sur une banquette du Royal Diner, Dani questionna Megan sur l'incident avec Rich. Megan expliqua qu'elle lui avait tiré dessus.

— Tu es si courageuse ! commenta Dani, admirative. Je ne sais pas ce que j'aurais fait dans la même situation.

— J'étais terrifiée, avoua-t-elle. Et j'ai agi d'instinct. Je ne voulais pas le tuer, juste lui faire peur.

Elle poussa un soupir tremblant.

— C'est terrible à dire, mais je pense que, s'il m'attaquait à nouveau, je pourrais pointer l'arme sur son cœur et appuyer sur la détente.

Elle-même était choquée par ses propres paroles. Mais elle savait qu'elles étaient la conséquence d'un long processus de destruction. Dès le début de leur mariage, Rich avait sapé son estime d'elle-même, L'amour qu'elle avait pour lui s'était éteint peu à peu, sous l'effet de sa violence psychologique subtile. Pourtant, elle avait continué à jouer les bonnes épouses, car elle croyait avoir épousé Will Sanders, un homme qu'elle admirait depuis longtemps. Lorsqu'elle avait appris qu'elle avait été dupée, il lui avait été facile de diriger sa colère contre Richard Lowell.

— Si quelqu'un devait me faire du mal ou faire du mal à ma famille, je réagirais comme toi, affirma Dani. Et Rich est un homme très dangereux. Tu ne devrais pas hésiter à faire le nécessaire pour te protéger.

Megan savait que Dani était d'un soutien sans faille, mais entendre les paroles de son amie lui faisait du bien. Les nuages noirs qui avaient assombri son humeur se dissipèrent, et elle se sentit plus joyeuse et plus optimiste qu'elle ne l'avait été depuis bien longtemps.

Elle ravala une soudaine montée de larmes et sourit.

— Merci. C'était ce que j'avais besoin d'entendre.

Dani hocha la tête.

— J'imagine que cela explique pourquoi tu vis au ranch de Will. Comment se passe ton séjour ?

— Très bien.

— Tu passes sans doute beaucoup de temps avec Will, s'enquit Dani d'un ton malicieux. Vous vous entendez bien ?

— Bien sûr. Il est merveilleux.

Même s'ils avaient dîné ensemble au ranch plusieurs fois ces derniers jours, ils n'avaient pas retrouvé la complicité qu'ils avaient partagée pendant leur balade à cheval. Elle ignorait si le problème venait d'elle ou de Will. Sans doute se demandaient-ils tous les deux jusqu'où avancer dans leur relation, et à quelle vitesse.

Ils avaient évoqué la possibilité de coucher ensemble mais, même si elle rêvait de ses baisers, de ses mains sur sa peau, elle ne voulait pas se contenter de quelques nuits de sexe, aussi époustouflantes soient-elles.

Alors, peut-être était-elle responsable de ce manque de progrès dans leur relation. Peut-être émettait-elle des ondes qui tenaient Will à distance.

— Je suis sûre qu'il pense la même chose de toi, dit Dani, l'arrachant à ses pensées.

Megan devinait où son amie voulait en venir.

— Je ne sais pas, mais il apprécie ma compagnie. Du moins, c'est ce qu'il m'a dit.

— Je vais te poser la question directement, déclara Dani d'un ton soudain sérieux. Est-ce que Will et toi couchez ensemble ?

— Non.

— C'est vrai ? s'exclama son amie, l'air déçue. Tu avais pourtant un faible pour lui, au lycée. Et, à la façon dont il te regarde, il a l'air intéressé.

— La situation est trop compliquée, argua-t-elle, ignorant les battements accélérés de son cœur. Même si je l'apprécie, je suis sûre qu'il me voit comme la femme qui a épousé son pire ennemi.

— Mais il sait que tu as été dupée. Il sait aussi que tu as épousé un homme qui prétendait être Will Sanders. Ça doit le pousser à réfléchir.

— Justement, il réfléchit trop. Je pense qu'il se demandera toujours si je suis sincère avec lui, dit-elle, se rappelant les insinuations de Cora Lee. Peut-être qu'il croit que tout ce qui m'intéresse, c'est d'être Mme Will Sanders.

— Pourquoi penserait-il une chose pareille ? Tu as ta propre société, et tu as bâti ta propre fortune. Tu n'es certainement pas du genre à épouser un homme pour son statut ou sa richesse.

Dani secoua la tête et ajouta :

— Je crois que tu ne lui fais pas assez confiance.

Peut-être. Mais la famille de Will pourrait finir par le convaincre qu'il était mieux sans elle.

— Et il y a eu cette nuit, après l'enterrement de Jason, lui rappela Dani. C'est une base sur laquelle vous pouvez construire une relation, sans doute.

— Ce soir-là, nous n'étions pas dans notre état normal, rétorqua-t-elle.

— Et il ne s'est rien passé depuis ?

Comme Megan ne répondit pas aussitôt, Dani s'exclama :

— Ah ! Il y a eu quelque chose !

— Nous n'avons pas recouché ensemble.

— Alors qu'est-ce qui s'est passé ?

— Il y a peut-être eu un baiser… Mais nous avons décidé de ne pas aller plus loin.

— Tous les deux, vous luttez contre votre attirance depuis bien trop longtemps. Pourquoi tu ne lui dis pas simplement ce que tu ressens ?

— Parce que je ne veux pas créer une situation gênante entre nous pendant que je vis au ranch.

— Et si vous étiez faits l'un pour l'autre ? Si vous n'abordez pas le sujet, vous pourriez passer à côté du bonheur.

— Une fois Rich arrêté, peut-être que, Will et moi, nous pourrons parler de nos sentiments. Mais, pour l'instant, il y a trop de choses en suspens. C'est trop compliqué, conclut-elle.

Dani sembla déçue, mais ne lui opposa pas d'autres arguments.

— Je vais essayer d'être patiente, mais je reviendrai à la charge, prévint-elle.

Megan savait que son amie voulait la voir heureuse, comme elle l'était elle-même avec son mari, Cole. Megan l'enviait un peu d'ailleurs. Au début de sa relation avec le faux Will, elle avait cru elle aussi avoir trouvé l'amour vrai. Mais tout n'avait été que mensonges.

— Promets-moi simplement une chose, reprit Dani. Ne dresse pas de murs entre Will et toi. Je sais que tu n'es pas prête pour l'instant, mais je pense que Will te fait du bien, et réciproquement. Vous avez besoin l'un de l'autre. Si tu te montres trop fermée, il pourrait penser qu'il ne te plaît pas.

— D'accord. Je te promets de ne pas être totalement fermée.

De toute façon, elle doutait que Will tente quoi que ce soit. Depuis qu'elle séjournait chez lui, il se comportait en parfait gentleman. Sauf ce premier soir, quand il l'avait embrassée. Elle ne savait plus très bien comment ils en étaient arrivés à ce baiser. L'avait-elle encouragé, ou Will avait-il pris seul cette initiative ? Elle savait seulement qu'elle avait désespérément voulu qu'il l'embrasse, et que Will avait réalisé son souhait. Ce baiser avait dépassé toutes ses attentes.

— Merveilleux ! se réjouit Dani. À présent, choisissons un dessert.

— Mais nous n'avons pas encore commandé à déjeuner ! s'exclama Megan en riant.

— La vie est courte. Commençons par le dessert.

- 6 -

La fête de fiançailles d'Aaron et de Kasey avait lieu au Texas Cattleman's Club. Quand Will arriva avec Megan à son bras, il remarqua que tous les regards étaient braqués sur eux. Était-ce à cause de l'allure renversante de Megan ou parce qu'ils se montraient ensemble, projetant l'image d'un couple heureux et détendu ?

La plupart de leurs proches savaient que Richard Lowell avait endossé l'identité de Will pendant un an, mais beaucoup de gens à Royal l'ignoraient. Depuis que Will s'était remis à sortir en ville au lieu de rester reclus au ranch comme il l'avait fait presque tout l'été, il s'était aperçu que les gens l'évitaient ou l'observaient avec méfiance.

Au fil des conversations, il avait compris que Rich avait eu un comportement lunatique durant son imposture. Par chance, ceux qui connaissaient bien Will avaient attribué son tempérament colérique, sa soudaine réserve et ses phrases parfois étranges à ses blessures dues à l'explosion du bateau. Will aurait tant aimé tout révéler, expliquer que Lowell avait pris sa place, mais tant que Rich était dans la nature la police voulait que Will continue à jouer la comédie.

Le seul bon côté dans cette histoire, c'était qu'il pouvait passer du temps avec Megan et faire semblant d'être son époux, un rôle dans lequel il était de plus en plus à l'aise.

— Je t'ai déjà dit à quel point tu étais belle ce soir ?

murmura-t-il à Megan, la guidant vers la grande salle où avait lieu la réception.

Elle baissa ses longs cils courbés. Chez la plupart des femmes, il aurait pris cela pour un geste séducteur, mais Megan était trop sincère pour jouer avec lui.

— Plusieurs fois, oui.

Grâce au temps passé avec elle ces derniers jours, il savait maintenant qu'elle se méfiait des flatteries. Pourtant, son petit sourire signifiait qu'elle lui faisait peu à peu confiance.

— C'est trop ? demanda-t-il.

Ses yeux d'un bleu pâle brillaient quand elle rencontra son regard.

— Non. Je pense que tu es sincère.

C'était un mystère pour lui : comment une femme aussi belle et talentueuse que Megan pouvait-elle être si peu sûre d'elle ?

Remarquant qu'elle tremblait légèrement, il demanda :

— Tu es nerveuse ? Je te promets de ne pas te quitter de la soirée.

— Eh bien, cela me changera ! Certains invités seront surpris de te découvrir en mari attentif, ironisa-t-elle.

Il perçut sa douleur dans ses paroles.

— Je suis désolée, dit-elle après un instant. Je sais que tu n'y es pour rien.

— Non, c'est moi qui suis désolé.

Chaque fois qu'il était face aux conséquences de ses erreurs, les blessures de son âme se rouvraient. Parfois, la douleur était si intense qu'elle en devenait insupportable.

— Si seulement j'avais lu en lui ! lâcha-t-il. Tout ce qui s'est passé est ma faute. Sans mon aveuglement, Rich n'aurait jamais pu faire autant de mal.

— À ta décharge, il était assez convaincant. Il a trompé ta famille et tes amis.

— Si tu m'avais connu intimement avant lui, tu aurais su nous différencier, toi.

— Qu'est-ce qui te rend si sûr de cela ?

Au lieu d'entrer dans la salle, il l'entraîna vers un couloir menant aux bureaux du club, vides à cette heure-ci. Il l'adossa contre le mur.

— Ça, dit-il.

Il se pencha vers elle et captura sa bouche, profitant de son soupir de surprise pour glisser la langue entre ses lèvres. Ce n'était pas un baiser romantique, plein de promesses et de désir, mais une démonstration destinée à prouver son pouvoir sur les sens de Megan.

Elle lui rendit son baiser avec une ferveur égale, un doux gémissement s'échappant de sa gorge tandis qu'elle plongeait les mains dans ses cheveux et l'attirait plus près encore. Un frisson la traversa lorsqu'il plaqua le torse contre ses seins. Quand il glissa sa jambe entre ses cuisses, elle gémit. Un son qui exacerba ses sens. Ne voulant pas se contenter de ses lèvres, il descendit vers son cou.

Le contrôle qu'il exerçait sur ses sens fut mis à mal quand il respira le parfum de Megan. Une fragrance épicée, plus exotique que celle qu'elle portait d'habitude. Un parfum qui lui évoquait les pays lointains dans lesquels il aimerait lui faire l'amour.

Posant la main sur son sein, il sentit son téton se durcir sous sa robe. Elle reserra les doigts sur ses cheveux et s'abandonna entre ses bras. Il sentit la tension dans son aine augmenter, au point d'être douloureuse.

Émettant un râle, il s'efforça de se ressaisir, surpris que ce soit si difficile. Il n'était pourtant pas du genre à perdre le contrôle. Cela ne lui était arrivé qu'une fois. Avec Megan…

Cédant à son envie, il pressa ses lèvres sur les siennes, et la sentit fondre sous la caresse chaude de sa langue. Un désir enivrant pulsa en lui, exigeant d'être assouvi. Il ne lui faudrait que dix secondes pour déboutonner son pantalon et s'enfoncer en elle. Sa main se porta vers les boutons de son pantalon avant même qu'il ait fini de formuler sa pensée. À sa grande surprise, Megan avait eu la même idée et posa la main sur son entrejambe.

Un grondement lui échappa, et il se cambra sous cet assaut intime. Sous ses doigts, il sentit son téton se raffermir encore. Lorsqu'il le titilla, elle poussa un cri. Un son qui le ramena à la réalité.

Même si le risque qu'ils soient surpris en pleine action était faible, ils s'étaient laissés emporter au point d'oublier la fête.

À regret, il écarta la main de Megan de son sexe gorgé de désir et la plaqua au-dessus de sa tête.

— Alors, tu penses toujours que tu n'aurais pas su me différencier de Rich ?

Il fit dériver ses lèvres sur sa joue, puis sur son cou, savourant la pression de son sein contre sa paume.

— Non, en effet, dit-elle avec un petit rire. Tes baisers ne ressemblent à rien de ce que j'ai connu. Dans tes bras, j'éprouve des choses… Tu me fais perdre la tête. Quoi que tu me demandes, je te dirai oui.

Une part de lui se réjouit de ses paroles, mais une autre part lui rappela que le désir physique était différent de l'amour. Leur attirance mutuelle était forte mais, pour ce qui était de l'amour, c'était bien plus compliqué. D'ailleurs, savait-il même ce qu'était l'amour ? En tout cas, il savait le reconnaître chez les autres. Aaron et Kasey en offraient un bel exemple.

Will avait remarqué leur alchimie avant même que Kasey ne s'installe chez Aaron pour devenir la nourrice de la fille de Jason, après la mort de celui-ci. Au départ, Will avait observé les deux tourtereaux avec amusement. Voir cet homme d'affaires taciturne, brillant et ambitieux tomber amoureux de sa douce et jolie assistante avait été très divertissant. Mais, ensuite, Will avait pris conscience qu'Aaron avait tout, et il avait mesuré à quel point sa propre existence était devenue vide.

Il avait alors compris que ses succès professionnels ne lui suffisaient plus. Lui aussi voulait un mariage solide. Une famille bien à lui.

— Megan…, commença-t-il d'un ton contrit.

— Ne t'avise pas de t'excuser !

— Je suis désolé, dit-il, passant outre son avertissement. Je n'aurais pas dû faire ça.

— Va au diable, Will Sanders ! Je me mets à nu devant toi, et tu me présentes des excuses ! Tu es l'homme le plus agaçant que j'aie jamais rencontré !

— Je sais, et j'en suis navré.

— Cesse de t'excuser ! s'agaça-t-elle, lui martelant le torse. Je voulais que tu m'embrasses. Pour être franche, je veux plus. Et je ne vais pas m'excuser pour cela. J'aime faire l'amour avec toi. C'est plus qu'agréable, c'est fantastique.

— Je ressens la même chose. Tu me fais perdre le contrôle, or je ne veux pas me laisser aller avec toi.

Il observa son beau visage. Et il constata que ses paroles l'avaient blessée.

— Je me suis mal exprimé, reprit-il. Cette situation dans laquelle nous nous trouvons, elle n'est pas réelle. Et elle est dangereuse. Nous faisons semblant d'être ce que nous ne sommes pas, et cela nous pousse peut-être à aller sur un terrain que nous n'aurions pas exploré en d'autres circonstances.

— Selon toi, il n'y aurait pas d'attirance entre nous si nous ne faisions pas semblant d'être mariés ?

— Non, ce n'est pas ce que je veux dire. Je serais attiré par toi quelle que soit la situation, mais nos émotions s'emmêlent, et je tiens trop à toi pour ne pas être totalement honnête.

— Je comprends. Nous jouons la comédie. Nous prétendons être un couple alors que c'est faux.

Elle esquissa un sourire, mais il n'y avait aucune joie dans son regard.

— Tu n'es pas mon mari. Et nous ne sommes pas amoureux, c'est certain. Ce qui veut dire que personne ne s'étonnera de notre comportement, car je suis sûre que le faux Will et moi n'étions pas amoureux non plus.

— Megan…

— Tout va bien, assura-t-elle, mais le ton de sa voix indiquait tout le contraire. Je vais aller me remaquiller. Je te retrouve dans la salle.

Avant que Will ait pu marmonner une autre tentative d'explication et créer davantage de dégâts, Megan s'éloigna. Il resta là, à se réprimander. Depuis quand était-il devenu si maladroit avec les femmes ?

Remettre du rouge à lèvres s'avéra compliqué, car Megan avait encore les mains tremblantes après le baiser passionné de Will, suivi de son rejet brutal. Comment osait-il l'embrasser de la sorte et s'excuser ensuite ! Elle avait suivi les conseils de Dani et avoué à Will ce qu'il provoquait chez elle. À présent, elle se demandait si elle avait bien fait.

Cela dit, elle ne pouvait pas continuer à cacher ses émotions. Comme elle l'avait récemment découvert, se forger une carapace ne l'avait pas protégée des humiliations. Et nier son désir pour Will ne la rendait pas plus heureuse.

Tandis qu'elle appliquait un rouge carmin sur sa lèvre inférieure, elle songea à tout ce que Will venait de lui dire. Était-il juste d'attribuer leur attirance physique uniquement aux circonstances ? Se berçait-elle d'illusions en pensant que ses sentiments pour lui étaient réels ? Son désir pour

Will ne reposait-il que sur leur intimité, et sur la comédie qu'ils jouaient ?

Je ne veux pas me laisser aller avec toi.

Pourquoi, bon sang ? Quel mal y avait-il à se laisser aller ? Avait-il peur qu'elle tombe amoureuse de lui ? Eh bien, c'était un peu tard pour s'en inquiéter ! Sa fascination pour Will remontait à plus de dix ans. Au lycée, son cœur vulnérable bondissait chaque fois qu'ils se retrouvaient dans le même cours de littérature avancée.

La porte des toilettes s'ouvrit, et deux femmes entrèrent dans un tourbillon de rires et de parfums. Songeant qu'elle s'était un peu trop éternisée, Megan remit son maquillage dans son sac et sortit. À sa grande surprise, elle découvrit Will appuyé contre un mur.

Dans son costume anthracite et sa chemise blanche, il ressemblait tout à fait à l'homme d'affaires riche et séduisant qu'il était. La puissance qui émanait de lui fit bondir son cœur. Chaque cellule de son corps réclamait le sien mais, hélas, Will refusait d'assouvir le désir qui faisait rage entre eux.

— Tu n'étais pas obligé de m'attendre, dit-elle.

Sa voix était plus tremblante qu'elle ne l'aurait voulu.

— Megan, je n'ai pas très bien agi tout à l'heure.

— Je ne suis pas de ton avis, rétorqua-t-elle, se dirigeant vers le lieu de la réception. Tu as dit ce que tu avais à dire, et j'apprécie ton honnêteté.

— Mais ce que j'ai dit ne t'a pas rendue heureuse.

— Je ne suis ni heureuse ni malheureuse.

Le sang-froid avec lequel elle avait prononcé ce gros mensonge la surprenait elle-même. Prenant un air innocent, elle glissa le bras sous le sien lorsqu'ils franchirent le seuil de la salle.

— Je tiens à m'expliquer, insista-t-il.

— Nous n'avons pas le temps pour ça. Nous pourrons

discuter plus tard d'un moyen de coexister pacifiquement jusqu'à l'arrestation de Rich.

— Coexister pacifiquement ? reprit-il, se fendant d'un petit rire. Je ne me sens pas en paix une seconde quand je suis avec toi.

Décidément, elle avait de plus en plus de mal à le suivre ! Mais, avant qu'elle ait pu lui faire part de son étonnement, Jesse Navarro, le frère de Will, vint vers eux, accompagné de sa jolie épouse.

— Jillian, cette couleur te va à ravir, s'extasia Megan, admirant la robe empire vert émeraude de la voluptueuse blonde. Tu es superbe.

— Tu es très en beauté, toi aussi, répondit Jillian.

La jeune femme s'attarda sur les escarpins noirs de Megan, qui ressemblaient à des chaussons de danse avec leurs rubans noués autour de ses chevilles.

— Tes chaussures sont renversantes, commenta-t-elle.

— Elles font partie de ma collection hiver. Communique-moi ta pointure par SMS et je t'en enverrai une paire.

Megan ne faisait pas seulement preuve d'altruisme. Ancienne danseuse, Jillian avait de longues jambes galbées et sexy. Si elle portait les chaussures de Megan, ce serait une formidable publicité pour Royals Shoes.

— J'en serais ravie, dit Jillian.

Après les politesses d'usage, les deux hommes discutèrent d'un problème concernant une crique située sur les terres du ranch. Leur petit groupe traversa la salle pour rejoindre les futurs mariés.

Megan se rendit compte que la tension qu'elle éprouvait tout à l'heure avait disparu. Ce soir, pour la première fois, elle avait le sentiment que Will et elle formaient un vrai couple, qu'ils n'étaient pas deux étrangers jouant les mariés.

Admirative, elle regarda Will se mêler aux invités avec aisance et assurance, conversant aimablement avec chacun.

Elle nota aussi à quel point les gens étaient surpris que

Will leur adresse la parole. Richard Lowell avait vexé et évité tant de gens quand il faisait semblant d'être Will qu'il avait gravement entaché la réputation de son ennemi.

Tandis qu'ils se frayaient un chemin dans la foule de convives, un autre couple se greffa à leur petit groupe. Dani et Cole étaient en retard. Légèrement décoiffés, ils ne se quittaient pas des yeux. Captant le regard de son amie, Megan haussa un sourcil d'un air entendu, et Dani rougit.

Megan aurait aimé avoir l'air aussi enivrée ou satisfaite, après le baiser brûlant que Will et elle venaient d'échanger. Son corps était frustré, et son cœur aussi. Que n'aurait-elle pas donné pour être heureuse en amour et libre de le montrer ! Et si Will n'était pas prêt à s'investir sur le plan émotionnel ? Son cœur de jeune femme blessée pourrait-il survivre à deux chagrins en moins d'un an ?

Enfin, ils parvinrent jusqu'aux fiancés, et Megan étreignit son frère avant de reporter son attention sur la future mariée.

— Tu es splendide ce soir, murmura-t-elle à Kasey.

Et elle était sincère. L'ex-assistante à présent nourrice qui avait captivé le cœur d'Aaron était une jolie jeune femme aux yeux couleur ambre et aux cheveux châtains rehaussés de reflets caramel. Elle portait une robe de dentelle dorée qui chatoyait sous les lumières de la salle.

— Toi aussi, dit Kasey, son regard oscillant entre Megan et Will. Et vous faites un couple superbe, ajouta-t-elle à voix basse.

Comme Dani, Kasey appréciait manifestement l'image que Will et Megan renvoyaient. Megan voulut dissiper ses suppositions, mais elle se ravisa. Une fois Rich Lowell arrêté, la vérité éclaterait toute seule.

— Bien moins que vous deux, répondit Megan, tenant à ce que les fiancés restent au centre de la discussion. Je ne sais pas ce que tu fais à mon frère, mais continue.

Au grand plaisir de Megan, Kasey rougit.

— C'est plutôt ce qu'il me fait. Je n'ai jamais connu d'homme comme lui. Il est merveilleux avec Savannah. Et si tendre et romantique… Ce matin, en me réveillant, j'ai découvert une rose sur mon oreiller et un message qui… Eh bien, disons que le contenu m'a fait sourire.

— Vous avez fixé une date pour le mariage ? demanda Jillian, se joignant à la conversation.

— Pas encore. Nous ne savons pas vraiment combien d'invités nous aurons, et cela déterminera le temps dont nous aurons besoin pour les préparatifs.

Megan songea à son propre mariage, qui avait eu lieu dans une toute petite chapelle de Reno, sans famille ni amis. Une erreur qu'elle ne répéterait pas.

— J'imagine qu'un grand mariage peut rapidement devenir incontrôlable, mais je serais ravie de pouvoir t'aider autant que possible, déclara-t-elle.

— Merci, dit Kasey.

Megan s'écarta pour que Jillian puisse prendre la fiancée dans ses bras, et reporta son regard sur Will. Les émotions qui vrillaient en elle furent encore plus confuses quand elle remarqua qu'il l'observait de près, l'air songeur. Manifestement, Will cherchait des réponses, mais elle ignorait à quelles questions.

Elle aurait pu aimé l'entraîner dans un coin de la pièce pour lui ordonner de ne plus lui envoyer tous ces signaux contradictoires. Que voulait-il d'elle ? De l'amitié ? Du sexe ? Les deux ? Ou… Rien de tout cela ? Ils étaient dans une situation complexe, et elle voulait en tirer le meilleur parti, mais elle n'était pas sûre de savoir ce qu'était « le meilleur parti ».

Lorsqu'elle était avec lui, elle rêvait qu'il l'embrasse, qu'il l'entoure de ses bras puissants. Quand ils étaient séparés, son sourire et son sens de l'humour lui manquaient. Cela prouvait bien que ses émotions n'étaient pas provoquées uniquement par le désir physique et par leur proximité.

Elle était en train de tomber amoureuse de Will, comme autrefois.

Au fond du parking du Texas Cattleman's Club, assis dans son pick-up, Rich fixait la porte d'entrée du bâtiment. Il avait suivi la Land Rover de Will depuis le ranch, et il regarda Will escorter Megan à l'intérieur du club.

D'après sa démarche assurée, Will ressemblait à un homme qui n'avait aucun souci au monde. Quoi d'étonnant ? Il avait récupéré sa vie, avec un bonus : une femme qui l'adorait, à l'évidence.

Autrefois, c'était Rich que Megan regardait comme s'il était un dieu. Surtout après leur mariage. Toutes ces choses qu'il lui avait faites… Toutes ces choses qu'elle avait accepté de lui faire… Il avait particulièrement savouré leurs ébats parce que Megan était à lui, et non à Will Sanders.

Et il la récupérerait bientôt. Cette fois, Will serait là pour assister à son triomphe. Il ferma les yeux et appuya la tête contre le siège, laissant la douceur de sa victoire imminente l'envahir.

Son téléphone sonna, brisant son moment de félicité. C'était un message concernant un rendez-vous avec un technicien capable de pirater des programmes de surveillance électronique. Les agents du FBI se croyaient malins : ils avaient laissé l'or de Rich au chalet, mais ils avaient mis en place un réseau de caméras, afin de le capturer quand il irait chercher son butin. Depuis le début, ils le sous-estimaient et enchaînaient les erreurs. Se déplacer dans Royal sans se faire prendre était presque devenu un jeu pour lui.

Un jeu qui allait bien prendre fin. Il était grand temps qu'il récupère son magot et Megan, et qu'il fiche le camp de cette ville. Son seul regret : ne pas pouvoir contempler l'expression de Will quand celui-ci comprendrait que Rich l'avait battu, une fois de plus.

D'un commun accord, Megan et Will avaient décidé de ne pas s'éterniser à la fête, et ils étaient rentrés tôt.

Tout en fredonnant une chanson de Taylor Swift, Megan retira sa robe de soirée. Ne portant plus que ses sous-vêtements et ses escarpins, elle aperçut son reflet dans le miroir de son armoire. Elle avait acheté le coordonné de dentelle noire sur un coup de tête. Inutile de réfléchir beaucoup pour savoir à qui elle avait pensé en choisissant cette lingerie sexy.

Ces derniers temps, ses pensées et ses décisions semblaient gouvernées par ses hormones. Des images érotiques l'assaillaient à n'importe quel moment de la journée. Parfois, alors qu'elle étudiait un dessin pour une nouvelle création, elle se demandait soudain si Will apprécierait de la voir porter des escarpins aux talons vertigineux… et rien d'autre. En quelques secondes, le bas de son ventre se mettait alors à pulser de désir.

Jamais elle n'avait dû fournir tant d'efforts pour rester concentrée sur son travail. Non, ce n'était pas tout à fait vrai. Au lycée aussi, elle avait des difficultés à se concentrer quand Will assistait aux mêmes cours qu'elle. Et c'était avant qu'elle ne goûte à ses baisers enfiévrés, avant qu'ils ne partagent ces ébats époustouflants. Comment était-elle censée résister, maintenant qu'elle vivait sous le même toit que lui ?

Elle saisit le haut de pyjama que Will lui avait prêté et l'enfila. Elle mit les mains sur les hanches, dans une pose qu'elle espérait séductrice. Hélas, le miroir lui renvoya une image gauche. Megan avait peu de pratique en matière de séduction. Son mariage avec Rich ne l'avait pas transformée en tigresse, loin de là.

La plupart du temps, son imposteur de mari lui avait fait l'amour de manière rapide et brutale. Ses baisers fougueux lui avaient donné le sentiment d'être un objet plus qu'une partenaire. Résultat : elle s'était sentie peu satisfaite, et s'était convaincue que le problème venait d'elle. Elle qui avait toujours été attirée par Will, elle n'avait pas compris pourquoi, depuis leur mariage, les choses avaient changé. Elle s'était même demandé si elle n'était pas frigide.

Son téléphone sonna. Perturbée par ses pensées négatives, elle décrocha sans vérifier qui l'appelait.

— Allô ?

— Alors maintenant, tu vis chez lui ?

Elle fut si surprise d'entendre la voix sinistre de Rich que, durant un instant, elle fut incapable de réfléchir.

— Depuis combien de temps tu couches avec lui, Megan ?

Une fureur contenue perçait dans sa voix menaçante.

— Je ne couche pas avec lui.

Mais le tremblement de sa voix la trahit.

— Nous ne couchons pas ensemble, reprit-elle avec plus de force.

— Quelle jolie menteuse tu fais ! Tu sais ce qui arrive aux jolies menteuses ?

— Laisse-moi tranquille.

Elle avait l'impression qu'une centaine d'aiguilles lui piquaient le corps.

— Tu es ma femme. Je ne te laisserai jamais tranquille.

Cette affirmation lui fit l'effet d'un coup de massue. Car elle savait que Rich disait vrai. Il ne renoncerait jamais. Et il ne serait jamais arrêté. Combien de temps encore pourrait-elle supporter d'être épiée à chaque seconde de la journée ? Elle songea à toutes ces années durant lesquelles il avait fréquenté Will et fait semblant d'être son ami, tout en profitant de toutes les personnes de son entourage. Étant donné la façon dont il échappait au FBI depuis des mois, pouvait-elle espérer être libre un jour ?

— Je ne suis pas ta femme. Je ne l'ai jamais été. Fiche-moi la paix, bon sang !

Elle aurait beau répéter cette phrase maintes fois, elle savait que cela ne ferait aucune différence. Rich ne reculerait pas. Il ne s'en irait pas. Elle raccrocha et jeta le téléphone sur le lit. Elle venait de plonger sa tête entre ses mains quand la sonnerie retentit à nouveau. Le bruit strident résonna entre les murs de sa chambre. Quand il cessa, elle saisit l'appareil et bloqua le dernier numéro affiché. Les mains tremblantes, elle reposa le téléphone sur la commode et le fixa.

Elle devait sans doute prévenir le shérif, mais elle ne pouvait se résoudre à le faire maintenant. Alors, elle sortit de la pièce, laissant le téléphone derrière elle, et alla trouver la seule personne qui pourrait lui faire oublier tous ses ennuis.

- 7 -

Megan entra en trombe dans la chambre de Will, sans même penser qu'elle pourrait le surprendre dans un moment gênant. Il avait ôté sa veste et sa cravate, et se tenait devant la baie vitrée.

— Will !

Il se retourna et, remarquant son air affolé, plissa les yeux.

— Que t'arrive-t-il ?

— Rich vient de me téléphoner. Il sait que je suis ici, avec toi. Et ça ne lui plaît pas.

En trois longues enjambées, il la rejoignit. Mais il ne la toucha pas.

— Tu es en sécurité ici, affirma-t-il d'une voix réconfortante.

— Vraiment ?

Elle tritura nerveusement sa chevelure.

— Il me retrouvera, je le sais.

— Il ne t'approchera pas. Cesse de t'inquiéter.

Il libéra ses mains de ses longues mèches et les plaqua contre son torse.

— Je ne laisserai rien t'arriver.

Même si elle voulait désespérément le croire, elle rétorqua :

— Tu ne peux pas l'arrêter. Jason a essayé, et regarde ce qui lui est arrivé. Rich l'a tué.

— Lowell a pris Jason par surprise, tout comme il l'a fait avec moi sur le bateau. Ça ne se reproduira pas.

Puis, prenant une voix douce comme pour calmer un enfant terrifié, il ajouta :

— Tout va bien. Nous nous en sortirons. Tous les deux.

Elle tenta de trouver de l'apaisement dans ses promesses, mais l'adrénaline faisait cogner son cœur dans sa poitrine.

— J'ai envie de te croire. Mais Rich me fait peur.

— Tu l'as déjà vaincu une fois, lui rappela-t-il.

— Parce qu'il ignorait que j'étais armée. Il ne va certainement pas commettre la même erreur.

— Eh bien, s'il tente quoi que ce soit, il devra m'affronter d'abord.

C'était justement l'une des craintes de Megan. Elle savait que Will n'hésiterait pas à se mettre en danger pour la protéger.

— Je ne veux pas qu'il t'arrive quoi que ce soit, murmura-t-elle d'une voix étranglée.

— Il faut que nous prévenions l'agent spécial Bird et le shérif Battle.

Il relâcha son emprise sur ses poignets, comme s'il allait reculer. Mais après avoir entendu les menaces de Rich, et même si sa peur commençait à se dissiper, elle avait besoin d'un exutoire. Elle attrapa sa chemise pour le retenir.

— Fais-moi l'amour, Will.

Elle plongea la main dans ses épais cheveux bruns et tira dessus, assez fort pour le faire grimacer.

— J'ai besoin de toi, avoua-t-elle.

Son regard émeraude passa sur ses traits tandis que l'air se chargeait d'une tension électrique.

— Megan, ce que tu me demandes…

Il la fixa, l'air sonné. Elle le défia du regard, tout en se demandant jusqu'où elle était prête à aller.

— Ce n'est pas une demande, Will.

Elle caressa son torse, sentit ses muscles fermes ondoyer sous sa paume. Elle était prête à tout, car il était hors de question qu'elle dorme seule ce soir.

— Ne parle pas, lui intima-t-elle. Ne réfléchis pas. Contente-toi d'agir.

— Ce que tu me demandes…

Il secoua la tête, mais dans ses yeux brillait déjà une lueur de désir.

— C'est vraiment ce que tu veux ? demanda-t-il.

— Tu es tout ce que j'ai toujours voulu.

Ces mots venaient d'un endroit secret, tout au fond d'elle. Étrangement, elle n'avait jamais avoué cela à Rich l'imposteur, alors qu'il avait déclaré l'aimer. Pourquoi cette confession lui était-elle venue si facilement avec Will, qui faisait pourtant de son mieux pour garder ses distances avec elle ?

— Je ne te mérite pas, Megan, et je ne mérite pas ça.

— Tu mérites tout cela, et plus encore.

Apparemment, la raison de Will était en conflit avec ses hormones car, alors même qu'il essayait de la décourager, il effaça la distance entre eux.

— Je m'étais promis…

Il s'interrompit quand il se mit à la caresser.

C'était ce que Megan attendait. Elle s'appuya contre ce corps viril, puissant et magnifique. Les boutons de la chemise de Will s'imprimèrent sur sa peau, et la boucle en métal froid de sa ceinture se réchauffa contre son ventre.

Se frottant contre son entrejambe proéminent, elle posa les lèvres sur les siennes, plaquant ses seins contre ses pectoraux, avant de se cambrer pour mieux savourer la chaleur qui émanait de lui. Elle gémit quand il prit ses fesses en coupe, la poussant à se hisser sur la pointe des pieds. Le mouvement lui fit perdre l'équilibre, mais elle était heureuse que Will prenne les rênes. Car cela prouvait qu'il la désirait.

Il glissa la langue entre ses lèvres, et elle accueillit volontiers cette intrusion. Le baiser se fit plus électrique et plus brûlant à chaque seconde. Pourquoi n'avaient-ils pas cédé plus tôt à leur attirance ? Elle éprouvait un tel plaisir que ses pensées s'embrumaient. Elle avait du mal à respirer, mais elle s'en réjouissait.

Les lèvres de Will dominaient les siennes, provoquant des spasmes qui la privaient de sa force et de son équilibre. Elle n'avait besoin ni de l'une ni de l'autre, car Will était un roc auquel elle pouvait se raccrocher. Dans ses bras, elle était en sécurité, et elle éprouvait des sensations qui surpassaient tout ce qu'elle avait connu.

La saveur de Will, son désir pour elle, étaient grisants. Une part d'elle savait que cette nuit ne pouvait qu'être sans lendemain. Même si Will était décidé à prendre les choses comme elles venaient, Megan avait le sentiment qu'il n'avait aucune envie d'avoir des attaches. Après tout, leur mariage était une erreur. Will ne l'avait pas choisie, il avait « hérité » d'elle, comme on hérite d'une boîte d'objets ayant appartenu à un proche décédé. Quand leur divorce serait prononcé, il serait sûrement prompt à tourner la page.

Par conséquent, elle était folle de vouloir vivre cette nuit, de vouloir se perdre en lui.

Peut-être en aurait-il été autrement s'il ne s'était pas montré si doux avec elle… Si sa gentillesse n'avait pas réparé les blessures de son âme après son mariage éprouvant avec Rich. Si Will n'avait pas tenté de créer un lien avec elle, s'il n'avait pas compati, et compris sa honte d'avoir été dupée, peut-être aurait-elle pu garder ses distances.

Épouser Rich l'imposteur avait réveillé chez elle le souhait d'être aimée de Will. Quoi d'étonnant à ce que ses émotions soient en plein chaos, maintenant que le vrai Will était réapparu, aussi charmant, séduisant et désirable que jamais ? Malgré tout, après leur folle étreinte le jour de l'enterrement de Jason, elle s'était promis de ne plus se laisser aller comme elle l'avait fait. Pourtant, après à peine quelques jours, voilà qu'elle suppliait Will de lui faire tout ce qu'il voulait lui faire. Elle rêvait de goûter la saveur de Will sur ses lèvres, de sentir le poids de son corps nu sur le sien.

Il interrompit leur baiser et appuya le front contre son épaule. Enlaçant sa taille, il tenta, comme elle, de reprendre sa respiration. Son souffle caressait sa peau, calmant les battements affolés de son cœur. Mais, après quelques instants, une peur profonde se réveilla en elle. Une peur qui s'infiltra dans le brouillard de la passion, tandis que son corps continuait de vibrer d'envie.

Pourquoi Will restait-il immobile ? Ne voulait-il pas d'elle ? Avait-il des regrets ? Peut-être n'était-elle pas assez jolie. Assez désirable. Elle avait l'impression de revivre ces terribles moments de doute qu'elle avait connus adolescente.

Enfin, il saisit les pans de son haut de pyjama et les écarta. Elle haleta, surprise par son geste. Mais, lorsqu'elle vit ses pupilles assombries de désir, tous ses doutes s'évanouirent.

— Will…

— Bon sang, qu'est-ce que tu portes là ?

Elle se fendit d'un petit sourire.

— Ton pyjama.

— Non. Je parle de ça, précisa-t-il, effleurant la dentelle qui recouvrait le haut de son sein, laissant dans son sillage de délicieux picotements. Tu l'as porté toute la soirée ?

— Oui, dit-elle avec un petit rire. Tu ne pensais tout de même pas que je l'avais mis exprès pour venir te séduire ?

— Il n'est pas interdit d'espérer, fit-il valoir, esquissant un sourire.

— Soit, concéda-t-elle. Peut-être bien que je pensais à toi quand je me suis habillée ce soir.

— Ah ? Explique-moi ça.

— Avec toi, j'ai l'impression d'être excitée en permanence. Je ne suis pas habituée à cela, et je ne sais pas comment réagir.

— Nous sommes deux, alors, car je prends au moins deux douches froides par jour.

— Peut-être que nous devrions cesser de lutter, et céder à la tentation.

— Excellente idée.

Elle tira sur sa chemise et la sortit de son pantalon, car elle avait très envie de toucher sa peau nue. Elle le sentit frissonner quand elle explora son ventre plat et ferme.

Il caressa ses côtes, s'attardant sur chaque creux et chaque arrondi, jusqu'à ce qu'il arrive au-dessous de sa poitrine. Elle avait presque peur de bouger. De parler. Mais elle ne put retenir un gémissement sensuel. Comme si ce son était le signal qu'il attendait, Will remonta les mains sur ses seins et prit possession d'eux.

Elle se pressa contre ses paumes, plaquant le ventre contre la proéminence ferme sous son pantalon. Parce qu'elle ne trouvait pas les mots, elle se servit de son corps pour exprimer tout ce qu'elle ressentait.

Il l'embrassa, insérant la langue dans sa bouche avant de la retirer puis de l'y glisser à nouveau. Puis, sans interrompre son baiser, il la porta dans ses bras et l'emmena vers le centre de la pièce.

Elle noua les bras et les jambes autour de lui, et resta accrochée à lui lorsqu'il l'étendit sur le lit.

Avec une détermination sans faille, elle déboutonna sa chemise, tira sur sa ceinture. Elle avait besoin qu'il soit nu, maintenant. Ses muscles d'acier se contractèrent sous ses assauts.

La dernière fois qu'ils avaient fait l'amour, ils avaient joui ensemble, après un accouplement brut, frénétique, destiné à leur faire oublier leur chagrin. Cette fois, le désir qu'elle éprouvait n'était pas moins intense mais, après avoir passé ces semaines avec Will, elle souhaitait plus qu'une rapide étreinte suivie d'une flopée de regrets.

Comme s'il avait deviné ses pensées, il ralentit le rythme. Ses doigts presque trop fermes se firent doux quand il effleura sa joue et ses lèvres gonflées de baisers échangés.

— Will ?

Elle étudia son visage pour tenter de lire en lui, mais son expression était indéchiffrable. Un muscle de sa mâchoire tressauta, signe de la tension qui le tenaillait, tandis que son regard passait sur elle avec une tendresse qui lui transperça le cœur. Elle voulut crier, exiger qu'il ne la regarde pas ainsi sauf s'il éprouvait des sentiments réels pour elle, mais elle avait peur de le faire fuir. Au lieu de cela, elle fit glisser les bretelles fines de son soutien-gorge et dégrafa l'attache.

Sens seins furent offerts à son regard émeraude, dans lequel un feu s'embrasa. Heureuse de savoir qu'il la désirait, elle oublia ses craintes. À cet instant, elle se fichait de savoir s'il tenait à elle ou non.

— J'ai besoin de te goûter, murmura-t-il, déposant un baiser sur son cou.

— Oh ! mais je t'en prie…

Quand il prit son téton en bouche, elle atteignit un nouveau pic d'excitation.

Tandis qu'il suçotait le téton de Megan, Will sentit tout son corps se tendre et devenir presque douloureux. Il fit danser ses mains et ses lèvres sur sa peau tout en lui ôtant son haut de pyjama.

Megan tremblait quand elle caressa ses épaules et son visage. Il s'émerveilla devant ses courbes voluptueuses. Trop souvent, ces derniers jours, il avait lutté pour garder ses distances. Ce soir, il n'en ferait rien.

— Tu es magnifique, gronda-t-il.

La bouche sèche, il fit glisser son slip de dentelle sur ses hanches tout en effleurant de ses lèvres son ventre plat.

Elle était d'une incroyable beauté… Sa peau douce était un délice pour sa bouche et pour ses mains, et il était impatient de savourer tout son corps. Il souligna la courbe de sa hanche, son pouce effleurant la peau sensible sous son nombril. Elle soupira et, fermant les yeux, se cambra contre lui.

— J'aime la façon dont tu réagis à mes caresses, chuchota-t-il remontant vers sa poitrine.

Elle frissonna, ses seins se soulevaient à chacune de ses inspirations tremblantes.

— Tes caresses provoquent des sensations en moi que je n'avais jamais connues, avoua-t-elle.

Ses paroles intensifièrent le désir qui l'assaillait chaque fois qu'elle était près de lui. Il embrassa l'intérieur de sa cuisse. Son parfum le rendit fou. Un mélange enivrant d'excitation féminine et de notes florales qui réveillait ses instincts primaires.

— Tu n'as encore rien vu, assura-t-il.

— Je suis impatiente.

Elle leva les bras en signe de reddition, lui offrant une meilleure vue sur sa poitrine nue.

Il se promit de l'honorer ce soir comme aucune femme ne l'avait été. Aussi vite qu'il le put, il acheva de se déshabiller et prit dans sa table de chevet une poignée de préservatifs qu'il lança sur le lit. Megan s'était appuyée sur ses coudes pour le regarder se dévêtir et l'observait, le sourcil arqué.

— Ambitieux, commenta-t-elle, tandis que son regard suivait les petits paquets brillants qui rebondissaient sur le matelas.

En guise de réponse, il lui offrit un sourire audacieux avant de grimper sur le lit. Il embrassa le creux de son genou, remonta vers sa cuisse, et se réjouit de l'entendre soupirer quand il effleura le centre de son plaisir, juste avant de déposer une pluie de baisers autour de son nombril.

Parce que ses seins splendides semblaient réclamer son attention, il lécha ses tétons dressés, ce qui la fit gémir.

Des émotions frénétiques et violentes l'envahirent. L'excitation. La peur. Le manque. Le désir. Elles créaient un tumulte en lui qui lui arracha un râle. Il dévora du regard son corps nu, ses courbes alléchantes, son visage rougi. Elle l'observait à travers ses paupières mi-closes.

— À quoi penses-tu ? demanda-t-il.

Un sourire rêveur aux lèvres, elle ondula des hanches.

— Je me disais que tu sais comment exciter une femme.

— Jusqu'à quel point ?

Il voulait la voir enfiévrée et suppliante.

— Jusqu'à la douleur. J'ai très envie de toi.

Il serra ses fesses et les souleva pour la plaquer contre lui.

— Moi, aussi, j'ai très envie de toi.

— Dans ce cas, qu'est-ce que tu attends ?

— J'ai besoin de te goûter d'abord.

— Alors vas-y.

Son impatience le fit sourire. Il pressa les lèvres sur ses replis féminins, appréciant ses gémissements étouffés quand il passa la langue sur son sexe engorgé et moite. Elle enfonça les ongles dans ses épaules et se mit à respirer par saccades. Il caressa sa toison puis glissa les doigts au cœur de sa chaleur féminine.

Ses petits cris sensuels mirent à mal son contrôle déjà ténu.

— Will, souffla-t-elle, relevant les hanches.

Il la sentit se tendre quand il explora ses replis intimes et humides. Remontant vers elle, il embrassa sa bouche. Tout en insérant la langue entre ses lèvres, il glissa un doigt en elle. Ses muscles lisses se contractèrent autour de lui tandis qu'il allait et venait, l'amenant chaque fois plus près de l'explosion de plaisir qu'elle attendait. Elle frissonna et ondula autour de lui, enfiévrée et suppliante, comme il l'avait voulu.

— Fais-moi jouir, Will.

— Pas encore.

— S'il te plaît… Will. S'il te plaît…

Elle se raidit encore, et il joua avec son corps comme un virtuose avec son instrument. Elle pouvait s'atomiser d'une seconde à l'autre. Mais ce n'était pas ainsi qu'il voulait la voir jouir.

Lorsqu'il ralentit le rythme, l'éloignant de la libération tant attendue, elle gémit de déception. Ignorant ses protestations, il la couvrit de baisers, depuis son visage jusqu'à son sexe.

— Patience, lui enjoignit-il, calant ses épaules entre ses cuisses.

Il écarta ses replis secrets et respira son parfum intime. Un paradis l'attendait, mais il prit son temps pour reprendre son souffle.

— Qu'est-ce… ? commença-t-elle.

Elle s'interrompit lorsqu'il appuya les lèvres sur son clitoris. Elle se mordilla le doigt, étouffant un cri. Saisissant ses fesses, il traça des cercles avec sa langue autour du cœur de son désir, et la maintint fermement en place quand elle sursauta malgré elle.

Des mots incohérents se déversèrent de ses lèvres quand il pressa sa bouche contre son clitoris, qu'il sentit vibrer sous sa langue. Lors de leurs précédents ébats, il n'avait pas eu l'occasion de l'explorer de cette manière, de découvrir quelles caresses elle préférait.

Elle secoua la tête et fit danser ses hanches sans relâche contre sa bouche. Excité, il accéléra le rythme. Trop fort. Trop vite. Avant qu'il s'en rende compte, elle cessa de respirer et bascula dans un abîme de plaisir. Tremblante, suppliante, elle explosa avec toute la puissance d'une étoile se transformant en nova.

Et Will observa le spectacle, ému et stupéfié qu'elle se soit donnée entièrement à lui.

— C'était ahurissant, murmura-t-elle quand il s'allongea à côté d'elle. Je n'avais jamais…

— Jamais ? taquina-t-il.

Il écarta une mèche de cheveux humides de son visage et lui sourit.

— Je veux dire, j'ai déjà connu ça, dit-elle. Mais ça n'a jamais été… comme ça.

En guise de réponse, il se fendit d'un petit rire.

Il tendit le bras vers un préservatif et fut surpris que Megan se redresse et lui retire le paquet des mains. Elle déroula la protection sur lui avec dextérité et enthousiasme. Une fois qu'elle eut terminé, il s'étendit sur elle et l'embrassa à pleine bouche. Elle écarta les genoux pour l'accueillir, son sexe se pressant contre le sien.

Tout en continuant de l'embrasser, il explora son corps, pour l'exciter à nouveau. Elle fut prompte à réagir, lui mordillant la lèvre inférieure et caressant son sexe ferme et gorgé de désir. Il dut serrer les dents pour s'empêcher de la pénétrer d'un coup de reins brusque.

— J'ai besoin que tu sois avec moi, dit-il.

La dernière fois qu'ils avaient joui ensemble, cela avait été torride et sauvage. Tous deux cherchaient alors à oublier la douleur et le chagrin. Cette fois, il cherchait à renforcer leur lien.

— Je suis là.

— Pas seulement ton corps, dit-il, s'appuyant sur un coude pour la contempler. Mais aussi ton esprit.

Elle prit son visage entre ses mains et le regarda avec douceur.

— Sache-le, je suis cent pour cent à toi.

Sa voix tremblante montrait que son aveu l'avait

effrayée. Une voix qui ne fut plus qu'un murmure quand Megan ajouta :

— Il n'y a personne d'autre.

Satisfait, il aspira sa lèvre inférieure entre les siennes, passant la langue sur la chair délicate. Leurs souffles se mêlèrent et s'accélérèrent tandis qu'ils s'abandonnaient à leur désir.

Il entra en elle d'un lent mouvement fluide, prenant possession d'elle centimètre par centimètre. Le glissement prolongé de la chair contre la chair, l'étau de ses muscles tendus autour de lui mettaient sa résistance à l'épreuve. Alors même que tout son corps réclamait qu'il se déchaîne et aille aussi loin en elle que possible, il parvint à se refréner par la seule force de sa volonté.

Mais, lorsqu'elle contracta ses muscles intimes, il sentit ses émotions se libérer d'un coup. Alors, il serra les dents et se raccrocha au peu de contrôle qui lui restait. Le fourreau étroit et brûlant qui l'entourait était un pur délice. Et les suppliques qui se déversaient des lèvres de Megan, tandis qu'il s'enfonçait en elle, lui donnaient envie d'y rester pour toujours.

— Oui ! gémit-elle tandis qu'il avançait jusqu'à la garde, prenant possession d'elle. Encore…

Comme s'il avait besoin d'encouragements !

Tu es à moi.

Cette pensée surgit dans son esprit alors qu'il revenait en elle une fois de plus. Elle portait son nom. Elle lui appartenait. Tout le reste n'avait pas d'importance.

Elle haleta et trembla tandis qu'elle approchait du plaisir suprême. Elle s'accrocha à lui, ses ongles s'enfonçant dans son dos, exprimant son désir intense.

Un geste qui le rendit fou. Il changea l'angle de son corps pour pénétrer encore plus loin entre ses replis secrets. Il ne se rendit compte qu'il avait fermé les yeux que lorsqu'elle poussa un cri sauvage et qu'il les rouvrit pour la regarder. Elle avait le visage en feu. Elle était tout près de l'apothéose.

— Jouis pour moi, Megan, demanda-t-il, plongeant la main dans ses cheveux et tirant dessus jusqu'à ce qu'elle rencontre son regard. Laisse-toi aller.

Et elle obtempéra.

Sa libération était si belle qu'il fut émerveillé, comme il ne l'avait jamais été auparavant.

— Will… Oh ! Will !

Sa voix était un mélange d'exultation et de prière.

Il avait prévu de jouir en même temps qu'elle, mais il patienta, pour pouvoir la contempler et apprécier le spectacle. Il continua ses mouvements réguliers, pour prolonger son orgasme au maximum. Malgré le désir qui pulsait avec insistance en lui, il attendit d'avoir arraché jusqu'à la dernière once de plaisir en elle avant de se laisser aller, enfin.

- 8 -

Le cœur battant, allongé sur le dos, Will tourna la tête à temps pour voir Megan essuyer une larme.

— Tout va bien ? demanda-t-il, scrutant son expression. Est-ce que je t'ai fait mal ?

Elle cacha son visage au creux de son bras puis répondit :

— Non.

Il lui déplia le bras pour voir son expression.

— Dans ce cas, pourquoi pleures-tu ?

— Tu ne peux pas comprendre ce que c'est de…, commença-t-elle d'une voix étranglée.

— Aide-moi à comprendre.

— Je suis heureuse, c'est tout.

Il oscilla entre la joie et la peine.

— La plupart des gens sourient quand ils sont heureux, rétorqua-t-il d'un ton qu'il espérait léger.

Il embrassa ses larmes salées. Comment rassurer cette splendide jeune femme aux émotions si complexes ?

— Ça me fait peur, dit-elle.

— Être heureuse te fait peur ?

Elle se blottit contre son épaule, cachant de nouveau son expression.

— Je n'ai pas peur d'être heureuse mais de ce que je ressentirai quand ça s'arrêtera.

— Pourquoi faudrait-il que ça s'arrête ?

— Nous vivons une situation compliquée.

Maintenant que Megan faisait écho à ses inquiétudes

sur la date d'expiration de leur relation, Will était encore plus déterminé à être prudent. Ils pouvaient très bien profiter de leur intimité actuelle, au lit et hors du lit, tant qu'ils gardaient à l'esprit que leur relation était peut-être — sans doute — temporaire.

Elle roula sur le ventre et appuya le menton dans sa main.

— Ce qui vient de se passer n'a rien à voir avec le coup de fil de Rich, dit-elle. J'espère que tu le sais.

Cette idée ne lui était pas venue à l'esprit. Pourquoi se sentait-elle obligée de souligner ce point ?

— D'accord.

— Je suis venue te voir parce que j'avais besoin de réconfort et de soutien, déclara-t-elle, son regard azur prenant une intensité poignante. Et parce que j'avais besoin de me sentir comme une femme normale, et non comme une victime.

Il écarta une mèche de ses cheveux et la replaça derrière son oreille, envahi par une vague de tendresse. Puis il lui donna un doux baiser.

Mais, bien vite, le baiser devint empressé, avide, exacerbant tous ses sens. Il recula, le souffle court.

Toutes les erreurs qu'il avait commises l'année précédente pesaient lourd sur son âme, mais se perdre dans les bras de Megan l'apaisait.

Avec elle, il avait l'impression de vivre un merveilleux rêve. Après tout ce qui s'était passé, il se demandait parfois s'il méritait d'être heureux.

— Peut-être que nous devrions en convenir : nous avons tous les deux besoin de réconfort, avança-t-il.

Elle promena ses doigts sur ses pectoraux avant de s'aventurer avec hardiesse vers le bas de son corps.

— Et nous ne devrions pas nous sentir coupables d'être présents l'un pour l'autre, de toutes les manières possibles, enchérit-elle.

— Donc, nous allons laisser nos désirs l'emporter, sans nous demander si c'est la meilleure chose à faire ?

— Ça me va.

Affichant un grand sourire, elle se redressa soudain et le chevaucha. Ses longs cheveux tombèrent vers l'avant, encadrant son visage, tandis qu'elle faisait glisser ses ongles sur son torse, lui arrachant un soupir brut.

— Ce sera bien plus amusant de vivre ensemble si nous nous laissons porter au lieu de lutter en permanence contre notre attirance, ajouta-t-il.

— Je suis tout à fait d'accord pour me laisser porter.

Et la tension en lui acheva de se dissiper quand il attira Megan vers lui et lui donna un long et langoureux baiser.

Trois jours après la fête de fiançailles d'Aaron et de Kasey, Megan baignait dans un océan de félicité, après plusieurs heures de passion dans les bras de Will. Ils s'étaient réfugiés dans une bulle de sensualité, faite de douches érotiques, de fantasmes murmurés et de positions créatives. Jamais elle n'avait éprouvé un désir si enivrant ni n'en avait appris autant sur son propre corps en si peu de temps. Will avait des talents insoupçonnés, et elle ne comptait plus les nombreux orgasmes qu'il lui avait donnés.

Elle avait même décidé de ne pas aller travailler la veille, afin qu'ils puissent profiter de leur dernière journée seuls avant le retour de Lucy et de Brody. Depuis qu'ils avaient décidé de se concentrer sur le présent, ils pouvaient profiter de leurs moments ensemble sans redouter l'avenir.

— Comment s'est passée ta journée ? demanda Will, acceptant le verre de whisky que Megan lui tendait.

Il observa le liquide ambre et ajouta :

— Ou peut-être que je ne devrais pas te poser cette question ?

— Ma journée était décevante.

Elle soupira et alla s'asseoir sur le canapé.

— L'un de nos fournisseurs ne nous a pas livrés à temps, ce qui occasionne un retard de production. Si tu ne t'en es pas encore rendu compte, je déteste être en retard.

— Tu es certainement la femme la plus ponctuelle que j'aie jamais rencontrée, commenta-t-il d'un ton amusé.

— Cela m'ennuie que la production soit localisée hors du Texas, marmonna-t-elle, parce que je dois compter sur d'autres personnes pour diriger les opérations.

— Que peux-tu y faire ?

— J'envisage d'installer une usine à Royal, mais c'est un énorme investissement. Il faudrait que j'étudie les coûts d'exploitation pour voir si cela vaut la peine.

Retirant ses chaussures, elle appuya les pouces sur la voûte plantaire de son pied gauche.

— Si tu veux me montrer quelques chiffres, je serais heureux d'y jeter un coup d'œil.

— J'apprécierais.

Il s'assit à côté d'elle et posa son verre sur la table basse. Puis il ramena les pieds de Megan sur ses genoux et appuya ses paumes chaudes sur ses plantes fatiguées. Le massage qu'elle avait commencé n'était en rien comparable au mélange de force et de chaleur des mains de Will. Lorsqu'il toucha un point particulièrement sensible, elle laissa échapper un gémissement érotique.

— Bon sang ! gronda-t-il. J'adore quand tu fais ce genre de bruits.

Des picotements familiers la parcoururent, et elle lui lança un regard séducteur.

— Continue comme ça, et tu en entendras beaucoup d'autres.

Ces derniers jours, ils avaient créé une complicité qu'elle n'avait jamais connue avec Rich. Et ils n'abordaient pas les questions sensibles susceptibles de briser cette harmonie. Des questions qui étaient nombreuses, la principale étant :

était-il bien raisonnable de continuer à coucher ensemble alors que leur relation ne mènerait nulle part ?

Il sourit.

— Tu sais combien de temps nous avons avant le dîner ? lança-t-il d'un ton suggestif.

À ces mots, une onde de chaleur se propagea en elle, renforcée par le massage que Will lui prodiguait.

— Assez de temps pour une douche, je pense, susurra-t-elle.

— Si tu aimes ce que je suis en train de te faire, attends de voir comment je te masserai le dos.

— Je suis impatiente d'avoir une démonstration complète de tes talents.

Elle fila vers la chambre de Will, et il la suivit de près.

Une heure plus tard, elle en ressortit satisfaite et détendue. Ces derniers jours, ils avaient souvent cédé à la tentation, pourtant Will continuait de la surprendre. C'était un amant incroyablement créatif et doué.

Lucy et Brody finissaient leur part de tourte aux pommes quand Megan et Will arrivèrent dans la cuisine. Lucy observa Megan et lui fit un sourire entendu.

— Je ne savais pas si vous alliez vous montrer tous les deux, dit-elle, alors nous avons commencé à manger sans vous.

— Désolée, murmura Megan. Nous parlions affaires, et nous n'avons pas vu le temps passer.

— Bien sûr, ironisa Lucy. Vous êtes des bourreaux de travail, tous les deux.

— Je n'en ai jamais assez de voir les comptes de Megan, renchérit Will, adressant un clin d'œil appuyé à sa sœur. Ils sont fascinants.

— Je n'en doute pas, rétorqua Lucy.

Will et Megan emplirent leurs assiettes de poulet rôti, de pommes de terre et de salade, puis allèrent s'installer à table. Pour prouver à Lucy que Will et elle parlaient souvent affaires durant le dîner, Megan partagea ses dernières préoccupations professionnelles. Quant à Will, il expliqua comment il voyait son rôle de P-DG de Spark Energy Solutions et évoqua ses derniers investissements dans l'énergie solaire.

Lucy et Brody s'éclipsèrent au moment où Will abordait le sujet de la géothermie.

Megan sourit, amusée. Durant près d'une heure, elle avait écouté ses histoires, captivée par son récit mais aussi par son enthousiasme presque enfantin.

— Tu cherches à investir dans ce domaine ? demanda-t-elle.

— Pour l'instant, ce n'est pas prévu, répondit-il, une ombre passant sur ses traits. Mais c'est un projet que je souhaite réaliser à l'avenir.

Elle posa la main sur la sienne.

— J'imagine que tu as beaucoup à faire en ce moment.

Elle ignorait dans quel état Rich avait laissé l'entreprise de Will, mais elle n'aurait pas été surprise d'apprendre qu'il avait négligé les affaires courantes.

— Il y a plusieurs relations avec des clients clés que je m'efforce de réparer, avoua-t-il. C'est l'un des problèmes qui monopolisent mon attention en ce moment.

— On dirait que Rich a laissé une sacrée pagaille dans ta société.

Elle espérait que Will saisirait la perche qu'elle lui tendait. Elle était prête à l'écouter, s'il le souhaitait.

Ces derniers mois, elle avait été submergée par la honte d'avoir été dupée, et cela l'avait conduite à éviter les conversations sérieuses sur son faux mariage. Will avait-il la même difficulté à faire confiance, après avoir failli être tué par un homme qu'il croyait être son ami ? Sans doute s'en voulait-il autant qu'elle s'en voulait.

Maintenant que Jason était décédé, elle se demandait à qui Will pouvait bien se confier. Elle sentit sa gorge se serrer lorsqu'elle songea que Jason leur manquait à tous les deux. Elle n'avait pas toujours apprécié l'autoritarisme de ses frères, mais elle les aimait farouchement. Et la mort de Jason avait laissé un grand vide dans son existence.

Will, comme elle, avait besoin de raconter ses ennuis à quelqu'un. Pourquoi ne pourraient-ils pas s'écouter mutuellement ?

— Comme tu le sais, il manque de l'argent dans les caisses, avoua-t-il, l'air sombre. Beaucoup d'argent.

— Donc, Rich n'a pas seulement volé le Texas Cattleman's Club.

Bien qu'elle n'ait pas entendu parler des pertes financières de Spark Energy Solutions, Megan s'était doutée que Rich s'était servi dans les caisses de Will.

— Non. À mon avis, il a diversifié ses sources pour éviter d'éveiller les soupçons. Rich a siphonné tranquillement ce qu'il pouvait, et il a converti les fonds en lingots d'or qu'il a cachés en dehors de la ville.

— De l'or ? N'est-ce pas difficile à transporter ? Il aurait pu simplement ouvrir un compte *off-shore.*

— Il avait peut-être peur de ne plus pouvoir accéder à ces fonds après avoir simulé ma mort, ou de laisser des indices électroniques qui conduiraient à son arrestation.

Il secoua la tête.

— Je n'essaie plus de comprendre la logique de Rich.

— Tout de même, de l'or… Combien a-t-il, à ton avis ?

— Un lingot pèse quatre cents onces troy. Soit environ douze kilos et demi et, au taux actuel, cela fait un peu plus d'un demi-million de dollars.

— Quelle taille fait un lingot ?

Elle tenta d'imaginer où Rich pouvait stocker tout cela.

— Environ vingt centimètres, dit-il.

— Donc, une barre entrerait dans un sac de voyage. Ce ne serait pas très difficile à cacher.

— À cacher, non. Mais à transporter, si. Une douzaine

de lingots, cela fait près de cent cinquante kilos. On ne peut pas prendre l'avion avec un tel chargement.

— Et passer la frontière mexicaine en voiture ?

Rich lui avait parlé des pays qu'il avait visités, et il avait mentionné un jour qu'il pourrait vivre comme un roi au Mexique.

— Le FBI suppose que c'est ce qu'il compte faire, dit-il.

— Alors où est l'argent ?

— En sécurité, avec la police.

Elle était soulagée de l'apprendre, mais elle sentait que Will ne lui avait pas tout dit.

— Si la police détient l'argent, pourquoi Rich est-il encore ici ?

— Pour deux raisons. Primo, la police a échangé les lingots contre des lingots de tungstène recouverts d'or pour faire croire que le butin était toujours en place. Et elle surveille le chalet, afin d'arrêter Rich quand il reviendra chercher son magot.

Il la scruta du regard, puis reprit :

— Deuzio, je crois qu'il a été assez clair. Il veut te récupérer.

L'angoisse l'envahit, tempérée par une pensée amère.

— Je ne vois pas pourquoi. Je ne l'intéressais pas tellement avant ton retour à Royal.

Elle se rappela sa frustration grandissante, durant les mois qui avaient suivi leur lune de miel.

— Rich s'absentait beaucoup et, même quand il était à Royal, nous ne passions pas vraiment de temps ensemble.

Elle eut le ventre noué en se remémorant ces mornes journées de solitude qui avaient tué peu à peu son bonheur de jeune mariée. Sans parler de son estime d'elle-même. Si Rich ne l'avait pas courtisée avec tant d'ardeur et d'enthousiasme, la déception qu'elle avait éprouvée ensuite aurait été plus facile à supporter.

— Dois-je te rappeler qu'il a essayé de t'enlever sur le parking de ta société ? fit-il valoir.

— J'ai eu beaucoup de temps pour y réfléchir. À mon avis, il ne s'agissait pas tant de moi que de toi. Il a endossé ton identité après avoir tenté de te tuer. Maintenant que tu es revenu, la police veut que nous continuions à faire comme si nous étions mariés. Ça fait partie du plan pour le capturer. Mais, ça, Rich ne l'a peut-être pas compris. Peut-être que c'est à toi qu'il veut faire du mal, à travers moi.

— C'est comme ça que tu vois notre relation ? demanda-t-il, l'air déçu. Comme une partie d'un plan de la police ?

— Non, bien sûr que non.

Pour elle, ce qui se passait entre eux allait bien au-delà. Mais jusqu'à quel point, elle l'ignorait. Et elle n'avait pas envie de le savoir pour l'instant. Will et elle s'étaient mis d'accord pour profiter de ces semaines ensemble sans essayer de définir ce qu'ils partageaient ni s'attarder sur les conséquences à long terme.

— Je suis content d'apprendre que tu ne joues pas la comédie, conclut-il.

Il porta sa main à ses lèvres. Des frissons l'envahirent quand il mordilla son pouce puis déposa un baiser sur sa ligne de cœur.

— En effet, confirma-t-elle. Tout ce que tu éveilles en moi est absolument réel, et impossible à feindre.

Mais elle n'en dirait pas plus. Puisqu'elle ignorait ce que l'avenir leur réservait une fois Rich arrêté et son « mariage » avec Will dissout, elle continuait de rester sur ses gardes quand elle n'était pas dans ses bras.

En revanche, elle se donnait totalement quand ils faisaient l'amour. Dans ces moments de vulnérabilité, Will réveillait en elle des choses dont elle n'avait pas soupçonné l'existence. Elle avait découvert une force étonnante en se laissant aller.

Hélas, quand ces moments de passion prenaient fin, sa confiance en elle disparaissait aussi.

— Je suis heureux de l'apprendre, dit-il.

Sans relâcher sa main, il se leva, la fit lever à son tour et la plaqua contre lui. Posant une main sur la courbe de son fessier, il amena ses hanches contre les siennes et déposa un baiser sur sa gorge.

— Maintenant, tu es prête à déguster cette tourte aux pommes ?

Il lui mordilla le cou, provoquant un courant électrique qui la parcourut de part en part. Et il ajouta :

— Ou est-ce que tu préfères une autre sorte de dessert ?

- 9 -

En cette fin de matinée, Cora Lee supervisait l'organisation de son grand barbecue annuel, au ranch. La matriarche donnait ses ordres aux employés et aux membres de la famille, qui s'affairaient pour tout préparer. La météo avait prévu des nuages, pourtant le ciel était dégagé.

Sur la vaste pelouse de la maison principale, Will et Megan dressaient des tables de pique-nique recouvertes de nappes à carreaux rouges et blancs. De petits seaux en métal remplis de tournesols faisaient office de centres de table, accompagnés de lanternes qui seraient allumées à la tombée de la nuit.

Les plats étaient présentés sous forme de buffet. Depuis la veille, Cora surveillait le fumage de vingt kilos de poitrine de bœuf, dont la marinade était une de ses recettes secrètes. Les arômes qui s'élevaient du fumoir faisaient saliver Will. Ces odeurs lui rappelaient les fêtes merveilleuses de son enfance. Durant bien des soirs, au Mexique, il avait rêvé de retrouver la cuisine et le foyer chaleureux de Cora.

Posant la main sur son bras, Megan le ramena à l'instant présent. Elle l'interrogeait du regard.

— J'étais en train de me dire que ça sent diablement bon, expliqua-t-il.

Une version partielle de la vérité. Il n'avait parlé à personne de ses mois au Mexique, et il n'avait pas envie d'en discuter avec Megan. Car il ne voulait pas abîmer le lien qui s'était noué entre eux. Elle s'attendait à ce qu'il soit le Will Sanders qui existait avant ce funeste voyage en bateau, et il ne tenait pas à la décevoir.

Elle observa le fumoir noir en forme de baril.

— Cora Lee fait le meilleur bœuf de tout le comté, dit-elle. J'imagine que les gens vont remplir leur assiette aujourd'hui.

Seraient présents des membres de la famille, des amis proches, ainsi que les employés du ranch et leur famille. De la part des gens qui le connaissaient bien, Will s'attendait à un certain nombre de questions concernant la traque de Lowell, qui traînait en longueur.

— C'est une bonne chose que l'on puisse danser après le repas, fit-il remarquer. Cela permettra de digérer ce festin.

Il espérait que Megan l'accompagnerait sur la piste. Avait-elle aimé danser avec Rich ? Aussitôt, il s'en voulut d'avoir laissé cette question se former dans son esprit.

Lorsque Cora vint vers eux, Will posa la main au creux du dos de Megan, et il perçut sa raideur. Pourquoi était-elle toujours tendue en présence de Cora ?

— Tu as d'autres tâches à nous confier ? demanda-t-il à sa belle-mère, espérant dissiper l'hostilité qui flottait dans l'air.

— Je crois que tout est sous contrôle, répondit Cora. Si vous alliez vous préparer, tous les deux ? Comme ça, vous pourrez accueillir les invités à leur arrivée.

— Bonne idée, approuva-t-il.

Tandis qu'ils traversaient la vaste pelouse, Megan lui lança un regard consterné.

— On dirait presque qu'elle veut que nous jouions les hôtes. Elle ne se rend donc pas compte que les gens vont se demander ce qui se passe si nous obtempérons ?

En son for intérieur, Will grimaça. Lui aussi se posait des questions sur leur relation. Il se réjouissait de voir leur complicité se renforcer et, en même temps, il se demandait ce que l'avenir leur réservait.

— La plupart des invités connaissent notre situation. Ils savent que la police nous a demandé de rester mariés pour l'instant. Il ne devrait pas y avoir de problème.

— Je suppose que tu as raison, dit-elle. Simplement, je n'ai pas envie de répondre à des questions concernant la raison de ma présence chez toi. J'en ai plus qu'assez de parler de Rich et de l'enquête.

Will avait le sentiment que cela n'expliquait qu'en partie son malaise. Megan était sans doute agacée par la curiosité suscitée par leur histoire. Une curiosité qu'il devait contrer de plus en plus souvent. Les gens se demandaient sans doute si elle avait épousé Rich Lowell l'homme ou Will Sanders le millionnaire. Des interrogations naturelles. Quand il était revenu du Mexique, il avait eu les mêmes.

— Tu n'auras qu'à rester avec moi, et j'esquiverai toutes les questions, suggéra-t-il. Nous allons nous concentrer sur l'essentiel : manger trop et nous amuser.

— Ça me va, approuva-t-elle, serrant sa main. Tu sais toujours comment me remonter le moral.

— Facile, dit-il, déposant un baiser électrisant sur sa paume. Quand tu es heureuse, je suis heureux.

Et, pour appuyer son propos, il la gratifia d'un regard intense.

— Je suis heureuse, murmura-t-elle.

Deux heures plus tard, elle semblait toujours heureuse, tandis que Will et elle discutaient avec les convives des naissances et des fiançailles à venir, et du succulent barbecue de Cora, en prenant soin de ne pas évoquer Richard Lowell.

Megan était sortie de sa coquille pour accueillir les gens et les accompagner vers le buffet. Will ne l'avait pas vue sourire ainsi depuis bien longtemps. Cela lui réchauffait le cœur qu'elle oublie un peu les inquiétudes de ces derniers mois. Au départ, il avait vu son ranch comme une prison mais, à présent, il se révélait être un sanctuaire, pour Megan comme pour lui. Ici, ils avaient leur intimité, et ils étaient en sécurité. Il pouvait affirmer sans mentir que Megan et lui n'étaient plus des étrangers mal à l'aise, et que leur relation évoluait vers quelque chose d'indéfini mais de très prometteur.

Il huma une bouffée de son parfum exquis. Megan écoutait une anecdote amusante que Dani lui racontait. Will appréciait l'amie de Megan autant que son mari, Cole Sullivan. Ancien Texas Ranger et désormais détective privé, il avait enquêté, à la demande de Will, sur la disparition de Jason.

Will se rembrunit, comme chaque fois qu'il repensait au danger qu'il avait fait courir à Jason. Sans lui, le frère de Megan serait peut-être encore en vie.

— Tout le monde a fini ? questionna Cole, se levant et jetant un regard circulaire sur leur petit groupe de quatre. Je vais débarrasser les assiettes et apporter le dessert.

Will se leva à son tour.

— Il y a de la tarte aux noix de pécan, du gâteau au chocolat, et des cookies, énuméra-t-il. Quelqu'un a des préférences ?

— On pourrait apporter un assortiment et le partager, suggéra Cole.

Les deux femmes échangèrent des sourires ravis. Pendant un instant, Will fut frappé par leur ressemblance. Avec leurs longs cheveux châtains et leurs silhouettes similaires, elles auraient pu passer pour des sœurs. Aujourd'hui, Megan portait un jean moulant, un chemisier blanc sans manches en dentelle et des bottes de cow-boy. Quant à Dani, elle avait choisi un débardeur, un short en jean et des bottes.

— Va pour un assortiment, alors, conclut-il.

Lorsque Cole et lui revinrent avec une assiette pleine de douceurs, Dani était seule.

— Megan est allée chercher à boire, expliqua-t-elle.

— Je vais voir si elle a besoin d'aide, répondit Will.

Toutes sortes de boissons avaient été placées à des endroits stratégiques : eau, punch, bière et alcools forts. Will prendrait peut-être une boisson alcoolisée tout à l'heure, mais pour l'instant, comme Megan, il s'en tenait à l'eau. À côté du buffet se trouvait un abreuvoir en métal tout neuf, rempli de glace, de sodas et de bouteilles d'eau. Pensant que Megan était allée s'y ravitailler, il alla dans cette direction. Alors qu'il contournait un grand chêne pour atteindre les boissons, il entendit la voix de Megan.

— Il n'y a rien de sérieux entre nous, disait-elle d'un ton détaché mais ferme. Et je ne cherche aucune sorte de relation en ce moment.

Toute la journée, il était resté près d'elle, désamorçant toute discussion sur leur cohabitation actuelle et sur leur relation. Par conséquent, entendre Megan évoquer la question sans lui le déroutait.

— Vous avez pourtant l'air de vous entendre à merveille.

Il se détendit un peu en reconnaissant la voix de Lucy.

— Ça ne me surprendrait pas si, avec tout le temps que vous passez ensemble au ranch, quelque chose naissait entre vous, ajouta-t-elle.

Étonné que Lucy aborde le sujet, Will allait faire remarquer sa présence quand Megan répondit :

— Nous sommes amis. Rien de plus.

— Mais tu l'as épousé. Tu as sûrement des sentiments pour Will, même si la situation est un peu confuse.

Apparemment, il n'était pas le seul à se demander ce que Megan pensait.

— J'ai épousé un homme qui faisait semblant d'être lui, rectifia-t-elle. C'est différent.

— Oui, j'imagine, concéda Lucy. Je n'en reviens pas qu'aucun de nous n'ait compris qu'il n'était pas Will. Je n'ai jamais aimé Rich. Il était horrible.

— Pas avec moi, murmura Megan. Je veux dire, pas avec moi quand il faisait semblant d'être Will.

— Plusieurs fois, quand Rich venait au ranch en prétendant être Will, je me suis demandé pourquoi tu l'avais épousé.

— Parce que j'étais amoureuse, déclara Megan avec force.

Évidemment, elle était tombée amoureuse de Rich, comprit-il, le cœur serré. Sinon, jamais elle n'aurait accepté d'être sa femme.

— Ça n'avait rien à voir avec l'argent des Sanders, ou avec l'influence de ta famille à Royal, si c'est ce que tu insinues.

— Je te crois, assura Lucy d'un ton apaisant. Mais tu ne penses pas que tu pourrais tomber amoureuse du vrai Will ?

— Tout est si compliqué en ce moment ! Je ne suis pas sûre de savoir ce que je ressens pour Will, et ce ne serait pas juste que nous restions mariés, répondit Megan. Plus que tout, je veux en finir avec toute cette histoire, pour pouvoir reprendre ma vie en main.

La déclaration de Megan lui fit l'effet d'une douche froide. Elle voulait donc tourner la page… C'était compréhensible. L'arrestation de Lowell mettrait un terme à une période très difficile pour elle. Elle avait été franche sur son mariage, ne cachant rien des problèmes qui étaient apparus dès le début de cette union. Mais elle ne lui avait pas dit dans quelle mesure elle se reprochait ce qui était arrivé.

Avant que sa propre vie ne prenne un tournant radical, Will s'était forgé une opinion sur Megan, en grande partie d'après ce que ses frères disaient d'elle. C'était une perfectionniste, qui travaillait dur, et qui prenait les échecs de manière personnelle. Maintenant qu'il l'avait observée de près, il la soupçonnait de se flageller pour s'être laissé duper par Rich.

Il tourna les talons pour regagner leur table. Mais, après quelques secondes, il fut rejoint par Megan.

— Dani m'a dit que tu allais chercher des boissons, expliqua-t-il. J'étais venu t'aider.

— C'est vraiment gentil de ta part.

Rien dans son attitude ne suggérait qu'elle était ébranlée par la discussion gênante qu'elle venait d'avoir. Et elle ne semblait pas trouver bizarre de l'avoir surpris à rôder près d'elle.

Il avait très envie de la questionner sur ses propos. Mais à quoi bon ? Ils étaient deux étrangers l'un pour l'autre, réunis par les circonstances. Inutile d'ajouter de la pression à une situation déjà tendue.

Ils retournèrent à leur table en silence, et il s'efforça d'oublier ce qu'il avait entendu. En vain. Les paroles de Megan tournaient en boucle dans sa tête. L'opinion qu'elle avait de leur relation était assez évidente. Il devait donc contrôler son attirance, et se préparer à la laisser s'en aller quand Lowell serait débusqué.

Mais cela s'avéra plus difficile à dire qu'à faire quand, plus tard, il dansa avec Megan. Pourtant, ils ne se retrouvèrent pas enlacés pour partager un slow. La soirée commença par des danses rapides, et jeunes et moins jeunes se mêlèrent sur la piste. Chanson après chanson, Megan et lui dansèrent côte à côte. Leurs corps ne se touchaient pas, mais Will ne cessait de voir sa résistance mise à mal : les sourires enthousiastes de Megan, l'amusement dans ses beaux yeux azuréens, ses déhanchements sensuels en rythme avec le tempo le tentaient sans relâche.

Le plaisir qu'elle prenait à danser et à être avec leurs

amis le touchait. Une preuve que son attirance ne se résumait pas à l'aspect charnel. Il tenait à elle.

Après une heure environ, ce fut le tour des chansons swing à deux pas. Will remarqua le sourire de Megan quand il choisit sa petite nièce Savannah pour la première danse. Puis il eut pour partenaires Cora, Jillian et Dani, avant de retrouver Megan. Elle vint dans ses bras avec enthousiasme. Davantage parce qu'il avait montré ses talents de danseur que pour être près de lui, sans doute.

Tandis qu'ils tournoyaient sur la piste, Will n'arrêta pas de songer à ce que Megan avait dit à Lucy. Ces derniers jours en compagnie de Megan l'avaient entraîné sur un terrain inconnu. Ils avaient atteint un tel niveau d'intimité, physique mais aussi émotionnel, que cela l'avait poussé à songer à leur avenir.

Il s'était imaginé lui demander de rester vivre au ranch, une fois Lowell arrêté. Il s'était vu partager avec elle ses rêves et ses projets, conscient que sa vie serait plus riche et plus satisfaisante si Megan en faisait partie. Il avait cru que Megan était sa récompense, après ces mois terrifiants au Mexique.

Hélas, l'entendre dire qu'elle ne faisait que prendre son mal en patience, en attendant de pouvoir reprendre son chemin, avait balayé tous ses espoirs. Megan ne partageait pas ses envies sur leur avenir, et il en souffrait plus qu'il ne voulait l'admettre.

Pour l'heure, la situation demeurait toujours compliquée. Lowell était toujours en liberté, et sa présence en ville menaçait la tranquillité d'esprit de Megan. Il était bien naturel qu'elle veuille que tout cela se termine.

Will devait se concentrer sur l'instant présent au lieu de se tourmenter pour l'avenir. En attendant, Megan et lui pouvaient continuer à profiter des avantages de la vie sous le même toit. Ce matin même, elle avait…

— Est-ce que ça va ? demanda Megan.

Sa voix était à peine audible par-dessus les applaudissements qui marquaient le départ en pause des musiciens.

— Oui, très bien.

Ce n'était pas tout à fait vrai, mais ce n'était pas le moment pour une discussion sérieuse.

— Tu as l'air distrait.

— Ah, oui ?

Il relégua ses préoccupations dans un coin de son esprit.

— Si nous allions dans un endroit privé, pour que je puisse te montrer à quoi je pensais ? suggéra-t-il.

— On aura tout le temps pour ça plus tard, répondit-elle, amusée.

Elle lui prit la main et lui sourit comme si elle était parfaitement heureuse de profiter de l'instant.

Il lui sourit à son tour. Peut-être devait-il faire comme elle, et vivre le moment pleinement. Pourquoi se diriger vers une tempête quand la traversée était bien plus agréable sur une mer calme ?

Pour la première fois depuis son retour à Royal, Will se surprit à espérer que la traque de Lowell dure indéfiniment.

Les derniers invités venaient de partir, et Megan marchait à côté de Will pour regagner la maison.

— Lucy et moi avons eu une conversation étrange cet après-midi, dit-elle, abordant un sujet qui l'avait taraudée toute la soirée.

— Comment ça ? demanda Will.

— Elle se demandait si elle devait aller vivre ailleurs.

Il lui lança un regard surpris.

— Pourquoi voudrait-elle partir ?

— Elle semble penser que Brody et elle sont un obstacle.

Elle espérait que sa voix n'avait pas trahi son trouble.

— Un obstacle à… notre relation, précisa-t-elle.

— Ce n'est pas le cas. Je lui parlerai.

Il ne posa pas d'autres questions, et elle lui en voulut de son manque de curiosité. Pourquoi ne pouvait-il pas simplement lui demander ce qui avait poussé Lucy à croire cela ? En se taisant, il la forçait à dévoiler ce dont Lucy et elle avaient discuté.

— Ça me paraissait étrange qu'elle croit être un obstacle, dit-elle.

— Oui. Il y a bien assez de place pour nous tous dans cette grande maison.

Elle soupira.

— Oui, mais elle… Elle semblait penser qu'il se passe quelque chose entre toi et moi.

Cette fois, elle avait capté son intérêt. Il haussa un sourcil et l'observa.

— Qu'est-ce que tu as répondu ?

— Que tu essaies seulement d'assurer ma sécurité.

Elle retint son souffle, espérant qu'il dirait que ce n'était pas la seule raison. Mais il n'en fit rien…

— Ensuite, elle m'a demandé si je comptais rester mariée avec toi, ajouta-t-elle.

— Et tu lui as répondu que nous divorcerions dès l'arrestation de Lowell ?

Sa question la surprit. Était-ce ce qu'ils allaient faire ? Depuis sa première nuit au ranch, ils avaient évité toute mention de l'avenir, préférant vivre au présent et ne pas mettre d'étiquette sur leur relation. C'était peut-être une erreur.

Elle choisit ses mots avec soin avant de reprendre la parole.

— Je lui ai dit que j'étais impatiente de reprendre mon chemin. Nous devrions peut-être penser aux signaux que nous envoyons.

— C'est-à-dire ?

— Peut-être que les gens ont remarqué qu'il y a une certaine attirance entre nous.

— Et c'est un problème pour eux ?

Il ouvrit la porte qui donnait sur le vestibule et lui fit signe de le précéder.

— Ou pour toi ? ajouta-t-il.

— Peut-être un peu des deux, admit-elle.

Elle entra dans la cuisine et se tourna pour lui faire face.

— Je ne veux pas que ta famille pense que j'essaie de rester ta femme en te manipulant. Ou que j'ai le moindre intérêt pour ton argent, ou encore que j'espère profiter de ton statut et de ton influence.

L'air interloqué, il garda le silence un long instant. Puis il se mit à rire.

— Tu es la femme la moins manipulatrice que j'aie jamais rencontrée ! Et n'oublie pas que l'attirance est mutuelle.

Il saisit sa main et l'attira brusquement vers lui. Elle se raccrocha à ses bras pour garder l'équilibre.

Apaisée par la caresse apaisante de sa main au creux de son dos, elle trouva le courage de lancer :

— Pour être claire, le fait de vivre ensemble et d'être attirés l'un par l'autre peut mener à des ennuis.

— Quel genre d'ennuis ?

Il lui mordilla le lobe, et elle frissonna.

— Nous sommes deux adultes consentants, ajouta-t-il. Ce que nous faisons ne regarde que nous.

Elle hocha la tête. Elle aurait aimé pouvoir lui parler de sa véritable inquiétude. Will ignorait qu'elle avait bien du mal à lui résister. Et qu'elle le trouvait très difficile à déchiffrer. La voyait-il comme une colocataire — si possible avec avantages — alors qu'elle-même tombait un peu plus sous son charme chaque jour ?

— Tu as raison, concéda-t-elle.

Elle posa les mains sur son torse et s'écarta de son corps tentant. Affichant un grand sourire, elle fit mine de bâiller et déclara :

— La journée a été longue, et j'ai vraiment besoin de repos. Je te dis à demain.

— Ah, non, tu ne vas pas t'en aller comme ça ! gronda-t-il, et il l'enlaça. Donnons à ma sœur trop curieuse du grain à moudre.

Ce qui s'ensuivit commença par une accolade amicale mais sensuelle, laquelle évolua bientôt vers un baiser électrisant qui réveilla son désir. Chaque point de contact de leurs deux corps augmentait son excitation et, bientôt, elle plongea les mains dans ses cheveux pour se raccrocher à lui, car ses genoux ne la portaient plus.

Les sens en alerte, elle gémit, déçue quand il détacha ses lèvres des siennes. Elle avait tant envie de lui ! Elle était à deux doigts de le supplier de la prendre vite et fort contre le mur le plus proche. Mais, ensuite, elle remarqua de la méfiance dans son regard. Aussitôt, elle se sentit vulnérable et, réagissant comme une biche effrayée, elle se referma sur elle-même pour éviter d'être blessée.

— Je ne crois pas que ta sœur soit dans les parages, murmura-t-elle.

Il desserra son étreinte mais ne la relâcha pas. Il lui caressa les côtes, suivant le creux de sa taille jusqu'à la courbe de ses hanches, avant de remonter le long de son dos. Une caresse qui l'apaisa et la revigora à la fois. Elle trembla quand son souffle dansa sur sa peau, juste sous son oreille.

Il embrassa sa clavicule, ses pouces soulignant le dessous de ses seins, dont les tétons se dressèrent.

— Megan…

Elle ne saurait jamais ce qu'il comptait dire, car, à l'autre bout de la maison, une porte claqua et un petit garçon poussa un cri. La tension sensuelle entre eux se dissipa aussitôt.

Poussant un grand soupir, Will recula.

— Manifestement, Lucy est en train de préparer Brody

à dormir, dit-il. J'imagine que nous avons fait tout cela pour rien.

Bon sang, elle avait envie de le frapper ! Comment Will pouvait-il attiser son désir avec si peu d'efforts, puis agir comme si rien ne s'était passé ?

— Alors, tu ne faisais cela que pour Lucy ? questionna-t-elle.

Il l'observa, les sourcils froncés.

— Est-ce qu'il y a un problème ? demanda-t-il.

C'était la dernière question à laquelle elle s'attendait.

— Non. Pourquoi y en aurait-il un ?

— Je veux juste que tu saches que je suis ravi que tu vives ici au ranch.

— Merci.

Elle ne voyait pas où il voulait en venir.

— J'aime être ici, et je suis contente d'apprendre à mieux te connaître.

— Je suis heureux que nous soyons sur la même longueur d'onde.

Puis, avant qu'elle puisse tenter de deviner ce qu'il voulait dire par là, il la porta dans ses bras et se dirigea d'un pas décidé vers sa suite.

Elle avait le corps en ébullition quand Will la reposa sur le sol de sa chambre. Avec un soupir avide, elle se mit sur la pointe des pieds pour aller à la rencontre de ses lèvres. Ils ne perdirent pas de temps à parler pendant qu'ils se déshabillaient. Les coutures lâchèrent. Les boutons volèrent. Les crochets se détachèrent. Impatiente de toucher sa peau nue, de prendre son sexe engorgé entre ses mains, elle descendit la fermeture à glissière de son pantalon.

Elle n'avait jamais connu une faim aussi puissante avant Will. Quand il l'embrassait et qu'il était en elle, c'était comme si le monde n'existait plus, comme si plus rien ne comptait hormis le corps puissant de Will qui se pressait contre le sien.

Durant quelques heures de félicité, elle pouvait faire comme si elle ne courait aucun danger. Comme si son frère n'était pas mort. Comme si elle n'avait pas commis l'erreur monumentale de tomber amoureuse d'une pâle copie de Will. Comme si l'amour existait, et comme s'il était possible qu'elle accorde à nouveau sa confiance à quelqu'un un jour…

Will laissa échapper un râle quand elle enroula la main autour de son sexe durci. Quelque chose de primaire et de brut se libéra en elle, et elle s'agenouilla pour passer le bout de la langue sur sa couronne douce comme du velours. Le cri de plaisir qu'il poussa fut soudain interrompu, comme s'il avait cessé de respirer. Mais, ensuite, il plongea les mains dans sa chevelure tandis qu'elle faisait glisser sa bouche sur lui.

Chaque frisson de Will, chaque gémissement qu'il émettait attisait son propre désir. Juste au moment où elle crut qu'il la laisserait continuer jusqu'à ce qu'il se libère en elle, il la fit se relever et prit possession de ses lèvres, dans un baiser si ardent qu'il lui donna le vertige.

Elle ne put retenir un cri strident quand il glissa la main entre ses cuisses. Il inséra un doigt entre ses replis déjà moites et, dans un rythme parfait, alla et vint en elle jusqu'à la rendre folle.

Juste au moment où elle se sentit chanceler, il la porta à nouveau et la posa au centre du lit. Puis il sortit de sa table de chevet un préservatif. Une fois qu'il l'eut déroulé sur lui, il la rejoignit sur le matelas. Ses lèvres et sa langue dérivèrent sur sa peau, laissant un chemin humide et brûlant depuis son cou jusqu'à son nombril.

Perdue dans un tourbillon de sensations, elle laissa le désir la consumer, s'abandonna aux pulsations entre ses cuisses. Will les calmerait comme il le faisait toujours.

— Megan.

Il avait dit son nom d'un ton si empressé qu'elle ne put s'empêcher de sourire.

— Ouvre les yeux et regarde-moi, murmura-t-il. Regarde l'homme qui te fait l'amour.

Ses paupières étaient lourdes, mais elle ne pouvait lui refuser sa requête. Elle releva les cils et plongea le regard dans le sien au moment où il entrait en elle d'un coup de reins puissant, qui fit voler son monde en éclats. C'était ce qu'elle attendait. Cette chaleur. Cette sensation de ne faire plus qu'un avec lui. Tandis que leurs corps trouvaient un rythme parfait, elle comprit qu'il était l'homme qu'elle avait attendu toute sa vie.

Il saisit ses fesses et la souleva pour trouver l'angle qu'elle préférait, ondulant en elle avec des mouvements doux et réguliers. Elle s'accrocha à son cou et embrassa sa peau humide, goûtant sa saveur salée et virile. Ce mélange nourrissait le feu déjà incontrôlable qui la consumait. Elle enfonça les ongles dans son dos et lui mordit l'épaule.

Tout en continuant d'aller et venir en elle, il murmura contre son cou :

— Jouis pour moi.

Ses paroles et son souffle chaud contre son oreille accentuèrent la pression familière au creux de son ventre. Une question jaillit dans son esprit : cette union de leurs corps allait-elle la changer ?

Après chaque étreinte, elle découvrait une nouvelle version d'elle-même, plus forte, plus confiante. Elle se renouvelait, s'améliorait, chaque fois qu'ils faisaient l'amour. Grâce à Will.

Et puis, son orgasme la balaya. Elle se cambra et cria de plaisir. Comme si c'était le signal qu'il attendait, Will augmenta l'intensité de ses va-et-vient jusqu'à ce qu'il possède non seulement son corps, mais aussi son âme. Une sensation si puissante qu'un second orgasme la traversa. Quand le dernier spasme de plaisir s'évanouit, elle poussa un long soupir.

Quelques instants plus tard, Will s'affala sur elle, et elle serra ses épaules couvertes de sueur. Elle adorait sentir le poids de son corps sur le sien.

— Tu es un amant très doué, murmura-t-elle, trop épuisée pour garder les yeux ouverts.

— Je suis prêt à tout pour te satisfaire.

Il s'allongea sur le dos, attirant son corps languide contre lui. Déposant un baiser sur son épaule, il remonta les lèvres jusqu'au point sensible au creux de son cou. Elle sourit tandis que des picotements la parcouraient. Après cette longue journée, son corps était satisfait, mais aussi léthargique.

— Tu me satisfais, murmura-t-elle d'une voix assoupie, hypnotisée par la caresse de sa main sur son dos.

Elle ne sut pas ce qu'il répondit, ni même s'il répondit.

- 10 -

Quelques jours plus tard, Will tentait encore de garder la tête froide concernant sa relation avec Megan. Pendant la journée, c'était facile : dans son grand bureau de Spark Energy Solutions, il passait au peigne fin les contrats signés par Rich en son nom, afin de repérer les éventuelles poursuites juridiques qui pourraient en découler. Mais, quand il rentrait au ranch et que Megan l'accueillait par un sourire et un baiser, son cœur et son corps prenaient le dessus.

Parfois, ils passaient la soirée à marcher autour du ranch, main dans la main, en parlant de leurs succès passés et de leurs échecs, de leurs opinions sur différents sujets, et de mille choses que les couples partageaient.

D'autres soirs, ils sautaient le dîner et satisfaisaient une autre forme d'appétit par des baisers sans fin, des étreintes frénétiques et des orgasmes époustouflants.

Will avait l'impression d'avoir basculé dans un monde de plaisir parfait, et il n'allait pas le quitter sans se battre.

Plus il passait du temps avec Megan, plus il devenait évident qu'il était en train de tomber amoureux de la femme que son ennemi avait épousée.

Pour l'heure, il baignait dans un océan de félicité. Il était allongé dans son grand lit, Megan blottie contre lui, nue et décoiffée.

— C'est dans des moments comme celui-ci que je

mesure à quel point j'ai de la chance d'être en vie, et d'avoir pu revenir chez moi.

Megan traçait des cercles sur son épaule du bout de l'index.

— Tu penses que Rich avait prévu dès le départ de te tuer et de te voler ton identité ?

— J'y ai beaucoup réfléchi depuis mon retour du Mexique. Et j'en ai conclu qu'il m'a attaqué sur une impulsion. C'est en partie pourquoi il a échoué.

— Jillian m'a raconté qu'elle avait essayé de te joindre. Celles de nous qui ont été dupées par Rich ont formé une sorte de club.

La souffrance qu'il perçut dans le ton ironique de Megan le peina.

— Je m'en veux pour ce que Lowell a fait en mon nom, dit-il.

L'imposteur devrait payer pour ses nombreux crimes. Dire que cette crapule courait toujours !

— Quand j'ai commencé à recevoir des appels et des e-mails de Jillian Norris, j'ai pensé que j'étais juste victime d'une usurpation d'identité, expliqua-t-il. Je me suis dit que je réglerais ça après mon voyage avec Rich à Cabo San Lucas, et je le regrette.

— À ta décharge, comment aurais-tu pu te douter que Rich s'était rendu à Las Vegas en faisant semblant d'être toi ? Tu croyais qu'il était ton ami.

— Ça montre que je ne suis pas très perspicace.

— Comment en est-il venu à t'attaquer ?

— Nous étions sur le yacht, en train de boire une bière et de pêcher. J'ai raconté que Jillian m'avait téléphoné, et qu'elle insinuait que je lui avais fait un enfant.

Il secoua la tête puis poursuivit :

— J'ai dit que quelqu'un usurpait mon nom, et je n'ai pas prêté attention à la réaction de Rich. Jusqu'à ce qu'il fasse référence à Jillian par son prénom. C'est là que j'ai pris conscience que je n'avais donné son identité à aucun moment.

— Tu l'as interrogé ?

— Je n'en ai pas eu le temps. Rich avançait déjà vers moi avec de la haine dans le regard.

Will n'était pas fier de s'être fait surprendre ainsi. Mais la situation avait dégénéré très vite, sans aucun signe avant-coureur.

— Il a foncé sur moi bille en tête. Il m'a donné un coup dans le ventre qui m'a projeté contre le bastingage. J'ai riposté par quelques coups. Mais j'étais sonné, sur le plan physique comme sur le plan mental. Il avait l'avantage.

— C'est à ce moment-là qu'il t'a poussé par-dessus bord ?

— Non. J'ai réussi à remettre un peu d'espace entre nous.

Beaucoup de détails de cette journée étaient encore flous, à cause de son choc à la tête et de la rapidité des événements.

— Je lui ai demandé ce qui lui prenait, mais il ne m'a pas répondu et il s'est à nouveau jeté sur moi.

Il soupira.

— J'ai réussi à l'atteindre à la gorge. Ça l'a ralenti, mais il est revenu à la charge. Je n'en revenais pas. Je connaissais ce type depuis dix ans, et je n'avais jamais soupçonné une telle violence chez lui.

— Il a perdu la tête, apparemment. C'est étonnant que tu aies survécu. Que s'est-il passé ensuite ?

Il s'interrompit un instant pour faire le tri dans ses souvenirs.

— Il a lancé une bouteille vide sur moi, et elle a atterri sur ma tête. Ça m'a étourdi. Quand Rich m'a sauté dessus, je n'ai pas pu réagir.

— Je n'arrive pas à croire que tout cela soit arrivé !

— Je me disais la même chose pendant qu'il me tapait la tête contre le bastingage. Après ça, je me suis évanoui.

Ce dont je me souviens ensuite, c'est d'avoir entendu un moteur de bateau et d'avoir senti l'odeur du feu. J'ai réussi à me relever et j'ai vu Rich se diriger vers le canot pneumatique accroché au yacht.

— Il t'a laissé sur le bateau en feu ?

— D'après tout ce que j'ai appris depuis mon retour à Royal, je pense qu'il a compris que, si je mourrais, il pourrait prendre ma vie pour de bon.

— Rich a expliqué ses cicatrices par l'explosion du bateau, il a affirmé que c'était un accident. Tu penses que le feu n'était pas accidentel ?

— C'est certain. C'était un bateau tout neuf, sans problèmes électriques ni mécaniques. S'il a explosé, ce n'est pas par hasard. Rich avait besoin de se débarrasser de toutes les preuves de ses actes.

Elle acquiesça d'un signe de tête.

— Comment as-tu réussi à survivre ?

— Au début, j'ai voulu trouver le foyer de l'incendie, pour voir si je pouvais l'éteindre, mais j'ai senti une odeur de gaz, alors j'ai couru pour regagner le pont. J'ai attrapé un gilet de sauvetage et j'ai sauté par-dessus bord. Je nageais et j'essayais d'enfiler le gilet quand le bateau a explosé.

Il s'interrompit, revivant ces moments d'angoisse durant lesquels il avait nagé pour s'éloigner du yacht en feu. Autour de lui, il n'y avait que l'eau et l'horizon, et le bruit du bateau pneumatique qui s'éloignait.

— L'explosion a été spectaculaire. Je n'étais pas assez loin pour échapper au souffle, et j'ai reçu un débris à l'arrière de la tête. J'ai perdu connaissance une nouvelle fois. Je ne me rappelle pas avoir attaché le gilet de survie, mais j'ai sans doute réussi à l'enfiler correctement car j'ai survécu assez longtemps pour être repêché.

— Tu étais au Mexique tout ce temps ? Pourquoi tu n'as pas appelé tout le monde pour prévenir que tu étais en vie ?

C'était la partie la plus épineuse de son histoire. Will n'avait pas l'habitude d'être à la merci de quelqu'un, et ces mois passés avec le cartel mexicain étaient les plus difficiles qu'il ait jamais vécus.

— C'est une information que je n'ai dévoilée à personne : les gens qui m'ont trouvé étaient des trafiquants de drogue. Ils regagnaient le Mexique quand ils ont entendu l'explosion, et ils ont fait demi-tour pour voir ce qui se passait.

Elle ouvrit de grands yeux.

— Je suis surprise qu'ils t'aient secouru !

— Je l'étais aussi. Étant donné la taille du yacht, ils ont dû penser qu'ils pourraient exiger une rançon pour me rendre à ma famille.

— Pourquoi ne l'ont-ils pas fait ? Tu aurais pu rentrer chez toi.

— C'étaient des gens très dérangés. Je ne leur faisais pas confiance. Je les pensais capables de prendre l'argent et de me trancher la gorge ensuite.

Elle frémit.

— Tu devais être terrifié !

— Si je m'étais attardé sur cette pensée, j'aurais pu. Mais je me suis concentré sur ma rage contre Richard, qui m'avait laissé pour mort.

— Comment as-tu empêché les trafiquants d'exiger une rançon ?

— Au début, on m'a plongé dans un coma artificiel, à cause de mon choc à la tête. Après mon réveil, je suis resté amnésique plusieurs mois. Et quand mes souvenirs sont revenus, j'ai compris dans quel bourbier je me trouvais. Alors, j'ai continué à faire comme si je ne me rappelais rien, tout en essayant de trouver un moyen de m'enfuir. Comme je n'avais aucun papier d'identité sur moi, ils ne savaient pas qui contacter. Et comme je n'étais pas porté disparu, personne ne me recherchait.

— S'ils étaient aussi dangereux que tu le dis, pourquoi

t'ont-ils soigné ? Pourquoi auraient-ils perdu leur temps pour un type blessé, repêché dans le Pacifique ?

— Parce que j'avais la chance de ressembler au fils disparu de la chef du cartel. C'est elle qui a décidé de me garder chez elle pendant ma convalescence.

Il n'en revenait toujours pas de ne pas avoir été tué et jeté dans un ravin. Des membres du gang s'étaient vantés d'avoir éliminé ainsi plusieurs touristes, et l'avaient souvent menacé de lui faire subir le même sort au moindre faux pas.

— Alors, qu'est-ce qui t'empêchait de rentrer chez toi ?

— On me surveillait de près. Le gouvernement mexicain fait tout pour arrêter ou tuer les chefs des cartels, et plusieurs grandes organisations ont été démantelées. Elena était particulièrement paranoïaque, elle voulait maintenir son statut de chef tout en continuant son lucratif trafic de drogue. Plusieurs membres de son gang pensaient que j'étais un espion américain mais, étant donné les circonstances de mon sauvetage, cette hypothèse semblait tirée par les cheveux.

— Tu as beaucoup de chance d'être en vie, n'est-ce pas ? supposa Megan, se mordillant la lèvre.

— Oui, beaucoup. Si Elena ne s'était pas prise d'affection pour moi, je n'aurais pas survécu. Cela dit, elle ne me faisait pas totalement confiance. Je n'avais aucun moyen de communiquer avec l'extérieur. Après un certain temps, je l'ai convaincue de me laisser participer à leurs activités.

Il soupira.

— Durant une de leurs opérations, j'ai pu trouver un téléphone et appeler Jason. Il n'a pas décroché, mais j'ai commencé à lui laisser un message, puis je me suis souvenu que Rich était sans doute à Royal. J'ai pris conscience que cela pourrait être dangereux pour Jason de savoir que j'étais en vie.

Et il avait eu raison. Il était convaincu que Jason était

mort parce qu'il avait soupçonné Rich d'avoir joué un rôle dans la disparition de Will.

— Tu as dit à Jason où tu étais ?

— Non. J'ai pris conscience trop tard que je ne pouvais pas l'impliquer dans une opération de sauvetage. Si je voulais m'enfuir, il fallait que je le fasse seul.

— Comment as-tu réussi à t'échapper ?

— Il se trouve que, pendant un échange de coups de feu à Los Cabos, j'ai sauvé la vie d'un des membres du gang. Ça m'a apporté de la crédibilité et, quelques semaines plus tard, j'ai pu participer à un transfert de drogue vers les États-Unis. Une fois sur le sol américain, j'ai enfin réussi à m'échapper.

— Mais tu n'as contacté personne ensuite ?

— J'ai essayé de joindre de Jason, en vain. C'était quelques jours avant mon retour à Royal.

Elle serra les lèvres et cligna rapidement des yeux.

— Parce qu'il était déjà mort, dit-elle. Seulement, personne ne le savait à ce moment-là.

Elle semblait si triste qu'il eut le ventre noué.

— Rich paiera pour ses crimes, gronda-t-il, amer. Je vais m'en assurer.

Lorsque Megan entra dans le bureau de Will, elle le trouva assis sur le canapé de cuir, près d'un mur de livres. Autour de lui, plusieurs documents étaient éparpillés. Il leva les yeux vers elle.

— Eh bien, quelle surprise ! s'exclama-t-il, posant la feuille qu'il lisait.

— Je suis venue te proposer de déjeuner avec moi.

Sans lui laisser le temps de se lever, elle alla s'installer sur ses genoux, et l'embrassa langoureusement. Il lui rendit son baiser avec autant d'ardeur.

Elle était à bout de souffle quand elle finit par détacher

ses lèvres des siennes. Will avait remonté la main sur sa cuisse, et elle pulsait de désir en songeant à ce qui pourrait se passer ensuite.

— Je suppose que nous ne pouvons pas fermer la porte à clé afin que je puisse disposer de ton corps ? avança-t-elle, et elle ne plaisantait qu'à moitié.

— J'adorerais accepter cette offre tentante…

Il glissa la main entre ses cuisses, lui arrachant un son de plaisir. Mais, ensuite, il soupira et secoua la tête.

— Cela dit, ce ne serait pas une bonne idée, ajouta-t-il. J'essaie de redorer mon blason après ce que Lowell a fait, et je me dois d'avoir un comportement normal.

— Et la normalité n'inclut pas des ébats en plein jour dans ton bureau.

Elle remit le nœud de sa cravate en place.

— Même si la femme impliquée est ton épouse, ajouta-t-elle.

Il eut l'air contrit.

— Ce serait différent si tout le monde savait que Lowell avait pris ma place pendant un an, mais la plupart de mes employés l'ignorent.

Elle déposa un baiser sur sa joue puis regarda autour d'elle.

— Je crois que mon espace de travail est plus grand que le tien, taquina-t-elle, espérant le voir sourire à nouveau. Toutefois, ton bureau est bien plus grand que le mien.

— Il appartenait à mon arrière-grand-père.

Deux mètres de bois joliment patinés, aux pieds sculptés, qui conféraient un air sérieux à une pièce dominée par des paysages impressionnistes, des murs blancs et une moquette couleur crème.

— Je dois le dire, ce n'est pas comme ça que j'imaginais ton bureau.

— Tu parles comme si tu n'y avais jamais mis les pieds avant.

— C'est le cas, dit-elle, caressant ses épais cheveux bruns. C'est la première fois que je viens ici.

— Comment est-ce possible ? Tu as été mariée à Rich pendant presque un an.

Elle détourna le regard de ses yeux émeraude. Comment expliquer qu'elle avait épousé un homme très secret, qui l'avait exclue de sa vie ?

Son regard s'arrêta sur le document que Will avait posé sur le canapé.

— Qu'est-ce que c'est ? demanda-t-elle.

Elle se pencha pour mieux voir, et émit un son de surprise.

— On dirait un accord de dédommagement.

Elle se leva et saisit la feuille pour l'étudier de près. Quand elle eut terminé la lecture, elle serra le papier assez fort pour le froisser. Le cœur meurtri, elle demanda :

— Pourquoi prépares-tu un dossier de divorce ?

— Cela fait déjà un moment que mon avocat travaille sur notre situation.

Elle sentit sa gorge se nouer douloureusement.

— Depuis combien de temps ? parvint-elle à articuler.

— Depuis que je suis revenu et que j'ai appris notre mariage.

Il leva les mains dans un geste d'apaisement, qui ne la calma pas du tout.

— Megan, c'est juste au cas où…

Elle n'arrivait pas à le croire ! Depuis tout ce temps, malgré toutes leurs nuits d'amour, il projetait de divorcer ?

— Au cas où quoi ?

Un muscle tressauta dans la mâchoire de Will.

— Quand Lowell sera arrêté, nous ne serons plus obligés de rester mari et femme.

Il ne semblait pas ravi de parler de la dissolution de leur mariage, pourtant ses actes montraient qu'il songeait à couper tout lien avec elle.

— Cela fait des semaines que nous n'avons pas abordé le sujet, lui rappela-t-elle dans un murmure. Depuis que j'ai emménagé chez toi.

— Je sais. Ces semaines avec toi sont fantastiques, sache-le.

Rien dans son attitude ou son ton n'indiquait qu'il mentait.

— Si tu dis vrai, alors pourquoi… ?

Il tendit la main vers le document, mais elle l'éloigna.

— Nous vivons dans une bulle, Megan. Nous nous cachons au ranch en ignorant la situation dans laquelle nous sommes piégés.

Chacun de ses mots lui lacéra le cœur.

— C'est tout ce que c'est pour toi ? Une situation dans laquelle nous sommes piégés ?

— Non, bien sûr. Je tiens à toi.

— Et je tiens à toi aussi.

Soudain, elle eut du mal à respirer et sa vision se troubla.

— Pourquoi ne pas continuer alors ? demanda-t-elle.

— Que sommes-nous l'un pour l'autre ? rétorqua-t-il avec une pointe de dureté. Mari et femme ? Tu ne m'as pas choisi.

C'était une manière indirecte de dire qu'il ne l'avait pas choisie non plus.

— Donc, nous allons divorcer ? s'enquit-elle.

— Je ne sais pas, dit-il, mais son regard indiquait que si. Un divorce me paraît assez logique.

— Je n'arrive pas à le croire.

Comment avait-elle pu être assez bête pour tomber amoureuse de Will Sanders une seconde fois ?

Il se leva, lui prit le document des mains et le posa sur la table basse avant de la saisir par les bras.

— Megan, nous ne sommes pas obligés de parler de ça tout de suite. Attendons quelques jours, et nous pourrons réfléchir aux différentes options.

— Des options ? répéta-t-elle d'une voix blanche.

Bon sang, pourquoi avait-elle laissé Will s'infiltrer dans son cœur ? À l'évidence, il comptait s'extirper de leur relation dès que possible.

— Y a-t-il vraiment des options ? demanda-t-elle.

— Une fois que tout reviendra à la normale, nous pourrons prendre des décisions.

— Bien sûr.

Le sourire qu'elle afficha était un sourire de peine et de déception, et non de joie, mais Will ne sembla pas le remarquer, car il lui répondit par un sourire rassurant.

— Je ferais mieux d'y aller, murmura-t-elle.

— Tu ne voulais pas déjeuner ?

— Je n'ai pas aussi faim que je le croyais.

Elle recula d'un pas, et Will la relâcha. Elle lui tourna le dos, car des larmes brûlantes lui piquaient les yeux. Il était hors de question qu'elle pleure devant lui. Elle attendrait d'être seule dans sa voiture.

— Je te retrouve au ranch, lui lança-t-il quand elle franchit le seuil de la pièce.

Heureusement, elle parvint à traverser les couloirs de Spark Energy Solutions et à sortir de l'immeuble sans éclater en sanglots. Au moins, elle ne passerait pas pour une parfaite idiote. Et elle ne pleura pas non plus une fois à l'abri dans son véhicule. Car les émotions qui montèrent en elle furent d'abord l'humiliation puis la colère. Contre Will. Et contre elle-même.

Will avait-il raison ? Vivaient-ils dans un cocon, en dehors de la réalité ? Lui, peut-être. En ce qui la concernait, Will était devenu sa réalité et, quand elle était près de lui, elle se sentait forte. Dire que tout cela n'était qu'un mensonge…

Elle roula sans but dans les rues de Royal. L'idée de retourner au travail alors qu'elle avait le cœur brisé ne la séduisait guère. Et elle n'avait aucun appétit. Une petite virée dans les boutiques lui ferait peut-être du bien. Elle devait justement acheter un cadeau de naissance pour Abigail, qui devait accoucher le mois prochain.

Abigail avait brièvement travaillé chez Spark Energy Solutions en tant qu'assistante de Will l'imposteur, qui l'avait séduite. Leur brève liaison avait mené à une grossesse. Abigail avait trouvé l'amour vrai en la personne de Vaughn Chambers, et Megan était ravie pour elle.

Laissant sa voiture près de Main Street, elle passa devant plusieurs magasins et admira les vitrines. Elle adorait le centre historique de Royal, où les boutiques à la pointe de la tendance côtoyaient les magasins d'antiquités.

Elle était à quelques mètres de la boutique de vêtements pour enfants quand elle sentit soudain qu'elle n'était plus seule sur le trottoir. Elle frissonna quand une ombre passa sur elle.

— Je t'ai manqué ? lança une voix familière derrière elle, alors qu'elle sentait qu'on tirait sur son sac à main.

Elle se retourna et se raidit aussitôt quand elle découvrit qui était derrière elle. Rich Lowell.

— Pas une seconde, lâcha-t-elle, tendant le bras pour reprendre son sac.

Lowell le mit hors de portée et ricana.

— Trop occupée à jouer les épouses ? C'est logique que tu couches avec Sanders puisque c'est lui que tu voulais depuis le début.

Il approcha, les yeux plissés.

— Ça doit le rendre fou que je t'aie possédée avant lui. Chaque fois qu'il te fait l'amour, je parie qu'il se rappelle que tu m'appartenais avant de coucher avec lui. Chaque baiser lui rappelle que j'étais le premier. Quand tu cries son nom pendant l'amour, ça lui rappelle que j'étais ton mari tout le temps durant lequel il avait disparu. Il ne peut pas te toucher sans penser à mes mains sur toi.

Les paroles de Rich l'ébranlèrent, car elles réveillaient

ses pires doutes concernant sa relation avec Will. Elle enfonça les ongles dans sa paume, refusant de répondre ou de donner à Rich la satisfaction de la voir furieuse ou bouleversée.

La dernière fois qu'elle avait rencontré Rich, elle avait réussi à lui échapper, mais elle n'était pas sûre d'y parvenir aujourd'hui. Cela ne l'empêcha pas de répondre avec audace :

— Tu as peut-être eu mon corps, mais je n'ai jamais été à toi.

Lorsqu'il saisit son bras et le serra au point de lui faire mal, elle refusa de lui laisser voir sa peur.

— Je ne t'ai jamais aimé. J'aimais celui que tu faisais semblant d'être : Will Sanders. Et, après notre mariage, tu as montré quelle ordure tu étais en réalité.

— Tu m'aimais, gronda Rich, la serrant encore plus fort et l'entraînant dans une allée entre deux immeubles.

— Peu importe ce que j'ai éprouvé par le passé, riposta-t-elle. Tu as tué mon frère, et je te méprise.

Il la ramena brusquement vers lui et l'enlaça.

Elle résista comme elle put, mais elle n'était pas de taille face à Rich. Malgré tout, elle lutta jusqu'à ce qu'il la plaque contre un mur, si fort qu'elle en eut le souffle coupé. Sans lui laisser le temps de se remettre, il tira sur ses cheveux, la forçant à relever la tête vers lui. Puis il pressa la bouche sur la sienne. Il empestait le whisky et les cigarettes. Il lui mordilla la lèvre inférieure, et elle poussa un cri. Puis il introduit la langue au fond de sa bouche. À bout de souffle et affolée, elle se débattit, mais Rich était trop fort.

Malgré tout, elle résista, lui donnant des coups de pied dans les mollets, martelant son bras. En vain. Quand, enfin, il détacha ses lèvres des siennes, son sourire cruel provoqua une vague de terreur en elle. La police lui avait rendu son pistolet, mais il se trouvait dans son sac, or Rich le lui avait pris. Elle n'avait pour arme que son intelligence.

— Tu es à moi, assena-t-il. Et je vais faire en sorte que tu t'en souviennes.

Ses mots menaçants mirent son courage en pièces.

— Que comptes-tu faire de moi ? demanda-t-elle d'une voix haletante.

— Nous allons entreprendre un petit voyage.

Si elle montait dans une voiture avec lui, elle était perdue.

— Quel genre de voyage ?

— J'ai quelque chose à récupérer, ensuite nous irons au Mexique.

L'angoisse lui noua le ventre. Will avait évoqué la possibilité que Rich se réfugie au Mexique. Là-bas, il lui serait facile de disparaître. Elle ne pouvait pas le laisser faire.

— Tu n'y arriveras jamais, lança-t-elle. D'énormes moyens sont mis en place pour te retrouver.

— Tu crois que je ne suis pas au courant ?

Il émit un rire mauvais, qui mit ses nerfs à vif.

Malgré sa peur, elle parvint à répondre sans que sa voix ne tremble :

— Ce sera bien plus difficile de t'échapper si tu me kidnappes.

— Au contraire. Pourquoi crois-tu que j'aie besoin de toi ? répondit-il, un sourire sans joie se formant sur ses lèvres. Tu diras à tout le monde que je suis Will Sanders, l'amour de ta vie.

— Et quand nous serons au Mexique ? Tu me laisseras partir ?

— Bien sûr.

Il saisit son visage entre ses doigts puissants et le serra.

— Quand j'aurai fait en sorte que Will ne veuille plus jamais te toucher.

Et il était sérieux, elle en était sûre. Elle devait à tout prix lui échapper. Prévenir quelqu'un.

Elle élabora rapidement un plan dans sa tête.

— Je suis censée déjeuner avec Dani dans un quart d'heure. Si je ne la vois pas, elle saura qu'il y a un problème et elle appellera la police. Le shérif Battle et le FBI me rechercheront, et tu ne pourras pas t'enfuir.

Il la scruta un long moment, et elle prit un air aussi neutre que possible, en priant pour être convaincante.

— Alors, envoie-lui un SMS et dis-lui que tu ne peux pas te libérer.

Elle secoua la tête, faisant mine de protester. S'il la forçait à prévenir Dani, cela signifiait qu'il ne la soupçonnait pas de mentir.

Elle ne vit pas le coup venir mais, soudain, une douleur aveuglante envahit sa joue, et elle sentit le goût ferreux du sang sur sa langue. Tandis qu'elle reprenait son équilibre, Rich fouilla dans son sac et en sortit son téléphone.

— Envoie-lui un SMS, et vite ! ordonna-t-il. Et montre-moi le message avant de l'envoyer.

Elle déverrouilla l'appareil et, la douleur pulsant dans sa joue, elle chercha comment alerter Dani sans éveiller les soupçons de Rich.

Ne peux pas déjeuner avec toi. Un appel avec K Cole sur collection automne. T'écris plus tard.

— Fais-moi voir !

Megan montra le message à Rich, et retint son souffle.

— Ça te convient ? demanda-t-elle.

— Qui est K Cole ? Et quelle est cette « collection automne » dont tu parles ?

— Kenneth Cole, le styliste mondialement connu, répliqua-t-elle froidement, masquant sa nervosité par de l'impatience. Il envisage une collaboration avec moi l'an prochain. Ce sera une immense publicité pour ma société.

— Efface le : « t'écris plus tard ». Tu n'écriras plus à personne, et tu n'appelleras plus personne.

Priant pour que son amie comprenne et pour qu'elle prévienne Cole et Will, Megan envoya le message. Dès que ce fut fait, Rich lui arracha l'appareil des mains, le jeta au sol et l'écrasa avec son talon.

— Hé ! protesta-t-elle.

C'était comme s'il venait de détruire sa planche de salut.

— On pourrait retrouver ta trace avec le téléphone. Ainsi, personne ne saura où tu es.

— Tu as gagné quelques heures au mieux. Mon assistante attend mon retour après le déjeuner.

Rich l'entraîna vers la rue principale.

— Dans ce cas, nous ferions mieux de nous mettre en route.

- 11 -

Will faisait les cent pas dans son bureau, sa dispute avec Megan tournant en boucle dans sa tête. Ce matin, l'arrivée des documents pour le divorce l'avait désarçonné. Il s'était passé bien des choses depuis que Megan s'était installée au ranch, et il n'était plus si sûr de vouloir mettre fin à leur mariage. Toutefois, lorsqu'il avait parcouru les documents juridiques, il s'était souvenu de la conversation qu'il avait surprise entre Megan et Lucy. Megan avait été claire : une fois Lowell arrêté, elle voulait aller de l'avant. Ce qui, sans doute, passait par un divorce.

En parcourant l'accord de dédommagement, il s'était senti encore plus triste. Était-il vraiment prêt à laisser Megan partir ? C'était ce qu'elle prétendait vouloir, mais les sentiments qui s'étaient développés entre eux ces derniers jours semblaient prouver le contraire. Il y avait sûrement un moyen pour eux de prendre un nouveau départ, ensemble.

Alors, pourquoi ne lui avait-il pas dit qu'il voulait poursuivre leur relation une fois Lowell sous les verrous ?

Sur le bureau, son téléphone sonna. Le visage de Cole Sullivan apparut sur l'écran. Intrigué, Will saisit l'appareil.

— Bonjour, Cole. Quoi de neuf ?

— Dani vient de m'appeler. Elle a reçu un message très bizarre de Megan. Et Megan est injoignable.

— Un message bizarre ? répéta-t-il, soudain angoissé. Que disait-il ?

— Qu'elle allait rater le déjeuner et qu'elle était en réunion avec K Cole pour sa collection automne.

— Elle devait déjeuner avec Dani ? s'étonna-t-il.

Megan lui avait pourtant proposé de déjeuner avec lui…

— Non, et je me demande si le Cole qu'elle mentionne fait référence à moi. Mais que veut dire la partie sur sa collection automne ?

— J'ai vu ses dessins pour l'an prochain. Elle comptait mettre de l'or sur les prochains modèles.

Une part de Will salua l'intelligence de Megan tandis qu'il décodait le message. Il avait déjà pris ses clés quand Cole arriva à la même conclusion.

— De l'or, comme le butin de Lowell au chalet ! s'exclama son ami.

— Il l'a kidnappée, et il compte aller récupérer son or.

— Bon sang ! J'appelle le shérif Battle. Le chalet est sous surveillance.

— Pendant ce temps, je me rends là-bas, déclara Will.

— Mauvaise idée. Pourquoi tu ne laisses pas le shérif et le FBI s'en charger ?

— Étant donné la lenteur avec laquelle ils se sont mobilisés par le passé, je ne vais pas rester assis à me tourner les pouces et laisser Lowell s'échapper une fois de plus. C'est ma femme qu'il a enlevée. C'est à moi de la sauver.

Quelques instants plus tard, Will se glissa derrière le volant de sa Land Rover et fit crisser ses pneus sur le bitume. Il se concentra sur la route et sortit de la ville, ignorant la petite voix dans sa tête qui lui rappelait qu'il n'avait pas de plan. Pas de plan précis, du moins. Mais il avait une idée : il allait échanger sa personne contre Megan.

Son téléphone sonna quand il fut sur la route poussiéreuse menant au chalet. Lançant un bref regard vers l'appareil, il vit que c'était Cole qui l'appelait. Il ne décrocha pas. Cole allait sûrement tenter de le dissuader d'agir. Or Will n'avait pas d'énergie à gaspiller dans une conversation aussi inutile.

Quand il arriva au dernier virage de la piste, il aperçut le chalet devant lui. Et il ne fut pas surpris de voir un pick-up récent garé devant le perron. Il s'arrêta à quelques mètres du véhicule, coupa le moteur et sortit. Passant brièvement la zone en revue, il ne vit aucun signe de Rich ou de Megan. S'était-il trompé ?

Quelques secondes plus tard, la porte du chalet s'ouvrit, et Megan apparut en titubant sur le perron, suivie de Rich. Des mèches de cheveux châtains étaient collées à sa joue contusionnée. Quand Will remarqua sa lèvre fendue, il sentit la rage l'envahir. Et il se jura de faire payer Lowell pour le mal qu'il avait fait à Megan.

Elle portait l'un des lingots factices. D'après sa posture raide et ses mouvements, Will devina qu'elle était sous la menace d'une arme à feu ou d'un couteau.

— Lowell ! cria Will.

Il avança, et il lui fallut faire appel à toute sa volonté pour concentrer son regard sur son ennemi et non sur le visage effrayé de Megan.

— Laisse-la partir. C'est entre toi et moi.

— Sûrement pas. Elle vient avec moi.

— Ce n'est pas elle que tu veux, répliqua Will, heureux que sa voix ne trahisse pas son inquiétude.

— Tu as raison sur ce point. Mais, toi, tu la veux, et c'est pour ça que je l'emmène.

Il était hors de question que Will le laisse faire.

— Emmène-moi à sa place.

— Will, non !

Le cri passionné de Megan lui déchira le cœur. Il eut bien du mal à ne pas serrer les poings et à maintenir son attention sur Rich.

— Nous pouvons prendre ma voiture, reprit-il. Je t'aiderai à passer la frontière, et tu pourras disparaître au Mexique.

— Je pourrais vous enlever tous les deux. T'abandonner dans le désert et emmener Megan avec moi.

— Mais il est impossible que tu nous surveilles tous les deux. Et Megan a déjà prouvé qu'elle est assez intelligente pour t'échapper, rappela-t-il, laissant un sourire se former sur ses lèvres. Alors que tu m'as fichu une bonne raclée à Cabo.

Sa feinte fonctionna comme il l'avait prévu. Rich se détendit et sourit.

— Ça, oui ! Apparemment, tu n'es pas le gagnant que tout le monde te croit être.

— Mais, toi, tu es un gagnant, n'est-ce pas, Rich ?

Will avança d'un demi-pas.

— Ou en tout cas, tu en seras un si tu quittes le pays avec l'argent que tu as volé. Mais le temps presse. Décide-toi avant qu'il y ait un cordon de policiers entre la frontière et toi.

— Soit. On fera comme tu as dit.

Rich poussa Megan en avant, et elle faillit tomber sur les marches du perron, la lourde brique dorée la déséquilibrant.

— Pose l'or dans le pick-up, Megan, ordonna-t-il.

Maintenant que Megan n'était plus devant Rich, Will constata qu'il tenait en effet une arme. Le pistolet de Megan, à la crosse rose si reconnaissable.

Pour l'instant, le canon restait dirigé vers Megan. Dès qu'elle eut descendu les marches du perron, Will avança, déterminé à se placer entre elle et le pistolet. Rich se passa la langue sur les lèvres, l'air satisfait, quand elle eut posé le lingot à l'arrière du pick-up. Will profita de ce moment d'inattention pour approcher encore. Il n'y avait plus que cinq mètres entre Richard et lui.

L'imposteur pointa le canon de l'arme sur lui.

— Reste où tu es !

Megan, qui s'était discrètement éloignée de Rich, se figea aussi.

— Il faut qu'on parte maintenant, déclara Will, levant les mains en l'air pour endormir la méfiance de Lowell. Le FBI surveille le chalet. Leurs agents seront là d'une minute à l'autre.

Megan était encore trop près. Un seul mouvement brusque de sa part, et Rich pourrait tirer sur elle.

— Tu ne te demandes pas pourquoi ils ne sont pas encore arrivés ? ironisa Rich. Je savais qu'ils surveillaient le chalet, et j'ai demandé à un ami de pirater le flux vidéo. Ils regardent des cactus pousser depuis quarante-cinq minutes.

Cela expliquerait pourquoi il était arrivé avant les autorités, songea Will.

— Le shérif sait que tu es ici, lança-t-il, et il est en route.

— Dans ce cas, nous ferions mieux d'y aller, rétorqua Rich.

Sans quitter Will des yeux, il lança :

— Megan, chérie, monte dans le pick-up ! On s'en va !

— Non ! s'écria Will.

Mais Megan avait disparu derrière l'angle du chalet. Voyant qu'elle avait disparu, Rich fit plusieurs pas dans la direction qu'elle avait prise.

Profitant du fait que l'arme n'était plus pointée sur lui, Will courut vers Rich.

Tout ce qu'il avait enduré ces dix-huit derniers mois lui revint en mémoire tandis qu'il se précipitait vers l'homme qui lui avait volé sa vie. Ils allaient se battre, comme sur le bateau. Mais, cette fois, Will savait à qui il avait affaire et était mû par une détermination et une fureur qui décuplaient sa force.

Il ignora la petite voix qui lui souffla qu'attaquer un

homme armé était le comble de la stupidité. Il ne pouvait pas prendre le risque qu'il arrive quoi que ce soit à Megan. Elle était la personne la plus importante de son existence et, sans elle, cela lui serait bien égal que le cartel mexicain le retrouve et qu'il ne puisse plus jamais leur échapper. Son avenir ne serait qu'un grand vide si Megan n'en faisait pas partie.

— Cours, Megan ! hurla-t-il.

En deux enjambées, il rattrapa Rich et se jeta sur lui. Tous deux tombèrent sur le perron. Une planche pourrie craqua sous leur poids, et Rich lâcha l'arme qui vola dans les airs. Will remarqua fugacement qu'elle était hors de portée mais, déjà, Rich lui décochait un coup de coude dans les côtes. Une douleur aiguë le traversa tandis que Rich roulait sur le côté, gagnant assez d'espace pour ramper et lui échapper. Son ennemi s'appuya sur un genou et, alors que Will se relevait, il lui donna un grand coup d'épaule dans le ventre. Will se retrouva sur le dos. Il esquiva plusieurs coups avant d'en décocher un dans la mâchoire de Lowell.

Durant les mois que Will avait passés avec le cartel mexicain, il lui avait fallu lutter pour rester en vie. Bien qu'il ait été sous la protection d'Elena, cela ne l'avait pas empêché d'être mis à l'épreuve par plusieurs membres du gang impitoyable. Dans cette culture de la violence, il avait dû montrer qu'il n'était pas faible et se défendre au cours de plusieurs bagarres. La plupart du temps, il en ressortait épuisé et couvert de bleus mais, au fil du temps, il s'était aguerri, et avait appris à rendre coup pour coup.

Tandis que Lowell titubait, il se leva et se prépara à attaquer de nouveau son adversaire. Il se rendit compte trop tard que leur lutte les avait rapprochés de l'arme de Megan. Rich trébucha sur le pistolet et faillit tomber, mais il eut la présence d'esprit de ramasser l'arme à feu et de la diriger sur Will.

Si Will se jetait sur lui, Lowell appuierait sur la détente.

— Ne fais pas ça, dit Will, conscient qu'il retardait simplement l'inévitable.

Lowell rit.

— Tu oublies que ce n'est pas la première fois que j'essaie de te tuer. Cette fois, je vais m'assurer que tu es bien mort.

Will vit le doigt de Lowell se raidir sur la détente mais, quand son ennemi tira, rien ne se passa. Rich écarquilla les yeux et considéra l'arme de poing. Will n'en revenait pas d'être encore en vie. Il comprit que Rich n'avait pas enlevé le cran de sûreté.

Durant ce bref répit, Will se jeta sur Lowell, qui se servit de la crosse du pistolet pour le frapper à la tempe. Will fut étourdi.

Pendant les quelques secondes qu'il fallut à Will pour reprendre ses esprits, Lowell grimpa dans son pick-up et démarra. Sans se demander s'il était sage de suivre un voleur doublé d'un meurtrier, Will courut vers le hayon du véhicule, s'agrippa au métal froid et passa la jambe par-dessus. Il faillit tomber au sol quand Lowell appuya sur l'accélérateur et que le véhicule fut projeté en avant, mais il parvint à atterrir sur le plateau du pick-up.

Haletant, et l'esprit embrumé par la douleur, Will fut balancé de tous côtés pendant que le véhicule zigzaguait et prenait de la vitesse, laissant un nuage de poussière derrière lui. Étalé sur le dos, il tenta de trouver un plan pour stopper Lowell. Si cette ordure atteignait l'autoroute, la vitesse du véhicule rendrait toute tentative de l'arrêter dangereuse.

Le véhicule dérapa dans un virage, et Will se cogna contre un objet dur. Un lingot de tungstène, comprit-il. Il le saisit, le soupesa, puis rampa vers l'avant, en tâchant de ne pas se faire voir. Il s'accrocha au flanc de la cabine et lança la brique par la vitre côté conducteur. Le verre se brisa sous le poids du lingot de douze kilos, qui heurta la tête de Lowell.

Presque aussitôt, le véhicule fit une embardée, car Rich avait perdu le contrôle du volant. Will leva les yeux à temps pour voir un poteau électrique se profiler devant eux, mais l'obstacle disparut de son champ de vision car les mouvements erratiques du pick-up le projetèrent à l'autre bout du véhicule. Sans point d'appui, secoué comme s'il chevauchait un bronco, Will ne parvint pas à garder l'équilibre. Il fut projeté par-dessus le plateau du pick-up et heurta le sol à une vitesse qui lui laissait peu d'espoir de survivre.

Megan avait parcouru une quinzaine de mètres, et elle revint sur ses pas quand elle entendit le pick-up s'éloigner. La Land Rover de Will était toujours là. Mais le pick-up de Rich, qui contenait la cargaison d'or, avait disparu. Elle eut envie de hurler. Rich s'était échappé, une fois de plus !

Mais où était Will ?

Elle se dirigea vers la Land Rover, regardant autour d'elle à plusieurs reprises, mais elle ne vit aucun signe de lui. Manifestement, elle était seule, conclut-elle, de plus en plus inquiète. Rich avait-il pris Will comme prisonnier ? Avait-il décidé de l'échanger contre elle, comme Will l'avait proposé ? Rich n'hésiterait pas à tuer Will une fois qu'il ne lui serait plus d'aucune utilité, elle en était certaine.

Soudain, elle fut prise de vertige, et elle s'appuya contre la Land Rover pour ne pas tomber. Il fallait qu'elle trouve de l'aide, mais Rich avait détruit son téléphone, et elle n'avait pas les clés de la voiture de Will. Puis elle se rappela que les autorités surveillaient le chalet. La police et le FBI étaient sûrement en route. Hélas, elle était coincée ici jusqu'à leur arrivée.

Après ce qui lui sembla une éternité, elle vit une

voiture arriver. Ce n'étaient pas des policiers mais Cole Sullivan. Elle courut vers lui quand il sortit du véhicule. En voyant son expression, elle chancela, et il la rattrapa pour la maintenir en équilibre.

— Où est le shérif ? demanda-t-elle, scrutant son visage. Et le FBI ? Rich était là, il a emporté les lingots d'or. Et je crois qu'il a enlevé Will ! Il faut le retrouver !

— Megan.

Le ton grave de sa voix et la douleur dans son regard lui dirent mieux que des mots que quelque chose de terrible s'était produit.

Elle enfonça les ongles dans son bras.

— Que s'est-il passé ? Will va bien ?

— Il y a eu un accident. On ne sait pas encore ce qui s'est passé, mais le pick-up qui contenait les lingots était retourné.

Il hésita.

— Il y a beaucoup de confusion sur la scène de l'accident. Sais-tu qui était au volant ?

— Will m'a ordonné de m'enfuir. J'étais derrière le chalet quand j'ai entendu le pick-up démarrer. Pour venir ici, Rich m'a obligée à conduire. Je suppose qu'il a fait de même avec Will.

Cole détourna les yeux, et Megan sentit son cœur bondir.

— Pourquoi cette question ?

— Le conducteur était coincé dans le véhicule. Les pompiers essayaient de le désincarcérer quand je les ai laissés pour venir te chercher, mais il perdait beaucoup de sang et ils n'arrivaient pas à…

Sa voix se brisa.

— Ça n'augure rien de bon, conclut-il.

Megan eut envie de hurler, mais elle s'intima de garder son calme.

— C'était Will ?

— Je ne sais pas.

— Et le passager ?

— Projeté au sol avant la collision. D'après les marques sur la route, le pick-up a zigzagué avant de faire des tonneaux. Peut-être que Rich et Will se battaient pendant qu'ils roulaient.

— Le passager est vivant ?

— Il est blessé, et inconscient. Je ne connais pas la gravité de ses blessures. Les secouristes s'occupaient de lui quand je suis venu te trouver. Je dois être franc avec toi, je ne sais pas s'ils vont survivre.

Il consulta son téléphone.

— Un ami policier était sur les lieux. Il m'a promis de me tenir au courant.

— Mais personne ne sait qui est qui ? questionna-t-elle d'une voix stridente, signe de sa peur croissante.

— Je te l'ai dit, la scène était assez difficile à comprendre. Tu es sûre que tu ne sais pas qui conduisait ?

— Oui. Il faut que tu m'emmènes là-bas. Je peux identifier Will.

Cole remarqua sa joue enflée et sa lèvre fendue.

— Je devrais peut-être t'emmener à l'hôpital.

Sérieusement ? L'homme qu'elle aimait était peut-être entre la vie et la mort, et Cole s'inquiétait pour elle ?

Elle balaya son inquiétude d'un revers de la main.

— Je vais bien.

C'était faux, elle n'allait pas bien. Elle était au bord de l'hystérie. Si elle perdait Will…

Non. Elle refusait de penser de cette façon. Will survivrait. Il le fallait.

Le téléphone de Cole vibra. Il jeta un regard vers l'écran, et elle le vit blêmir.

— Quoi ? s'enquit-elle, terrifiée.

— Ils sont presque sûrs que c'était Will qui était au volant.

Il déglutit, puis ajouta :

— Il n'a pas survécu.

— Non !

Megan sentit la tête lui tourner tandis qu'elle hurlait, refusant la vérité, et tout se brouilla autour d'elle.

Puis, tout devint noir.

- 12 -

— Megan est avec moi. Je ne pense pas qu'elle soit blessée, mais elle a perdu connaissance.

Megan entendit les paroles de Cole tandis qu'elle revenait à elle. Ils roulaient sur une piste cabossée, et elle était secouée sur son siège. Elle s'accrocha à sa ceinture de sécurité et ouvrit les yeux.

— Je l'emmène à l'hôpital, continua Cole. Je te retrouve là-bas.

— Que se passe-t-il ? murmura-t-elle d'une voix éraillée.

— Ça va ? s'enquit-il. Tu t'es évanouie.

— Will n'est pas mort, affirma-t-elle avec force.

Elle se rappela le choc subi tout à l'heure. Mais son cœur savait que tout le monde s'était trompé.

— Tu as eu d'autres nouvelles du shérif ou du FBI ? demanda-t-elle.

— Non, c'était Cora Lee. Elle a appris pour l'accident, elle nous retrouve à l'hôpital.

— Pourquoi va-t-on à l'hôpital ? Je dois aller sur la scène de l'accident.

— Tu as vécu une expérience traumatisante, souligna-t-il, jetant un coup d'œil vers sa joue enflée. Il vaut mieux qu'on t'examine.

— Je vais bien, s'impatienta-t-elle. Je dois savoir avec certitude ce qui est arrivé à Will.

— L'hôpital d'abord.

À son expression, elle comprit qu'il était inutile de discuter.

— Peux-tu au moins appeler ton ami, celui qui est sur les lieux, et me le passer ?

— J'ai déjà essayé de le joindre, en vain. L'enquête est en cours, et on ne nous dira rien tant qu'il n'y a pas de réponses définitives.

— Will ne peut pas être mort, marmonna-t-elle, certaine d'avoir raison.

Comme Cole ne répondait rien, elle se mura dans le silence et fulmina en son for intérieur.

Cole roulait vite et restait concentré sur la route. Lorsque son téléphone vibra, il jeta un bref regard vers l'écran.

— J'ai demandé à Dani de nous retrouver à l'hôpital, dit-il. Elle vient d'arriver. Je me suis dit qu'un peu de compagnie te ferait du bien.

Elle aurait dû le remercier pour sa gentillesse, mais elle n'arrivait pas à former les mots. C'était insensé d'en vouloir à Cole pour ce qui était arrivé à Will. Après tout, c'était le message qu'elle avait envoyé à Dani — un message pour avertir Cole — qui avait poussé Will à venir la secourir. Alors, si quelqu'un était responsable, c'était bien elle.

Ils étaient parvenus aux abords de Royal, et Cole roulait vers l'hôpital à une vitesse presque imprudente. Tandis que les repères familiers défilaient derrière la vitre, Megan oscillait entre le désespoir et l'espoir que Will ait miraculeusement survécu. S'il était mort, ne le saurait-elle pas au fond d'elle ?

— Megan ?

La voix de Cole l'arracha à ses pensées. Ils étaient maintenant devant l'entrée des urgences. Dani vint ouvrir la portière de Megan, qui descendit de la voiture et tomba dans les bras de son amie.

— Oh ! Dani ! s'exclama-t-elle. C'est terrible ! Tu as des nouvelles de Will ?

— Je sais seulement ce que Cole m'a dit. J'ai vu l'agent spécial Bird tout à l'heure. Apparemment, le passager a survécu.

— C'était Will ?

— Je ne sais pas, répondit Dani. L'agent Bird veut te parler une fois qu'on t'aura examinée.

Le manque d'informations ne faisait qu'accroître l'agitation de Megan.

— Je veux lui parler tout de suite, déclara-t-elle. Cole, s'il te plaît, vois s'il peut venir me parler.

— Je me gare et je pars à sa recherche.

Elle s'appuya sur son amie.

— Cora Lee est arrivée ? demanda-t-elle. Elle sait peut-être quelque chose sur Will.

— Je ne l'ai pas encore vue. Toute la situation est confuse.

Dani observa son visage contusionné, et son regard s'embua.

— Tu peux marcher ? s'enquit-elle.

Megan essuya du revers de la main les larmes qui avaient coulé sur son visage.

— Oui, ça va.

Malgré tout, Dani mit un bras autour de sa taille et l'emmena vers les urgences.

— Cole m'a dit que tu t'étais évanouie.

— C'était juste… J'ai été assommée quand j'ai appris pour l'accident, murmura-t-elle en serrant la main de son amie. Il ne peut pas être mort.

Dani hocha la tête mais garda le silence. Après s'être présentées à l'accueil, elles s'assirent dans la salle d'attente.

Derrière les vitres, Megan vit quelques équipes de journalistes rassemblées devant l'entrée de l'hôpital.

Sans nul doute, la nouvelle d'un accident fatal impliquant un membre d'une des familles les plus prestigieuses et les plus anciennes de Royal s'était déjà répandue. Combien de temps avant que toute l'histoire ne soit dévoilée ? Elle prit subitement conscience que la presse voudrait l'interroger. En tant qu'épouse de l'imposteur, elle serait scrutée à la loupe.

Pendant que les gens allaient et venaient, elle resta là, les mains nouées dans son giron, à attendre Cole, ou un agent du FBI, ou quiconque susceptible de lui dire si Will était en vie.

L'inactivité et les événements épuisants de la journée commençaient à peser sur son endurance. La bile monta dans sa gorge et la tête lui tourna. Tandis que son champ de vision commençait à s'obscurcir, elle saisit les bras de son fauteuil pour ne pas s'effondrer.

— Tout va bien ? demanda Dani. Quand as-tu mangé pour la dernière fois ?

Elle tenta de s'en souvenir. Avait-elle pris un petit déjeuner ?

— Hier soir, je crois.

Dani fit claquer sa langue.

— Bon, je vais aller te chercher à boire et à manger.

Megan hocha la tête, et Dani se dirigea vers une rangée de distributeurs. Luttant contre la fatigue et la peur, Megan jeta un regard circulaire.

Elle vit un agent du FBI sortir d'un ascenseur. Décidée à obtenir des réponses, elle se leva et se dirigea vers l'agent spécial Marjorie Stanton.

Megan savait que la jeune femme rousse était enceinte de six mois et qu'elle avait espéré retrouver Lowell avant de partir en congé maternité. Pourtant, elle ne semblait pas particulièrement heureuse.

— Avez-vous des nouvelles de Will ? commença Megan, scrutant l'expression de l'agent pour obtenir des réponses. Cole m'a dit…

Mais elle n'arrivait pas à prononcer les mots.

— Je vous en prie, reprit-elle, dites-moi qu'il n'est pas mort.

— Will a survécu à l'accident, annonça l'agent Stanton. Son regard s'adoucit quand Megan poussa un cri de soulagement.

Dani, qui avait rejoint Megan à temps pour entendre la fin de la conversation, mit un bras autour de ses épaules pour la soutenir.

Will était vivant ! Mais il était arrivé à l'hôpital en ambulance. Ses blessures étaient-elles graves ?

Il fallait qu'elle sache, songea Megan. Mais c'était comme si ses poumons avaient cessé de fonctionner. Elle n'arrivait pas à respirer suffisamment pour formuler les questions qui se bousculaient dans son esprit. Un son incohérent s'échappa de sa gorge.

— Est-ce qu'il va s'en remettre ? demanda Dani pour elle.

— Il semble que oui, répondit l'agent. Il est assez cabossé, mais il devrait s'en sortir. Il a une blessure à la tête, une épaule déboîtée et plusieurs côtes cassées. Il est en salle d'examen et sera sans doute placé sous observation pendant quelques jours. Il faut être prudent avec les chocs cérébraux, d'autant que ce n'est pas son premier traumatisme.

Megan retrouva brusquement sa voix.

— Mais il va bien ?

Elle n'attendit pas de réponse et ajouta :

— Quand puis-je le voir ?

Stanton lança un regard vers l'entrée des urgences, devant laquelle la foule de journalistes avait grossi.

— Il faudra le demander au médecin. Si vous voulez bien m'excuser.

Une vague de soulagement envahit Megan, libérant de nouvelles larmes. Dani la prit dans ses bras.

— C'est une merveilleuse nouvelle. Il est en vie, dit son amie. Vous vous en êtes sortis, tous les deux.

Secouée de sanglots, Megan s'appuya sur Dani durant plusieurs minutes, incapable de reprendre son souffle ou de cesser de trembler. Car tout ce qu'elle venait de vivre la rattrapa. Tout était fini. Lowell était décédé, et Will et elles avaient survécu. Leur corps et leur âme avaient subi de graves blessures, mais Will et elle seraient là l'un pour l'autre, et ils guériraient.

— Je n'ai jamais cru qu'il était mort, déclara-t-elle quand elle fut enfin assez calme pour parler. Je ne pouvais pas. Car cela voulait dire que je n'aurais jamais eu l'occasion de lui dire que je l'aimais.

— Mais maintenant tu le peux, et tout ira bien, conclut Dani.

Assise dans une petite salle d'attente, Megan attendait que la série d'examens auxquels Will était soumis se termine. Elle songeait à la dispute qu'ils avaient eue avant que Lowell ne la kidnappe. Elle avait quitté son bureau sans lui dire ce qu'elle éprouvait pour lui, et elle n'était pas sûre que Will veuille entendre qu'elle était amoureuse de lui.

Sur l'insistance de Megan, Dani était rentrée chez elle pour s'occuper de ses jumeaux. Seule dans la pièce, Megan ramena ses jambes sous elle et s'appuya contre le bras du fauteuil, se promettant de ne fermer les yeux que quelques minutes.

Quand elle se réveilla, le soleil s'était couché et le ciel était sombre. Elle se frotta les yeux et regarda autour d'elle, étonnée que personne ne l'ait réveillée. Assise dans un fauteuil à quelques mètres d'elle se trouvait Cora Lee. La belle-mère de Will semblait aussi exténuée qu'elle.

— Comment va Will ? demanda Megan. Il est dans sa chambre ?

— Il va bien, pour un homme qui est tombé d'un pick-up roulant à vive allure.

Cora se pencha et observa Megan de près.

— Et vous, comment allez-vous ? Vous aussi, vous avez vécu une journée traumatisante.

Megan remarqua que Cora fixait sa joue enflée.

— Je vais bien.

— Vous devriez rentrer vous reposer.

— Je veux voir Will.

Cora détourna le regard.

— Je ne crois pas que ce soit le bon moment.

— Comment ça ?

Cora n'avait pas le droit de la tenir à distance de Will, mais ce n'était pas le moment d'en débattre avec elle.

— Il faut que je le voie. Pour m'assurer qu'il va bien.

— Il se repose, il ne faut pas le déranger, répondit Cora.

— Le déranger ? Je ne vais pas le déranger. Pourquoi essayez-vous de nous séparer ? Je suis sa femme ! Ma place est auprès de lui.

— Vous n'êtes pas…

Cora s'interrompit et serra les lèvres. Elle soupira puis reprit :

— Il ne veut pas vous voir pour l'instant.

— Quoi ? Mais pourquoi ?

Megan se sentit soudain abattue.

— Il ne m'a pas expliqué pourquoi. Il a simplement dit qu'il voulait que vous laissiez passer quelques jours avant de revenir.

— Quelques jours ?

Megan ne savait plus que penser.

— Mais je ne peux pas attendre quelques jours pour lui dire ce que je ressens !

Cora se leva et vint s'asseoir à côté d'elle.

— Et que ressentez-vous ?

— Je l'aime. Je veux passer le reste de ma vie avec lui, avoua-t-elle. J'ai fait une erreur en épousant Rich, mais le seul homme que je voulais, c'était Will. Cela a toujours été Will.

— Je vous crois, assura Cora en prenant sa main dans la sienne. Et je suis sûre que Will aussi. Laissez-lui un peu de temps.

Machinalement, Megan hocha la tête. Mais elle ne pouvait s'empêcher de s'inquiéter. Plus Will prendrait du temps pour réfléchir, plus il serait susceptible de décider qu'il ne voulait plus d'elle.

Refuser de voir Megan ces derniers jours était une des choses les plus difficiles que Will ait jamais eu à faire, mais il avait eu besoin de réfléchir. D'apprivoiser le sujet dont ils devaient discuter : la fin de leur mariage de façade. Il ne pouvait plus reporter l'inévitable. Il devait rendre sa liberté à Megan.

Mais, d'abord, elle méritait de connaître la vérité, celle qu'il avait stupidement gardée pour lui. Elle méritait de savoir que son mariage avec elle était la meilleure chose qui lui soit arrivée.

Il enfila un jean, une chemise blanche et une veste de couleur caramel. Puis il chaussa ses bottes préférées et vérifia son allure dans le miroir. À part quelques hématomes et des douleurs persistantes à la tête et aux côtes, il était assez présentable.

Son alliance capta la lumière, attirant son attention. Il fit tourner l'anneau autour de son doigt. Malgré le feu vert de la police, Will n'avait pas pu se résoudre à retirer le symbole de son union avec Megan. Même si la bague était aussi factice que leur mariage, il avait l'impression que, s'il l'enlevait, ce serait le signe qu'il avait baissé les bras.

Il entendit la porte d'entrée claquer, puis la voix de Cora. Il sortit de la chambre pour aller voir sa belle-mère et la trouva dans la cuisine, en train de se servir un café.

— Comment te sens-tu ce matin ? demanda-t-elle, l'observant d'un œil critique. Tu es habillé comme pour sortir. Tu es sûr que c'est une bonne idée ?

— Il faut que je parle à Megan.

— Eh bien, il était temps ! Je ne comprends pas pourquoi tu refusais de la voir quand tu étais à l'hôpital.

— Je ne savais pas quoi lui dire.

— Tu pourrais commencer par : « je t'aime », suggéra sa belle-mère d'une voix à la fois ferme et douce. Ou est-ce que tu vas continuer à te comporter comme une tête de mule ?

Will sourit devant sa franchise.

— Si je n'étais pas une tête de mule, je n'aurais peut-être pas survécu à l'accident.

À sa grande surprise, le regard de Cora se remplit de larmes.

— Ne me refais plus jamais une peur pareille !

Il contourna le vaste îlot et étreignit la silhouette corpulente de Cora, jusqu'à ce qu'il ait mal aux côtes.

— Je ferai de mon mieux à l'avenir pour éviter les ennuis, promit-il.

— Merveilleux.

Elle essuya les larmes sur ses joues et secoua la tête d'un air réprobateur.

— À présent, passons à la raison de ma visite.

Elle empoigna son sac et fouilla à l'intérieur. Will l'observa, intrigué. Après quelques secondes, elle sortit un écrin et le lui présenta avec un grand geste, tel un magicien sortant un lapin d'un chapeau.

Il ouvrit la petite boîte de velours.

— Tu m'as apporté une bague ?

— En effet.

Il considéra le bijou, surpris. Cora avait cessé de porter le solitaire en diamant après la mort du père de Will, son époux. Will avait supposé que, toutes ces années, elle l'avait conservé dans un coffre à la banque.

— Tu veux que je le mette dans mon coffre ? demanda-t-il.

— Non, voyons ! Je veux que tu l'offres à Megan. Tous les deux, vous avez besoin d'un nouveau départ, et elle ne peut pas continuer à porter la bague de Lowell.

Comme il ne bougea pas, elle soupira et posa l'écrin dans sa main.

— Je veux un nouveau départ, marmonna-t-il, mais je ne suis pas sûr que Megan soit du même avis.

— Mais tu vas lui demander de t'épouser, n'est-ce pas ?

Les yeux brillants de Cora s'attardèrent sur lui plusieurs secondes.

— Vous deux, vous vous aimez manifestement... Après tout ce que vous avez traversé... ne laisse pas Lowell gagner.

— Ce salaud ne peut pas gagner, il est mort.

Toutefois, le fantôme de son ancien ami ne se dresserait-il pas entre Megan et lui s'ils ne s'avouaient pas leurs véritables sentiments ?

— Je comptais aller la voir, dit-il.

— Bien. Prends la bague.

Il secoua la tête. À quel moment au juste sa belle-mère avait-elle changé d'opinion sur sa relation avec Megan ? D'un autre côté, quelle importance que Cora lui donne sa bénédiction si Megan ne voulait plus de lui ?

— Je ne suis pas certain qu'elle veuille rester ma femme, avoua-t-il.

— Prends la bague, répéta-t-elle de ce ton autoritaire qu'il lui connaissait bien. Il vaut mieux que tu sois préparé.

Préparé ? Mais à quoi ?

*
* *

Sur le trajet jusque chez Royals Shoes, Will retournait les paroles de Cora dans sa tête. Quand il avait décidé de venir trouver Megan, il n'avait pas prévu que ce serait avec une bague de fiançailles. Megan avait dit vouloir tourner la page. Pourtant, quand elle avait vu les papiers du divorce, sa réaction avait suggéré le contraire. Peut-être y avait-il de l'espoir pour leur couple, après tout.

Une fois dans le hall d'accueil, il suivit les indications de la réceptionniste et emprunta un grand couloir qui le mena au bureau d'angle de Megan. Lorsqu'il avait téléphoné pour prévenir de sa visite, Lindsay, l'assistante de Megan, l'avait informé que sa patronne n'avait aucun rendez-vous avant midi. Le bureau de Megan n'était peut-être pas le meilleur endroit pour une conversation si personnelle, mais Will ne voulait plus attendre. Il était temps de lui révéler ce qu'il avait tu jusqu'à maintenant.

Il ralentit le pas lorsqu'il approcha du bureau de l'assistante.

— Les fleurs sont-elles arrivées ? demanda-t-il.

— Oui, dit Lindsay, les yeux brillants. C'est un bouquet superbe.

Avec un signe de tête satisfait, Will entra dans le bureau immense et élégant de son épouse. Comme Megan le lui avait dit, la pièce était plus vaste que son propre bureau. Sur la gauche, un immense bouquet de fleurs colorées trônait au centre de la table de réunion et embaumait l'air. Même si la splendide composition contenait certaines des fleurs préférées de Megan, Will regrettait de ne pas avoir opté pour des roses rouges. Rien ne disait mieux : « je t'aime » que deux douzaines de roses écarlates.

Megan était assise à son bureau, le dos tourné. Il ferma doucement la porte et avança dans la pièce, le cœur battant. Il allait enfin avouer à sa femme qu'il était follement amoureux d'elle. Ses sentiments s'étaient développés depuis son retour à Royal. Depuis qu'il avait découvert qu'il était marié.

Quoique, maintenant qu'il y songeait, le processus eût sans doute commencé bien avant. Simplement, Will avait été trop stupide pour reconnaître le bonheur qui était juste devant ses yeux.

— Bonjour, dit-il.

Sa voix était dépourvue de son assurance habituelle.

Megan fit pivoter son fauteuil et se trouva face à lui. En le voyant, elle ouvrit de grands yeux et le toisa de pied en cap.

— Quand es-tu sorti de l'hôpital ?

— Hier soir.

— Pourquoi ne m'as-tu pas téléphoné ? demanda-t-elle, l'air déçue. Je serais venue te chercher.

— J'avais besoin de réfléchir.

Il glissa la main dans la poche de sa veste et sentit le velours de l'écrin contre ses doigts.

— C'est pour ça que tu refusais de me voir jusqu'à maintenant ? demanda-t-elle.

Elle se leva et se dirigea vers la table de réunion, lançant un bref regard sur le bouquet.

— Je n'étais pas prêt pour cette conversation.

Elle croisa les bras.

— Quelle conversation ?

— Celle qui porte sur la dissolution de notre mariage.

— Vraiment ? Tu étudiais pourtant des papiers de divorce quand je suis venue te voir à ton bureau. Et tu avais prévu un dédommagement pour moi, alors que je t'avais dit que ton argent ne m'intéressait pas.

— Megan, tu m'as épousé…

— J'ai épousé quelqu'un qui faisait semblant d'être toi.

— Tu as épousé Will Sanders, et tu méritais une compensation pour ta peine.

— Ma peine ?

Elle semblait furieuse.

— Être ta femme, ce n'était pas une épreuve.

Si elle ne l'avait pas fusillé du regard, il aurait pu la croire.

— Mais tu as été piégée et manipulée.

— Par Lowell, pas par toi.

Soudain, sa colère sembla retomber.

— J'aimais être mariée avec toi.

À ces mots, il sentit son cœur tressauter.

— Moi, aussi, j'aimais être marié avec toi. En fait, aussi bizarre que ça puisse paraître, Lowell m'a rendu service. Avant ce sinistre voyage en mer avec Rich, je ne pensais pas à me marier ou à fonder une famille. Ma vie jusque-là était facile. Ma famille, mes amis, mon succès dans les affaires, je prenais tout cela pour acquis. En dehors de la mort de mon père, je n'avais jamais connu de vraies épreuves.

— Et maintenant ?

— Maintenant, je suis un autre homme. Et j'ai beaucoup réfléchi au fait que Lowell t'ait choisie. Il me soupçonnait d'être attiré par toi avant même que je m'avoue mon attirance, et c'est pour ça qu'il t'a ciblée. Il voulait tout ce qui était important pour moi. En particulier toi.

— Mais tu ne m'as jamais rien dit, rétorqua-t-elle. Tu ne m'as jamais donné le moindre indice.

— Que puis-je répondre, sinon que j'étais un crétin ?

Il eut un sourire contrit.

— Jason me tenait au courant de ta vie personnelle. Si un type t'avait approchée, j'aurais été là pour le faire fuir.

Elle haussa un sourcil.

— C'est horriblement arrogant de ta part.

— Je n'ai jamais prétendu être parfait.

— Personne ne l'est.

— Alors, comment aller de l'avant ?

Il replaça une mèche de cheveux derrière son oreille, savourant la douceur de sa peau sous ses doigts.

— Je suis venu ici aujourd'hui avec l'intention de te dire que je comprendrais si tu voulais tourner la page. Nous pouvons dissoudre ce mariage, et rester bons amis.

Tout en parlant, il avait guetté la réaction de Megan. Il n'avait aucune envie de se séparer de son épouse, mais Megan avait beaucoup souffert, et il ne voulait exercer aucune pression sur elle.

— Que veux-tu faire ? demanda-t-elle.

Cette fois, le moment était venu de lui ouvrir son cœur. Quoi qu'il advienne, il ne pouvait pas la laisser partir sans lui dévoiler la profondeur de ses sentiments.

— Je veux rester marié.

— Vraiment ?

Elle semblait pleine d'espoir.

— Oui. Nous sommes bien ensemble, tu ne trouves pas ?

— Si. Mais…

— Mais quoi ?

— Tu es un homme d'honneur. Je ne veux pas que tu restes marié juste par devoir.

Il saisit ses mains entre les siennes.

— Ce mariage, c'est la meilleure chose qui me soit arrivée.

— Oh ! Will !

Elle scruta son expression, et son regard azur s'embua.

— C'est ce que je ressens, moi aussi.

— Je t'aime, Megan. Je ne peux imaginer ma vie sans toi. Et nous serons ce que tu voudras. Amis. Amants. Mari et femme. Tout ce que je veux, c'est te rendre heureuse.

Elle plongea la main dans ses cheveux et répondit d'une voix légèrement tremblante :

— Je t'aime, Will. Plus que tout, je veux être ta femme et la mère de tes enfants.

Will n'avait pas de mots, mais les mots étaient inutiles

en cet instant. Il l'attira contre lui et l'embrassa. Elle lui rendit son baiser avec fougue, communiquant sa joie de la manière la plus élémentaire.

— Tu n'imagines pas comme je suis heureux en cet instant.

Il déposa des baisers enfiévrés sur ses paupières, son nez, ses joues.

— J'espère pouvoir te rendre encore plus heureux.

Il jeta un coup d'œil vers la porte close, puis regarda Megan, le sourcil arqué.

— Je suis partant si tu l'es.

Elle se fendit d'un rire joyeux et l'étreignit. Malgré la douleur, il ne se plaignit pas, mais Megan avait dû voir un signe sur son visage car elle le relâcha et s'excusa.

— Je ne pense pas que tu sois en état pour ça, remarqua-t-elle d'un ton amusé.

— Je suis toujours en état pour cela, rétorqua-t-il en riant.

— Tu devrais t'asseoir, au moins.

Une fois qu'il fut installé sur le canapé, elle releva sa jupe et monta à califourchon sur lui. Prenant son visage entre ses mains, elle couvrit son visage de baisers tentateurs.

Mais il en voulait plus. Il plaqua ses lèvres contre les siennes, explora sa bouche langoureusement, tout en caressant ses épaules et sa nuque. Le parfum sucré de sa peau le taquina quand il fit dériver ses lèvres sur la courbe de son cou, et elle émit un soupir sensuel. Un son qui réveilla en lui un appétit presque vorace.

Tandis qu'elle se balançait avec sensualité contre lui, il caressa ses longues cuisses galbées et remonta jusqu'à son slip de dentelle. Tous deux gémirent à l'unisson quand il glissa la main sous l'étoffe et s'inséra entre ses replis secrets. Ses joues prirent une jolie teinte rosée lorsqu'elle resserra les cuisses contre les siennes.

Poussant un cri de plaisir, elle rejeta la tête en arrière,

les yeux clos. Quand elle ondulait ainsi sur lui, dans un total abandon, elle était d'une beauté à couper le souffle. Il remonta le bassin, et le mouvement provoqua une douleur aiguë dans ses côtes. Pour éviter d'accroître son inconfort, il s'immobilisa. Ce qui alerta Megan. Elle rouvrit les yeux et vit la douleur qu'il tentait de masquer.

— Pardon ! s'exclama-t-elle, manifestement mortifiée. Je ne voulais pas te faire mal.

Il secoua la tête et murmura contre ses lèvres :

— Tu ne me feras mal que si tu arrêtes ce que tu es en train de faire.

Soudain, ses yeux s'emplirent de larmes. Elle posa le front contre le sien et laissa échapper un souffle tremblant.

— J'ai failli te perdre une seconde fois, dit-elle d'une voix rauque. Je n'aurais pas pu le supporter si tu n'avais pas survécu.

— Maintenant que Lowell est mort, tu n'as plus aucune inquiétude à avoir. Je ne vais nulle part.

Cette fois, il ne ressentit aucune douleur quand il serra Megan dans ses bras. Ils allaient demeurer mari et femme. Et former une vraie famille. Il sortit l'écrin de sa poche et l'ouvrit.

— Nous allons être très heureux, promit-il, un sourire ravi aux lèvres.

— Les plus heureux du monde, approuva-t-elle, tendant la main pour que Will puisse glisser la bague sur son annulaire. Et je pense qu'après tout ce que nous avons traversé nous le méritons.

Will était bien de son avis.

Épilogue

Organiser un grand mariage en moins d'un mois effraierait sans doute la plupart des futures mariées. Mais Megan, qui n'avait pas eu droit à une cérémonie avec la famille et les amis parce que Rich avait tenu à ce qu'ils se marient en secret à Reno, avait une vision assez claire de la journée de ses rêves. Le mariage avait eu lieu au ranch, et deux cents personnes avaient vu Megan et le vrai Will Sanders prononcer leurs vœux.

Depuis la mort de Lowell dans l'accident, l'histoire de son imposture avait fait la une des médias, au niveau local mais aussi national, durant près d'une semaine.

Megan n'avait accordé qu'une interview, à un journal local. Et elle s'en était tenue à des faits simples : elle était tombée amoureuse de Will Sanders au lycée, elle n'avait eu que très peu de contacts avec lui les années suivantes, et elle avait été choquée en apprenant qu'elle avait épousé un imposteur.

— Une mariée est censée sourire le jour de son mariage, lui glissa Will avant de déposer un baiser sur sa main.

Ils se dirigeaient vers le lieu de la réception, au Texas Cattleman's Club, où leurs invités les attendaient. Mettre en place une fête aussi importante en si peu de temps n'aurait pas été possible sans l'aide de leurs proches. Megan avait été très touchée par le soutien de ses amies, mais aussi des autres victimes de Rich. Ces dernières lui avaient témoigné leur sympathie en se chargeant du traiteur, des fleurs, du gâteau et de la décoration.

— Je ne souriais pas ? demanda-t-elle.

Comment était-ce possible ? Depuis que Will lui avait déclaré sa flamme, sa vie n'était qu'une succession de moments heureux.

Il n'y avait qu'une ombre au tableau.

— Je pensais à Jason, dit-elle. J'aurais tant aimé qu'il soit là aujourd'hui.

La douleur qu'elle vit dans le regard de Will lui serra le cœur. Peut-être n'aurait-elle pas dû mentionner son frère décédé alors que cette journée était censée être la plus heureuse de leur vie. Néanmoins, depuis que Will et elle s'étaient retrouvés, elle avait le sentiment que son frère, de là où il était, approuvait leur union.

— Je pense qu'il approuverait notre mariage, dit Will, faisant écho à ses pensées.

— Moi aussi.

Lorsqu'ils arrivèrent dans la plus grande salle de bal du club, des salves d'applaudissements saluèrent leur apparition. L'émotion la submergea quand elle vit leurs invités, parmi lesquels les autres victimes de Richard Lowell.

Quatre mois plus tôt, elle s'était réunie avec elles et avait écouté avec effroi leurs histoires respectives.

Megan donna une accolade à l'une d'elles, Abigail Stuart. Abigail et Vaughn étaient maintenant les heureux parents d'une petite fille, et Megan songea aux enfants qu'elle-même espérait avoir un jour.

Puis Will et elle acceptèrent les félicitations de Jesse, le frère de Will, et de son épouse Jillian, autre victime de Rich et aujourd'hui belle-sœur de Megan.

Il y avait encore quelques mois, ces femmes étaient des étrangères. À présent, Megan avait le sentiment qu'elles seraient ses amies pour toujours.

— Eh bien, madame Will Sanders, dit Will tandis

qu'ils se frayaient un chemin dans la foule de convives. Que diriez-vous de commencer la fête par une danse ?

— La tradition ne veut-elle pas que l'on dîne d'abord ? lança-t-elle, amusée, tandis qu'il l'entraînait sur la piste.

Tout à l'heure, un groupe jouerait sur la scène mais, pour l'instant, une douce musique s'échappait par les haut-parleurs.

— Je pense qu'il n'y a rien de traditionnel dans notre histoire, répliqua-t-il en souriant.

— J'imagine que tu as raison.

Et aussi sinueux que leur chemin ait pu être, Megan ne regrettait rien car, en ce jour, elle était au comble du bonheur.

— Je t'aime, déclara Will, déposant un baiser affectueux sur ses lèvres. Aujourd'hui, et à jamais.

— Je t'aime aussi.

Le cœur débordant de joie, elle prit son visage entre ses mains.

— Je t'ai toujours aimé, Will. Et je t'aimerai toujours.

HELEN LACEY

Le mystère des O'Sullivan

Traduction française de
TATIANA ANDONOVSKI

Passions

HARLEQUIN

Titre original :
THE SECRET SON'S HOMECOMING

- 1 -

Connie Bedford savait d'expérience que les regrets étaient inutiles. Elle savait également qu'une erreur ne pouvait être effacée. Il fallait simplement tout faire pour ne pas la répéter. Elle n'avait donc aucunement l'intention de répéter celle qu'elle avait commise dix mois plus tôt en se comportant de manière irréfléchie avec l'homme qui se tenait en face d'elle sur la piste de danse.

Jonah Rickard.

Un bel homme brun aux yeux bleus, à la carrure imposante et à l'allure assurée, qui la faisait fondre sur place chaque fois qu'elle était en sa présence.

Chacun avait ses faiblesses. Pour certains, c'était le chocolat ou le champagne. Pour d'autres, c'était l'adrénaline et les sports extrêmes. Pour Connie, c'était Jonah. Même si elle se méfiait de lui et qu'il avait l'air de n'éprouver que du dédain à son égard.

Certes elle le trouvait attirant, mais elle ne l'appréciait pas. Pas vraiment. L'électricité qui circulait entre eux était uniquement liée à une attirance physique incontrôlable.

Ressentir un tel émoi en le voyant alors que leur moment d'égarement remontait à plus de dix mois la contraria au plus haut point. D'autant plus qu'à chaque fois qu'elle l'avait revu, depuis ce jour, le malaise était allé crescendo entre eux.

Ce n'était pas comme s'il s'était vraiment passé quelque chose de sérieux. Quelques instants de folie dictés par une passion impulsive. Cela n'aurait pas dû être difficile à oublier. S'il y avait une chose qu'elle savait pourtant faire, c'était enfouir des événements désagréables au fond de son esprit.

— Allô Connie, ici la Terre !

C'était son amie, Nicole.

Nicole Radici. Enfin, Nicole O'Sullivan depuis quelques heures. La jeune femme expliquait la venue de Connie chez les O'Sullivan en ce jour de fête.

Elle avait eu trois semaines pour aider son amie à préparer un mariage mémorable, et elle était ravie que le jour J se déroule sans anicroche.

La tente, le repas, les décorations, les fleurs, l'éclairage, les chauffages extérieurs permettant de gommer l'air frais de début novembre — c'était un événement de rêve merveilleusement orchestré. Et Nicole était magnifique dans sa robe de mariée en dentelle.

Connie était comblée que toute l'organisation ait porté ses fruits et que les mariés aient passé une cérémonie mémorable. Ce qui la contrariait, en revanche, c'est que Jonah soit le demi-frère du marié et, dans la mesure où elle était le témoin de Nicole, elle allait devoir danser avec lui.

Pourtant, elle redoutait plus que tout de se retrouver de nouveau dans ses bras.

Elle repensa au bref moment où il l'avait enlacée puis chassa aussitôt le souvenir qui, chaque fois, provoquait en elle une réaction charnelle sans précédent.

Faisant bonne figure, elle sourit à son amie.

C'était un sourire factice car elle ne voulait pas éveiller les soupçons de Nicole.

— Désolée. J'étais perdue dans mes pensées.

Nicole lui adressa un sourire, l'air épanoui.

— Je ne sais pas comment te remercier. Tu as fait un travail formidable en organisant ce mariage en si peu de temps.

— Je t'en prie, c'est normal. J'aime les choses bien planifiées et tu es ma meilleure amie, donc je voulais le faire pour toi. Mais je n'ai pas tout fait toute seule.

— Ne dis pas de bêtise. Sans toi, ce mariage n'aurait jamais pu avoir lieu aujourd'hui. Encore merci.

— De rien. Je suis ravie que tout se passe bien.

— Tu n'aurais pas vu mon beau mari, par hasard ?

— Il est au buffet, répondit Connie.

En effet, Kieran O'Sullivan était en train de manger des amuse-bouches, entouré de ses deux frères, Liam l'aîné, et Sean le cadet… Et Jonah, leur demi-frère.

Il était né d'une liaison secrète entre leur père, J. D. O'Sullivan et Kathleen Rickard, qui avait dix-huit ans à l'époque. Le pot aux roses avait été dévoilé quand Liam était tombé amoureux de Kayla Rickard, la nièce de Kathleen. Les Rickard et les O'Sullivan avaient été des ennemis jurés pendant trente ans si bien que, pendant trois décennies, J. D. avait eu deux familles. Une à Cedar River, dans le Dakota du Sud, et l'autre à Portland, dans l'Oregon.

En tant qu'assistante personnelle de Liam à l'hôtel O'Sullivan et en tant qu'amie de la famille, Connie avait suivi de près les bouleversements dans les deux camps. C'était complexe, d'autant que la révélation du secret avait provoqué le divorce de J. D. et Gwen O'Sullivan après trente-cinq ans de mariage. Pour leurs enfants et petits-enfants, les O'Sullivan et les Rickard avaient réussi à mettre de côté leurs griefs passés en optant pour une trêve tacite. Tout le monde avait accepté de jouer le jeu.

Tout le monde sauf Jonah.

Il détestait son père et en voulait à sa mère d'être revenue s'installer à Cedar River pour renouer les liens. Les frères O'Sullivan avaient essayé d'inclure Jonah dans le processus de réconciliation. Mais Jonah était têtu et son unique but semblait être de punir son père.

Connie se mit en tête que la meilleure chose à faire pour éviter les ennuis serait d'effacer Jonah de son esprit et de faire comme s'il n'existait pas. Comme il l'avait si bien fait avec elle. En effet, au cours des dix derniers mois, lorsqu'ils s'étaient croisés, il l'avait ignorée.

— Les quatre frères O'Sullivan sont vraiment beaux, tu ne trouves pas ? lui demanda Nicole en faisant signe au quatuor d'hommes séduisants qui portaient un costume gris avec une fleur à la boutonnière.

Connie feignit l'indifférence tout en notant que Kieran essayait d'attirer son épouse dans les mailles de ses filets avec son regard incandescent.

L'amour entre Kieran et Nicole était palpable. Connie éprouva un profond sentiment de solitude qui lui alourdit le cœur. C'était étrange car elle ne s'était jamais sentie réellement seule. Elle avait un bon cercle d'amis et les O'Sullivan, bien sûr, qui la considéraient comme un membre de leur famille.

Mais, là, c'était différent. Nicole et Kieran s'aimaient. Or Connie n'avait jamais connu l'amour et, au rythme auquel allaient les choses, il était possible qu'elle ne trouve jamais l'homme de sa vie. L'homme à qui elle serait capable de se remettre entièrement et en qui elle aurait une confiance totale.

— Je crois qu'on m'attend, dit Nicole en lui pressant légèrement le bras, avant de traverser la piste de danse.

Connie regarda la mariée et le marié se rejoindre au centre, juste au moment où la musique commençait. C'était une vieille chanson qui parlait de trouver l'âme sœur. Peu à peu, d'autres invités vinrent les rejoindre sur la piste.

C'est alors que la peur s'empara d'elle car elle savait qu'elle devrait bientôt, elle aussi, rejoindre la piste de danse au bras de son cavalier désigné.

Elle lissa sa longue robe violette, passa la main sur son

chignon impeccable et enfin, après avoir pris une grande inspiration, fit un pas. Puis un autre. Et encore un autre.

Il lui fallut neuf pas pour arriver à lui.

De nouveau, elle fut envahie par un tourbillon de sensations et de frissons, comme chaque fois qu'elle se retrouvait près de lui. Jamais elle n'avait réagi de cette façon avec un homme.

Pourquoi Jonah ? C'était incompréhensible.

Il était distant. Il n'avait aucun respect envers les O'Sullivan. Et c'était un vrai goujat. Soit, il était séduisant et il avait de magnifiques yeux clairs mais elle n'avait jamais été attirée par les beaux gosses.

Après une autre grande inspiration, elle fit un dernier pas et leva la tête. Leurs regards se croisèrent. Une lueur vacilla dans ses yeux, provoquant en elle un émoi sans précédent.

Elle tenait à peine sur ses jambes, chancelante.

— Mademoiselle Bedford, dit-il, en lui tendant la main.

Connie se crispa légèrement.

Il ne l'appelait jamais par son prénom, comme pour maintenir un fossé entre eux. Et son travail pour les O'Sullivan permettait à Jonah de la dédaigner d'autant plus aisément.

Pourtant, elle aurait aimé que les choses soient différentes entre eux. Elle avait pour lui des sentiments profonds. Des sentiments qu'elle n'avait pas le courage de formuler ou de reconnaître mais qui germaient néanmoins en elle.

Elle frissonna quand leurs doigts entrèrent en contact.

La main de Jonah vint recouvrir la sienne, puis il l'attira à lui.

Son parfum masculin lui étourdit les sens et raviva sa mémoire. Hypnotisée, elle laissa ses souvenirs la projeter dans la chambre d'hôtel où Jonah avait posé ses mains viriles sur son corps et sa bouche avide de baisers sur la sienne.

Elle avait terriblement envie de se perdre dans un moment de volupté, mais un autre souvenir s'immisça dans son esprit. Un souvenir accablant qui avait toujours pour effet de mettre fin à tout espoir.

Jonah raffermit son étreinte, comme s'il avait senti qu'elle était à cran.

— Détends-toi. Ce n'est qu'une danse, murmura-t-il alors qu'il la prenait par les hanches.

La gorge sèche, Connie ignora son cœur qui battait la chamade, décidant d'écouter le conseil de Jonah. Après tout, ce n'était qu'une danse, en effet. Et, bientôt, elle prendrait fin. Il la libérerait. Elle pourrait retourner dans la pénombre et oublier l'effet que Jonah Rickard avait sur elle.

Elle lui écrasa le pied.

— Pardon.

— Pas de problème.

Pour reprendre son équilibre, elle s'agrippa à son épaule.

— Je ne danse pas bien, dit-elle, tout en levant les yeux vers lui.

— Oui, j'avais remarqué.

Jonah Rickard avait le chic de lancer des piques sans donner l'impression de s'en rendre compte.

— J'avoue que je ne pensais pas que tu serais là.

Il se raidit.

— C'est le mariage de mon demi-frère, j'étais bien obligé.

— C'est faux, tu n'étais pas obligé. Et tu n'as pas répondu à l'invitation. Je ne savais pas si tu viendrais accompagné.

Il ricana légèrement.

— C'était une façon de savoir si je voyais quelqu'un en ce moment ?

Elle se sentit rougir.

— Pas du tout. C'était simplement une façon de te faire savoir que tu pouvais être accompagné.

Il serra la mâchoire.

— J'ai dit à Kieran qu'il pouvait compter sur moi. J'ignorais que j'étais obligé de répondre à l'invitation, précisa-t-il avant de regarder sa montre.

— Tu t'ennuies déjà ?

— Non. Je constate que cela ne fait que quelques minutes qu'on se parle et on est déjà sur le point de se disputer. C'est sûrement un record, mademoiselle Bedford.

— Tu pourrais arrêter de m'appeler comme ça ?

— Non.

Quel culot !

— Tu n'es vraiment qu'un goujat. Et dire que j'ai failli…

Elle ne finit pas sa phrase car la chanson venait de prendre fin. C'était le moment idéal pour se libérer de l'étreinte de Jonah et le laisser seul sur la piste.

— Et dire que tu as failli quoi ?

— Non, rien, dit-elle, se sentant rougir.

— Si tu veux reparler de notre brève incursion dans ma chambre, je ne souhaite pas ressasser le passé. Et toi ?

— J'ai suivi la voie de la raison. C'était la meilleure solution, rétorqua-t-elle.

— Tu en es persuadée ? s'enquit-il à voix basse.

— Oui, mais je…

— Tu quoi ?

Connie se rappela l'enchaînement des événements ce soir-là. Elle l'avait suivi dans sa chambre de son plein gré. Elle avait répondu à ses avances et à ses baisers avec plaisir. Puis elle avait changé d'avis.

Pour sa défense, il n'avait rien fait d'irrespectueux ou de déshonorant. Il n'avait pas cherché à l'intimider ou à la convaincre de trahir ses principes par des mots ou des actes et il n'avait pas non plus eu un comportement menaçant envers elle. Elle avait dit non, et il avait accepté son refus. Même si, aujourd'hui, il semblait encore lui en vouloir de l'avoir rejeté sans explication.

Avec le recul, elle n'en revenait pas de s'être comportée de manière aussi contraire à sa personnalité. Jamais de sa vie elle n'avait suivi un homme jusqu'à sa chambre d'hôtel ni même passé une nuit sans lendemain avec un inconnu.

Certes, Jonah n'était pas vraiment un étranger. Mais il lui avait toujours paru obscur. Or elle n'avait pas besoin de complications dans sa vie, elle en avait déjà eu suffisamment par le passé.

— Je suis désolée. Je ne voulais vraiment pas te mener en bateau, dit-elle d'une voix peu assurée.

Il haussa les épaules.

— Peu importe. Si tu veux, on peut continuer à s'ignorer. C'est sûrement mieux comme ça.

Puis il la lâcha, tourna les talons et s'en alla, la laissant au milieu de la piste.

Il venait de lui faire exactement ce qu'elle avait eu l'intention de lui faire.

Jonah n'arrivait pas à savoir pourquoi Connie Bedford lui faisait un tel effet, mais il fallait se rendre à l'évidence.

Elle lui faisait beaucoup d'effet, énormément même.

Et il n'arrêtait pas de penser à elle.

Personne n'avait jamais eu un tel impact sur lui.

Il avait passé sa vie à garder les gens à distance, hormis sa mère, qu'il avait toujours adorée. Pour ce qui était de J. D., son père biologique, il préférait entretenir la haine qu'il avait toujours éprouvée pour lui. Quant à ses nouveaux frères, il restait prudent et ne cherchait pas à se rapprocher d'eux. Pour lui qui avait été élevé en fils unique, c'était un choc de se retrouver au sein d'une grande famille. À présent, il avait une grand-mère, un oncle, un cousin, des nièces, des neveux… Et, maintenant que Kieran avait épousé Nicole, il y aurait bientôt d'autres bébés en route.

Il n'avait jamais eu l'habitude d'être sollicité par les

membres de sa famille, donc sa réaction naturelle était de les éviter. Mais les éviter le faisait passer pour quelqu'un d'arrogant et de désagréable.

Dans tous les cas, il n'avait rien à leur prouver. Tout ce qu'il voulait, c'était s'assurer du bonheur de sa mère. C'était elle, sa vraie famille, depuis toujours. Pas ces étrangers, même s'il leur ressemblait.

Il en avait assez qu'ils essaient de s'approprier une part de lui tout en essayant de le faire rentrer dans leur moule. En réalité, cela ne l'intéressait pas. Jamais il ne serait un O'Sullivan. Il n'avait pas besoin du nom de famille de J. D., de son argent, ou de sa réussite sociale.

Son but était uniquement de préserver sa mère. Maintenant qu'elle avait choisi de revenir vivre à Cedar River, il se voyait contraint de faire de fréquents allers et retours entre la petite ville des Black Hills et Portland, où il avait toujours vécu.

Il préférait venir régulièrement tant qu'elle n'était pas entièrement installée. Quand il lui rendait visite, il logeait dans l'ancien appartement de Kieran et restait souvent seul, sauf quand ses frères le forçaient à faire quelque chose avec eux.

Au cours des mois qui s'étaient écoulés, il s'était habitué à leur ingérence, surtout celle de Liam et de Kieran, puisque Sean vivait en Californie et venait rarement. Cependant, il éprouvait toujours la même résistance à faire partie de leur famille. D'autant qu'en plus du clan O'Sullivan il devait aussi répondre aux attentes du clan Rickard.

Pour couronner le tout, il y avait Connie.

Une jeune femme ravissante à la chevelure blonde et aux yeux gris dont la silhouette féminine ne le laissait pas indifférent. Elle était l'assistante personnelle de Liam, une amie de la famille, et par on ne sait quel hasard, elle avait réussi à s'immiscer au plus profond de son être. C'était comme si elle l'avait hypnotisé grâce à un pouvoir. Chaque fois qu'il se retrouvait en sa présence, il se comportait comme un imbécile.

Outre l'impact inexplicable qu'elle avait sur lui, elle l'excitait au plus haut point.

Il avait envie de l'attirer dans son lit. Ni plus ni moins.

Le fait qu'elle ait abruptement coupé court à leur premier baiser dix mois auparavant n'avait fait qu'accroître son désir pour elle. Bien entendu, il avait respecté son choix. C'était son droit de changer d'avis, même à la dernière minute, mais il ne pouvait s'empêcher de penser que si elle avait pris la fuite c'était à cause de lui. Or il ignorait ce qu'il avait dit ou fait qui avait pu provoquer ce revirement soudain.

À présent, quand il la voyait, il éprouvait une pointe de ressentiment mêlé à une attirance déstabilisante.

Cette séduisante jeune femme représentait un véritable casse-tête. Il avait du mal à gérer sa présence chaque fois qu'il la croisait quand il était à Cedar River mais il lui était difficile de l'éviter. D'autant que les O'Sullivan semblaient la considérer comme un ange.

Connie était partout à la fois, réglant les problèmes des uns et des autres, travaillant d'arrache-pied, entièrement dévouée à la famille O'Sullivan. C'est elle qui avait organisé le mariage de Kieran, quasiment seule. Tout le monde se reposait sur elle, et on aurait dit qu'elle obtempérait sans rechigner.

Jamais il n'aurait cru qu'un être humain puisse être altruiste à ce point.

Peut-être avait-elle quelque chose derrière la tête ?

Peut-être agissait-elle ainsi dans un but précis ?

Sinon, pourquoi aurait-elle été à disposition des O'Sullivan, vingt-quatre heures sur vingt-quatre ?

— Tu passes un bon moment ?

Jonah reconnut la voix de Liam. Après J. D., c'était la personne qu'il aimait le moins. Pour deux raisons. D'une part c'était celui qui s'efforçait le plus de jouer au grand frère. D'autre part, il monopolisait le temps et l'attention de Connie, depuis cinq ans qu'elle jouait son assistante.

Il ignorait pourquoi cela le contrariait à ce point mais c'était une réalité incontournable.

— Tu connais mon amour des réunions familiales.

— Ce que tu peux être désagréable !

— En effet, c'est l'une de mes qualités.

— Tu as parlé à papa, ce week-end ?

— Non, j'avais des choses à faire.

— Tu avais dit que, si on te laissait gérer ça à ta façon et à ton rythme, tu envisagerais d'être moins dur envers lui.

— Je sais ce que j'ai dit. Et je fais des efforts, dit-il, tout en suivant Connie du coin de l'œil, frustré qu'elle soit encore aussi présente à son esprit.

— C'est Thanksgiving dans quelques semaines. Ce serait bien si tu étais là pour lui. Les parents de Kayla vont venir chez nous, avec votre grand-mère. Il y aura aussi ma mère, Kieran, Nicole et les garçons. Et les filles de Liz passeront dire bonjour.

Liz, sa demi-sœur, était décédée quelques années plus tôt. Elle avait laissé derrière elle trois jeunes filles et un mari qui s'était remarié.

— Qu'est-ce que tu attends de moi, au juste ?

— J'ai peur qu'il se retrouve seul.

— J'ai toujours passé Thanksgiving avec ma mère. Je ne vois pas en quoi cette année serait différente.

— On a invité ta mère mais elle a refusé car ma mère sera là. Donc je me disais que peut-être…

— Je ne veux pas passer cette fête avec J. D. et je ne veux pas qu'il se rapproche de ma mère.

— Tu n'auras peut-être pas ton mot à dire.

— Qu'est-ce que tu racontes ?

— Je te rappelle simplement que ce n'est pas toi qui

décides de ce que font les gens. Surtout pas tes parents. Donc comporte-toi en adulte responsable et parle à papa.

Papa. La dernière fois qu'il avait appelé J. D. « papa », il devait avoir cinq ans. Plus jamais il ne pourrait l'appeler ainsi. Pour lui, c'était l'homme qui avait fait un enfant à sa mère quand elle avait dix-huit ans. Ni plus ni moins. Il ne voyait aucune notion romantique dans cet événement.

Le fait que J. D. ne les ait pas abandonnés, sa mère et lui, ne faisait aucune différence. Pour lui, il n'avait pas de père et il ne s'en portait pas plus mal.

Tout à coup, il vit J. D. dans la foule. Il aperçut aussi Gwen O'Sullivan, la mère de Liam. Il admirait son style, son allure et le fait qu'elle ait quitté J. D. dès que le secret avait été dévoilé. Il l'avait rencontrée quelques fois, et elle s'était toujours montrée polie et amicale envers lui, sans laisser transparaître de rancœur ou d'animosité.

Souhaitant mettre fin à la conversation avec son demi-frère, il trouva une excuse pour s'échapper en direction de la maison. Le ranch des O'Sullivan était le plus beau et le plus grand de la région. Il aurait pu figurer en couverture d'un magazine de décoration. Les O'Sullivan étaient très fortunés mais Jonah n'avait jamais été impressionné par l'argent.

Lorsqu'il était enfant, J. D. lui avait toujours apporté des cadeaux coûteux, pour lesquels il n'avait ressenti que de l'indifférence. Pour lui, ce n'était pas ce qui comptait. Ce qui comptait, il n'avait pas pu le lui donner : une famille. Une mère, un père et peut-être des frères et sœurs.

Au lieu de cela, il avait vu J. D. débarquer de temps à autre, à intervalles irréguliers, quand il pouvait les caser dans le planning de sa vraie famille.

Pendant toutes ces années, il avait eu des nouvelles de ses demi-frères et de sa demi-sœur alors qu'eux n'avaient jamais entendu parler de lui.

Il était le secret coupable. Une note en marge de la vie,

parfaite en apparence, de son père. Jusqu'à ce que Liam O'Sullivan tombe amoureux de Kayla Rickard et que le secret éclate au grand jour.

À présent, il était entré dans leur vie, malgré lui. Lié par le sang mais dans le rôle de l'éternel étranger, destiné à être le fils illégitime de J. D. O'Sullivan.

La maison était calme. Elle accueillerait bientôt Kieran, Nicole et ses deux neveux orphelins, dont elle avait la garde.

Il se dirigea vers le grand salon sans savoir ce qu'il était venu faire ici hormis s'éloigner de la fête.

Il s'arrêta net en voyant Connie à la fenêtre. Elle fixait l'extérieur, perdue dans ses pensées. Alors qu'il s'apprêtait à tourner les talons, elle prononça son prénom en se tournant légèrement vers lui.

— Je ne voulais pas te déranger. Je cherchais…

— Un lieu de retraite ? Moi aussi. Quand les mariés semblent heureux et détendus, j'éprouve le besoin de me retirer.

— Ce n'est pas le premier mariage que tu organises ?

— Non, en effet. J'en ai fait quelques-uns.

Jonah fit un pas dans sa direction.

— Tu n'en as pas marre ?

— Marre de quoi ?

— De tout faire pour les autres.

Elle se tourna pour lui faire face. Même avec son chignon impeccable, sa robe de soirée violette et son maquillage des grands jours, sa beauté naturelle était déconcertante. Il fut profondément affecté.

Il tenta d'ignorer son feu intérieur, de l'éteindre, mais il ne pouvait pas nier la vérité. Il désirait Connie Bedford. Plus que tout. Jamais auparavant une femme n'avait eu un tel effet sur lui. Un sentiment étrange, une perte de contrôle totale.

— C'est un privilège de faire des choses pour les autres.

Il laissa échapper un petit rire sarcastique.

— Tu es vraiment naïve.

— Parce que j'aime aider les autres ?

— Parce que tu laisses les gens se servir de toi.

— Les gens ? Qui ça, par exemple ?

— Liam.

— C'est mon employeur.

— Tu n'as pas joué à la baby-sitter, hier soir ?

— Je vois que tu es bien renseigné.

— Le baby-sitting est inclus dans la description de ton poste ?

— Ils avaient du mal à trouver une nourrice.

— Je sais, j'étais là, dit-il, s'avançant vers le canapé sans jamais la lâcher du regard, fasciné par sa beauté.

— Donc tu sais tout, c'est parfait.

— Je sais que mon frère se sert de toi. Je sais que tu vas chez le teinturier pour J. D. Je sais que tu fais parfois des courses pour Gwen O'Sullivan.

Elle quitta la fenêtre pour s'approcher de lui, jusqu'à ce que seul le canapé les sépare. Jonah était hypnotisé. Jamais il n'avait désiré une femme à ce point.

— Visiblement, ton mode de vie est plutôt égoïste.

— Ce n'est pas égoïste de refuser d'être le paillasson de quelqu'un.

Elle mit les mains sur les hanches en un mouvement brusque et théâtral.

— C'est la chose la plus insultante qu'on m'ait jamais dite. Je n'arrive pas à croire que tu sois de la famille des O'Sullivan.

— Tu n'es pas la seule à penser ça.

— Tu ne mériterais même pas de leur cirer les chaussures.

Jonah était irrité, à bout de patience. La confiance aveugle que Connie leur vouait était effroyable.

— De toute façon, ils n'ont pas besoin de moi puisque tu es à leur service nuit et jour.

Elle le fusilla du regard.

— Je ne sais pas comment j'ai… Comment j'ai pu…

— Comment tu as pu finir dans ma chambre d'hôtel avec ma langue dans ta bouche ?

— Tu es vraiment un pauvre type. Ton comportement malotru ne t'empêche jamais de dormir ?

— Si tu avais passé la nuit avec moi, tu l'aurais su.

- 2 -

Connie secoua la tête.

— Tu es tellement arrogant ! Je suis contente de ne pas être restée avec toi ce soir-là.

Il se renfrogna, mécontent qu'elle ait repris le dessus.

— Ce n'est pas parce que je dis la vérité que je suis arrogant. Ton dévouement pour les O'Sullivan est louable mais je me demande d'où il vient. Je ne pense pas que ce soit l'argent qui te motive. Ni le pouvoir puisque tu travailles pour Liam depuis cinq ans et qu'avant ça tu travaillais pour son père. Peut-être que tu es amoureuse de l'un d'eux.

Connie prit quelques instants pour absorber ses paroles avant d'éclater de rire.

— Ah bon ? C'est donc ça, ta théorie sur la raison de ma loyauté envers les O'Sullivan ?

— Ce n'est pas une théorie complètement absurde. Tu passes beaucoup de temps avec Liam. Cela pourrait expliquer ton extrême docilité.

En d'autres circonstances, elle aurait juré qu'il était jaloux. Mais cela n'avait aucun sens. Ils n'étaient rien l'un pour l'autre.

— Au cas où tu l'aurais oublié, Liam est marié à Kayla, et ils sont très heureux. Liam est mon employeur et mon ami. Comme tu n'as aucun ami, tu ne peux pas comprendre.

Il rit discrètement ce qui la fit tressaillir. Cette réaction l'agaça. Elle n'avait pas envie d'éprouver des émotions pour lui. Surtout pas des émotions agréables.

— J'ai l'impression de t'avoir touchée dans le mille.

— Il n'est pas question que tu me touches.

— Pourtant, c'est déjà arrivé, nous en sommes tous les deux témoins, affirma-t-il d'un ton empli de sous-entendus. Ses yeux bleus étincelaient de mille feux.

— Tu es tout simplement insupportable. Pour ta gouverne, mon comportement de ce soir-là ne reflétait pas mon comportement habituel. Loin de là. J'avais passé une mauvaise journée et j'avais décidé de prendre un verre après mon travail, ce qui ne m'arrive jamais. Je ne m'attendais pas à te voir au bar. Les choses se sont enchaînées et… tu connais la suite.

— Tu veux dire l'épisode où tu semblais plus que désireuse de monter dans ma chambre ?

La frustration monta en elle, ses joues s'empourprèrent.

— On ne peut pas dire que je t'ai forcé la main.

— Comment résister aux avances d'une belle jeune femme ? Je ne suis pas aussi insensible que tu le crois, dit-il d'une voix séductrice.

Connie était sidérée.

Jonah venait de dire qu'il la trouvait belle.

Elle se figea.

Jamais elle ne s'était trouvée belle. Certes, elle faisait toujours attention à son apparence, elle aimait sa chevelure et elle n'était pas pleine de complexes. Mais savoir que Jonah la trouvait belle provoqua en elle un tourbillon de sensations.

— Je ne crois pas que tu sois insensible. Mais, parfois, tu es vraiment exaspérant.

— Cela fait partie de mon charme.

— Il faut le dire vite.

— Tu trouves que Liam est plus charmant que moi ?

Elle souffla d'impatience.

— Tu peux arrêter d'insinuer que j'ai des sentiments pour ton frère ? Ce n'est pas du tout le cas.

— Prouve-le. Critique-le, la défia-t-il.

— Quoi ? Tu as perdu la tête ? Pas question de jouer à ce jeu, surtout pour flatter ton ego.

— Mon ego est solide comme du diamant, mademoiselle Bedford.

— En tout cas, je voulais te remercier de ne pas avoir insisté, ce fameux soir. Avec un autre homme, les choses auraient pu se passer différemment.

— Est-ce un compliment ?

— Une observation.

— Pour moi, c'est normal. Non, c'est non. Quand il s'agit de passer la nuit avec quelqu'un, personne ne peut être contraint de le faire contre son gré.

Connie commençait à cerner le personnage. Et son hypothèse se confirmait. Malgré ses manières rustres, Jonah était un homme intègre. « Non, c'est non. » Cette phrase avait plus d'importance pour elle qu'il ne pouvait l'imaginait. C'était un élément primordial.

— En bref, je voulais simplement te dire que je ne suis pas du genre à suivre un homme dans sa chambre pour passer une nuit sans lendemain. Je ne l'ai jamais fait, d'ailleurs. Je suis une fille ordinaire, je sors peu, j'aime lire des histoires d'amour et me détendre sur mon canapé avec mes chiens.

— Tiens, j'aurais juré que tu étais une personne à chats.

— Non. J'ai quatre chiens. Et un poisson rouge.

— Pas de petit ami ?

— Non, répondit-elle, médusée qu'il lui ait posé une question aussi personnelle.

— Et toi ?

— J'aime les chiens et les chats mais je préfère les filles, dit-il, d'un air amusé.

Elle gloussa.

— As-tu une petite amie ?

— Non. Heureusement, d'ailleurs. Déjà que je n'ai pas

confirmé officiellement ma venue, imagine s'il y avait eu deux personnes en plus…, ironisa-t-il.

Elle ne releva pas la pique.

— Je me suis dit que tu avais fait exprès de ne pas répondre, pour faire un pied de nez aux O'Sullivan.

— J'ai vraiment mauvaise réputation.

— En effet.

— Tu sais, Connie, je ne suis pas si horrible qu'on le pense.

En l'entendant prononcer son prénom, elle fondit sur place mais s'efforça de cacher son émoi pour ne pas qu'il soupçonne l'emprise qu'il avait sur elle.

— Il est temps que je retourne à la fête, dit-elle, ignorant sa dernière remarque.

— Tu espères attraper le bouquet ?

Elle marqua un temps d'arrêt.

— Non, je dois payer le groupe, rétorqua-t-elle sèchement.

— Donc tu es de service jusqu'au bout ?

Après une courte période d'accalmie, son exaspération reprit le dessus. Il avait vraiment le don de l'énerver.

— Je finis toujours ce que j'ai commencé, nuance. À plus tard, ou pas.

Elle s'efforça de se calmer et de retrouver une respiration normale en quittant la pièce. Depuis la soirée qu'ils avaient passée à deux, c'était la conversation la plus longue qu'elle avait eue avec lui en dix mois.

Pourquoi était-il aussi réfractaire à l'idée de faire partie des O'Sullivan alors qu'il leur ressemblait plus qu'il ne pensait. Surtout à Liam et à J. D. qui étaient sûrs d'eux, vifs d'esprit et imposants.

Jonah possédait non seulement ces qualités mais il avait en plus une aura qui lui donnait envie de mieux le connaître.

Malgré son orgueil, elle trouvait son comportement grisant. Voire excitant. Elle aimait le fait qu'il choisisse de rester en marge et qu'il soit aussi peu enclin à rentrer dans le moule.

Même si elle vouait une reconnaissance éternelle aux O'Sullivan, elle admirait sa détermination et son refus de se plier aux conventions familiales.

Ses sentiments étaient contradictoires. D'un côté, elle ne pouvait pas excuser son comportement envers sa famille, et en cela tout les opposait. De l'autre, elle rêvait d'un monde où cela n'aurait pas d'importance, un monde où elle pourrait être avec lui sans qu'il ait à se justifier. Un monde où leur union compterait plus que tout.

Décidément, elle lisait trop d'histoires d'amour.

Ils se connaissaient à peine, et voilà qu'elle se laissait aller à envisager des scénarios fictifs abracadabrants.

Jonah ne semblait pas du tout du genre à vouloir se marier, et elle n'y avait jamais vraiment pensé non plus.

Elle nourrissait une admiration secrète pour cet homme séduisant mais les choses devaient en rester là.

Sa vie actuelle était équilibrée et elle n'avait pas envie de tout bouleverser à cause d'idées romantiques fantasques.

Elle se sentait en sécurité dans son cocon entre l'hôtel où elle travaillait, son appartement, ses amis et les O'Sullivan.

Elle avait commencé à travailler à l'hôtel à seize ans. Son rôle d'assistante du directeur depuis cinq ans avait donné un sens à sa vie. Elle se sentait plus forte, plus à même d'envisager l'avenir.

Jonah avait tort. Elle n'était pas le paillasson des O'Sullivan. Tout ce qu'elle faisait, elle choisissait de le faire.

C'était son code de survie, enraciné au plus profond de son âme, depuis qu'elle s'était remise de l'horrible événement qui avait transformé sa vie à jamais.

Elle se rendit dans la cuisine pour se servir un verre d'eau et fut surprise d'y trouver J. D.

— Que fais-tu toute seule dans la maison ? s'enquit-il affectueusement.

Beaucoup de gens le trouvaient arrogant mais Connie savait aussi qu'il était très généreux, attentionné et plein de compassion, même s'il ne s'en vantait pas. De plus, il avait la réputation de dire haut et fort ce qu'il pensait et n'avait aucune tolérance pour les imbéciles. Les chiens ne faisaient pas des chats. Jonah Rickard ressemblait bien plus à son père qu'il n'était prêt à l'admettre.

— Je pourrais vous demander la même chose, répondit-elle sur un ton taquin.

— J'ai mon ulcère qui fait des siennes. J'ai pensé qu'un antiacide pourrait peut-être m'aider.

Au fil des ans, elle avait suivi la santé de J. D. car elle lui avait pris de nombreux rendez-vous chez des spécialistes quand elle avait travaillé pour lui.

— La nourriture épicée, le stress et l'alcool… Vous savez que c'est un cocktail détonant. À éviter à tout prix, ou du moins à consommer avec modération.

— La nourriture et l'alcool, c'est facile à réguler. Le stress, beaucoup moins.

— J'imagine que vous retrouver dans cette maison ne doit pas être facile, ajouta-t-elle amicalement, se rappelant qu'il avait été mis hors de chez lui par sa femme dix mois auparavant.

À présent, il vivait de façon permanente à l'hôtel. Liam et Kieran lui avaient proposé de venir vivre avec eux mais J. D. était trop fier pour dépendre de ses fils.

— Oui, tu as raison, cette maison me rappelle trop de souvenirs douloureux.

— En tout cas, je sais que Kieran est content que vous soyez venu.

— Pour rien au monde je n'aurais raté ça. Je sais qu'il m'a pardonné.

— Kieran et Liam vous ont pardonné.

— Mais Sean et Jonah se montrent encore très réfractaires, n'est-ce pas ?

— Je les connais moins. Je suis sûre qu'avec le temps ils y parviendront.

— Peut-être Sean. Mais Jonah, j'en doute.

— Jonah n'est pas aussi difficile qu'il en a l'air.

— Tu as mieux fait connaissance avec lui ?

Non seulement elle avait mieux fait sa connaissance mais elle l'avait touché, embrassé et elle rêvait de lui sans cesse.

— Parfois les gens disent des choses qu'ils ne pensent pas afin de cacher leurs vrais sentiments et de ne pas paraître vulnérables. Dans le cas de Jonah, c'est peut-être ça. Il a sans doute peur de dévoiler ce qu'il ressent réellement.

— Connie, il me déteste.

— Mais non.

— Mais si. Le pire, c'est que je ne peux rien y faire.

— Tu as raison.

Connie se retourna.

Jonah se tenait dans l'embrasure de la porte.

Les épaules de J. D. s'affaissèrent légèrement, et une lueur de tristesse envahit son visage. L'expression de Jonah ne laissait transparaître qu'une seule émotion, la rancœur.

Il les considéra l'un après l'autre, son père puis elle, le regard empli de colère.

Jonah était hors de lui d'avoir surpris J. D. et Connie en train de parler de lui à voix basse, derrière son dos, comme si c'était tout à fait normal. Peut-être que c'était le cas ? Peut-être était-il le sujet de conversation numéro un de sa nouvelle famille et de son entourage ?

— Vous avez terminé de me casser du sucre sur le dos ? lâcha-t-il d'un ton cinglant, peinant à refréner sa colère.

— Nous…

— Je sais très bien ce que vous faisiez et je vous demande d'arrêter.

Le silence qui s'ensuivit fut assourdissant.

Dès qu'il était en présence de J. D, son ressentiment

montait en flèche. De même que la haine et la rage qui l'habitaient. Il en voulait à cet homme d'avoir eu l'audace de commettre un adultère avec une jeune femme et de lui avoir fait un enfant.

Ce sentiment était enraciné en lui depuis qu'il était en âge de comprendre la situation. Sa mère, Kathleen, avait quitté Cedar River — et toute sa famille — pour accoucher en secret et ne pas entacher la réputation de J. D. O'Sullivan.

Il comprenait pourquoi sa mère avait agi ainsi, et il avait d'autant plus de respect pour elle qu'il détestait J. D. et tout ce qu'il représentait. Sa malhonnêteté, sa trahison, son manque d'intégrité et d'honneur.

— Jonah, ton père…

— Ne l'appelle pas comme ça, l'interrompit-il sèchement.

Elle blêmit. Il culpabilisa d'avoir été aussi dur envers elle.

— Cette situation ne te regarde pas. Elle ne regarde que lui, ma mère et moi. S'il te plaît, reste en dehors de ça.

— Je ne peux pas. Ta famille compte beaucoup pour moi et je ne laisserai personne les faire souffrir.

— Connie, c'est gentil mais ne te préoccupe pas de ça, intervint J. D.

— C'est un bon conseil. Tu devrais le suivre, dit-il sur un ton sarcastique tout en la dévisageant, surpris qu'elle le dévisage en retour.

Elle prit une longue inspiration.

— Tu sais quoi ? Tu ne mérites pas cette famille, rétorqua-t-elle avant de dire au revoir à J. D. et de quitter la pièce sans le regarder.

Pour sa part, il ne put ignorer la fragrance de son parfum alors qu'elle disparaissait dans le couloir.

Jonah s'en voulait d'avoir agi de manière aussi irréfléchie envers Connie. Enfin, il fit face à son père, l'expression fermée.

— C'est un sacré bout de femme, tu ne trouves pas ? lui dit J. D. tentant de sourire.

— Je ne préfère pas me prononcer. Elle ne m'intéresse pas, rétorqua-t-il.

— Tant mieux. C'est une jeune femme précieuse et fragile qu'il ne faut pas perturber.

Jonah eut envie de rire en entendant les propos incongrus de son père.

— Si ça peut te rassurer, je n'ai aucunement l'intention de « perturber » Mlle Bedford. Elle est bien trop investie dans votre famille à mon goût. Ce que je n'arrive pas à savoir c'est si elle est attirée par Liam ou par toi.

J. D. éclata de rire.

— Jonah, ne sois pas ridicule. Liam est très heureux avec Kayla et je suis assez âgé pour être son père.

— On connaît ton penchant pour les jeunes femmes, répondit-il du tac au tac.

— J'avais trente et un ans quand je suis tombé amoureux de ta mère. Elle avait dix-huit ans. Je n'étais pas assez âgé pour être son père. N'exagérons pas.

Jonah eut envie de se boucher les oreilles. Il avait entendu l'histoire un nombre incalculable de fois. J. D. était tombé amoureux de Kathleen. Ils avaient eu une brève liaison. Elle était tombée enceinte. Il avait voulu dire la vérité et avouer son adultère mais Kathleen l'avait persuadé de rester à Cedar River, auprès de sa femme et de ses enfants, alors qu'elle avait fui et tout quitté pour lui.

Il connaissait l'histoire mais cela ne l'empêchait pas d'en vouloir terriblement à J. D. d'avoir profité d'une jeune femme tout juste majeure.

— Je n'ai vraiment pas envie de parler de ça.

— Parlons d'autre chose.

— Je n'ai pas envie de te parler du tout.

— Moi, si.

— Pourquoi ?

— Parce que tu es mon fils.

— Tu sais que je n'ai pas envie d'être lié à toi ?

— Je sais.

— Et pourtant tu essaies encore de renouer des liens ? Franchement, je ne comprends pas.

— J'espère qu'un jour tu pourras.

Jonah n'avait pas envie de passer du temps avec J. D. ni d'écouter ses platitudes. Pour lui, ses paroles n'avaient aucune valeur, aucun impact.

— J'y vais, dit-il en sortant ses clés de voiture.

Il avait fait l'effort de venir au mariage de son demi-frère mais c'était trop pour lui. Il n'avait plus envie de continuer à faire semblant d'appartenir à une famille formidable, comme si tout était pour le mieux dans le meilleur des mondes. Il n'était pas du genre à faire semblant.

À présent, il ne désirait qu'une chose : se rctrouver seul dans son appartement, même si techniquement c'était encore l'appartement de Kieran. Lors de ses premiers séjours à Cedar River, il avait logé à l'hôtel. Mais, depuis que J. D. avait décidé d'y résider en permanence, il préférait de loin avoir un lieu pour lui seul où il ne risquait pas de le rencontrer.

Moins il voyait les O'Sullivan, mieux il se portait.

Une fois dans le jardin, il se dirigea vers les mariés pour leur dire au revoir, même s'il savait qu'en partant avant les tourtereaux il enfreignait la tradition.

Sur le chemin du retour, il tenta de faire taire le sentiment de culpabilité qui le taraudait par rapport à sa famille et à Connie.

L'appartement où il logeait se trouvait dans une ancienne maison victorienne reconvertie et divisée en plusieurs habitations.

À l'intérieur, l'environnement était calme et sans complications. Il aimait passer du temps seul sans pour autant être un solitaire endurci. À Portland, il avait un cercle d'amis et des collègues avec qui il sortait régulièrement.

Pour le moment, il avait choisi de partager sa vie entre Portland et Cedar River pour soutenir sa mère et s'assurer qu'elle ne manquait de rien.

L'appartement victorien contrastait grandement avec son appartement à Portland qui était spacieux, moderne et très lumineux. Il n'aimait pas forcément l'idée que Kayla et Kieran aient habité là car c'était un lien supplémentaire avec sa famille mais, pour le moment, c'était une solution pratique.

Il retira son costume, prit une douche puis il enfila un jean, un sweat-shirt, un blouson, des bottes et se fit un café qu'il savoura sur la terrasse.

Le lendemain, un dimanche, il comptait rendre visite à sa mère. Mais avant ça il devrait passer à l'hôtel voir Liam pour discuter de la proposition d'agrandissement du musée local. Kayla en était la conservatrice, et Liam avait fourni la plupart du budget pour mettre en œuvre le projet approuvé par le conseil municipal.

Jonah savait que Liam avait fait appel à lui pour renforcer les liens familiaux mais c'était avant tout un projet lucratif qu'il aurait été idiot de refuser.

Une fois son café terminé, il rentra à l'intérieur, prit une bière dans le frigo et s'installa sur le canapé. Il zappa de chaîne en chaîne sans trouver de programme intéressant à la télévision.

Il relâcha la tête en arrière, ferma les yeux… Ce mariage l'avait épuisé. Lui n'avait jamais eu l'intention de se marier. Il n'y avait même jamais pensé. Sans doute parce qu'il n'avait jamais eu une relation amoureuse assez longue pour avoir l'occasion d'y réfléchir.

Il se réveilla à 2 heures du matin avec un violent torticolis, la bière toujours ouverte et intacte sur la table basse devant lui. Le chat de la voisine l'avait rejoint et s'était pelotonné tout contre lui.

Jonah se leva, mit le chat dehors et partit se coucher dans son lit.

Il ouvrit de nouveau les yeux à 8 heures. Cela lui laissa juste assez de temps pour boire sur le pouce deux cafés serrés avant d'aller en ville.

Le dimanche matin, Cedar River était très calme, si on exceptait les touristes qui avaient déjà envahi les cafés dans la grand-rue pour le petit déjeuner.

Il se gara sur le parking de l'hôtel à côté de l'imposant Chevrolet Silverado de son frère. Jonah avait opté pour une voiture plus modeste alors que toute sa famille semblait rouler dans des véhicules de luxe.

En entrant dans le hall de l'hôtel, les gens de la réception qui savaient à présent qui il était le saluèrent.

Son appartenance à la famille O'Sullivan était connue dans toute la ville, et il ne pouvait pas nier ce lien à l'hôtel. Cependant, il ne put réprimer le sentiment qu'il avait chaque fois qu'il entrait dans l'établissement. Celui d'être l'« enfant de la honte ». L'enfant caché qui avait soudainement fait son apparition.

L'hôtel était impressionnant de confort et de luxe, et se situait au même niveau que les établissements que l'on rencontrait dans les grandes villes. Il employait des dizaines de personnes locales et le service était exemplaire. Liam y était sûrement pour quelque chose. Apparemment, c'est lui qui avait fait passer le lieu dans la catégorie supérieure, le transformant en un hôtel de luxe prisé des touristes et des hommes d'affaires.

Il traversa le hall et prit l'ascenseur jusqu'à l'étage où se trouvaient les bureaux. Il y avait celui Liam, le plus grand, et des bureaux pour les autres membres de la famille, ainsi qu'une salle de réunion.

Dès qu'il sortit de l'ascenseur, Jonah aperçut Connie assise à son bureau, tête baissée, tapant sur son clavier.

— Donc tu travailles même le dimanche ? lâcha-t-il sans même prendre la peine de lui dire bonjour.

Elle releva les yeux, l'expression neutre, pas du tout surprise de le voir. Puis elle se leva, un dossier à la main.

— Liam a dû s'absenter pour aller en cuisine, il ne va pas tarder à revenir. Tiens, il m'a demandé de te donner ça pour que tu y jettes un œil en attendant. Tu peux aller dans son bureau.

Jonah resta où il était.

Elle portait un jean, un chemisier rouge écarlate blousant à la taille, une ceinture brillante et des bottes de cow-boy bleu électrique. Ses cheveux lâches retombaient en cascade sur ses épaules. C'était la première fois qu'il la voyait avec les cheveux non attachés. Une vision ravissante.

Et sa tenue… Il ne l'avait vue qu'en tailleur professionnel ou en robe de soirée. Aujourd'hui, dans son look décontracté, elle paraissait encore plus jeune et surtout plus belle que jamais. Elle ne portait pas de maquillage et il remarqua quelques taches de rousseur sur le nez. Il adorait les taches de rousseur.

Une sensation étrange s'empara de lui.

L'instant d'après, il comprit ce que c'était. De l'attirance. Il éprouvait une attirance irrésistible pour Connie. Depuis le premier jour.

Mais, chaque fois qu'ils se croisaient, il se comportait comme un idiot et elle se montrait trop exigeante envers lui.

Dix mois auparavant, elle lui avait clairement fait savoir qu'une liaison ne l'intéressait pas. Pourtant, ce fameux soir, il aurait juré que l'attirance qu'il avait éprouvée était réciproque. Il était en train de boire un verre au bar de l'hôtel, seul et furieux envers son père, quand il l'avait aperçue en train de prendre un verre, seule aussi.

Ils venaient à peine de faire connaissance mais ils s'étaient tout de suite bien entendus. Et les choses s'étaient enchaînées tellement vite, comme l'avait si bien dit Connie.

Cela remontait à sa première visite à Cedar River. À l'époque, il accompagnait juste sa mère qui avait entrepris de revoir sa famille après trente ans de séparation.

C'est la liaison entre Liam et Kayla qui avait été l'élément déclencheur du retour de Kathleen.

Malgré lui, il avait tenu à faire le voyage avec sa mère pour ne pas la laisser seule dans cette épreuve. Mais il n'avait pas prévu de tomber sur Connie Bedford… Ni d'éprouver pour elle une attirance immédiate.

Jonah n'était pas un coureur de jupons mais ce soir-là, dans le bar de l'hôtel, quand la conversation s'était arrêtée et qu'il avait senti qu'il se passait quelque chose entre eux, il lui avait proposé de monter dans sa chambre.

Elle avait tout de suite accepté.

Une fois en haut, ils s'étaient embrassés puis, comme ils avaient atterri sur le lit, leur baiser s'était rapidement intensifié. Les sens enflammés par leur étreinte passionnée, il ne se souvenait pas avoir éprouvé un tel désir pour une femme.

Pourtant, sans crier gare, elle avait mis abruptement fin à leurs ébats.

Il n'avait pas cherché à continuer ou à la contraindre.

Mais il avait été blessé et frustré de ne pas réussir à lui faire dire ce qui l'avait fait changer d'avis. Il n'était pas du genre à pousser les femmes à faire des choses qu'elles ne voulaient pas. Au contraire, il était très respectueux et toujours courtois, optant pour la retenue plus que pour l'offensive.

Pourtant, depuis cet épisode, ils n'avaient pas réussi à rétablir des rapports normaux. Il était toujours sur la défensive en sa présence, piqué d'avoir été rejeté sans aucune explication, sans comprendre pourquoi elle lui faisait de l'effet à ce point, tant physiquement qu'émotionnellement.

Ils se connaissaient à peine mais il savait qu'elle n'approuvait pas son comportement envers sa famille. Le fait qu'elle réussisse à le faire culpabiliser, alors que même sa mère n'avait pas osé, l'irritait au plus haut point.

Jonah prit le dossier, remarquant que Connie avait l'air… distante.

— Je te mets mal à l'aise ?

— Pas du tout, dit-elle, tout en regardant en direction de l'ascenseur pour la troisième fois.

— J'ai l'impression que tu as peur d'être seule avec moi. Tu n'arrêtes pas de guetter si ton patron arrive.

— C'est le manque de café qui me met dans cet état. J'essaie de ne pas en boire mais j'ai du mal.

Elle lui mentait, c'était évident.

— Pourquoi tu essaies de ne plus en boire ?

— J'ai décidé d'arrêter tout ce qui n'était pas bon pour moi. Le café est sur la liste.

— Il y a quoi d'autre, sur la liste ?

— Toi.

Il rit, amusé et excité par sa candeur.

— Je crois que je n'ai jamais figuré sur une liste.

— Je parie que si.

Il rit de nouveau. Cela lui arrivait souvent en présence de Connie. Elle était tellement belle et naturelle. C'était un régal de la contempler. Il se fit violence pour ne pas la toucher. Ce n'aurait pas été correct, étant donné qu'elle l'avait déjà rejeté une fois.

Malgré tout, il sentait qu'un courant intense passait entre eux. Et ce n'était pas tout. Il n'arrivait pas à mettre le doigt dessus mais, au-delà de sa beauté, il y avait quelque chose qu'il trouvait rafraîchissant, enivrant, passionnant chez elle. Quelque chose qui lui donnait envie d'apprendre à mieux la connaître.

— Je peux savoir pourquoi tu travailles aujourd'hui ?

Elle haussa les épaules puis retourna s'asseoir d'un air nonchalant.

— J'avais un peu de retard sur certains dossiers.

— Pour moi, c'est de l'exploitation.

Elle se raidit, lèvres pincées.

— Peut-être que je fais partie des gens qui aiment se rendre utiles. Tu devrais essayer.

— Quoi donc ?

— Agir pour quelqu'un sans rien attendre en retour.

— Je ne suis pas aussi égoïste que tu ne le penses.

— Si c'était le cas, tu saurais que, chaque fois que tu appelles ton père « J. D. », ça le blesse terriblement.

— J'ai mes raisons, lâcha-t-il, crispé.

— Oui, des raisons égoïstes.

— Tu n'en sais rien.

— J'en sais plus que tu ne le penses. Quand on évolue dans la catégorie « paillasson », on a tendance à entendre tout ce qui se raconte. Le bien comme le moins bien.

Jonah s'en voulait terriblement de cette insulte.

— Je m'excuse, je n'aurais pas dû dire ça.

— Formidable, une excuse. Je n'ose pas imaginer à quel point tu dois avoir la langue qui te brûle.

— Pour ta gouverne, sache que je dois rarement m'excuser pour mon comportement car je me comporte habituellement de manière décente et civilisée.

— Tu veux dire que c'est moi qui fais ressortir les défauts de ta personnalité ?

— Tu fais ressortir quelque chose, c'est certain, mais je ne pourrais pas le formuler de manière concrète. Dans tous les cas, la confiance aveugle que tu voues aux O'Sullivan est un mystère. Cela m'exaspère, j'avoue.

— Tu ne peux pas comprendre. Il ne s'agit pas d'une confiance aveugle. Il s'agit d'une loyauté envers des gens que j'admire. Je sais qu'ils seront toujours là pour moi et que je serai toujours là pour eux.

— Pourquoi Liam et J. D. en particulier ?

— Ils m'ont sauvé la vie.

- 3 -

Connie aurait voulu ravaler les mots aussitôt qu'ils étaient sortis de sa bouche. Elle n'avait aucunement l'intention de se confier à Jonah. Cela ne faisait pas partie de ses projets du dimanche. D'ailleurs, elle n'avait aucun projet. Bizarrement, il avait réussi à la faire parler alors qu'habituellement elle ne se confiait pas facilement sur sa vie.

Dix ans auparavant, elle avait dû beaucoup parler d'elle. À présent, elle préférait rester dans l'ombre. Ne pas faire de vague. Ne pas se faire remarquer.

Et elle ne comptait pas dévoiler son passé à Jonah.

— Ils t'ont sauvé la vie ? Tu peux être plus précise ?

Elle feignit de ne pas avoir entendu la question, ordonnant les objets de son bureau qui étaient déjà très bien rangés.

Ils l'avaient sauvée, en effet, mais elle n'avait pas envie de lui raconter l'histoire. C'était il y a longtemps et elle avait enfoui les événements au plus profond de sa mémoire, bien qu'elle ne puisse jamais entièrement les effacer.

Elle avait pris le parti de vivre et elle s'y tenait.

— Alors ? Que voulais-tu dire, au juste ?

— Rien, c'était une métaphore.

— Vraiment ?

Elle choisit de rester vague pour atténuer ses propos, inventant une histoire sur le tas.

— Disons qu'ils m'ont aidée à un moment où mes parents étaient de nouveau absents…

— De nouveau ?

— C'est une longue histoire, je ne peux pas tout te raconter. En bref, quand mon grand-père est décédé, j'ai voulu habiter avec ma grand-mère mais il me fallait un emploi car je voulais quitter l'école et ton père m'a donné une chance en m'embauchant à l'hôtel. Pour moi c'était très important car j'ai pu ainsi rester ici, vivre avec elle et commencer à gagner ma vie.

— Je pensais que tu vivais avec quatre chiens et un poisson rouge.

Son malaise augmentait. Cela faisait une éternité qu'elle n'avait pas dû parler d'elle. Et jamais elle n'aurait cru qu'un jour elle raconterait sa vie à Jonah Rickard ! D'autant plus qu'il était étonnant qu'il n'ait pas oublié ses chiens et son poisson rouge. En général, les gens ne retenaient rien de sa vie.

— C'est le cas. Ma grand-mère est décédée il y a trois ans.

— Je suis désolé.

— Elle était très malade donc c'était une libération.

— Et tes parents ?

— Ils n'habitent pas à Cedar River, répondit-elle sur un ton neutre.

Il y a longtemps qu'elle avait cessé de leur en vouloir À présent, quand elle pensait à ses parents, elle éprouvait essentiellement de la tristesse et de la nostalgie, surtout au moment de son anniversaire et des fêtes de fin d'année.

— Pourquoi tu n'habitais pas avec eux ?

— Ils ont fait le choix de voyager pour leur travail.

— Et cette ville te plaît ?

— J'adore Cedar River. C'est chez moi maintenant.

— Tu penses que tu vas épouser un cow-boy local, fonder un foyer et avoir des enfants ici ?

Connie le regarda, surprise par sa question.

Il était tellement beau.

En ce dimanche, il avait revêtu un jean et une chemise

sombres, et une veste dont le prix devait être supérieur à son salaire mensuel. Il était de loin l'homme le plus séduisant qu'elle ait jamais rencontré.

Dès les premiers instants, elle avait éprouvé pour lui une attirance irrésistible. Au point d'avoir eu envie de lui. Au point d'avoir voulu lui appartenir, entièrement.

Ce moment avait failli se matérialiser… Jusqu'à ce qu'elle prenne peur. Jusqu'à ce que son passé revienne la hanter, de manière implacable.

Elle ignorait pourquoi Jonah provoquait en elle ces réactions sans précédent.

Le soir où ils s'étaient retrouvés par hasard au bar de l'hôtel, elle avait espéré que le désir qui l'animait et l'attirance mutuelle qu'elle sentait entre eux suffirait à faire tomber le bouclier qu'elle avait érigé autour d'elle depuis toutes ces années.

Mais la sentence était tombée. Sans appel. Son désir subit et profond n'avait pas suffi. Paniquée, elle avait fui à la première occasion, privant son corps de cette libération qu'elle attendait tant tout en la redoutant.

— Je ne pense pas que je me marierai un jour mais je crois en l'institution. L'idée me plaît. Et toi ?

— D'après ce que je vois, ça se finit toujours par un divorce, donc pourquoi prendre la peine de se marier ?

— Tu as tort, ça ne se finit pas forcément par un divorce. Prends…

— J. D. et Gwen ? Kieran et son ex-femme ? Je continue ?

— Le mariage de J. D. et Gwen n'était pas uniquement un énorme échec. Ils ont tout de même partagé trente-cinq années.

— Dont trente fondées sur un mensonge. Non, merci, ajouta-t-il amèrement.

À force de parler mariage, Connie éprouva un sentiment étrange. Au fond d'elle-même, elle rêvait de se marier car elle avait une foi profonde envers tout ce que cela représentait : l'engagement, la confiance, le lien unique avec un autre être humain.

Restait à savoir si elle trouverait un homme qui comprendrait sa fragilité et sa vulnérabilité.

— Kieran est de nouveau heureux et marié à Nicole. Et Liam et Kayla sont également heureux. Il suffit de choisir la bonne personne.

— Elle a raison. C'est la clé du succès, confirma Liam qui venait d'arriver.

Depuis dix ans, Liam était son point d'ancrage. C'était un ami avant d'être son patron, et elle avait entièrement confiance en lui. Elle était tellement contente pour lui, Kayla et leur bébé. Ils formaient un formidable trio. Liam méritait d'être heureux. Il était le grand frère qu'elle n'avait jamais eu et il lui avait apporté son soutien dans un moment clé de sa vie. Sans Liam et J. D., elle n'aurait peut-être pas réussi à s'en sortir et à mener une vie équilibrée.

— Si c'est la clé du succès, pourquoi viens-tu travailler un dimanche ? s'enquit Jonah, cyniquement.

— Parce que mon petit frère doit repartir à Portland demain et que j'ai des plans à lui montrer, dit Liam, parcourant la distance qui les séparait.

Connie sourit en regardant l'air de Jonah. Même les mâchoires serrées et l'expression exaspérée, il était encore l'homme le plus beau qu'elle ait connu.

Malgré sa tentative de déceler une once d'affection chez Jonah pour Liam, elle ne vit que du dédain et de l'impatience. Elle éprouva une profonde tristesse pour lui. Les O'Sullivan avaient tellement à lui apporter mais il était trop têtu pour le voir.

Elle regarda les deux hommes entrer dans le bureau de Liam et écouta les premiers échanges avant de commencer à se détendre.

Jonah avait une excellente réputation dans son métier. Il avait remporté de nombreux prix et de nombreux contrats qui lui avaient permis de s'associer au cabinet d'architecture le plus prestigieux de Portland.

J. D. ne manquait pas de vanter les mérites de son fils à qui voulait l'écouter.

Vingt minutes plus tard, ils étaient de retour dans la salle où elle travaillait. Liam lui rendit le dossier, son iPad et lui donna quelques instructions.

— Connie t'enverra tout par e-mail, comme ça, tu pourras commencer à regarder ça cette semaine. D'accord ? dit-il à l'attention de Jonah.

— Pas de problème.

— Connie, si tu peux attendre un peu, je dois retourner parler au sous-chef mais après je peux te raccompagner.

Avant qu'elle ait eu le temps de répondre, Jonah intervint.

— Tu n'as pas de voiture, Connie ?

— Si mais elle est au garage. Elle sera prête demain.

— Il n'y a pas une voiture de fonction à l'hôtel ?

— Si mais c'est Sean qui l'a prise.

Elle vit Jonah se renfrogner et secouer la tête.

Le mot « paillasson » lui vint aussitôt à l'esprit, et cela l'irrita qu'il ait de quoi alimenter sa théorie.

— Je vais te ramener, comme ça tu n'auras pas à attendre.

— Je ne voudrais pas t'embêter.

— Cela ne m'embête pas. Viens, je t'emmène, dit-il en sortant les clés de sa poche.

S'empressant de rassembler ses affaires, Connie ignora l'expression perplexe de Liam, consciente qu'il observait le moindre de ses faits et gestes. Il se demandait sûrement ce qui se tramait entre Jonah et elle.

Elle lui fut reconnaissante de ne pas verbaliser son étonnement mais elle savait qu'elle aurait droit à un interrogatoire en bonne et due forme le lendemain.

Cinq minutes plus tard, elle sortait du parking, installée sur le siège passager de la Lexus de Jonah.

— Jolie voiture. Très… humble.

— Tu t'attendais à quoi ? demanda-t-il, amusé.

— Une voiture de sport rouge.

— Ce n'est pas du tout mon genre. Je ne fais pas dans le clinquant. J'aime les choses faciles d'entretien.

— Et ça s'applique aussi aux filles ?

— Tout à fait. Donc tu es trop compliquée pour correspondre au profil.

— Je ne suis pas compliquée ! lança-t-elle tout en sentant ses joues s'empourprer.

— On peut dire que tu es la fille la plus compliquée que j'aie rencontrée.

— Parce que je n'ai pas voulu passer la nuit avec toi ?

— Pas du tout. D'ailleurs, ce n'était pas la première fois que je me faisais repousser. Mais je n'avais jamais vécu une scène aussi… théâtrale. Surtout à un moment aussi… crucial.

Comme une vidéo que l'on rembobine, Connie fut soudain projetée dans la chambre d'hôtel, repensant aux mains de Jonah sur elle, à ses lèvres sur les siennes, à sa carrure athlétique, à la danse érotique de leurs langues…

Puis elle se souvint du reste. La peur, l'oppression, le sentiment de perdre le contrôle…

— Je suis vraiment désolée. Je n'aurais pas dû monter avec toi dans ta chambre. Tu as tout à fait le droit de m'en vouloir et d'avoir été blessé, dit-elle à voix basse.

— Non, Connie. Ne dis pas ça. C'était aussi ton droit de dire non, répondit-il d'une voix tout aussi basse.

— Merci.

— J'avoue que je suis curieux. Est-ce que j'ai fait quelque chose qui t'a déplu ? Tu m'as trouvé trop envahissant ? Trop pressant ?

Elle s'empressa de lui répondre, désireuse de mettre fin à cette conversation.

— Non, pas du tout. Cela n'a rien à voir avec toi. Tu

n'as pas à t'en vouloir. Tu n'es pas en cause. C'était moi. J'ai paniqué et…

— Connie, tu peux être tranquille avec moi. Jamais je ne te pousserai à faire quelque chose que tu ne veux pas faire, dit-il d'une voix rassurante.

Les larmes lui montèrent aux yeux.

Jonah Rickard avait beau se montrer infernal parfois, plus elle passait de temps avec lui et plus elle découvrait un homme digne de confiance et attentionné.

— Je sais.

— Ne l'oublie jamais.

Regardant par la vitre, elle s'aperçut qu'il ne prenait pas le chemin pour aller chez elle.

— Où va-t-on ?

— Si ça te va, j'aimerais faire un petit crochet.

— Un crochet ? Par où ? s'enquit-elle, sentant la panique l'envahir.

— Par chez ma mère, dit-il avant de s'arrêter devant une petite maison.

Connie avait rencontré Kathleen Rickard plusieurs fois. Pas encore la cinquantaine, c'était une belle femme, menue, avec des cheveux clairs et des yeux verts. Une femme charmante.

— C'est chez ta mère ? demanda Connie en montrant la maison du doigt.

— Oui. Mais, si tu préfères, on peut repartir.

Elle vit les rideaux bouger derrière la fenêtre.

— Je pense qu'elle sait qu'on est là.

— Donc on entre ?

— Allons-y.

À peine étaient-ils arrivés sur le perron que la porte d'entrée s'ouvrit.

Kathleen prit chaleureusement son fils dans ses bras. On sentait à quel point elle l'aimait. Connie éprouva une légère pointe d'envie. Ce n'est pas que ses parents ne l'avaient pas aimée. Ils l'aimaient sûrement, à leur façon. Mais ils n'avaient jamais été là pour elle. Kathleen, en revanche, avait toujours été présente pour son fils qu'elle avait élevé seule.

— Mon chéri, je suis ravie de te voir.

Il fit la grimace.

— Maman, ne m'appelle pas comme ça.

Kathleen éclata de rire.

— Je vais essayer, promis. Connie, ravie de te revoir. Jonah ne m'avait pas dit qu'il allait passer avec une… amie.

Ses joues s'empourprèrent.

— Je n'étais pas prévue au programme. J'ai dû travailler quelques heures ce matin, ma voiture est au garage donc, comme Jonah était passé voir Liam et que Liam avait encore des choses à faire, Jonah a proposé de me raccompagner. J'espère que ça ne vous dérange pas que je sois là.

— Pas du tout, au contraire, dit-elle en reculant dans le couloir.

La maison était de taille modeste mais décorée avec goût. Quand ils arrivèrent dans le salon, Connie remarqua des toiles, des chevalets et de la peinture dans un coin de la pièce.

— Vous êtes artiste ?

— Disons que c'est un passe-temps. Mais j'adore ça.

Connie observa que l'un des tableaux en cours sur un chevalet était recouvert d'un drap taché de peinture.

— C'est un projet secret ?

— C'est un essai. Je me lance dans les portraits. D'ailleurs vous avez un très joli visage, vous feriez un modèle idéal. Tu ne trouves pas, mon chéri ? dit-elle en se tournant vers son fils.

— Maman… Je t'ai demandé d'arrêter de m'appeler « mon chéri ».

— Pardon. Je t'ai promis d'arrêter et je vais m'y tenir.

Maintenant, si tu veux bien me rendre service, j'aimerais que tu me rentres du bois qui est dans le jardin. Il va commencer à faire froid, et j'aimerais anticiper le mauvais temps.

Jonah parut légèrement perplexe mais obtempéra.

Dès qu'il eut quitté la pièce, Kathleen se tourna vers elle.

— Alors, Connie, dites-moi, depuis quand êtes-vous avec Jonah ?

Alors qu'il prenait des bûches, Jonah comprit qu'il avait fait une erreur en amenant Connie chez sa mère. D'après son regard, il aurait juré qu'en voyant Connie elle s'était imaginé un tas de choses, et notamment qu'elle était sa petite amie. Il n'avait pas amené de fille chez sa mère depuis près de cinq ans, il ne lui en fallait sûrement pas plus pour tirer des conclusions hâtives. Comme toutes les mamans, elle voulait que son fils se marie et ait des enfants. Elle rêvait d'avoir des petits-enfants et ne s'en cachait pas.

Pour l'instant, ce n'était pas au programme, même s'il n'excluait pas entièrement ce scénario de son esprit.

Quand il retourna dans la maison, Connie était seule.

— Tu t'es fait cuisiner ?

— En effet. J'ai dû parler très vite pendant plusieurs minutes avant de réussir à la convaincre que nous n'étions pas ensemble.

Il sourit, l'air penaud.

— Désolé. J'y ai pensé en allant chercher le bois. Pour sa défense, je n'amène jamais de filles à la maison.

Une lueur balaya son regard, tel un éclair. Une lueur qui semblait provenir de l'attirance mutuelle entre eux.

— Alors je peux savoir pourquoi tu m'as amenée ici ?

— Je ne sais pas, avoua-t-il, l'air pensif.

— Je pensais que tu étais le genre d'homme à toujours

savoir ce que tu faisais et pourquoi. Ou alors c'est uniquement l'impression que tu veux donner ?

— Encore une critique ?

— Une simple observation. Je remarque que, sous ton arrogance et ta rancœur, tu es en fait bien plus agréable à vivre que tu ne veux le laisser paraître.

— Peut-être… En tout cas, je suis désolé que ma mère t'ait fait passer un interrogatoire.

— Elle pense que tu as peur de t'engager.

— Je me méfie, nuance.

— Elle t'aime beaucoup.

— Je sais. C'est mutuel.

— Tu as de la chance. Ce n'est pas donné à tout le monde.

La tristesse dans sa voix le troubla profondément.

— Pourquoi ? Cela n'a pas été ton cas ?

— Je n'ai pas reçu l'amour que tu as reçu. Mes parents n'ont jamais été proches de moi, aussi bien au sens littéral qu'au figuré. Ce sont des archéologues qui ne vivent que pour leur métier. Je suis arrivée dans leur vie un peu comme une erreur de parcours. J'ai passé les huit premières années de ma vie sur des chantiers de fouilles, puis mes parents m'ont envoyée vivre avec mes grands-parents. Je les voyais entre deux voyages, à la va-vite. J'ai rarement de leurs nouvelles. Je dois mon éducation à mes grands-parents. Je leur serai éternellement reconnaissante.

Elle se tut puis poussa un profond soupir avant de le regarder, les yeux brillants. De larmes ?

— Je ne sais pas pourquoi je t'ai confié tout ça.

— Je suis content que tu l'aies fait.

— Tu as le don de me faire parler en étant à mon écoute. C'est énervant.

— Ah bon ? Certains trouvent que c'est une qualité charmante.

— Tu veux dire « certaines » ? J'imagine que tu as toujours eu beaucoup de succès auprès des filles.

— Non, pas toujours. J'étais très studieux à l'école, assez chétif et je portais des bagues.

— Quel tableau ! Moi qui t'imaginais capitaine de l'équipe de base-ball avec une foule de pom-pom girls à tes trousses.

— Comme quoi, on peut se tromper. J'ai découvert les filles à la fac.

— Et tu as rattrapé le temps perdu ?

Sa question le troubla.

— J'ai fait ce que j'ai pu. Et toi ? Tu étais la fille la plus prisée de ton lycée ?

L'espace d'un instant, elle parut décontenancée.

— Pas du tout ! J'étais un vrai rat de bibliothèque.

— Pas de cavalier pour t'emmener au bal de la promo ?

Elle hésita.

— En fait… J'ai quitté le lycée à seize ans. Et j'allais au lycée assez loin, en car scolaire.

— Ah bon ? Tu as arrêté tes études ? s'enquit-il, surpris.

— Non. C'est ma grand-mère qui me faisait cours. Elle avait été institutrice donc elle savait très bien y faire. J'ai commencé à temps partiel à l'hôtel le temps de finir le lycée et, après, J. D. m'a proposé un contrat à temps plein. Mais il a insisté pour que je fasse une licence que j'ai obtenue en suivant un cursus en ligne.

— Pourquoi as-tu arrêté le lycée et pourquoi n'es-tu pas allée à la fac ?

Elle haussa les épaules, comme si sa question était insignifiante.

— Je n'avais pas envie de côtoyer des gens mais je voulais absolument décrocher un diplôme sans avoir à faire la route. C'était trop loin.

Jonah était admiratif du parcours de Connie.

Décidément, elle n'avait pas eu une vie facile. Contrairement à elle, il avait toujours été dans des établissements scolaires privés et privilégiés, décrochant une place dans l'école d'architecture de Portland, réputée à l'international. Pour ce qui était du financement de ses études, J. D. n'avait pas lésiné. En revanche, pour les autres aspects de sa vie, son attitude avait laissé à désirer.

Sa mère revint dans la pièce, un large sourire au visage. Elle avait apporté un plateau de thé.

La prochaine fois qu'il serait seul avec sa mère, elle ne manquerait pas de le questionner.

Regardant alentour, il constata que de nombreuses améliorations avaient eu lieu depuis son dernier passage. Elle avait installé des meubles, il y avait des cadres au mur, un grand tableau sur la cheminée et des plantes dans des pots en céramique.

— Je vois que tu t'es bien installée. Tu aurais dû m'attendre pour déplacer les meubles. Comment as-tu fait ?

Sa mère baissa légèrement les yeux, visiblement gênée.

— Oh ! un ami est venu m'aider.

— Quel ami ?

— Tu ne le connais pas. Alors Connie, dis-moi, tu as des projets pour Thanksgiving ?

Pourquoi avait-il l'impression qu'elle était restée trop évasive pour ne pas cacher quelque chose ?

Il laissa la conversation couler pour ne pas se montrer trop intrusif.

— Comme l'an passé. Je suis bénévole à la maison de retraite des vétérans qui se trouve près de l'hôpital. J'y vais quand j'ai le temps. Je passe toujours aider pour Thanksgiving. Ensuite je vais chez une amie pour prendre un verre, ou je travaille s'il y a beaucoup à faire à l'hôtel. Les O'Sullivan m'invitent toujours à passer la journée avec eux mais je n'aime pas m'imposer.

À l'entendre, Jonah sentit qu'elle était gênée de ne pas avoir de famille avec qui passer cette fête. Il éprouvait un profond respect pour elle. Même si elle se montrait forte et ne s'apitoyait jamais sur son sort, il sentait à quel point elle était vulnérable et ressentit soudainement le besoin de la protéger, de la rassurer, de l'entourer de tout ce dont elle manquait.

Sans réfléchir, il intervint dans la conversation.

— Pourquoi ne viendrais-tu pas chez nous ?

Elle le dévisagea, les yeux écarquillés.

— Eh bien…

— Oui ! Excellente idée ! s'exclama sa mère.

— Mais…

— Il n'y a pas de « mais » qui tienne. Plus on est de fous, plus on rit. Parfois, à deux, ce n'est pas toujours très folichon, surtout si Jonah est mal luné.

— Moi ? Mal luné ?

Les deux femmes se regardèrent, l'air sérieux, puis éclatèrent de rire.

— Mon chéri, tu sais très bien de quoi je parle. Parfois, une petite contrariété peut influer sur ton humeur. Il tient ça de ma famille, Connie. Mon frère Derek se braque facilement, puis il s'enferme dans son silence et c'est difficile de l'en faire sortir.

— Tu pourrais arrêter de parler de moi comme si je n'étais pas là ?

Habituellement, cela aurait pu le mettre en colère mais le sourire de Connie eut un effet apaisant sur lui.

Il eut une irrésistible envie de l'embrasser.

Pour chasser cette pulsion venue de nulle part, il se concentra sur sa mère.

— Et ça fait trois fois que je te demande de ne pas m'appeler « mon chéri ».

— C'est à cause de son signe astrologique. Il est Vierge, ajouta-t-elle en servant le thé.

— Oh ! non, maman, ne commence pas avec l'astrologie.

— Ah, si, moi, je veux entendre parler d'astrologie.

Cela m'intéresse, dit Connie en prenant la tasse que Kathleen lui tendait.

En cet instant, Jonah eut une révélation qui manqua de le faire vaciller, car elle donnait un nouveau sens à sa vie. Malgré un passé compliqué et un présent incertain, Jonah venait de prendre conscience d'une chose primordiale : Connie lui plaisait vraiment.

Ce n'était pas uniquement lié à l'attirance physique qu'il éprouvait pour elle. Elle lui plaisait, profondément. Il avait envie d'apprendre à la connaître. Il voulait la voir sourire, l'entendre rire, et sentir son parfum sur ses propres vêtements après avoir passé du temps avec elle.

Pour cette raison, il allait lui faire la cour. Il était prêt à tout pour l'attirer dans son lit et assouvir le désir qui retenait son corps en otage et dévorait son esprit.

Elle s'était immiscée au plus profond de son être et la seule façon de l'en faire sortir était de la posséder charnellement. Le destin déciderait du reste.

Il se fit la promesse de réussir à attirer Connie à lui d'ici à Thanksgiving.

Connie était ravie de pouvoir parler avec Kathleen Rickard. C'était une femme divertissante qui avait un tas d'histoires à raconter sur sa vie à Portland, son expérience en tant qu'institutrice de maternelle, et sur Jonah, bien sûr.

Elle s'assit confortablement sur le canapé, détendue par l'atmosphère, mais aussi consciente que Jonah, qui était installé dans un fauteuil en face d'elle, l'observait tout en buvant son thé. Elle sentait l'intensité de son regard, comme s'il lui touchait la peau de ses doigts brûlants.

Il était presque midi quand il suggéra de partir.

Kathleen lui fit promettre de réfléchir à leur offre de Thanksgiving.

*
* *

— Tout va bien ? demanda-t-elle une fois qu'ils furent dans la voiture.

— Oui.

— Ta maman est adorable. J'ai passé un bon moment.

— Tant mieux.

— Tu sais pourquoi elle ne s'est jamais mariée ?

Ses mains se crispèrent autour du volant.

— Elle n'a jamais réussi à couper les ponts avec J. D.

Connie remarqua le ton condamnatoire.

— Je ne comprends pas pourquoi tu dis ça.

— En continuant à lui rendre visite, il lui a fait croire que les choses finiraient par changer.

— Leur liaison était terminée, non ?

— Oui, mais il a continué à occuper un rôle important dans sa vie, et cela l'a empêchée de rencontrer quelqu'un d'autre.

— Il venait pour te voir essentiellement, non ?

— C'est ce qu'il dit…

— Tu penses que tu aurais aimé qu'elle se remette avec quelqu'un ?

— Je ne sais pas. J'ai toujours voulu qu'elle soit heureuse. D'ailleurs, je ne sais pas si elle a bien fait de revenir ici.

— Pourquoi ?

— À cause des gens, des commérages. Elle restera toujours celle qui a eu une liaison avec l'homme le plus riche de la ville.

— Je n'ai pas l'impression que ce soit un problème pour elle, sinon elle ne serait pas revenue.

— Je sais. Elle dit vouloir passer du temps avec sa mère et son frère donc je ne peux que soutenir sa décision, si c'est ça qui la rend heureuse.

— Moi je trouve qu'elle a l'air très épanouie. Peut-être qu'elle a trouvé son bonheur.

— Et toi, tu as trouvé ton bonheur ?

— Non, mais j'aime me dire que je vis une vie authentique.

— Moi aussi.

— Même en continuant à en vouloir à ton père ?

— Je suis honnête envers mon père. Il sait exactement ce que je pense de lui. De ce point de vue, c'est authentique.

— Je ne comprends pas comment tu peux continuer à lui en vouloir à ce point. Il a fait des erreurs mais tout le monde a le droit à l'erreur. Et on ne peut pas changer le passé.

Elle le savait plus que quiconque.

— Et si je te disais que j'étais indifférent ?

— Je ne te croirais pas. Tu es trop passionné pour être indifférent.

Il émit un rire léger.

— Cela aurait presque pu ressembler à un compliment même si je sais que ça n'en était pas un.

— Peut-être qu'on a chacun le don de faire ressortir nos pires défauts l'un chez l'autre ?

— Ou nos meilleures qualités ?

Avant qu'elle ait eu le temps de répondre, il se gara devant chez elle.

Elle habitait dans la maison qui avait appartenu à ses grands-parents. Le jardin était magnifique même si elle n'avait pas la main aussi verte que sa grand-mère. La maison aurait facilement pu figurer sur une carte postale avec son vieux chêne ornemental et la clôture de bois blanche qui entourait le jardin.

— C'est très mignon. Exactement ce à quoi je m'attendais. J'imagine que tu as des casseroles en cuivre accrochées au-dessus de ta cuisinière et que tu fais tes confitures ?

Il avait raison. Elle adorait faire de la confiture de prunes en suivant la recette de sa grand-mère.

— Il n'y a rien de mal à être prévisible.

— Non, absolument rien de mal, dit-il avant de plonger son regard bleu intense dans le sien.

L'habitacle devint soudain plus petit, renforçant l'intimité entre eux. Quand elle le vit contempler ses lèvres, elle comprit qu'il voulait l'embrasser.

Ils avaient beau ne pas être d'accord sur beaucoup de choses, ils avaient beau se lancer des piques et ne pas vouloir démordre de leurs idées, l'attirance entre eux persistait. Elle se nourrissait d'une énergie à part entière dès qu'ils étaient ensemble.

— Je vais y aller. Merci de m'avoir raccompagnée.

Connie entendit ses chiens. Dès qu'ils sentaient son retour, ils accouraient dans le jardin.

— J'ai l'impression que tu es bien protégée, dit-il en regardant ses compagnons sauter de joie.

— Oui, ils veillent sur moi. Ils me protègent, dit-elle en regardant dans leur direction.

— Connie ?

— Oui.

— Tu voudrais bien dîner avec moi vendredi ?

— Pourquoi ?

Il posa une main sur sa joue, caressa délicatement sa lèvre inférieure avec son pouce. Ce geste érotique qui lui coupa le souffle.

Son regard envoûtant pénétra au plus profond de son être.

— Parce que j'aimerais passer la soirée avec toi.

— Dans quel but ?

Il ne cilla pas.

— Pour mieux te connaître.

— Et ?

Il soupira.

— Et, à la fin de la soirée, j'aimerais t'embrasser avant de te quitter, annonça-t-il en passant de nouveau son pouce sur ses lèvres.

— Et après ?

— Et après, un jour, quand tu seras prête, j'aimerais te faire l'amour.

C'était la chose la plus érotique qu'on lui ait jamais dite. Le fait que ce soit Jonah rendit le moment encore plus incroyablement magique.

Elle scruta son regard à la recherche d'indices. Était-il vraiment sérieux ? Elle ne perçut que de l'honnêteté, pure et simple, et une bonne dose de mystère.

— Je reviens à Cedar River vendredi. Je passerai te prendre à 19 heures. Mets des chaussures pour aller danser.

Elle acquiesça en silence, comme dans un rêve. Elle prit son sac, sortit de la voiture puis rentra chez elle, consciente qu'il n'était pas parti avant de s'être assuré qu'elle était bien rentrée.

Connie était à la fois transportée de joie et effrayée.

Pouvait-elle vraiment croire à la genèse de ce conte de fées des temps modernes ?

Deux raisons la faisaient douter.

D'une part, elle s'était juré d'étouffer les sentiments qu'elle éprouvait pour Jonah.

D'autre part, il lui avait clairement dit que son but était de l'attirer dans son lit pour lui faire l'amour.

Elle l'avait repoussé, dix mois auparavant, et maintenant il voulait obtenir ce qu'elle lui avait refusé à l'époque ?

Peut-être n'aurait-elle pas dû accepter de dîner avec lui.

Il serait toujours temps d'annuler.

Malgré tout, à travers l'imbroglio sentimental dans lequel elle se trouvait, Connie sentait quelque chose d'autre en elle.

Un sentiment d'anticipation.

Elle avait beau s'enfoncer dans le déni, ou trouver des excuses raisonnables, le résultat lui revenait toujours de plein fouet. Implacable.

Pour une raison absolument incompréhensible, sachant à quel point il pouvait être infernal et à quel point il refusait de faire partir des O'Sullivan, Connie était irrésistiblement attirée par Jonah.

Sa vie tournait autour de l'hôtel, de ses amis et de ses chiens. Sa vie amoureuse n'avait jamais occupé le devant de la scène.

Avec Jonah, c'était différent. Tout lui semblait différent.

Il lui faisait voir les choses sous un jour nouveau. Il l'excitait. Il la rendait plus vivante qu'elle ne l'avait jamais été.

Après avoir envisagé d'annuler leur rendez-vous, Connie décida de tenter l'aventure en se promettant de ne pas se bercer d'illusions. Elle devait prendre garde à protéger son cœur.

- 4 -

Jonah n'avait qu'une seule et unique raison de rentrer à Cedar River le vendredi suivant.

Connie.

Il avait quitté le travail plus tôt que d'habitude, pris un vol de quatre heures trente et fait un trajet de quarante minutes en taxi depuis Rapid City. Il était déjà presque 18 heures quand il arriva dans son logement de Cedar River. Il se doucha, se changea, vérifia ses e-mails puis ressortit pour aller la chercher.

Il se gara chez elle à 18 h 55.

Alors qu'il se dirigeait vers le perron, une anxiété anormale le gagna.

À peine avait-il frappé à la porte qu'il entendit les chiens aboyer.

Elle vint lui ouvrir, entourée de ses animaux.

— Bonjour. Désolée, ils sont un peu foufous quand quelqu'un frappe à la porte.

Il sourit.

— Ravi de voir que tu es vraiment bien protégée, dit-il, avant de reporter son attention sur elle.

Elle portait une robe bleue qui descendait aux genoux et des bottes à talons.

— Tu es ravissante.

— J'ai mis des chaussures pour aller danser, souligna-t-elle en lui montrant un talon.

Cela le fit sourire.

— Tu es prête ?

Elle acquiesça, enfila son manteau, prit son sac et le fit sortir avant elle. Après avoir dit quelques mots rassurants aux chiens, elle ferma la porte à clé.

— Je te suis.

Jonah posa machinalement une main dans le creux de son dos pour la guider vers sa voiture.

Elle eut un mouvement d'esquive.

— Pardon, dit-il, enlevant aussitôt sa main.

— Je ne suis pas sortie avec un homme depuis longtemps.

— Moi, non plus.

— Cela fait longtemps que tu n'es pas sorti avec un homme ?

Ils rirent de bon cœur alors qu'il lui ouvrait la portière.

Elle monta, puis il fit le tour de la voiture jusqu'au siège conducteur.

— Donc j'imagine qu'on ne va pas au restaurant de l'hôtel O'Sullivan ? demanda-t-elle une fois qu'ils eurent accroché leur ceinture.

— En effet puisque je t'ai promis qu'on irait danser, répondit-il avant de démarrer.

— Tu vas le regretter.

Ils rirent de concert. Même s'il avait été un peu anxieux avant de passer la prendre, à présent, il se sentait parfaitement détendu.

Connie avait le don de le calmer, de lui faire trouver son équilibre.

Alors qu'il naviguait à travers la ville, ils se racontèrent leur semaine. Jonah se contenta de répondre par monosyllabes tant il se régalait d'entendre Connie parler. Sa voix était si relaxante.

Toute la semaine, il avait pensé à ce dîner, au moment où il la reverrait. Et toute la semaine il avait redouté qu'elle annule, ou qu'elle ne lui ouvre pas quand il se présenterait devant chez elle.

Ses craintes avaient été vaines.

— J'aurais dû t'apporter des fleurs mais c'était la course.

— Donc c'est un vrai rendez-vous galant ?

— Bien sûr. À quoi t'attendais-tu ?

— À rien. Enfin, je ne me suis pas projetée parce que, justement, je ne savais pas à quoi m'attendre. Mais sache que, malgré la façon dont je me suis comportée il y a dix mois, et comme je te l'ai dit, je ne suis pas une fille facile.

— Connie, ne t'inquiète pas pour ça. Je le savais déjà. Pour ta gouverne, sache que si tout ce que je voulais, c'était coucher avec une fille, j'aurais pu rester à Portland, sortir avec des amis, aller en boîte et trouver une fille qui aurait bien voulu passer une nuit sans lendemain avec moi, dit-il alors avant d'emprunter l'autoroute pour entamer le trajet de quarante kilomètres en direction de leur destination.

Elle laissa échapper un petit souffle de désapprobation, sûrement choquée qu'il ait parlé aussi crûment.

— Tu penses que tu es irrésistible à ce point ?

Il grimaça.

— Pas du tout mais, de nos jours, si on veut vraiment partager sa nuit avec quelqu'un, c'est facile.

— À t'entendre on dirait que tu es un expert en la matière, observa-t-elle, sur la défensive.

— Non, pas du tout.

— Tant mieux. Mais sache que je n'ai pas l'intention de finir la soirée dans un lit avec toi.

— D'accord, c'est noté, dit-il, en sentant qu'elle se détendait enfin.

— Tu es sûr que ça te va ? Parce que… Tu m'as dit qu'un jour…

— Oui, je suis sûr que ça me va. Comme je te l'ai dit, c'est toi qui décideras quand tu seras prête.

Elle poussa un soupir de soulagement.

— Merci.

— J'ai l'impression que tu t'attendais à une autre réponse.

— Avec toi, je ne sais jamais à quoi m'attendre.

— Je peux prendre ça comme un compliment ?

— Je ne sais pas. Je te trouve très déstabilisant. Bien souvent, tu es insupportable. Et, à d'autres moments, tu sais te montrer assez raisonnable.

— Assez raisonnable ?

— Agréable. Voire… adorable.

— Adorable ?

Elle gloussa.

— Adorable, c'est peut-être un peu exagéré mais tu n'es sûrement pas aussi horrible que tout le monde le pense. Je t'ai vu avec ta maman. Tu es très gentil et très attentionné envers elle.

— C'est ma mère. Bien sûr que je suis gentil avec elle.

— Tout le monde ne s'entend pas à merveille avec ses parents. Crois-moi.

— Tu penses à tes parents ?

— Oui. Ils ne voulaient pas avoir d'enfants.

— Tu les détestes ?

— Non, je ne crois pas en la haine.

— La haine est une émotion. Les êtres humains ressentent des émotions. Tu ne peux pas nier que la haine existe.

— Je ne nie pas l'existence de la haine. Je dis juste que je ne la laisse pas entrer dans ma vie. Ni la rage, ni la colère, ni le désespoir. Pour moi, c'est un gâchis d'énergie émotionnelle.

Jonah parut intrigué.

— Tu n'as jamais été en colère ? Tu n'as jamais détesté personne ?

— Je n'ai pas dit ça. J'ai dit que j'avais choisi de ne pas laisser ces émotions entrer dans ma vie.

— C'est une perception très contrôlée.

— Je suis comme ça. Je dois être au contrôle de la situation. Contrairement à toi qui es à la merci de tes émotions.

Jonah éclata de rire.

— Vraiment ? C'est ce que tu penses ? Et ma réputation d'homme au cœur de pierre ?

— C'est ce que tu veux laisser croire aux gens. Je t'ai vu à l'œuvre avec les deux personnes qui te sont les plus chères. Ta mère et ton père.

Jonah manqua d'arrêter brusquement la voiture sur la bande d'arrêt d'urgence.

Au lieu de cela, il s'agrippa au volant comme s'il en allait de sa vie et se concentra sur la route pour oublier ce que Connie venait de dire.

— Je hais J. D.

— La haine et l'amour ne sont pas si éloignés.

— Je ne savais pas que tu étais psy à tes heures perdues.

— J'ai suivi… Disons que je m'y connais un peu, se reprit-elle.

— Me voilà rassuré.

Elle sourit, amusée.

— Tu vois, parfois, tu es vraiment infernal. Je n'imagine même pas l'énergie qu'il faut pour être aussi abject. Si tu étais plus agréable, tu aurais plus d'amis.

— J'ai assez d'amis, dit-il avant de prendre la sortie.

— Ta mère m'a dit que tu n'avais jamais eu une relation amoureuse de longue durée.

— Ah bon ? Elle parle trop à mon goût. Mais nous y voilà donc on peut changer de sujet, dit-il en se garant sur le parking.

— Un bar country traditionnel ? s'enquit-elle en regardant l'établissement devant lequel ils s'étaient arrêtés. J'ai entendu parler de cet endroit. Les filles ont dit…

— Les filles ?

— Nicole et Annie, deux de mes amies.

Après avoir décroché sa ceinture, il sortit et fit le tour pour venir lui ouvrir. Dès qu'elle sortit, son parfum sucré l'enivra. Il essaya d'en retenir les notes sensuelles alors qu'elles s'échappaient dans l'air frais de la nuit.

Connie était tellement belle dans son manteau de laine. Il devait lutter contre l'envie de la prendre dans ses bras pour l'embrasser. En réalité, il n'avait pensé qu'à cela toute la semaine. Il avait envie d'elle. Sur le champ.

— Je te trouve ravissante. Je ne sais plus si je te l'ai déjà dit.

Elle leva les yeux vers lui alors qu'il verrouillait la voiture.

— Tu me l'as déjà dit mais je ne m'en lasse pas.

Une vague de chaleur s'empara de lui. Avec Connie, il avait l'impression d'être de nouveau un adolescent.

— Allons-y.

Le lieu était bondé et un groupe de sept musiciens occupait la scène country. Ce n'était pas du goût de Jonah, qui préférait de loin le rock classique, mais il vit que Connie tapait du pied en cadence alors qu'ils attendaient d'être placés. Il avait donc visé juste en optant pour ce restaurant.

— Tu ne trouves pas ça trop bruyant ?

— Non. Et j'ai faim, dit-elle, en lui souriant.

Il lui sourit en retour, ravi de constater qu'elle était de bonne humeur et prête à se détendre en sa compagnie.

— J'avais peur que tu ne veuilles pas sortir avec moi, commenca-t-il alors qu'une serveuse les guidait jusqu'à leur table.

Il l'aida à ôter son manteau qu'elle plia sur le dossier de la chaise.

— Je n'avais pas vraiment le choix puisque tu es passé me prendre chez moi, répondit-elle sur un ton taquin.

— Sache qu'avec moi tu as toujours le choix, poursuivit-il d'un air sérieux.

Elle marqua une pause puis le fixa d'un regard intense.

— Merci, c'est ce qui compte le plus pour moi.

Que voulait-elle dire ? Pourquoi cela comptait-il tant

pour elle ? Peut-être était-elle farouchement indépendante et aimait-elle faire les choses comme elle l'entendait ?

Malgré tout, sans savoir d'où provenait ce sentiment, quand il était avec Connie, il se mettait aussitôt dans le rôle du protecteur. Non pas parce qu'il la trouvait faible mais parce qu'il la trouvait vulnérable.

Connie savait qu'elle était en train de perdre le contrôle de la situation mais c'était plus fort qu'elle. Jonah était beau à damner dans son costume foncé et sa chemise blanche. Tellement séduisant !

À présent, elle ne pouvait plus nier l'évidence. Elle avait un faible pour lui, elle était loin d'être insensible à son charme.

Pendant la semaine qui s'était écoulée, elle n'avait eu de cesse de dresser la liste des raisons pour lesquelles elle ne devait pas sortir avec Jonah. Même Liam l'avait mise en garde à sa façon, soulignant à quel point Jonah était l'homme le plus désagréable de la planète. Elle n'était pas d'accord avec lui mais s'était gardée de le lui dire pour ne pas éveiller de soupçons.

Jonah et elle étaient certes très différents. Et elle l'avait déjà vu se comporter comme un goujat arrogant. Elle savait aussi que leur liaison ne pouvait pas les mener très loin. Le vendredi midi, à la pause déjeuner, elle avait de nouveau changé d'avis et avait hésité à l'appeler pour annuler. Elle n'en avait rien fait.

En rentrant après le travail, elle s'était tout de suite préoccupée de la tenue qu'elle pourrait porter et des chaussures qu'elle pourrait mettre pour danser.

Sortir avec Jonah Rickard était probablement une erreur.

Il avait suffi qu'il arrive à l'heure et qu'il lui dise qu'il la trouvait ravissante pour tomber dans le panneau. Il avait de plus réfléchi à un lieu, autre que le restaurant de l'hôtel des O'Sullivan, où l'emmener. Pour leur première sortie officielle à deux, c'était un lieu original. Un groupe de musiciens, des cow-boys en chemises à carreaux, des assiettes de côtes marinées et une ambiance énergique. C'était à l'opposé de ce à quoi elle s'attendait et de ce à quoi elle était habituée.

Les rares fois où elle était sortie avec des hommes, elle avait toujours terminé dans un établissement calme et respectable. Cependant, ce bar correspondait mieux à ses envies et à sa personnalité. Elle aimait la musique country, les chevaux, les bottes de cow-boy, les frites et la viande noyée dans la sauce.

Jonah avait décelé ce qui lui plairait et cela la comblait. Cela signifiait qu'à ses yeux elle n'était pas uniquement une fille naïve bien rangée, toujours vêtue d'un tailleur et les cheveux relevés en chignon.

— Merci de m'avoir emmenée ici. C'est une belle surprise, dit-elle après la commande de leur boisson.

— Je t'en prie. Je suis content que cela te plaise.

— Tu as même réservé une table, ajouta-t-elle naïvement.

— Bien sûr. À t'entendre, j'ai l'impression que tes expériences précédentes laissaient à désirer.

Connie rit doucement.

— Je n'ai pas eu que des mauvaises expériences. Même s'il y en a un qui est parti en plein milieu du repas après avoir reçu un message de son ex.

— Tu plaisantes ?

— Non. Il est parti avant le dessert. Mais il a payé.

— Comme quoi on sait encore être galant de nos jours, ironisa-t-il.

— Oui, tout n'est pas perdu, mon brave monsieur !

— Pour moi, ça n'en reste pas moins un salaud. Laisser une femme seule dans un restaurant, ça ne se fait pas.

La serveuse revint avec leurs boissons, et ils commandèrent à manger.

— Donc j'avais raison.
— À quel sujet ?
— Tu es vraiment adorable.
— Tu es bien la seule à me dire ça !
— Mais ta maman t'appelle « mon chéri ».
— Ah, oui, ne m'en parle pas, ça a le don de m'énerver.
— Elle t'aime beaucoup, tu as de la chance.
— Je suis sûr que tes parents t'aiment aussi.
— Oui, j'imagine, à leur façon.
— Tu ne les as pas vus depuis quand ?
— Trois ans.
— Depuis l'enterrement de ta grand-mère ?

Connie le dévisagea, sidérée qu'il soit la première personne à faire ce constat.

— Oui. Ils préfèrent de loin être dans une tente sur un site de fouilles dans un pays étranger qu'à Cedar River. Une fois ma grand-mère décédée, ils se sont dit qu'ils n'avaient plus de raison de revenir par ici.

— Pourtant, toi, tu es là.
— Oui, je sais…
— Tu as de la famille à part eux ?
— Ma mère n'était pas d'ici. Elle était du Wyoming et ses parents sont décédés il y a longtemps. Elle a un frère à Cheyenne, donc j'ai quelques cousins là-bas, mais je ne suis pas en contact avec eux. Quant à mon père, il est fils unique. Et je sais que j'ai une grand-tante qui est enseignante dans une école privée à Boise. Elle ne s'est jamais mariée et n'a jamais eu d'enfant. Voilà pour mon arbre généalogique. Tu trouves que je suis à plaindre ? Tu as pitié de moi ?

— Non, je sais que tu n'essaies pas de faire pitié.

Elle fut une fois de plus sidérée par sa perspicacité.

— En effet, tu as raison. Je n'aime pas qu'on ait pitié de moi. J'aurais aimé avoir un frère ou une sœur, mais ça ne sert à rien de s'apitoyer sur ce qu'on n'a pas pu avoir dans la vie.

— Tu sais, la famille, ça n'a pas que des bons côtés, ironisa-t-il avant de boire une gorgée de bière.

— Tu dis ça parce que tu n'as pas de bons rapports avec la tienne. Mais ça pourrait aussi se passer très bien, si tu le voulais. Tu as de la chance d'avoir des frères.

— Des demi-frères.

Connie se raidit.

— Tu es vraiment énervant quand tu dis ça.

Il haussa les épaules, l'air blasé.

— Je ne vais pas faire croire que je les adore.

— Je ne te demande pas de les adorer mais tu pourrais leur donner une chance de faire leurs preuves. Même si je sais que tu as fait des efforts en allant à quelques réunions de famille.

— J'ai fait ça par politesse, uniquement.

— La politesse, c'est une excuse facile. Or je ne pense pas que tu sois du genre à aimer les choses faciles.

— Là, tu me tiens, j'avoue.

Connie fut envahie d'une vague de chaleur.

Ses mots étaient à la fois suggestifs et provocateurs. L'espace d'un instant, elle souhaita que ce soit vrai.

Tenir Jonah. C'était une image érotique. Mais aussi effrayante. Si elle se laissait aller à la tentation, où cela la mènerait-il ? Elle était terrifiée d'y penser.

Décontenancée par ses émotions et par ses pensées, elle changea de sujet pour lui poser des questions sur son travail. La conversation était facile. Simple. Tout en l'écoutant raconter des anecdotes sur sa vie dans l'Oregon, elle se détendit, attentive et désireuse de consommer ses paroles comme un élixir.

En cet instant, il n'était ni arrogant ni colérique.

Il était agréable, plaisant et drôle. Elle commençait à découvrir sa personnalité grâce à cet instant privilégié.

Quand ils furent servis, la conversation se fit plus décousue. Elle avait pris des travers de porc en sauce et lui un plat de poisson grillé.

— Attention à tes doigts, dit-il alors qu'elle venait de prendre une côte couverte de sauce.

— J'adore ça. Et la pizza. Et toi ?

— Les sushis.

— C'est beaucoup plus sain !

Tout en mangeant, ils continuèrent à parler. Connie apprit que Jonah n'aimait pas la viande rouge, qu'il était allergique à l'ananas et qu'il adorait la glace. Il admit ne pas être un grand cuisinier et lui parla du chat de la vieille voisine qui semblait avoir élu domicile chez lui.

— Donc tu t'es fait un ami à Cedar River !

— Je préfère les chats, c'est plus facile à gérer que la famille. Il ne me pose pas de questions et il n'a aucune attente.

Elle sourit, émue.

— J'imagine que ça n'a pas dû être facile d'arriver dans cette ville en étranger et de faire face à tout le monde.

— En effet, ça n'a pas été facile et, parfois, je trouve ça encore difficile.

— Tu les détestes autant que tu le laisses paraître ?

— Oui et non. La plupart du temps, j'essaie de ne pas y penser. Mais les O'Sullivan sont souvent sur mon dos. Surtout Liam et Kieran.

— Tu es leur frère, c'est normal qu'ils veuillent entrer en contact avec toi et apprendre à te connaître.

— Je sais, ça devrait être facile de l'accepter mais, pour moi, ça ne l'est pas.

— Parce que tu es obstiné ?

— On peut dire ça comme ça. Mais tu sais…

Leur conversation fut interrompue par des cris et des bruits de verre cassé.

Instinctivement, Connie paniqua. Des sensations qu'elle avait enfouies en elle depuis longtemps resurgirent.

À une extrémité du bar, un groupe de cow-boys se comportaient de manière grossière envers une serveuse. Le gérant intervint aussitôt pour mettre fin à la scène.

— Connie, ça va ? dit Jonah, sentant qu'elle s'était tendue.

— Je n'aime pas les gens violents. C'est instinctif, chez moi. Mais ça va, dit-elle, en tentant d'adopter un ton léger.

Il ne parut pas convaincu.

— Ne t'inquiète pas. Je suis là et je ne laisserai personne te faire du mal.

Ses paroles la rassurèrent.

Avec Jonah, elle se sentait en sécurité.

— Merci. C'est bon de savoir que je peux compter sur toi.

— Tu veux danser ?

— À tes risques et périls, lança-t-elle d'un ton léger.

— Alors c'est parti, dit-il en lui tendant la main.

Ses doigts s'enroulèrent autour des siens, et il l'entraîna jusqu'à la piste de danse. Il s'arrêta dès qu'il trouva un petit endroit pour eux, au centre.

Le groupe jouait une chanson d'amour, et plusieurs couples oscillaient au son de la musique.

Il la prit par la taille et l'attira à lui.

— Qu'est-ce que je dois faire ? s'enquit-elle en levant les yeux vers lui.

Il était tellement beau, avec ses yeux bleus étincelants…

— Tiens-moi.

Elle plaça une main sur son épaule et laissa l'autre entrelacée dans la sienne.

Alors qu'ils évoluaient collés ainsi l'un contre l'autre, Connie était consciente que leur niveau d'intimité était monté d'un cran. Ses doigts brûlaient sur son épaule et son parfum musqué l'enivrait, éveillant ses sens comme jamais aucun homme ne l'avait fait.

Elle n'avait eu aucun contact aussi proche depuis son bref passage dans la chambre de Jonah dix mois auparavant. Et elle aimait la sensation que cela lui procurait.

Pourtant, elle redoutait d'écouter ses envies.

— Détends-toi, lui murmura-t-il.

— Je t'avais prévenu. Je ne sais pas danser.

— Tu ne t'en sors pas si mal.

Connie se laissa porter, l'esprit léger, le corps embrasé. Jamais un homme n'avait provoqué de telles réactions en elle. Elle avait envie de lui tout en ayant du mal à réconcilier la personnalité arrogante qu'elle avait découverte les premières fois et la personnalité attentionnée qu'elle découvrait ce soir. Elle ne savait pas non plus comment interpréter ses avances et sa volonté de mieux la connaître.

Ce soir, il était poli, charmant et parfaitement respectable.

Aux antipodes de ce que les gens pensaient de lui.

Et, surtout, elle se sentait bien en sa compagnie.

— Toi aussi, tu ne t'en sors pas si mal, dit-elle, troublée par son regard.

— Merci.

— Tu sais…

— Oui ?

— Je n'arrive pas à savoir ce qui se passe.

— C'est-à-dire ?

— Entre nous. Et je me demande ce que les autres en penseront.

— Les autres ? Tu veux dire les O'Sullivan ? J. D. m'a déjà averti que je ne devais pas t'importuner.

— Il dit ça car il veut me protéger.

— Je l'ai accusé d'être amoureux de toi.

— C'est ridicule ! lança-t-elle, admirant néanmoins son honnêteté.

— Je sais que c'est ridicule. Et je sais que ce n'est pas

vrai. Mais je n'arrive pas à comprendre ta relation avec les O'Sullivan. Parfois, je me demande si c'est lié à la disparition de Liz. Cela a dû être dur de la perdre.

— En effet. Ils n'ont pas encore entièrement fait leur deuil. Mais je ne suis pas leur fille de remplacement, si c'est ce que tu voulais insinuer. Et, même si J. D. et Liam m'ont toujours accueillie à bras ouverts dans leur famille, je reste leur employée.

Il lui caressa la joue.

— Tu es plus que ça. Tu travailles dans l'ombre, telle une fourmi, mais c'est grâce à toi que tout fonctionne aussi bien à l'hôtel.

— Mais non !

— Si. C'est toi qui as organisé le mariage de Kieran. C'est vers toi qu'ils se tournent dès qu'ils ont un problème. Tu es un pilier pour eux. Sans toi, ils seraient perdus.

— Tu exagères. Mais merci, c'est gentil de le remarquer.

Connie s'était toujours sentie valorisée dans son rôle à l'hôtel mais jamais elle n'avait vu cela sous cet angle.

Les paroles de Jonah la touchèrent profondément.

Dans une certaine mesure, il avait raison.

Il lui offrit un sourire rassurant.

— Et tu sais très bien danser. Je pense que tes partenaires précédents n'étaient pas à la hauteur, c'est tout. Ils devaient avoir deux pieds gauches.

Connie sourit, déçue que la chanson prenne fin.

Le groupe entama une chanson plus rythmée et elle demanda à retourner s'asseoir. Sur le chemin, elle s'excusa pour aller aux toilettes qui se trouvaient à l'arrière du restaurant, au bout d'un couloir.

Alors qu'elle remontait le couloir en direction du bar, elle vit trois cow-boys l'observer. Elle entendit leurs remarques grossières. Ils avaient clairement trop bu.

Elle frémit en entendant le plus jeune des trois dire des

insanités à son égard. Elle leva le menton, fière, comme on le lui avait appris pendant les cours d'autodéfense.

Ces hommes se montraient déplaisants mais elle n'était pas réellement en danger. Le gérant avait l'air réactif donc, si la situation s'envenimait, elle crierait pour attirer son attention.

Alors qu'elle passait devant le bar, l'un des cow-boys fit un pas sur le côté pour lui barrer le chemin.

— Eh, beauté, je t'offre un verre ?

— Non, merci.

Il puait l'alcool.

— On fait la difficile ?

— Laissez-moi passer, dit Connie, à bout de patience.

— Pas si vite. Je voudrais qu'on se dise deux mots.

Connie se raidit.

Elle s'apprêtait à faire un pas sur le côté pour le contourner quand il posa une main sur son épaule.

Son sang ne fit qu'un tour.

Elle lui prit la main, lui tordit le bras et le lui remonta assez haut dans le dos.

Il cria, fit quelques pas en avant et finit cloué au bar.

Pour l'achever, elle lui mit un coup de pied dans les genoux, et il tomba à terre.

- 5 -

Jonah vit défiler l’action au ralenti alors qu’il se faufilait entre les tables en direction du bar.

Il avait d’abord surveillé la scène de loin puis, dès qu’il avait senti que les choses pouvaient mal tourner, il s’était levé.

Il avait réagi trop tard. Connie avait réussi à gérer un colosse qui devait faire deux fois sa taille. Très impressionnant.

Le temps qu’il arrive à ses côtés, le cow-boy s’était relevé et elle s’était reculée. Sa respiration était haletante, ses yeux gris empreints d’une lueur de panique.

Il se plaça devant elle, tel un bouclier et attendit que l’homme se retourne avant de lui parler.

— Si tu recommences ça, la prochaine fois, tu ne te relèveras pas.

— Ce n’était pas méchant. Je voulais juste qu’on fasse connaissance.

— Ne t’avise pas de la retoucher sinon tu le regretteras.

Il entendait la respiration de Connie derrière lui. Il la sentit se recroqueviller même s’ils ne se touchaient pas. Il eut envie de se retourner, de la prendre dans ses bras et de lui faire savoir qu’il serait toujours là pour la protéger.

Il était en état d’alerte, prêt à intervenir.

Le gérant arriva avec la sécurité. Quelques instants plus tard, le trio de cow-boys fut escorté hors du restaurant.

Il prit Connie par le coude, mais la relâcha en sentant qu'elle se raidissait.

Ils retournèrent à leur table en silence.

Alors qu'elle prenait une gorgée de sa boisson, il vit qu'elle tremblait.

— Connie, ça va ?

— Oui.

— Où as-tu appris à faire ça ?

— À faire quoi ?

— Te défendre contre un sale type deux fois plus grand que toi.

— J'ai pris des cours d'autodéfense.

Surprenant. Mais il ne l'interrogea pas davantage.

— Je suis désolé de ne pas être arrivé à temps. Je lui aurais…

— Tu lui aurais infligé une bonne correction ?

— Oui.

— C'est marrant mais je ne t'imagine pas du tout en train de te battre.

— En effet, je ne suis pas du genre violent mais je suis prêt à me battre s'il le faut.

— Je suis étonnée de m'être souvenue de cette prise. Cela fait des années que j'ai arrêté mes cours.

— Ta formation devait être excellente. Il est tombé raide et à une rapidité effroyable. C'est toi qui as eu l'idée de prendre des cours d'autodéfense ou quelqu'un t'avait conseillé de le faire ?

La question resta en suspens.

Une lueur sombre traversa son regard. Puis elle croisa les bras et frissonna.

— On peut rentrer, si ça ne te dérange pas ?

— Bien sûr. Allons-y.

Il régla l'addition puis ils sortirent du restaurant.

Une fois dehors, il balaya le parking du regard pour s'assurer que les trois cow-boys n'étaient plus dans les parages. La voie étant libre, il guida Connie jusqu'à la voiture.

Il lui ouvrit la portière puis fit le tour pour s'installer.

Au bout de quelques kilomètres, elle n'avait pas décroché un mot. Son silence l'inquiéta.

— Tu es sûr que ça va, Connie ?

— Je suis un peu secouée mais ça va aller.

— Ne laisse pas ces imbéciles te gâcher la soirée. En plus, tu leur as donné une bonne leçon.

— Je ne suis pas fière de ce que j'ai fait.

— Ce gars le méritait.

— Ça ne veut pas dire que c'est bien.

— Alors pourquoi l'as-tu fait ?

— L'instinct de préservation.

— Tu as fait ce qu'il fallait.

— En tout cas, malgré ce petit épisode fort en émotions, merci pour cette soirée.

— Elle n'est pas terminée.

— Tu as autre chose en tête ?

— Je pensais qu'on pourrait boire un verre à l'hôtel. Sauf si tu es gênée qu'on te voie avec moi.

— Pas du tout ! Mais comme on va passer devant chez moi, tu pourrais me déposer et rester un peu ? Ce n'est pas une invitation à dormir chez moi mais on pourrait prendre un café et papoter. Et tu pourrais faire connaissance avec mes chiens. Ils sont très bons juges de caractère.

Jonah sourit alors qu'il empruntait l'autoroute.

— Tu penses que mon caractère a besoin d'être évalué ?

— Non. D'ailleurs, je pense que ta réputation est une façade pour cacher le vrai Jonah.

Il rit de bon cœur.

— Tu as trouvé mon secret. Ne le dis à personne.

— Motus, promis. De toute façon, les O'Sullivan sont assez intelligents pour le deviner eux-mêmes.

— On en revient toujours à cette foi aveugle que tu leur voues.

Elle laissa échapper un soupir d'exaspération.

— J'ai l'impression que tu les vois comme des ennemis. Si tu leur laissais une chance, tu découvrirais que ce sont des gens bien. Même ton père.

Jonah se raidit.

— Je suis sûr qu'il a des qualités.

— Tu veux que je t'en fasse une liste ? Gentillesse, considération, force, générosité.

— Tu as oublié intégrité et loyauté... Ah non, ça ne peut pas figurer sur la liste, ajouta-t-il sur un ton sarcastique.

— Tu es vraiment borné.

— Au sujet de J. D. ?

— Oui.

— C'est l'habitude.

— Il a vraiment été un mauvais père ?

— Il a surtout été un père absent.

— Il ne t'a pas oublié. Il était là pour tes anniversaires, il a suivi ta scolarité, tu n'as manqué de rien.

— Oui, c'est vrai.

— Tu devrais t'estimer heureux. Je n'ai pas eu le droit à tout ça de la part de mes parents.

— Mais tu n'étais pas un secret caché.

— C'est pire, j'étais une erreur.

— Ne dis pas ça.

— D'après ce qu'on m'a dit, il a toujours voulu dire la vérité mais c'est ta mère qui l'en a empêché.

— Ma mère a fait ce qu'il y avait de mieux pour moi. Par respect pour Gwen, elle n'a pas voulu briser leur foyer.

Jonah avait toujours été persuadé que sa mère avait eu raison d'agir ainsi. En revanche, il n'avait jamais compris pourquoi J. D. était resté dans leur vie. Pourquoi il ne les avait pas laissés tranquilles. Cela aurait été la chose la plus correcte à faire. Mais du fait de son arrogance, et de son besoin de contrôler la situation, il avait entretenu une seconde famille en secret.

C'est pour cela que Jonah le détestait et ne pourrait jamais lui pardonner.

— C'était courageux de la part de ta mère.

— Oui mais, maintenant, ça n'a plus d'importance car le secret a été dévoilé au grand jour.

— En tout cas, ça doit être bien de se sentir aimé et entouré.

— Donc ton verre est toujours à moitié plein ?

— Et le tien à moitié vide ?

Ils éclatèrent de rire.

C'était bon de constater que Connie avait de la repartie et qu'elle ne se laissait pas impressionner. Il l'avait même vue mettre un homme à terre. Elle était forte et résistante. Il s'était trompé en disant qu'elle était le paillasson des O'Sullivan.

— Décidément, tu n'arrêtes pas de me surprendre.

— Toi aussi.

Avant qu'il ait eu le temps de rebondir, elle changea de sujet en lui posant des questions sur les projets d'agrandissement du musée de la ville. Ils parlèrent de cela pendant le restant du trajet.

Quand il se gara devant chez elle, il était plus de 22 heures.

Ils sortirent de la voiture puis, dès qu'ils passèrent la barrière, les lumières du perron s'allumèrent et les chiens se mirent à aboyer.

— C'est un véritable comité d'accueil.

Quand elle ouvrit la porte, elle ordonna à ses chiens de s'asseoir.

Ils lui obéirent immédiatement, et elle se mit sur le côté pour laisser Jonah entrer. Les chiens ne bronchèrent pas, se contentant de renifler l'air avec frénésie.

Puis elle les lui présenta. Ruffalo, le chien-loup. Annabel, une petite boule de poil, Roger le regard attendrissant et M. Jangles, celui qui n'arrêtait pas de grogner.

— M. Jangles n'a pas l'air commode mais ne le prends pas personnellement, il n'aime personne.

— C'est bon à savoir, lança-t-il, amusé.

Elle sourit.

Jonah sentit son cœur chavirer. Il adorait la voir sourire.

Elle posa son sac sur la desserte de l'entrée puis l'invita à la suivre.

Il en profita pour observer l'environnement de Connie.

La maison était ancienne, avec un parquet impeccablement entretenu. Dans le salon, il y avait un mélange de meubles modernes et d'antiquités. Une télévision, des sofas assortis et une grande cheminée.

Quand ils entrèrent dans la cuisine, il découvrit un plan de travail en cèdre, des placards de cuisine en bois, des casseroles en cuivre suspendues et des plantes en pot sur le rebord de la fenêtre. C'était exactement ce à quoi il s'attendait. Impeccable mais chaleureux et accueillant.

Elle demanda aux chiens de sortir de la cuisine puis elle prit deux tasses dans un placard. Elle lui fit un café et se prépara un thé.

— Je veux bien du sucre mais pas de lait, dit-il en s'asseyant sur un tabouret haut au comptoir.

Quand il croisa son regard, il vit qu'elle était tendue, et peut-être même inquiète.

— Je te fais peur ?

— Pas du tout.

— Pourquoi j'ai l'impression que tu te méfies de moi ?

— Tu te fais des idées.

— Ah bon ?

— Je crois que je suis encore sous le choc de ce qui s'est passé tout à l'heure.

Jonah n'était pas convaincu mais il ne poursuivit pas davantage.

— Je suis vraiment désolé de n'avoir pas pu intervenir avant.

— Ce n'est pas grave. Je suis une grande fille.

— J'ai vu ça. J'étais impressionné. Tu as de sacrés réflexes.

— Fais attention à toi, Jonah Rickard, plaisanta-t-elle.

— Oui, j'ai intérêt.

— Je peux te poser une question ?

— Oui.

— Pourquoi tu n'as pas le nom de ton père ?

— Tu ne sais vraiment pas pourquoi ?

— J'ai une petite idée. Tu sais que ça lui fait du mal ? C'est pour ça que tu le fais ?

— Non. J. D. est mon père biologique mais c'est tout. Je m'en fiche que ça lui fasse du mal.

— Je ne te crois pas. Si tu t'en fichais, tu ne le détesterais pas à ce point.

— C'est de la psychologie inversée ?

— Non, du bon sens. Si tu…

Il poussa un soupir de frustration.

— Connie, je n'ai pas envie de parler de lui.

— Tu veux parler de quoi ?

— On n'est pas obligés de parler, dit-il avant de poser sa tasse.

— Tu t'apprêtes à m'embrasser ?

— Quoi ?

— Tu as dit que tu voulais m'embrasser.

— Je ne vais pas te sauter dessus, si c'est ça qui t'inquiète.

— Non, je ne suis pas inquiète. Je crois que tu n'es pas du genre à sauter sur les filles.

— Parce qu'il y a un genre ?

— Peut-être, même si je ne suis pas experte en analyse du comportement masculin.

Il s'approcha d'elle. Comme elle ne reculait pas, il lui prit la main.

— Moi je pensais justement que c'était ta spécialité. Tu t'es fait une idée de moi quand on s'est rencontrés la première fois et tu n'en démords pas.

— Parce que, toutes les fois où je t'ai vu, tu t'es comporté comme un goujat donc ça m'a conforté dans mon opinion.

— C'est vrai. Mais, là, c'est encore ce que tu penses ?

— Non.

Elle lui sourit, et Jonah sentit son corps réagir instantanément. Elle avait le don de lui embraser les sens sans rien faire, simplement avec un regard ou un sourire.

Aucune femme ne lui avait jamais fait cet effet.

Il l'attira un peu plus près de lui. Elle ne résista pas.

Son cœur se mit à battre la chamade.

— Es-tu consciente du courant qui passe entre nous ? s'enquit-il d'une voix suave.

— Oui. Mais je n'ai pas envie d'avoir le cœur brisé. Je voulais que tu en sois conscient, avant de passer à l'étape suivante.

— D'accord, c'est noté, dit-il avant de lui caresser la nuque.

Elle le fixa, les lèvres légèrement entrouvertes, les yeux papillotants. Il crut déceler chez elle une pointe d'anxiété.

— Je peux partir, si tu préfères, proposa-t-il en s'écartant légèrement d'elle.

— J'ai envie que tu restes, murmura-t-elle en baissant les yeux.

Il lui prit délicatement le menton pour lever son beau visage et voir l'expression de ses yeux.

— Quelqu'un t'a brisé le cœur, Connie ?

— Mon cœur et mon esprit, murmura-t-elle.

— Je suis désolé. Je comprends que tu sois méfiante. Sache que mon but n'est pas de te faire du mal ou de lancer des promesses en l'air. Tout ce que je veux c'est…

— Faire l'amour ?

Sa question l'étonna tout en l'enflammant de toutes parts.

— Je suis un homme. On est programmés pour ça, dit-il sur un ton légèrement taquin.

Elle rit doucement.

— Tu as le mérite d'être honnête.

— Je ne mens pas, je te l'ai dit. J'aime la franchise. Si je ne me trompe pas, nous sommes tous les deux attirés l'un par l'autre, n'est-ce pas ?

— Oui.

— Donc on verra où ça nous mène.

— Au lit ?

— Si tu as envie.

— Et c'est moi qui en déciderai ?

— Bien sûr. Alors, qu'en dis-tu ?

Elle mit un moment avant de répondre.

— D'accord.

— D'accord ?

— On finira peut-être au lit. On verra.

Il sourit.

— Tu as toujours besoin d'ordonner les choses ?

— Les paillassons mènent une vie très ordonnée.

— Je pensais que tu m'avais pardonné d'avoir dit ça.

— Je t'ai pardonné. Je me moquais de toi, pardon, dit-elle en s'approchant de lui, les lèvres entrouvertes.

— Connie…

— Tu peux m'embrasser, si tu en as encore envie.

Son corps se mit en état d'alerte.

Il en avait envie, plus que jamais.

Elle se pencha vers lui. Quand ses seins effleurèrent son torse, son excitation monta de plusieurs crans.

Il inspira profondément et approcha sa bouche de la sienne. Ils s'étaient déjà embrassés, mais en la sentant aussi proche, en entendant son souffle, et en humant son parfum enivrant, il eut l'impression de vivre un moment unique et intense.

Il n'y avait plus que lui et Connie, enveloppés dans un cocon de sensations torrides. C'était un moment vrai. Il aurait dû prendre peur, ou rester sur ses gardes. Mais il était prisonnier de ses sens. À la merci de son désir pour elle. Pour rien au monde il n'aurait raté cette chance d'assouvir son envie irrésistible.

Connie passa les bras autour du cou de Jonah et se retrouva projetée dans une dimension intime d'une intensité sans précédent.

Ses yeux étincelants vinrent à la rencontre des siens, sans ciller, soutenant son regard avec une intensité telle qu'elle en eut le souffle coupé.

Ils étaient collés l'un à l'autre, comme aimantés.

Elle attendit que la panique qui l'envahissait habituellement, dès qu'elle se retrouvait trop près d'un homme, surgisse. Elle attendit le sentiment de peur, les souvenirs qui refaisaient surface sans crier gare.

Mais, étrangement, rien de tout cela ne se produisit.

Parce qu'elle n'avait pas peur de Jonah. Elle le désirait. Il lui plaisait et elle lui faisait entièrement confiance. Ce qui était étrange puisqu'elle le connaissait à peine.

D'après son expérience, la confiance était quelque chose qui se construisait, se gagnait, au fil du temps, à force d'intégrité. Elle faisait confiance à Liam et à J. D., car ils l'avaient connue au moment où elle avait été le plus vulnérable. Elle faisait confiance à ses amies, Annie et Nicole, parce qu'elles n'avaient jamais manifesté une curiosité morbide par rapport à son passé.

Quatre personnes. Un petit cercle.

À présent, il y avait Jonah.

C'était de la folie, un pari insensé et potentiellement dangereux qui risquait de la conduire au désastre et de lui briser le cœur.

Mais, quand sa bouche vint recouvrir la sienne, elle oublia tout. Il l'embrassa en douceur, tout en lui inclinant la tête avec délicatesse.

Sans précipitation, sans exigence, sans impétuosité.

Il ne faisait que lui demander la permission.

Elle la lui donna, instinctivement et, quand sa langue vint à la rencontre de la sienne, Connie fut saisie d'un éclair de désir qui retentit partout dans son corps.

Elle souhaita que ce baiser ne prenne jamais fin.

Sans la brusquer, il l'encouragea à l'embrasser en retour, cherchant son assentiment pour s'assurer qu'ils allaient bien dans la même direction, vers un lieu qui l'avait toujours terrifiée car il était synonyme de capitulation. Et la capitulation était synonyme de vulnérabilité.

Connie gémit, entendant le son faire écho au plus profond de son être. Ce n'était a priori qu'un baiser et pourtant… C'était tellement plus.

Elle avait déjà échangé des baisers mais jamais un homme ne l'avait embrassée comme ça, au point de lui faire oublier ses peurs.

Bizarrement, c'était Jonah qui avait réussi à lui faire oublier le monde alentour.

C'était le même Jonah qui était en conflit avec les gens qu'elle estimait le plus.

Ce constat contradictoire la troubla car il était aux antipodes de tout ce en quoi elle avait toujours cru.

Quand sa bouche vint de nouveau à la rencontre de la sienne et qu'il approfondit le baiser au point de faire danser leurs langues, elle capitula, sans condition.

Elle se serra tout contre lui, si près qu'elle pouvait sentir le fruit de son excitation contre son corps.

À aucun moment elle n'éprouva le besoin de fuir. Il n'était pas une menace. Il n'en serait jamais une.

Elle avait trouvé l'homme qui la rassurait et elle avait envie de lui comme jamais elle n'avait eu envie d'un homme.

Mais capituler la mettrait en danger. Si elle laissait libre cours à ses sentiments, il la percerait à jour et finirait par connaître son secret.

— Jonah, s'il te plaît, arrête, dit-elle brusquement.

Il s'arracha à elle immédiatement.

— C'est allé trop vite ? s'enquit-il en s'écartant.

— Non. Tu sais, je… Tu me plais beaucoup. Mais je n'ai pas beaucoup d'expérience.

Il parut perplexe puis la dévisagea avec une intensité déconcertante.

— Tu es vierge ?

La question la déstabilisa. Elle n'avait pas l'intention d'aller sur ce terrain.

— Euh… Non.

— Tu veux en parler ?

— Pas vraiment.

— Je vois.

— Désolée d'être aussi compliquée. J'éprouve une véritable attirance pour toi. Mais je ne veux pas me précipiter. Je ne me précipite jamais avec les hommes. La seule fois où je l'ai fait, c'était il y a dix mois et je ne sais même pas ce qui m'a pris. Aujourd'hui, j'ai passé une très bonne soirée. Je ne m'y attendais pas. Je trouve ça troublant. J'ai trop peur de perdre le contrôle et que la situation m'échappe si je vais trop loin avec toi. Tu comprends ?

Il acquiesça.

— Bien sûr, je comprends. Tu sais, ça va dans les deux sens. Moi non plus je ne maîtrise pas l'art de la liaison amoureuse. D'ailleurs, ça te surprendrait si je te disais que je n'ai jamais eu de « vraie » petite amie ? Je veux dire quelqu'un avec qui on habite, ou qui laisse des affaires dans un tiroir. Donc on est tous les deux des novices. Je ne te cacherais pas que j'ai très envie de te faire l'amour. Mais, même si moi je suis prêt, ça ne veut pas dire que tu dois te sentir sous pression ou précipiter les choses. Prends ton temps. Et, en attendant, j'aimerais bien qu'on continue à se voir, qu'on apprenne à se connaître, qu'on partage des moments.

— Tu as quelque chose en tête ?

— J'aimerais passer la journée de demain avec toi, par exemple.

— Ce serait bien mais, demain, je ne peux pas.

— Pourquoi ? demanda-t-il, l'air renfrogné.

— J'ai promis d'aider Kieran et Nicole à déménager. Ils vont emménager dans le ranch des O'Sullivan. Gwen a pris une maison en ville.

— Tu as prévu de faire ça toute la journée ?

— Je ne sais pas. Nicole est mon amie et j'ai dit que je l'aiderais.

— Je comprends, dit-il, visiblement contrarié.

Tout à coup, elle eut une idée.

— Et si tu m'accompagnais ?

Sa première réaction fut de la dévisager, l'air abasourdi. Comme si elle lui avait demandé de l'accompagner sur la lune.

Au bout de quelques instants, il répondit.

— Pourquoi pas ?

Connie le regarda, interloquée.

— Tu sais à quoi tu t'engages ? Tu es conscient que ça veut dire passer une partie de la journée avec les O'Sullivan ? Avec tes frères et peut-être même J.-D. ?

— Oui, j'en suis conscient. Et toi ?

— Je suis consciente que ça pourrait vite tourner au vinaigre, plaisanta-t-elle.

— Je promets de ne pas faire de vagues.

— J'ai ta parole ?

— Oui.

— Même si Liam t'énerve et que J.-D. ose t'adresser la parole ?

— Oui, promis.

— Alors entendu. Marché conclu.

— Parfait. Je vais te laisser. Bonne nuit, Connie. À demain, dit-il avant de lui déposer un baiser léger comme une plume sur la joue.

Elle le regarda partir, le cœur lourd. Au fond d'elle-même, elle aurait aimé qu'il reste mais, pour le moment, mieux valait ne pas précipiter les choses.

De plus, elle le reverrait le lendemain. Sur le territoire des O'Sullivan. Seul l'avenir lui dirait si sa proposition était une bonne idée ou une terrible erreur.

Dans tous les cas, elle ne pouvait plus nier que Jonah Rickard était entré dans sa vie.

Et dans son cœur.

- 6 -

Jonah ne se faisait pas d'illusion quant à ce dimanche en famille. Il avait accepté d'aller chez les O'Sullivan pour passer du temps avec Connie mais il n'était pas prêt à faire face à Liam ou à J. D. C'était encore trop tôt. Pourtant, il avait promis à Connie de ne pas faire de vagues et il ferait tout pour s'y tenir.

Dès qu'ils arrivèrent aux abords de la propriété, il se sentit mal à l'aise.

La présence de Connie le rassura.

Elle était assise sur le siège passager, toujours aussi jolie, vêtue d'un jean moulant, d'un T-shirt orange, de bottes assorties et d'un petit blouson doublé de fourrure. Ses cheveux détachés tombaient en cascade sur ses épaules et elle ne portait pas de maquillage.

Il adorait voir ses taches de rousseur. C'était tout simplement adorable.

— Tout va bien ? s'enquit-elle alors qu'il se garait à côté du Silverado noir de Liam.

— Oui, répondit-il malgré lui.

— J'aurais pu venir par mes propres moyens et tu aurais pu venir plus tard.

— Je sais mais je ne comprends pas pourquoi tu répètes ça.

— En nous voyant arriver à deux, j'ai peur que les gens pensent…

— Pensent que quoi ? demanda-t-il alors qu'elle sentait ses joues s'empourprer.

— Qu'il y a quelque chose entre nous.

Jonah haussa les épaules sans paraître choqué.

— Ce n'est pas tout à fait faux, n'est-ce pas ? Il se passe quelque chose… entre nous.

— Oui et je trouve ça assez déstabilisant.

— Désolé, je ne cherche pas à être déstabilisant.

— Non, je sais, tu n'y es pour rien. En plus…

— Quoi donc ?

— Tu commences à me plaire.

— Je commence seulement ? la taquina-t-il.

— Oui, bon, tu me plais. Beaucoup. Voilà. Content ?

Il était content.

Avec Connie, son humeur changeait du tout au tout. Elle avait un effet énergisant.

— Sache que c'est mutuel.

— C'est mutuel mais différent.

— En quoi est-ce différent ?

— Toi tu veux juste m'attirer dans ton lit. Et moi, je…

Elle s'interrompit.

— Tu ?

— Rien, allons-y.

Il la prit par le bras pour l'empêcher de fuir.

— Connie, quoi que tu penses de mes motivations, sache que j'ai toujours été franc avec toi et que je ne chercherai pas à te forcer la main. C'est vrai, j'avoue, je te trouve belle, séduisante et j'ai envie de toi. Mais, pour ce qui est du reste, ne cherchons pas à compliquer les choses. On est tous les deux adultes, on est tous les deux célibataires, on ne gêne personne et on ne fait rien d'illégal. On a le droit d'arriver à deux. On est libres, on fait ce qu'on veut. L'avis des O'Sullivan n'a aucune importance.

— Il a une importance à mes yeux. Liam est mon patron, tu es son frère. Pour moi, c'est compliqué.

Jonah réprima le soupir d'exaspération qui lui oppressait la poitrine.

— Alors disons que nous sommes simplement amis, si ça peut te simplifier la vie. Le reste ne les regarde pas, dit-il tout en sachant que ce n'était pas tout à fait vrai.

Elle avait raison. Les O'Sullivan auraient forcément un avis sur la question. Parce qu'ils se permettaient de donner leur avis sur tout. Particulièrement Liam et J. D. qui semblaient être des chevaliers en armures étincelantes aux yeux de Connie.

Jonah se fichait de ce qu'ils pensaient. Connie lui plaisait. Il voulait passer du temps avec elle. Si ce n'était pas à leur goût, tant pis pour eux.

— Mais on n'est pas simplement des amis, n'est-ce pas ? Et on n'est pas amants non plus. Donc, ça aussi, c'est compliqué.

Jonah lui prit le menton, attirant son visage vers lui.

— On pourrait facilement y remédier, murmura-t-il.

Il la contempla, fasciné de voir ses lèvres s'écarter légèrement en un mouvement sensuel.

En effet, c'était très compliqué. D'un côté, il sentait l'invitation de cette bouche pulpeuse. De l'autre, il pressentait que c'était un territoire dangereux, potentiellement explosif.

L'esprit agité, le corps embrasé d'une excitation soudaine, Jonah soupçonnait qu'elle n'avait pas conscience de l'effet qu'elle avait sur lui. Il la trouvait enivrante et hypnotisante. À elle seule, elle représentait le défi le plus complexe qu'il ait jamais eu à relever.

— Comme ça, tu pourrais m'ajouter à la liste des trophées de ton tableau de chasse ?

— J'ai beaucoup moins de trophées que tu ne le penses.

— C'est ce que tu dis.

Il enleva la clé du contact.

— Connie, arrête de penser que mes intentions sont forcément maléfiques. Aie confiance en moi.

— J'ai confiance en toi. Sinon, je ne serais pas là. D'ailleurs, je pense que, hormis ta mère, je suis la seule à savoir qui tu es vraiment. En plus, tu éveilles en moi des sentiments nouveaux. Tu me donnes envie de découvrir la vie. Je suis bien avec toi. Mais je ne veux pas précipiter les choses, même si j'en ai très envie. Je n'ai pas l'habitude de flirter ou de jouer à des jeux de séduction.

— Je suis content d'entendre que tu ne joues pas. Moi non plus.

Puis il se pencha vers elle et l'embrassa.

Elle était irrésistible. Plus il passait du temps en sa compagnie, plus il avait envie d'elle.

Quand il s'arracha à ses lèvres, elle était pantelante et une lueur d'excitation animait ses yeux.

Elle sourit puis lui fit un petit signe de tête, comme si elle savait précisément pourquoi il l'avait embrassée.

— On devrait y aller, suggéra-t-il.

— Oui, dit-elle, rêveuse.

— Encore une chose.

— J'écoute.

— Je te trouve très séduisante.

Elle lui offrit son plus beau sourire puis, alors qu'elle se rasseyait sur son siège, elle tressauta.

Jonah tourna la tête vers l'avant de la voiture pour découvrir le visage désapprobateur de son frère aîné.

— Je crois qu'on s'est fait prendre la main dans le sac, ironisa-t-il.

— N'oublie pas que tu as promis de te montrer sous ton meilleur jour.

— Je n'ai pas oublié. Mais s'il s'avise de faire une réflexion déplacée…

— Il ne dira rien, dit-elle avant de sortir rapidement de la voiture.

Quant à Jonah, il attendit un peu pour sortir, observant Connie entamer une conversation avec Liam.

Le temps qu'il arrive à la hauteur de son frère, ce dernier avait le visage moins fermé. Connie, toujours aussi diplomate, avait sûrement dû dire des choses en sa faveur pour atténuer la colère de son demi-frère.

— Bonjour, dit Jonah, feignant d'adopter un ton aimable alors qu'il n'avait aucunement envie de faire des courbettes à Liam.

— Je ne m'attendais pas à te voir ici.

Instinctivement, une réponse sèche lui vint à l'esprit mais, voyant Connie qui l'observait, il se ravisa.

— Je me suis dit que je pourrais donner un coup de main.

— C'est très généreux de ta part. Je suis sûr que Kieran et Nicole seront ravis.

— On leur a dit qu'il existait des déménageurs ?

— Oui, mais Nicole trouvait que c'était plus charmant de faire ça en famille.

— Plus charmant ? Tout dépend pour qui.

— Vous allez arrêter d'ergoter comme deux grands-mères ? Estimez-vous heureux, il n'y a pas de piano à queue à déménager. Et je pense que vous avez la carrure pour porter quelques cartons, même un dimanche matin. Où sont Nicole et Kayla ?

— Dans la cuisine.

— Je vais aller les retrouver. À plus tard.

— Tu viens avec moi ? dit Liam en tapant sur l'épaule de Jonah.

Il n'avait pas envie de suivre son frère mais Connie avait déjà disparu. Il était donc coincé.

— Inutile de tourner autour du pot. Si tu as quelque chose à dire, dis-le maintenant, lança Jonah de but en blanc.

Liam tressaillit.

— En effet, je ne vois pas ça d'un bon œil.

— Heureusement que je suis majeur et que je n'ai pas besoin de ton approbation. Alors où est ce fameux piano à queue ? enchaîna-t-il, sans laisser à son frère le temps de réagir.

Liam poussa un soupir exaspéré puis montra du doigt un camion garé sur le côté de la demeure.

— Jonah, je tiens beaucoup à Connie. On tient tous beaucoup à elle. Sache que tout le monde sera prêt à bondir sur toi si tu lui fais du mal.

— Je n'ai pas l'intention de lui en faire, dit-il, avançant sans attendre son frère.

Liam le rattrapa en trois enjambées.

— Si tu te lances dans quelque chose que tu n'as pas l'intention de finir, tu vas lui faire du mal.

Sa patience arrivait à bout mais il avait donné sa parole à Connie. Pas de vagues.

— Je sais ce que je fais.

— Tu sais que tu es en train de lui donner de faux espoirs ? Tu ne serais pas en train de te servir d'elle ?

— Quoi ? Tu rigoles ? Ce n'est pas moi qui me sers d'elle et qui la traite comme une petite main. C'est ta spécialité, dit-il, au comble de la frustration.

— Qu'est-ce que tu veux dire par là ?

— Tu veux savoir ? Tu trouves ça normal qu'elle travaille le dimanche ? Que tu la prennes comme nourrice au pied levé ? Qu'elle aille chercher tes chemises chez le teinturier ? La liste est longue. Alors, s'il te plaît, ne va pas me donner de leçon. Toi et J. D., vous vous servez de Connie à longueur de journée. Si elle n'était pas aussi altruiste, elle serait déjà partie ou elle aurait demandé une augmentation conséquente.

Liam le regarda quelques instants, interloqué, puis éclata de rire.

— À en juger par ta réaction, on dirait que tu en pinces sacrément pour elle.

Jonah vit rouge. Il n'aimait pas qu'on se moque de lui.

— C'est difficile à croire ?

— Pas du tout. Connie est une femme formidable. Mais fais attention à elle, sinon tu auras affaire à moi.

Ce fut au tour de Jonah d'éclater de rire.

— Je peux t'assurer qu'elle est tout à fait capable de se défendre toute seule. Et de prendre ses décisions sans que les O'Sullivan s'en mêlent. Même si j'ai du mal à comprendre pourquoi vous éprouvez tant le besoin de la protéger.

— C'est l'habitude, dit Liam avant de prendre un carton dans le camion en mettant un terme à leur échange.

Jonah prit un carton avec une étiquette « salon » et se dirigea vers la maison.

Arrivé à l'entrée du salon, il vit qu'il n'était pas seul. Gwen O'Sullivan était assise dans un fauteuil, à côté d'une baie vitrée, tenant le bébé de Liam et Kayla dans ses bras.

Il marqua un temps d'arrêt, hésitant à entrer.

— Entre, Jonah. Mon petit-fils dort à poings fermés. J'aurais dû le remettre dans son couffin mais j'adore le tenir contre moi.

— Bonjour, madame O'Sullivan, dit-il avant de poser le carton par terre.

— Tu peux m'appeler Gwen, proposa-t-elle avant de se lever pour aller mettre le bébé dans son couffin.

— Je ne pense pas que je pourrais le faire.

— Pourquoi pas ? C'est idiot. Nous ne sommes pas ennemis.

— Non. D'ailleurs, vous avez toujours été accueillante envers moi.

Elle sourit.

— Tu n'y es pour rien dans cette histoire. Tu n'as pas demandé à naître au milieu d'une situation aussi complexe. Les enfants sont innocents, lanca-t-elle en regardant en direction du couffin, les yeux emplis d'affection.

— Je suis étonné que vous ne soyez pas en colère contre J. D. Il ne vous méritait pas.

— Peut-être pas. Mais l'amour rend aveugle, c'est bien connu. J'ai été en colère mais je ne le suis plus. Et J. D. a ses qualités. Il a toujours été un père attentif. Y compris envers toi, même si tu lui en veux. Il aurait pu vous abandonner, Kathleen et toi. Mais il ne l'a pas fait.

— Il aurait dû.

— Tu dis ça mais tu ne le penses pas vraiment. S'il vous avait abandonnés, tu ne serais pas là aujourd'hui. Même si tu as du mal à trouver ta place, même s'il va falloir du temps pour que tout le monde trouve ses marques, notre vie à tous a été enrichie grâce à toi.

C'était l'une des choses les plus gentilles et les plus sincères qu'on lui ait dites dans sa vie.

Il n'arriva pas à répondre tellement il avait la gorge serrée.

— J'ai appris à lui pardonner. Sinon, j'aurai plongé dans une spirale d'amertume et de rancœur.

— Vous pensez que c'est mon cas ?

— Je ne sais pas ce que tu ressens au fond de toi et je sais que tu n'as pas besoin de mon avis, mais je voulais te dire que je comprenais ce que tu ressentais.

— Merci.

Gwen sourit.

— Tu peux surveiller le bébé un instant, s'il te plaît ? Je dois parler à ma belle-fille.

— Euh, oui, d'accord, répondit-il, légèrement effrayé.

Une fois seul dans le salon, il se dirigea vers la baie vitrée et vit Liam et Kieran dans le jardin, riant de bon cœur. Arriverait-il un jour à avoir ce degré de complicité avec eux ? Un lien de camaraderie ? Un lien de fraternité ?

Le bébé bougea légèrement, laissant échapper un petit son de mécontentement. Il se dirigea aussitôt vers le couffin. Jack avait les yeux fermés mais il s'était mis à pleurer.

Jonah lui caressa doucement la tête. Voyant que cela n'y faisait rien, il le prit dans ses bras. Les pleurs s'arrêtèrent.

Il n'avait jamais tenu de bébé. Il le cala dans le creux de son bras, comme il avait vu les gens faire, et le regarda. Il était mignon. Pour la première fois, il fit le lien entre Jack et lui. Jack était son neveu. Ils avaient le même sang.

Jonah était un oncle. L'idée lui plut.

— Je trouve que ça te va à merveille.

Jonah leva les yeux vers Connie qui se tenait les bras croisés dans l'embrasure, une expression douce au visage.

— Vraiment ?

— Gwen m'a dit qu'elle t'avait laissé avec le bébé donc je me suis dit que j'allais venir t'aider mais, à ce que je vois, tu as l'air de maîtriser la situation.

— Jusqu'à ce qu'il faille changer sa couche. Après, je veux bien passer la main, précisa-t-il, amusé.

— Je suis sûre que tu t'en sortirais très bien.

— Je ne préfère pas lancer de pari.

Elle caressa la joue du bébé, pensive.

— Comme il est mignon. Ton frère et Kayla ont vraiment de la chance…, ajouta-t-elle, rêveuse.

— C'est ton horloge biologique qui parle ?

— Peut-être. Mais ce n'est pas au programme. Du moins, il faudrait déjà que je trouve quelqu'un qui me supporte. Or tu m'as dit que j'étais une femme compliquée.

— Oui, c'est vrai, j'ai dit ça mais ce n'est pas forcément une mauvaise chose.

— Et avec Liam, ça s'est bien passé ?

— Il m'a fait la morale dès l'instant où tu es partie.

— Oui, ça ne m'étonne pas.

— Quand je lui ai demandé pourquoi il se montrait aussi protecteur envers toi, il m'a dit que c'était une question d'habitude. Pourquoi ?

— Demande-lui.

— C'est à toi que je demande.

Elle haussa les épaules.

— Tu sais comment il est.

— Oui, surprotecteur et dominateur, mais pourquoi le serait-il davantage envers toi ?

— Arrête d'y penser.

— Je n'y arrive pas, justement. J. D. et Liam se comportent comme s'ils avaient un droit de regard sur ta vie. J'essaie de comprendre.

— Il n'y a rien à comprendre. Ils me connaissent depuis l'adolescence.

— Tu as eu une liaison avec l'un de mes frères ?

Connie était à bout de patience.

— Bien sûr que non !

— Donc tu es comme leur petite sœur ?

— Oui, c'est ça. Maintenant on peut passer à autre chose ?

Il la contempla quelques instants en silence.

— Tu es en colère parce que je me montre curieux et, pourtant, tu ne te prives pas pour me dire comment je dois me comporter. Tu ne trouves pas que ça devrait aller dans les deux sens ? s'enquit-il, l'air on ne peut plus sincère.

Il avait raison. Mais pas question pour elle de se lancer dans la genèse de sa relation avec les O'Sullivan.

Jonah n'avait pas besoin de connaître son passé.

Juste le présent.

Au présent, il était à ses yeux l'homme le plus agaçant qu'elle connaissait.

— Jonah, arrêtons de parler de ça.

— J'ai l'impression que tu me caches quelque chose.

— Je ne te cache rien, préféra-t-elle répondre, espérant mettre un terme à cette conversation délicate.

— Tu en es sûre ?

Elle ne répondit pas, préférant le regarder bercer le bébé dans les bras. L'image était des plus réconfortantes et provoqua en elle une envie aussi soudaine que profonde d'avoir un enfant.

Auparavant, chaque fois que l'idée lui avait traversé l'esprit, elle l'avait toujours chassée, persuadée de ne pas être prête à s'engager sur cette voie.

Mais voir Jonah tenir Jack lui inspirait un autre scénario. Un scénario où elle pouvait baisser les armes et laisser libre cours aux rêves les plus fous.

— Tu aimerais avoir des enfants ? demanda-t-elle sans détour.

— Je ne sais pas. Je n'y ai jamais réfléchi. Je ne viens pas d'une famille traditionnelle donc c'est difficile de se projeter.

— Et moi, alors ? Mes parents ont demandé à mes grands-parents de m'élever car ils ne voulaient pas arrêter leur carrière à cause de moi. Toi, tes parents ne t'ont pas abandonné. Alors ?

— Tu as raison. J'ai de la chance. Ma mère est formidable.

— Et J. D. ? Tu ne vas pas reconnaître qu'il s'est bien occupé de vous ?

— L'argent ne compte pas.

— Tu trouves qu'il aurait dû quitter sa femme pour être avec vous ?

— Non, je voulais qu'il sorte de ma vie. Et c'est encore ce que je veux.

— Pourtant, tu as accepté de venir avec moi aujourd'hui. Et ton père est arrivé. N'oublie pas que tu m'as promis de te tenir tranquille.

Il la fixa, l'air perplexe.

— Tu aimes me dicter ma conduite ?

— Non. Mais je te demande de faire attention à ton père. Tu n'en as qu'un, et la vie est trop courte pour ne pas pardonner.

— Tu parles d'expérience ?

— Je te demande simplement de ne pas prendre mes opinions à la légère.

— Connie, je respecte tes opinions et je te respecte, toi.

— C'est gentil et j'apprécie mais je te demande d'être patient envers ton père. Pour moi, pour lui et pour tout le monde.

— Je vais essayer, dit-il, avant de remettre Jack dans son couffin car il s'était rendormi.

Sur ces entrefaites, J. D. fit son entrée.

Il avait les traits tirés, l'air inquiet, le regard fatigué.

Ces derniers temps, son état de santé la préoccupait.

— Jonah, je peux te parler ?

— Je vais vous laisser.

— Reste, s'il te plaît, dit Jonah.

— D'accord, dit-elle, se postant à ses côtés, les bras croisés.

— Qu'as-tu à me dire ?

— J'ai un conseil à te demander.

— À quel sujet ?

— Un projet professionnel. On a un entrepôt près de la rivière qui est vide depuis des années. Je n'ai jamais su quoi en faire. L'autre jour, je me suis dit que tu pourrais peut-être y jeter un coup d'œil et me donner ton avis. On pourrait envisager un projet de rénovation ou bien le détruire et construire quelque chose de nouveau.

— Je n'ai pas vraiment le temps…

— C'est une bonne idée ! N'est-ce pas, Jonah ? le coupa Connie.

Jonah ne protesta pas, à son grand soulagement. Même si, intérieurement, elle pressentait sa colère.

Pas question pour elle de se laisser impressionner. J. D. et Jonah comptaient tous deux et, comme elle se retrouvait au milieu, c'était à elle d'intervenir.

— Entendu. Je passerai lundi matin avant d'aller à l'aéroport.

J. D. fit un clin d'œil à Connie.

— Merci.

Alors que J. D. s'apprêtait à les quitter, Jonah intervint.

— Je peux savoir ce que tu fais ici ? J'imagine que Gwen n'a pas trop envie de te voir.

— Je suis venu chercher les quelques affaires qui me restaient. Et mon ex-femme et moi arrivons à nous entendre. Nous avons des petits-enfants en commun donc ce serait idiot de se faire la guerre. La famille doit rester soudée, quoi qu'il arrive. Envers et contre tout.

Connie comprit où J. D. voulait en venir, et Jonah avait aussi dû comprendre les paroles de son père. Mais il ne dit rien jusqu'à son départ.

Une fois seuls, il se tourna vers elle.

— Connie, tu n'aurais pas dû faire ça.

— Faire quoi ?

— Tu sais très bien de quoi je veux parler.

— Pas du tout.

— Si, tu veux me forcer à passer du temps avec lui.

— C'est ton père !

— Arrête de l'appeler comme ça.

— Et toi, arrête d'être aussi borné. Tu es son fils, accepte-le !

— Je ne peux pas, dit-il d'une voix qui trahissait sa vulnérabilité.

Elle le prit par le bras. Ses muscles étaient tendus.

— Mais si, tu peux y arriver. Il faut y aller doucement.

— Ce n'est pas aussi simple. Tu ne comprends pas…

— Je comprends que J. D. a fait d'énormes efforts pour t'inclure dans sa vie et que tu n'arrêtes pas de le repousser, égoïstement.

Il s'arracha à son emprise.

— Tu me trouves égoïste ? Tu plaisantes ? C'est lui qui n'en a fait qu'à sa tête. S'il nous avait laissés tranquilles, ma mère aurait pu refaire sa vie, rencontrer un autre homme et être heureuse.

Connie eut de la peine pour lui.

La blessure était plus profonde qu'elle ne le pensait. Elle tenta de le rassurer.

— Elle a l'air heureuse, dit-elle, alors qu'il se mettait à faire les cent pas dans la pièce.

— Tu n'étais pas là quand je l'entendais pleurer après le départ de J. D. Tu n'étais pas là quand il nous prévenait quelques jours avant de sa visite et que cela mettait ma mère dans tous ses états.

— Je sais que ça a dû être dur. Mais il avait envie de vous voir. Tu peux comprendre ? Pourquoi tu lui en veux à ce point ?

— Parce que ce n'était pas suffisant. Et, à la fois, c'était trop. Dès qu'il essayait de se rapprocher de moi, je me disais que j'avais envie qu'il parte, qu'il nous laisse vivre notre vie. Maman ne se plaignait jamais. Ni pendant ses visites ni pendants ses absences. Elle n'a jamais rien demandé. Elle a souffert en silence, s'adaptant tant bien que mal à ses apparitions, faisant bonne figure. Pour lui, mais surtout pour moi. Et moi je n'ai pas pu l'empêcher de souffrir. C'est pour ça que je lui en ai voulu et que je lui en veux encore.

— Je comprends mais peut-être que ta mère a choisi de ne pas refaire sa vie parce qu'elle avait des sentiments pour J. D. ? Peut-être qu'elle aurait encore plus souffert s'il avait cessé de venir vous voir ? Peut-être que la situation lui convenait ?

— Non, ça ne lui convenait pas et elle n'était pas heureuse. Elle avait besoin de quelqu'un à ses côtés. Pas de quelqu'un qui vivait avec une autre femme et d'autres enfants.

— Je suis sûre que J. D. a fait du mieux qu'il pouvait, étant donné les circonstances.

— Pourquoi es-tu toujours si conciliante ?

— Parce que, d'après moi, le pardon est plus puissant que la colère ou la haine.

— C'est assez naïf mais je respecte ton approche. Pour ce qui est des O'Sullivan, j'admire ta loyauté aveugle mais je ne peux pas la partager.

— Ce n'est pas de la loyauté aveugle. J'ai beaucoup d'affection pour eux et j'ai beaucoup d'affection pour...

Elle s'interrompit avant de lui avouer qu'elle avait des sentiments pour lui et qu'ils allaient grandissant.

— Je vais rester avec le bébé comme ça, tu peux continuer à les aider, dit-elle en changeant de sujet.

— Cette conversation n'est pas terminée, Connie.

— Pour moi, si. Jusqu'à ce que tu acceptes de mieux te comporter envers J. D, c'est terminé entre nous aussi.

— C'est du chantage ?

— Un encouragement. Pour que tu assumes tes responsabilités en tant que fils et membre des O'Sullivan.

Il prit un air renfrogné, le regard noir.

— Ce n'est pas près d'arriver.

— Comme tu voudras, ça m'est égal. Mais ça m'étonnerait que tu veuilles vraiment t'entêter à passer pour un ingrat et un bougon.

— Je pensais qu'on avait mis ça derrière nous, mais je me suis trompé, dit-il en tournant les talons.

Elle bondit du siège où elle venait de s'asseoir.

— Vraiment ? Tu abandonnes aussi facilement ?

Il s'immobilisa puis lui fit face.

— Tu es impossible.

— Toi aussi, dit-elle en s'approchant de lui.

— Comme ça, on est à égalité.

— De quoi as-tu peur ? Tu as peur de découvrir que ton père et tes frères sont des gens bien et que tu pourrais t'entendre avec eux ? Serait-ce si terrible que ça ?

— Oui.

Son ton écorché résonna au plus profond de son être.

Instinctivement, elle le prit par la taille, se colla à lui et posa la tête contre son torse. Les battements de son cœur étaient rapides sous sa chemise.

Au bout de quelques instants, il l'étreignit davantage, et poussa un soupir indiquant qu'il était en train de se calmer.

— Je ne suis pas ton ennemie. Je veux être ton amie, murmura-t-elle.

— Pourquoi ? Tu as dit que j'étais un ingrat et un bougon.

— J'imagine que je suis attirée par les causes perdues, dit-elle, amusée.

Elle le sentit sourire.

— Je vois que madame a du goût.

Elle se serra contre lui.

— Promets-moi une chose.

— Laquelle ?

— Même si tout semble impossible, promets-moi de ne pas oublier la chose la plus importante dans l'équation.

— Quoi donc ?

— La famille. Ta famille. Ne gâche pas tout à cause de ta colère.

— Je ne peux pas changer qui je suis.

— Si. Tu peux changer. Du moins, tu peux pardonner.

Elle leva les yeux et croisa son regard ténébreux.

En cet instant, elle sentit un courant de chaleur intense l'envahir en tout point.

Lui qui se targuait de ne pas montrer ses sentiments aux autres lui parut en cet instant plus vulnérable que jamais.

Ce constat l'emplit d'une sensation inexplicable.

Une envie d'être présente pour lui, de le soutenir. Des sentiments qui se renforçaient de jour en jour. Elle ignorait pourquoi Jonah avait autant d'effet sur elle mais jamais elle n'avait ressenti une telle osmose avec quelqu'un, un tel désir de complicité.

Il se baissa pour l'embrasser, délicatement, et elle lui offrit ses lèvres, sans hésitation.

Parce qu'elle était déjà à moitié amoureuse de Jonah Rickard et qu'au rythme où allaient les choses elle ne tarderait pas à être éperdument amoureuse de lui. Corps et âme.

- 7 -

— Quand vous aurez fini de vous embrasser, je vous rappelle qu'il y a encore des cartons dans le camion.

— Enfin, ne vous gênez pas pour nous.

Aussitôt, Jonah lâcha Connie et clle recula d'un pas.

Liam et Kieran étaient face à eux, souriants, bras croisés.

Gênée, elle passa la main dans ses cheveux, pour retrouver sa contenance. Kayla et Nicole étaient non loin derrière.

Dès que les trois frères repartirent en direction du camion, ses amies ne manquèrent pas de l'interroger. Elles lui avaient déjà posé des questions en arrivant mais Connie avait habilement réussi à esquiver.

À présent, elle était au pied du mur.

— Alors ? s'enquit Nicole sur un ton malicieux.

— Alors rien. Je vais aller faire du thé.

— Ah, non, pas question. Dis-nous tout.

— Il n'y a rien à dire.

— Tu étais en train d'embrasser Jonah, ce n'est pas rien !

Connie sentit ses joues s'empourprer.

— C'était juste un baiser.

— Juste un baiser ? À ce que je sache, tu n'embrasses pas tous les hommes qui passent donc je crois qu'on peut dire que c'est un sacré événement.

— Nous sommes amis, rien de plus.

— Rien de plus ? Le seul homme que j'embrasse comme ça, c'est mon mari, dit Nicole.

— Pareil pour moi, ajouta Kayla.

— Et tu n'embrasses pas tous tes amis hommes comme ça, alors crache le morceau.

Elle poussa un profond soupir, signe de capitulation.

— Oui, j'étais en train de l'embrasser. Et, oui, il se passe quelque chose entre nous. Reste à définir quoi, au juste. Et, avant que vous ne posiez la question fatidique autant vous le dire tout de suite : non, nous n'avons pas fait l'amour.

— Mais tu en as envie ?

— Peut-être. Oui, probablement. Je ne sais pas où je vais. Avec Jonah, tout est très vague. Tout ce que je sais, c'est qu'il me plaît.

— Ah bon ?

— Pourquoi es-tu aussi étonnée ?

— Non, mais je veux dire… Il est beau, il a du succès dans sa vie professionnelle mais il est…

Comme Nicole s'était interrompue, Kayla prit la relève.

— Je pense que Nicole veut dire que Jonah est un homme compliqué. C'est mon cousin et mon beau-frère, je l'aime beaucoup mais, étant ton amie, je dois te dire de faire attention. Jonah…

— Jonah n'est pas comme vous le pensez. Je sais que tout le monde le trouve arrogant, lunatique et désagréable mais j'ai découvert un Jonah drôle, attentionné et vraiment adorable.

— Adorable ?

Connie commençait à perdre patience. Elle aimait beaucoup ses amies et elle ne voulait pas être déplaisante, mais elle n'appréciait pas que tout le monde parte du principe que Jonah était un monstre dont il fallait se méfier comme de la peste.

— Vous avez peut-être du mal à me croire mais il est bien plus agréable que vous ne le pensez. N'a-t-il pas aidé Kieran à aménager l'espace de votre jardin ? N'a-t-il pas fait les plans pour le projet d'extension de la galerie ? De plus, si vous voulez tout savoir, J. D. lui a demandé de travailler sur un projet de rénovation d'entrepôt et Jonah va s'y rendre lundi avant de repartir. Donc il n'est pas aussi terrible qu'il n'y paraît.

— Ce n'est pas ce que je voulais dire mais chaque fois que Liam essaie de…

Connie interrompit Kayla.

— C'est peut-être aussi ça, le problème. Tout le monde essaie de faire entrer Jonah dans le moule O'Sullivan sans trop se soucier de ses sentiments. Il étouffe. Liam et Kieran devraient lui laisser le temps de trouver un moyen de s'adapter à ce nouveau contexte familial. Si les rôles étaient inversés, je suis sûre qu'ils seraient tout aussi méfiants et réticents.

— On ne voulait pas te contrarier, dit Nicole.

— Je sais.

— On tient à toi et on veut éviter que quelqu'un te fasse du mal.

— Jonah ne me fera jamais de mal. Du moins, pas intentionnellement.

Nicole ne parut pas convaincue.

— Tu promets de faire attention ? Après tout ce que tu as subi…

— Je ne suis pas aussi fragile que j'en ai l'air.

— Connie…

— Je vais faire du thé, dit-elle en mettant cette fois-ci fin à l'échange avec ses amies.

Dans la cuisine, elle trouva Gwen qui mettait ses livres de cuisine dans un carton.

Encore décontenancée par sa conversation avec ses amies, elle aurait préféré se retrouver seule.

— Tout va bien, Connie ?

— Oui, je suis venue faire du thé.

— J'ai justement mis de l'eau à bouillir.

— Merci.

— J'ai un peu de temps, si tu veux parler.

Elle ignora la perche tendue.

— Cela doit être dur de quitter cette maison.

— Pas vraiment. J'ai de nombreux souvenirs dans cette maison. Des souvenirs fabuleux et des souvenirs douloureux. Maintenant, c'est une nouvelle famille qui va prendre le relais. Je sais que Kieran, Nicole et ses neveux vont prendre possession de cet espace et y vivre des moments heureux. Je suis ravie d'avoir trouvé un lieu à moi, en ville. Je serai plus proche de l'hôpital où je suis bénévole et j'ai des amis qui habitent non loin de chez moi. Je vais devoir m'adapter à un nouveau style de vie mais je suis contente du changement. Sur la fin, j'ai passé trop de temps à ruminer seule dans cette maison.

Gwen avait mis J. D. à la porte de chez eux le jour où elle avait appris qu'il avait eu une liaison extraconjugale trente ans auparavant et qu'un enfant était né de cette liaison. Depuis la découverte de l'existence de Jonah, Gwen s'était toujours montrée compréhensive et accueillante avec lui. Son attitude était admirable.

Connie prit place dans un siège, désormais prête à se confier à Gwen.

— Pourquoi pensez-vous que tout le monde soit prêt à critiquer Jonah ?

— Parce qu'il fait tout pour se conforter dans son rôle d'exclu. Le fait que Liam et Kayla tombent amoureux a été l'élément déclencheur et, depuis l'apparition de Jonah, nos vies ont été bouleversées. Jonah a tout fait pour se tenir à l'écart. Penser du mal de quelqu'un, c'est la voie facile.

— Mais, vous, vous ne pensez pas de mal de lui. Alors que c'est vous qui pourriez lui en vouloir le plus.

— Je ne crois pas au ressentiment. Et Jonah n'y est pour rien.

— Vous savez, il est aux antipodes de ce que les gens croient.

— C'est le cas pour beaucoup de monde. On met souvent du temps à connaître une personne. Prenez Liam, il est coriace en affaires et intransigeant par certains côtés mais, quand vous le voyez avec Jack dans les bras, c'est une crème. Quant à J. D., il a des opinions très arrêtées sur certaines choses, il peut se montrer infernal et c'est un vrai fanfaron, mais il a toujours assumé ses responsabilités de père de famille et il s'est avéré être très attentionné. D'ailleurs, on le voit avec Jonah. Il aurait pu le délaisser mais il a tenu à avoir un rôle dans sa vie. Et Jonah, dans tout ça… Jonah essaie de trouver sa place parmi des étrangers avec qui il est lié par le sang. Il faut lui laisser du temps. Avec votre aide, je pense qu'il pourra y arriver.

Connie ne masqua pas sa surprise.

— Donc vous n'allez pas me dire de le fuir comme les autres ?

— Bien sûr que non ! Tu es une jeune femme avisée. Il suffit de ne pas précipiter les choses.

— Je ne suis pas du genre à me précipiter sur les hommes. Et encore moins dans leur lit.

— Je sais. Tu as parlé de ton passé à Jonah ?

— Non. Je ne veux pas qu'il le sache. Je refuse que mon passé définisse mon présent. Ou mon avenir.

— Par définition, nos expériences nous définissent. D'après moi, il vaut toujours mieux dire la vérité.

Alors que Connie retournait dans le salon, un plateau à la main, elle repensa aux paroles de Gwen.

Elle aussi savait qu'il valait toujours mieux dire la vérité mais elle n'était pas encore prête à reparler des événements ou à répondre aux questions.

Quand elle entra dans la pièce, Kayla allaitait son bébé et Nicole lui parlait de ses neveux qui étaient partis passer la journée chez leur grand-père.

Au bout de quelques minutes en leur compagnie, Connie prit une décision.

Ces derniers temps, elle avait beaucoup pensé au fait de se lancer dans une relation amoureuse, de s'engager avec quelqu'un, d'avoir des rapports charnels avec un homme et peut-être même d'avoir un bébé.

Tous ces sujets tournaient autour de Jonah Rickard.

Pour ne pas éveiller les soupçons, elle resta assez longtemps pour boire une demi-tasse de thé puis partit en quête de Jonah.

Il était dans l'une des chambres à l'étage, perché sur une échelle, concentré à attacher un avion au plafond. Sa chemise était sortie de son pantalon, si bien que Connie put apercevoir ses abdominaux impeccables. Un éclair fulgurant d'excitation lui parcourut le corps. Jamais elle n'avait éprouvé un tel désir.

Cet homme lui faisait découvrir des sensations sans précédent.

— Jonah, murmura-t-elle.

Il ne l'avait pas entendue arriver. Dès qu'il tourna la tête vers elle, son expression se fit plus délicate. Elle adorait voir son visage changer quand il était en sa présence.

— Coucou, ça va ? Tu faisais quoi ?

— J'ai parlé avec Nicole et Kayla.

— C'est pour ça que j'avais les oreilles qui sifflaient, plaisanta-t-il.

— Comment t'es-tu retrouvé là ?

— J'ai tout fait pour échapper à Liam. Je n'aime pas du tout sa façon de donner des ordres.

— Je suis étonnée que tu ne l'aies pas envoyé balader.

— Qui te dit que je ne l'ai pas fait ?

Connie rit de bon cœur.

Du haut de son échelle, il la regarda de ses yeux expressifs où une lueur intense semblait danser.

— Jonah…

— Oui ?

Connie hésita un instant à franchir le pas.

Puis mettant ses peurs de côté, elle se jeta à l'eau.

— J'ai envie…

Elle s'arrêta, faute de courage.

— Je t'écoute.

— J'ai envie que tu me fasses l'amour.

Jonah manqua de tomber de l'échelle.

Il cligna des yeux puis chercha de nouveau à croiser son regard pour avoir la confirmation qu'il ne rêvait pas.

— Là ? Maintenant ?

Elle sourit.

— Non mais… Quand ce sera possible.

Ses joues viraient à l'écarlate.

Il devina que cela n'avait pas été facile pour elle de prononcer ces mots.

Connie semblait si innocente, si naïve. Il lui avait posé la question fatidique et elle avait dit qu'elle n'était pas vierge, mais il avait cru comprendre qu'elle n'avait pas beaucoup d'expérience non plus.

À l'université, il s'était toujours méfié des filles sans expérience, de peur qu'elles ne s'attendent à un engagement pour la vie. Il faut dire qu'à l'époque il aurait aussi évité quelqu'un comme Connie Bedford.

Aujourd'hui, les choses étaient différentes.

Il ne voulait surtout pas la contraindre. Il avait envie d'elle et il savait que leur attirance était réciproque.

Après avoir suspendu l'avion, il redescendit de l'échelle.

— Et si on passait la soirée ensemble ?

— Une deuxième soirée en amoureux ?

— Pourquoi pas ? Mais, cette fois, pas de chaussures de danse. Toi, moi, une bouteille de vin, un dîner, dans un endroit calme.

— Tu penses à un lieu en particulier ?

— Chez moi.

— Tu as dit que tu ne cuisinais pas.

— Qui a dit que j'allais cuisiner ? Je commanderai un repas à l'hôtel et je le ferai réchauffer. Si ça te va…

— Cela me va parfaitement.

— Maintenant, va-t'en avant que je ne perde mon self-control.

Dès qu'il fut seul, il ressentit son absence comme un manque. Comme si on lui avait enlevé une partie de lui-même. C'était un sentiment qui prenait de plus en plus de place chez lui. Les dernières fois où il avait vu Connie, il avait eu du mal à la quitter.

Cette relation était plus intense que celles qu'il avait eues auparavant, c'était indéniable. Il adorait passer du temps avec elle, entendre sa voix, humer son parfum. Mais il n'était pas du genre à s'attacher sentimentalement. Et il évitait d'analyser ses sentiments.

Pour ce qui était de Connie, il réagissait à un besoin purement sensuel. Il avait envie d'elle.

C'était un désir simple et il avait l'intention de s'y tenir.

Une fois qu'ils seraient amants et qu'il aurait assouvi son envie d'elle, ses sentiments pour Connie disparaîtraient, c'était une certitude. Il s'agissait uniquement d'une attirance physique. Ni plus ni moins. Il s'écoula encore une heure après cet échange plein de promesses, une heure à porter des cartons avant le déjeuner.

Nicole s'était occupée du déjeuner en commandant des pizzas. Tout le monde s'était réuni dans la cuisine. Au lieu de se sentir exclu, comme nombre de fois auparavant, Jonah passait étonnamment un bon moment. Il écouta Liam et Kieran se taquiner et il y eut droit à son tour. Tout se passa dans une franche camaraderie, et il se sentit d'autant plus à l'aise que Connie était à ses côtés.

Elle avait sur lui un effet apaisant. C'était grâce à elle s'il avait pu se détendre et partager un moment avec les O'Sullivan sans trop se poser de questions.

À la réflexion, il ne détestait pas ses demi-frères comme il détestait J. D., déjà reparti depuis un moment, heureusement.

Kieran était finalement assez sympathique. S'ils avaient fait connaissance dans d'autres circonstances, ils auraient facilement pu être bons amis.

Liam était plus droit. C'était lui le chef. Il avait ses bons côtés, bien sûr, mais Jonah le trouvait trop rigide.

Quant à Gwen, c'est elle qui lui permettait de trouver sa place dans sa nouvelle famille.

Et puis, il y avait Connie.

Son roc. Son alliée.

Bientôt, ils seraient amants.

Le temps de finir le travail, il était 15 heures.

Kieran lui administra une tape amicale sur l'épaule et Liam lui serra la main. Quand il se mit au volant de sa voiture avec Connie à ses côtés, il se sentit anormalement heureux.

— Alors, tu vois, ce n'était pas si terrible, lui dit-elle.

— Qu'est-ce qui n'était pas si terrible ? Le moment où tu m'as forcé à parler à J. D. ? Ou quand Liam s'est moqué de moi ?

— Arrête ! Je trouve que tu t'en es très bien sorti. Et tu es assez solide pour accepter une critique ou deux.

— C'est sûr qu'avec toi j'ai été à bonne école !

Elle éclata de rire. Il adorait cette musique. Cela le touchait au plus profond de son être et lui allégeait l'esprit.

Il la déposa chez elle après lui avoir donné rendez-vous à 19 heures chez lui.

Ensuite, il retourna directement à l'hôtel.

*
* *

Une demi-heure plus tard, il était près de la cuisine, attendant sa commande, quand J. D. arriva. Le restaurant n'était pas encore ouvert et la cuisine se préparait pour le service du soir, mais le chef avait gentiment accepté de préparer sa commande.

— Deux fois en un jour, dis donc ! C'est bon de te voir. Que fais-tu ici ?

— J'ai pris à manger. Et j'ai payé, au cas où tu penserais que je vienne là pour profiter d'un repas gratuit.

— Je ne pensais pas du tout cela. Tu peux commander ce que tu veux. Tu es chez toi. Au même titre que Liam, Kieran et Sean.

— Pas tout à fait.

— Jonah, j'ai quatre fils. À ma mort, ma fortune sera divisée en quatre parts égales. Sache-le.

— Je ne veux pas de ton argent. Je ne veux rien de toi, dit-il tout en croisant les bras comme si cela allait matérialiser sa commande par magie.

Il souhaitait s'éclipser sans devoir continuer à parler à J. D.

Comme ils avaient déjà mangé des pizzas à midi, il avait voulu varier un peu pour le dîner.

— Je sais que tu ne veux rien de moi mais, pour ce qui est de mon argent, tu l'auras, que tu le veuilles ou non.

— Pourquoi est-ce que tu persistes à être gentil avec moi ?

— Parce que tu es mon fils et que je tiens à toi, rétorqua J. D. qui marqua une pause quand l'un des aides cuisiniers vint apporter la commande.

Jonah était enfin libre de partir.

— On dirait que c'est un repas pour deux, dit J. D.

— En effet.

— Tu vas dîner avec Connie, j'imagine ?

— On ne peut rien te cacher.

— Fais attention, s'il te plaît. Elle a déjà eu son lot de bouleversements.

Jonah sentit l'exaspération monter en lui.

Il n'avait aucunement l'intention de discuter de sa relation avec Connie. Ni avec J. D. ni avec quiconque.

— Je sais ce que je fais, je ne suis pas un gamin. Et de quoi tu veux parler ?

— Ce n'est pas à moi à te le dire. Mais ne lui fais pas des promesses que tu ne pourras pas honorer, c'est tout ce que je te demande.

— Tu veux dire « Ne fais pas comme moi » ? Ne t'inquiète pas, je n'ai pas l'intention de faire comme toi. J'ai vu ce que tu avais fait à ma mère.

— Ce que j'ai fait à ta mère ? J'aimais ta mère profondément. D'ailleurs, je…

— Tu n'aimes que toi. Et ma relation avec Connie ne te regarde pas.

J. D. parut soudain abattu.

— C'est vrai, tu as raison, ça ne me regarde pas. Mais je tenais à ce que tu saches que je t'aime autant que tes frères.

Jonah sentit alors que son exaspération s'était muée en colère.

— Je m'en fiche.

J. D. laissa échapper un profond soupir de découragement.

— Je pense que tu ne t'en fiches pas mais que tu dis ça pour me blesser.

Furieux, Jonah prit le sac de nourriture et tourna les talons sans même lui dire au revoir.

Sur le chemin du retour, il tenta de se calmer.

Le temps qu'il arrive chez lui, son cœur battait de nouveau normalement.

Il prit une douche froide puis s'habilla avant de préparer une petite surprise pour Connie.

Tout en s'affairant, il repensa à ce que J. D. lui avait dit au sujet de Connie. Pourquoi autant de mystère ?

« Ce n'est pas à moi de te le dire. »

Jonah n'avait aucune idée de ce que J. D. avait voulu dire mais il avait bien l'intention de le découvrir.

Alors que Connie roulait en direction de chez Jonah, elle sentit la panique l'envahir. Les mains moites crispées sur le volant, elle se gara devant chez lui.

Avant de descendre, elle prit son sac, enfila son manteau et enroula son écharpe autour du cou.

Dehors, il faisait nuit mais elle vit la lumière du chauffage extérieur briller sur la terrasse. Jonah lui avait envoyé un message une heure auparavant pour la prévenir qu'ils allaient manger sur la terrasse et qu'elle devait se couvrir.

Elle fut ravie de voir que l'allée et la terrasse étaient éclairées de petites lumières scintillantes.

L'accueil était chaleureusement surprenant. Jonah était quant à lui très séduisant. Il portait un pantalon noir, une chemise blanche surmontée d'un manteau doublé en peau de mouton.

La terrasse, joliment décorée, était le lieu idéal pour une soirée en amoureux. Beaucoup plus romantique que ce à quoi elle s'attendait.

— Je te trouve très belle, dit-il, lui faisant un baisemain.

— Moi aussi je te trouve très beau.

— Viens, dit-il en la guidant jusqu'à la petite table installée à côté du chauffage extérieur.

Une musique douce émanait de l'appartement. Il avait décidément pensé à tout.

Jamais aucun homme n'avait organisé une soirée aussi spéciale pour elle. C'était la première fois.

Il recula un siège pour qu'elle puisse s'asseoir puis prit place en face d'elle.

— Tu penses que tu auras assez chaud ? demanda-t-il, en lui servant un verre de vin.

— Je suis très bien, c'est parfait. J'adore cet endroit, dit-elle, avant de boire une gorgée.

— Je me suis dit que ça te plairait. Au moins, on est sûrs qu'il n'y aura pas de cow-boys chahuteurs pour nous gâcher la soirée.

— J'avoue que j'en suis ravie. Je ne savais pas que tu étais romantique à ce point.

— Tu m'as démasqué.

Il suggéra de manger avant que la nourriture ne refroidisse. Après être retourné à l'intérieur, il ne tarda pas à revenir avec un plat de spaghettis et une panière de baguette au beurre persillé.

Il avait déjà mis le couvert avant son arrivée donc il n'eut plus qu'à les servir.

— C'est bon, ça te plaît ? s'enquit-il.

— C'est délicieux. Merci.

Il la contempla quelques instants, en silence.

— Je suis content que tu sois là.

— Moi aussi.

L'instant d'après, il prit un air plus grave.

— J'ai vu J. D. à l'hôtel quand je suis allé commander notre repas.

— Comment ça s'est passé ?

— Il m'a déconseillé de m'engager envers toi si je n'étais pas sérieux.

Connie arrêta de manger.

— Et alors ?

— Et alors quoi ?

— Tu es sérieux ?

— Bien sûr ! Et toi ?

— Bien sûr !

Il prit une grande inspiration, posa sa fourchette sur la table et entrelaça leurs doigts.

— Alors peut-être que tu pourrais m'en dire un peu plus sur toi. Peut-être que tu pourrais me dire pourquoi j'ai eu la nette impression que J. D. savait quelque chose qu'il ne voulait pas me dire.

Elle frissonna, espérant qu'il ne le remarquerait pas.

— Je ne vois pas de quoi tu veux parler.

— Quand j'ai demandé à J. D. d'être plus clair, il m'a dit que ce n'était pas à lui de me le dire. De quoi voulait-il parler ? As-tu été mariée ? Es-tu divorcée ? Es-tu veuve ?

Connie paniqua. L'étau se resserrait.

— Rien de tout ça.

— Tu m'as déjà dit que tu avais eu le cœur et l'esprit brisés. Tu m'as aussi dit que les O'Sullivan t'avaient sauvé la vie. Tu peux m'en dire plus ?

— Je t'ai déjà tout dit. Mes parents étaient partis et ton père m'a offert un emploi à l'hôtel pour que je puisse rester habiter chez ma grand-mère.

Il ne parut pas convaincu.

— C'est tout ? Tu es sûre ?

Connie n'aimait pas mentir. Pendant dix ans, elle avait été obligée de vivre dans le mensonge, un mensonge par omission. Aujourd'hui encore, sa vie restait définie par ce jour funeste, malgré tous les efforts qu'elle avait faits pour l'enfouir au plus profond de son être et pour reconstruire sa vie.

Parfois, c'était trop dur.

Comme maintenant, alors qu'elle devait regarder Jonah dans les yeux et nier son passé.

— Je ne peux pas te le dire, murmura-t-elle.

Il l'inspecta de plus près tout en lui prenant la main.

— Mais si, tu peux tout me dire. Ce que tu me diras restera entre nous.

— Cela fait partie du passé, et j'aimerais que ça y reste.

— Que t'est-il arrivé ? dit-il en lui serrant légèrement les doigts.

— Pourquoi veux-tu le savoir ? Cela ne change rien au fait qu'on soit ensemble. Et je pensais qu'on…

— Tu pensais que quoi ? Qu'on allait faire l'amour, c'est ça ? C'est vraiment ce que tu veux ?

— Oui, dit-elle, la gorge serrée.

Il lui lâcha la main.

— Même si j'ai l'impression que l'idée te terrifie ? Que moi je te terrifie ?

Connie s'assit droit sur sa chaise.

— Tu ne me terrifies pas du tout. J'ai envie de toi.

Il poussa un profond soupir.

— Moi aussi, j'ai envie de toi, Connie. Mais pas avec des secrets entre nous. Je déteste les secrets et tu sais pourquoi. J'ai été un secret pendant trente ans. Si on veut continuer à deux, alors on doit être honnêtes l'un envers l'autre.

Connie sentit son cœur sombrer.

Elle n'avait jamais verbalisé cette vérité. Elle n'avait jamais voulu le faire, préférant la garder enfouie en elle. Très profondément. Pour prétendre que cela n'était jamais arrivé, que son innocence ne lui avait pas été dérobée ce jour-là.

Jonah était têtu. Il ne lâcherait pas tant qu'elle n'aurait pas révélé la vérité.

Elle se leva, chancelante.

— Tu veux connaître la vérité sur moi ? Tu veux savoir pourquoi j'ai si peu d'expérience avec les hommes ? Tu veux savoir pourquoi je n'ai jamais cherché à avoir de liaison amoureuse sérieuse ? Tu veux savoir pourquoi j'ai paniqué le soir où je me suis retrouvée dans ta chambre d'hôtel ? Alors je vais te donner une date et, après, tu en feras ce que tu voudras ! lança-t-elle avant de lui donner huit chiffres.

— Connie…

— Va sur Internet, tu trouveras toute la vérité sur moi. Après, tu verras si tu as encore envie de me voir, conclut-elle avant de partir en trombe, les larmes lui brûlant les yeux.

- 8 -

Jonah resta assis une heure sur la terrasse.

Il termina le vin, ramassa les assiettes à peine touchées et rentra dans son appartement. Ce qui était censé être une soirée mémorable s'était transformé en une soirée qu'il voulait à tout prix oublier.

Une fois devant son écran d'ordinateur, il resta trente minutes le regard dans le vide à se demander s'il voulait vraiment tout savoir sur Connie.

Après cette longue hésitation, il se rendit compte que oui.

Cela ne lui prit pas longtemps.

Des unes de journaux à scandale. Une agression violente. Des noms supprimés. Trois lycéens de dix-huit ans. Une adolescente de quinze ans.

Le temps qu'il finisse ses recherches, il avait la nausée. Elle avait été découverte sur le bord de la route après avoir échappé à ses assaillants. Meurtrie, agressée, à peine consciente.

La nausée se transforma en fureur. Jamais il n'avait éprouvé une telle rage. Instinctivement, il serra les poings. Puis il se mit à faire les cent pas dans son appartement en tentant de retrouver une respiration normale et en jetant régulièrement un œil écœuré à l'écran de son ordinateur.

Petit à petit, la fureur dans son cœur laissa place à un sentiment d'impuissance.

Épuisé, il s'assit dans son canapé.

Son esprit fut soudain bombardé de souvenirs honteux.

Il repensa à toutes les choses inconsidérées qu'il avait pu dire à Connie au cours de leurs différentes rencontres. Il s'en voulait et il en voulait au monde entier. Pourquoi ? Pourquoi elle ?

Il avait envie de l'appeler, de la voir, de la tenir dans ses bras et de lui dire qu'il ne laisserait jamais plus personne lui faire de mal.

Mais elle ne le laisserait pas faire. C'était trop tôt.

Connie était fière, forte et très résistante.

Il valait mieux laisser passer un peu de temps sans l'appeler ni lui envoyer un message pour s'excuser de s'être comporté comme un idiot.

Le lendemain matin, dès qu'il ouvrit les yeux, à 9 heures, il lui envoya un message.

Je peux te voir aujourd'hui ?

Les yeux fixés sur l'écran de son téléphone, il attendit quinze minutes avant d'avoir une réponse.

Je fais des cookies pour Thanksgiving.

Il répondit immédiatement.

J'adore les cookies.

Il attendit encore.

Le message suivant contenait un emoji avec un sourire.

J'avais deviné.

Jonah sourit. Il avait l'impression d'être de nouveau adolescent. Il aurait été bien incapable de définir la nature de sa relation avec Connie mais tout ce qu'il savait c'est qu'il ne voulait pas que cela prenne fin.

À très vite.

Le dernier message resta sans réponse.

Au bout de vingt minutes, il prit sa voiture pour aller chez elle.

Quand il arriva devant la barrière, les chiens étaient déjà là en comité d'accueil.

Ils aboyèrent jusqu'à ce que Connie apparaisse à la porte d'entrée, vêtue d'un jean moulant, d'une chemise rose fuchsia, d'un tablier de chef, une cuillère en bois à la main.

Il la trouva magnifique.

Dès qu'il passa la barrière, les chiens s'attroupèrent autour de lui, le suivant de près.

En bas du perron, il leva les yeux vers elle, conscient du courant qui pulsait entre eux.

— On peut parler ? demanda-t-il simplement.

Elle acquiesça.

— Entre.

Il la suivit à l'intérieur, amusé de voir les chiens qui cherchaient à le devancer pour suivre leur maîtresse.

Arrivé dans la cuisine, il constata qu'elle n'avait pas chômé depuis son réveil. Le plan de travail était jonché de plaques couvertes de papier de cuisson et de plusieurs saladiers remplis de pâtes à cookies.

— Dis donc, c'est une véritable petite usine à gâteaux.

Elle sourit.

— Je fais des cookies pour les vétérans de la maison de retraite, là où je suis bénévole.

Il la trouva non seulement merveilleusement belle, mais aussi admirablement dévouée.

La femme parfaite à ses yeux.

— Je peux t'aider ?

— Si tu veux. Tiens, tu peux mélanger ça, dit-elle en lui tendant une spatule et un saladier rempli d'ingrédients.

Il se mit à mélanger la mixture avant de prendre une grande inspiration, un peu comme on prendrait son élan.

— Connie, je suis vraiment désolé de ce qui t'est arrivé.

Elle marqua un temps d'arrêt avant de se reconcentrer sur sa tâche.

— Tu as lu les articles ?

— Quelques-uns. Je préférerais que ce soit toi qui m'en parles, si tu te sens prête.

— Je n'en ai pas parlé depuis les événements… Je peux essayer pour toi, dit-elle, à voix basse avant de jeter un bref coup d'œil dans sa direction.

— Merci, chuchota-t-il, soulagé.

Vingt minutes plus tard, les cookies étaient dans le four, les plaques rangées, et il l'observait alors qu'elle lui faisait un café et se préparait un thé.

Il aimait la regarder évoluer dans son environnement. Découvrir ses adorables manies et ses tics, comme se mordiller la lèvre supérieure quand elle était pensive. Ou encore observer la longueur incroyable de ses cils qui venaient caresser ses joues chaque fois qu'elle baissait les yeux.

Elle vint s'asseoir à table avec lui.

Plusieurs minutes s'écoulèrent avant qu'elle ne prenne la parole. Il ne chercha pas à la toucher ni à lui poser des questions, préférant lui laisser le temps.

— J'avais quinze ans, j'étais un vrai rat de bibliothèque et je voulais être vétérinaire. Un jour, je suis restée tard au lycée après un cours de maths et j'ai décidé de prendre un raccourci à travers le terrain de football. Il y avait eu un match le jour même, contre un autre lycée de l'État. Notre école avait gagné mais je ne savais pas que des garçons de l'autre école étaient en train de boire sous les gradins.

Elle s'arrêta, reprit son souffle puis continua.

— J'étais encore plus naïve que maintenant et je ne connaissais rien aux garçons.

Elle marqua une nouvelle pause, hésitante, avant de reprendre.

— Dès qu'ils m'ont arrêtée, j'ai pressenti qu'il allait m'arriver quelque chose de grave. Je l'ai vu dans leurs yeux. Comme s'ils avaient attendu que quelqu'un passe pour évacuer leur hargne. Ce quelqu'un, c'était moi. J'ai essayé de me débattre mais ils étaient trop forts pour moi. C'est étrange mais c'est comme si mon esprit avait déconnecté pendant qu'ils me maltraitaient. Comme un instinct de survie. Je me disais que j'allais mourir sous les gradins, que je ne reverrais jamais mes grands-parents, que je n'irais jamais à l'université, que je ne tomberais jamais amoureuse, que je ne me marierais jamais et que je n'aurais jamais d'enfants. C'est en pensant à tout ce que je ne ferais jamais que j'ai trouvé le courage de me dire que j'allais survivre à cette épreuve. J'ai crié de toutes mes forces mais l'un d'eux a commencé à m'étrangler.

Elle se mit à pleurer et à frissonner.

Jonah retint ses larmes, pour se montrer fort.

— Je t'écoute.

— Quelque part, très loin dans mon esprit, je savais que je devais trouver la force de m'échapper. À ce moment-là, j'ai commencé à me débattre comme une lionne. Et ça a marché. Je me suis retrouvée à genoux, puis debout, puis je me suis mise à courir à travers la pelouse. Je courais tellement vite que je ne sentais plus le sol. Ils étaient ivres donc ils n'ont pas cherché à me suivre. Le temps que je rejoigne la route, j'étais à bout de souffle et j'avais mal partout. Je me suis effondrée, à demi consciente.

Elle se tut quelques instants, comme pour se recueillir avec elle-même.

— Je me souviens avoir entendu une voiture. Et des voix. Des voix d'hommes. J'ai vaguement pensé que c'était eux, qu'ils m'avaient retrouvée. Ces voix m'ont parlé et ont tenté de me rassurer en disant que j'allais m'en sortir, qu'ils allaient s'occuper de moi. Puis j'ai senti qu'on m'enveloppait dans une couverture et qu'on me transportait pour me mettre à l'arrière d'une voiture. Après, je n'ai que des souvenirs flous.

Elle but une gorgée de thé. Ses mains tremblaient tellement que Jonah tendit le bras pour la caresser et la rassurer.

Elle frémit, se raidit puis se détendit.

— Ils m'ont emmenée à l'hôpital. La police est venue m'interroger. Les médecins ont fait le nécessaire pour éviter que je tombe enceinte. Mes grands-parents sont venus me voir. Ils pleuraient. J'avais le visage boursoufflé si bien que, les premiers jours, je ne pouvais pas bien parler.

Jonah se sentait tellement oppressé par le récit qu'il avait du mal à respirer.

— Et tes assaillants ?

— La police les a retrouvés. Ils ont été arrêtés et incarcérés. Le procès a eu lieu dans un autre comté, pour me protéger des médias et que mon nom ne soit jamais cité. Mais tout le monde me connaissait dans la ville où j'allais au lycée donc je n'ai pas voulu y retourner. Je ne supportais pas de voir les gens me prendre en pitié. Ma grand-mère m'a aidée à suivre des cours par correspondance, j'ai eu mon diplôme de lycée et je suis allée travailler à l'hôtel. Ensuite, j'ai suivi des cours en ligne pour décrocher un diplôme universitaire. J'aurais pu aller dans une université mais je n'avais pas le courage de retourner sur un campus. Tu me comprends ?

Jonah lui ôta la tasse qu'elle tenait des mains et entrelaça leurs doigts.

— Oui, je comprends. Et les hommes qui t'ont trouvée ?

— Tu n'as pas deviné ?

— C'était J. D. et Liam, répondit-il après avoir enfin recollé la dernière pièce du puzzle.

Elle fit un signe d'approbation, les yeux brillants de larmes.

— Ils m'ont sauvée. Ils m'ont protégée. Ils ont été là

tous les jours pendant le procès. Ton père a veillé à ce que je ne sois pas dans l'obligation de voir mes assaillants au tribunal. Et ils ont tous les deux été appelés à la barre comme témoins.

— Tes assaillants ont été condamnés à quelle peine ?

— Vingt-cinq ans, dont dix-huit sans réduction de peine. C'était une attaque très brutale et, étant donné mon âge, la peine a été sévère.

Jonah se trouvait démuni. Aucun mot de réconfort adéquat ne lui venait à l'esprit. Il se contenta alors de la caresser délicatement.

Il était animé d'un mélange de rage, de colère, de chagrin et de compassion. Jamais il ne s'était senti aussi désemparé.

— Je suis content que J. D. et Liam aient été là pour toi.

— Moi aussi. Maintenant tu comprends pourquoi ils ont autant d'importance à mes yeux ?

— Oui.

— Et le soir où je me suis retrouvé dans ta chambre d'hôtel, tu comprends pourquoi j'ai paniqué ?

Il acquiesça en silence.

— Tu as été avec quelqu'un depuis…

— Non. J'ai essayé. Je suis sortie quelques fois avec des hommes mais j'ai toujours eu peur d'aller plus loin qu'un baiser. J'en ai parlé avec une psychologue. Elle m'a dit que je devais attendre de rencontrer la bonne personne, le bon moment pour moi. Ce soir-là, dans ta chambre, je n'avais jamais été aussi près de faire l'amour avec un homme. Pourtant, j'ai paniqué.

La minuterie du four sonna. Elle se leva, sortit la plaque de cuisson puis resta debout, bras croisés, le regard fixé sur lui.

— Tu as envie de prendre tes jambes à ton cou ?

— Pas du tout.

Elle sourit timidement. C'était absolument charmant.

— Tu es courageux. J'ai envie de mener une vie normale mais…

Jonah la fixa en retour, déstabilisé par l'intensité de ses propres sentiments. Ils étaient à un carrefour. Il pouvait partir avant que les choses ne deviennent trop sérieuses entre eux. Mais l'idée de ne plus la revoir le terrorisait.

Il se leva et vint la rejoindre.

— Pour aujourd'hui, je propose qu'on ne parle plus de sexe et qu'on se contente de passer du temps ensemble.

— Si tu veux.

— En revanche, je veux bien goûter un cookie.

Elle éclata de rire et, comme toujours, ce son mélodieux le toucha au plus profond de son cœur. Toutes les barrières émotionnelles qu'il avait érigées autour de lui s'écroulaient peu à peu depuis sa rencontre avec Connie.

Jonah faisait face à une réalité sans précédent dans sa vie : il voulait plus que jamais apprendre à mieux connaître cette femme et non pas la conduire directement dans son lit. Il avait envie de passer du temps avec elle, de connaître sa couleur préférée, ses péchés mignons, ses goûts cinématographiques, ses artistes favoris, si elle aimait la pluie, les batailles de boules de neige…

Il voulait tout savoir sur elle.

Il la voulait, elle, tout entière.

Connie ne se souvenait pas avoir passé un dimanche aussi merveilleux. Ils restèrent à l'intérieur toute la journée, hormis pour aller promener les chiens au parc. Elle leur prépara un déjeuner léger qu'ils mangèrent sur le pouce, puis Jonah la défia au Scrabble. Il connaissait des mots bien plus compliqués qu'elle, donc il gagna la partie. Elle lui parla de ses projets de rénovation de la maison de ses grands-parents et il lui donna quelques idées, ici et là. Ils refirent une fournée de cookies puis, vers 15 heures, elle se retrouva confortablement installée contre lui sur le canapé.

— C'est agréable, dit-elle en entrecroisant ses jambes avec les siennes.

— Est-ce une invitation ?

— Non, tu te souviens de ce que tu as dit ?

— Oui, mais je ne serais pas contre un baiser, dit-il en s'approchant dangereusement d'elle.

— Ou deux ?

— Ou trois, surenchérit-il avant de recouvrir sa bouche de ses lèvres avides.

Fidèle à sa parole, il se contenta de l'embrasser. Mais avec une ardeur renouvelée. Le premier baiser fut lent, savoureux. Puis ils intensifièrent la cadence tant le désir augmentait entre eux.

Après une pause sulfureuse, ils firent une pause.

— Au fait, maman t'attend pour Thanksgiving.

Connie se serra contre lui.

— J'ai hâte.

— Tu sais que je repars demain matin à Portland ?

Elle soupira.

— Je sais. N'oublie pas que tu as promis de voir ton père avant de partir. Promets-moi de ne pas le provoquer.

— Je te le promets.

— Tu reviens quand ?

— Mercredi après-midi.

— Je vais devoir m'habituer à cette relation à distance.

— Pour le moment, oui.

— Tu envisages de quitter Portland ?

— Ma vie est là-bas. Mon appartement, mon poste, mes amis. Mais ma mère est ici. Et toi, tu es ici, donc je vais devoir y penser.

— Cela plairait à Kathleen.

— Et à toi, ça te plairait ?

— Je suis sûre que je pourrais m'y habituer…

Il partit de chez elle vers 20 heures.

Au moment où elle referma la porte la solitude envahit Connie au point de la rendre triste. Pourtant il valait mieux qu'il rentre chez lui plutôt qu'il dorme ici. Elle avait été tentée de lui proposer, mais la journée avait été chargée en émotions et elle se devait de faire la part des choses entre son sentiment d'amitié et de reconnaissance, et le désir sexuel grandissant qu'elle éprouvait pour lui.

Elle savait désormais que son désir pour Jonah devait être assouvi. Elle en avait envie plus que tout. Mais, en attendant, elle avait des choses à faire. L'hôtel était complet jusqu'à la fin janvier, et il lui fallait toute sa tête pour organiser la période de Noël et du nouvel an. Liam aurait besoin d'elle, et elle ne voulait pas le décevoir.

Le lundi matin, Connie arriva tôt à son bureau. Elle ne manqua pas d'envoyer un petit message de soutien à Jonah qui avait rendez-vous avec son père. Il lui répondit avec un emoji souriant et un baiser. Elle souriait encore comme une adolescente quand Liam arriva juste après 8 h 30.

— Dis donc, tu as l'air aux anges. J'imagine que c'est lié à mon petit frère ?

Elle sourit de plus belle.

— Peut-être.

— Tiens, dit-il, lui tendant une enveloppe.

— C'est quoi ? C'est trop tôt pour la prime de Noël.

— Ouvre et tu verras.

Elle lut la lettre avant de laisser échapper un petit cri de surprise.

— Tu es sérieux ?

— Bien sûr.

— Directrice adjointe ?

— Tu le mérites. J'aimerais pouvoir passer un peu plus de temps avec Kayla et Jack, et tu es la personne en qui j'ai le plus confiance pour veiller sur l'hôtel quand je ne suis pas là.

Connie regarda l'offre, subjuguée. Une augmentation importante, de nouvelles responsabilités, un nouveau statut. Des privilèges supplémentaires.

Elle eut envie de pleurer.

— Pas de larmes !

— Désolée…

— C'est un oui ?

— Je peux te donner ma réponse demain ?

— Bien sûr. Et tu devras trouver ta remplaçante. Quelqu'un qui saura me supporter et se plier à mes caprices, comme toi.

Elle était très fière d'avoir décroché cette promotion et eut envie d'en parler aussitôt à Jonah.

Pourtant quelque chose la retenait, elle n'avait pas tout de suite accepté cette promotion. Elle se remit au travail en se disant qu'elle appellerait Jonah dès qu'elle aurait un moment plus tranquille.

Le rendez-vous du lundi matin entre Jonah et son père commença exactement comme il fallait s'y attendre : avec assez de tension pour les mettre tous les deux de mauvaise humeur.

Il réussit néanmoins à ne pas verbaliser son ressentiment le temps de faire le tour des lieux et de donner son avis.

— C'est vide depuis des années. C'était une usine métallurgique. J'aimerais que ce soit un projet de manufacture afin de créer des emplois pour la ville et de stimuler l'économie locale, expliqua J. D.

— Et ça ne ferait pas de mal à ton compte en banque, répliqua Jonah alors qu'ils retournaient sur le parking désaffecté.

J. D. haussa les épaules.

— L'immobilier, c'est mon métier. De même que Liam dirige l'hôtel, que Kieran est médecin et que toi tu es architecte. On a chacun son but et sa passion.

— En tout cas, moi, je ne m'amuserais pas à le rénover. L'abattre et construire quelque chose de neuf, ce serait plus logique.

— Tu voudrais bien t'occuper de ce projet ?

— Je pourrais te recommander quelqu'un.

— Je ne veux pas quelqu'un d'autre. Je te veux.

— Pourquoi ?

— Tu sais très bien pourquoi. Pour qu'on puisse interagir dans un autre contexte, qu'on puisse resserrer nos liens.

— C'est inutile.

— Pas à mes yeux.

— Tu fais trop d'efforts.

— Il faut bien que l'un de nous deux en fasse. Sinon on va continuer à tourner en rond. Ce n'est pas ce que je veux. Je veux qu'on réussisse à s'entendre et que tu t'entendes avec tes frères.

Jonah se souvint qu'il avait promis à Connie de ne pas se disputer avec son père mais c'était inévitable.

— Je me fiche de ce que tu veux et je vais gérer ma relation avec mes frères comme je l'entends.

— Et la nôtre ?

— Je vais y réfléchir.

J. D. parut surpris puis sourit.

— D'accord, ça me va. On pourrait se voir pour…

— Une chose à la fois. Ne me brusque pas et ne t'attends pas à un miracle.

— Je ne peux pas m'en empêcher. Mes enfants sont ce que j'ai de plus précieux dans la vie.

— C'est en te disant ça que tu te rassures ? En pensant que tes enfants sont ce qu'il y a de plus important ? Si c'était le cas, tu n'aurais pas eu une liaison avec ma mère alors que tu étais marié, que tu avais déjà trois enfants et qu'un quatrième était en chemin.

J. D. leva la main.

— Jonah, j'ai fait une erreur…

— Je sais, je suis là, rétorqua Jonah sur la défensive.

— Je n'ai pas dit que, toi, tu étais une erreur…

— Écoute, je n'ai pas le temps. Je dois y aller.

Mais J. D. le suivit jusqu'à sa voiture de location.

— S'il te plaît, essayons d'en parler.

— Parler de quoi ? Pour dire quoi ? Que tu n'as pas été là pour moi ?

— J'ai essayé d'être là pour toi. J'étais tiraillé. C'était dur.

— C'était dur ? Tu plaisantes ? Et moi ? Tu penses que ce n'est pas dur pour moi de vivre en sachant que je suis né par ta faute et que je ne peux rien y faire ? Cette conversation est terminée, dit-il, avant de s'installer au volant et de partir pour l'aéroport sans regarder son père.

Quelques heures plus tard, il était de retour à Portland. Il alla directement au bureau de l'aéroport.

De retour chez lui, il défit sa valise, lança une machine, se doucha puis se changea. Il commanda une pizza parce que son frigo était vide.

En attendant, il fit défiler le week-end qu'il venait de passer dans sa tête. Il avait besoin de se positionner pour savoir où il allait car les trajets entre Portland et Cedar River commençaient déjà à lui peser. Cela empiétait sur son temps de travail et sur sa vie sociale. Il ne se souvenait pas être sorti prendre un verre avec des amis à Portland depuis quelques semaines et il avait des projets qui arrivaient à échéance dans son cabinet.

Un peu plus tard dans la soirée, il appela Connie. Entendre le son de sa voix était si rassurant.

Elle lui parla de l'offre que Liam lui avait faite. Quelle

merveilleuse nouvelle. Il l'invita tout de même à peser le pour et le contre avant de donner sa réponse. Pour finir, elle lui dit qu'elle était prête à franchir le pas et à relever le défi de ce poste à hautes responsabilités.

— C'est beaucoup plus que ce à quoi je m'attendais.

— Tu le mérites. Liam le sait. Félicitations.

— Merci. Et avec ton père, comment ça s'est passé ?

— J. D. s'est comporté comme un gentleman. Et moi aussi, dit-il pour garder un ton léger.

Le récit de son entrevue n'était pas tout à fait exact mais il ne voulait pas la mêler à son affrontement avec son père.

— Tant mieux. Je m'inquiète un peu pour lui.

— Ah bon ? À quel sujet ?

Il l'entendit soupirer à l'autre bout de la ligne.

— Je ne sais pas… Il n'est plus tout à fait lui-même, en ce moment. Il n'est plus beaucoup à l'hôtel. Je ne sais pas ce qu'il fait de son temps.

— Je suis sûr qu'il va bien, dit-il en étouffant le sentiment oppressant qui venait de s'immiscer dans son esprit.

La conversation dériva ensuite vers des choses plus intimes avant qu'ils ne raccrochent en promettant de se rappeler.

Le lendemain, il l'appela vers 21 heures, et ils parlèrent de tout et de rien pendant une heure, en se glissant des petits mots doux au fil de la conversation.

Au moment de raccrocher, il fut de nouveau tiraillé entre un sentiment de bonheur et un sentiment de frustration sans précédent.

— Donc on se voit demain soir ?

— Oui. Cette fois-ci, c'est moi qui cuisine.

— Il te reste des cookies ?

— Je ferai une fournée spécialement pour toi. Et une pour chez ta maman.

— J'ai hâte de te voir, s'entendit-il dire.

— Moi aussi, murmura-t-elle.

— Bonne nuit, Connie, fais de beaux rêves.

Il raccrocha la tête pleine d'images de la femme qui avait envahi ses pensées et son cœur.

Quand le mercredi soir arriva, Connie était une vraie boule de nerfs. Elle enfila sa robe verte fétiche, se coiffa et mit une touche légère de maquillage. Jonah lui avait dit qu'il aimait ses taches de rousseur donc elle ne les masqua pas.

Il arriva à 18 heures, une bouteille de vin dans une main et un bouquet de roses dans l'autre. Il l'embrassa tendrement puis caressa les chiens avant de reporter son attention sur Connie.

Le dîner se déroula paisiblement. Ils burent un peu de vin pour accompagner le repas et se racontèrent leur début de semaine, même s'ils s'étaient déjà appelés chaque soir.

Connie finit par lui demander s'il avait des projets pour Noël.

— J'ai prévu de passer les fêtes de fin d'année avec ma mère, comme d'habitude. Et avec toi, j'espère, dit-il en lui lançant un regard ténébreux.

— Et les O'Sullivan ? Tu ne penses pas qu'ils voudront te voir ? questionna-t-elle, des papillons au ventre alors qu'il la scrutait intensément.

— Peut-être.

— Tu as promis de faire des efforts, tu te souviens ?

— Je sais, dit-il en lui prenant la main.

Il laissa glisser les doigts sur sa paume en une caresse incroyablement érotique. Elle croisa son regard sensuel, vit la chaleur qui animait ses yeux. De quoi la faire fondre sur place. L'atmosphère entre eux venait de changer, du tout au tout. Ils étaient passés d'un échange amical à… quelque chose de nouveau, de chaud et de charnel.

Jonah se leva, fit le tour de la table et lui tendit la main pour qu'elle se lève également.

— Où est ta chambre ?

Connie le guida le long du couloir jusqu'à sa chambre. Les tons mauves et les motifs cachemire étaient d'époque. La décoration d'origine remontait à de nombreuses années.

Elle le vit sourire en entrant.

— C'est joli. C'est très… toi.

Connie resta immobile, vacillante, le souffle court.

— Donc nous y voilà.

Il se déchaussa et enleva son portefeuille de son pantalon. Elle le regarda sortir de sa poche des petits carrés brillants qu'il posa sur la table de chevet.

La protection avant tout. Bien sûr.

Soudain, sa chambre lui parut beaucoup plus petite.

— Et dire qu'on va vraiment le faire, murmura-t-elle.

— Uniquement si tu le souhaites. Si tu préfères, on peut retourner dans le salon.

Elle secoua la tête.

— Non, je veux rester ici. Avec toi.

Elle marqua une pause avant de reprendre.

— J'ai envie de toi.

Il sourit.

Cela le rendit encore plus beau. Elle était subjuguée.

— Allez, viens là, lui demanda-t-il.

Elle avança pas à pas jusqu'à se retrouver devant lui.

— Je ne sais pas comment…

— Chut…, murmura-t-il.

Il lui prit les mains et les posa sur son torse.

— Connie, déshabille-moi.

Elle croisa son regard, tremblant de la tête aux pieds alors que ses doigts parcouraient son torse en direction du premier bouton de sa chemise. Il s'ouvrit facilement. Puis le suivant. Et le suivant. Jusqu'à ce qu'elle puisse tirer sur les deux pans de la chemise pour les sortir du pantalon.

Son torse était doux, halé et parfaitement sculpté.

Elle avait envie de lui, de ses baisers.

Elle désirait qu'il la touche, en tout point. C'est ce qu'elle souhaitait le plus au monde. Elle lui caressa le torse jusqu'à la ceinture. Il tressaillit. Elle sourit timidement.

— C'est bon, murmura-t-il sur un ton encourageant.

Connie défit la boucle de sa ceinture pour la laisser tomber sur le sol. Sur sa lancée, elle fit glisser la chemise sur ses épaules et le long de ses bras pour dégager son torse.

Il était incroyablement beau.

Musclé et svelte, avec un triangle de poils parfaitement dessiné descendant de son nombril à la ceinture.

Elle n'avait jamais vu un homme entièrement nu. Humer son parfum musqué et sentir ses muscles sous ses caresses suffit à l'exciter profondément.

Elle était intimidée mais elle n'avait pas peur. Pour la première fois de sa vie, elle se sentait libre, entière, et elle savait que son expérience avec Jonah serait mémorable.

Les bras le long du corps, il la laissa le toucher et explorer son corps. Après une grande inspiration, elle baissa la braguette de son pantalon jusqu'à sentir son érection. Il resta immobile alors qu'elle tremblait.

Enfin, il lui leva le visage pour croiser son regard.

— C'est bon, Connie, tout va bien. Prends ton temps.

— Je veux bien que tu m'aides pour le reste.

Il sourit avant de se débarrasser du reste de ses habits.

Quelle vision divine. Elle le frôla de nouveau, alors qu'il restait immobile.

Il la mettait en confiance. Il lui faisait honneur. Et il se montrait attentionné.

Elle s'apprêtait à déboutonner sa robe mais il l'en empêcha.

— Pas encore, murmura-t-il.

— Mais…

— Pas tant que tu n'es pas sûre à cent pour cent. Je veux

que tu te sentes en sécurité et à l'aise avec moi. Je veux que tu saches que je ne te prendrai jamais quelque chose que tu n'es pas prête à me donner. C'est ça, faire l'amour. Deux personnes qui se font entièrement confiance et qui s'offrent l'une à l'autre. Tu peux continuer à me toucher autant que tu le souhaites. Quand tu auras entièrement confiance en moi, je t'embrasserai. Et je te toucherai à mon tour.

Les larmes lui montèrent aux yeux.

— Je ne veux pas te décevoir.

Il essuya délicatement ses pleurs.

— Connie, tu es une femme sublime. Et très séduisante. Je sais que tu ne le penses pas mais je t'assure que c'est la vérité. C'est ce que je vois quand je te regarde. Même si je ne peux pas te rendre ce qui t'a été volé ce soir-là, il n'y a que toi et moi. Un homme et une femme qui éprouvent une attirance incroyable l'un envers l'autre et qui ont envie d'être ensemble pour partager un moment intense. Tu ne peux pas me décevoir. Tu ne peux pas savoir combien je suis heureux d'être ici avec toi, ajouta-t-il avant de lui caresser le visage.

Puis il l'entraîna vers le lit.

Il s'assit sur le matelas, dos contre le mur, jambes tendues, le sexe clairement exposé, en érection.

Connie ne s'était jamais sentie aussi stimulée.

Elle ôta sa robe et resta à côté du lit en culotte et soutien-gorge en dentelle noire. Elle se sentait plus sensuelle et érotique que jamais.

— Je ne sais pas quoi faire.

Il lui offrit un sourire rassurant.

— Fais ce que tu veux. Tu as ma permission.

— J'ai un peu peur.

— Je sais. Mais tu es en sécurité dans cette chambre.

Il avait raison. Elle lui en fut profondément reconnaissante. Il s'offrait à elle, sans condition.

Pour Connie, la période qui suivit fut un véritable éveil des sens, un voyage de découverte qu'elle ne pensait jamais vivre.

Elle le toucha et le caressa partout.

Alors qu'elle était venue recouvrir sa bouche de la sienne, il la pénétra avec sa langue en un mouvement on ne peut plus érotique.

Elle le couvrit de baisers, le lécha délicatement, le mordilla, l'explora de ses mains.

Pendant tout ce temps, elle attendit que la panique arrive, que l'angoisse la saisisse.

Mais elle n'éprouva rien de tel. Au contraire. Elle se sentait libre, sensuelle, belle, capable de tout. Avec Jonah.

C'était Jonah, l'homme que tout le monde percevait comme froid, désagréable et asocial, qui lui avait permis d'éprouver cette liberté renouvelée.

Elle le fit gémir, elle le fit frémir, sans jamais qu'il ne cherche à prendre le contrôle ou à la brusquer.

À ses yeux, il était le plus attentionné des amants.

En cet instant, elle eut une révélation.

Elle était amoureuse de lui. Éperdument.

Cet aveu intérieur ne fit que renforcer sa résolution.

Et son désir.

L'instant d'après, libérée de tout carcan, elle ôta ses sous-vêtements et prit un préservatif sur la table de chevet.

— Tu es sûre ?

— Oui.

— Dis-moi ce que tu veux, souffla-t-il.

— Toi.

Il lui prit le préservatif des mains.

— Entendu. Mais, si tu veux arrêter, tu peux le faire à tout moment, d'accord ?

— Jonah, arrête de parler maintenant. Agis.

Elle roula sur le dos et tendit les bras pour l'accueillir.

Il obtempéra, venant se placer sur elle, en appui sur ses bras pour ne pas l'écraser.

— Tout va bien ?

— Oui.

— Tu n'as pas peur ?

— Non. Pas du tout.

Il l'embrassa fougueusement, plongeant sa langue dans sa bouche en un assaut charnel torride.

Elle lui rendit la pareille, les sens en état d'alerte.

Il la toucha, lui murmura des mots doux pour s'assurer que tout se passait bien. Puis il fit glisser une main le long de son corps.

Malgré ses doutes, Connie n'avait pas peur.

Elle n'éprouvait que du désir et une envie folle de capituler.

Il la toucha délicatement mais fermement.

Ses caresses l'enivrèrent. Ainsi, à force d'attentions renouvelées, il lui fit perdre la tête, lui donnant envie de lui à un point inavouable. Jamais elle n'aurait cru qu'un homme puisse la mettre dans cet état.

Alors qu'elle n'en pouvait plus d'attendre, il la pénétra. Enfin, ils furent unis de la manière la plus intime possible. Sans gêne, sans menace, sans souffrance.

C'était à la fois époustouflant, grisant et déboussolant.

Ils se mouvaient en suivant un seul et même rythme, en symbiose. Quand il l'embrassait, elle l'embrassait en retour.

Ce va-et-vient érotique était aussi naturel que de respirer.

Soudain, elle fut happée dans un tourbillon de plaisir tellement intense qu'elle crut avoir rejoint une autre dimension.

Elle murmura son prénom, encore et encore, avant de sentir qu'il la rejoignait, à l'unisson de ce cataclysme qui les envoya au firmament.

Quand la tempête dans leurs cœurs et dans leurs corps

se calma et qu'ils retrouvèrent leurs esprits, Connie prit une longue inspiration.

Immobile. Confuse. Mais heureuse. Jamais elle n'avait éprouvé un tel bien-être.

Elle contempla le torse de Jonah qui montait et descendait en cadence. Puis elle le vit se lever.

— Où vas-tu ? s'enquit-elle, rêveuse, les cheveux en désordre sur l'oreiller, son corps encore en éveil.

— Dans la salle de bains. J'arrive, promit-il.

À son retour, Connie était allongée sur le côté. Dès qu'il revint dans le lit, il retira le drap qui la recouvrait.

— Tu n'as plus besoin de ça, je suis là. Tu te sens comment ? Je ne t'ai pas fait mal ?

— Non, c'était merveilleux.

Il la fit rouler vers lui.

— Promets-moi une chose.

— Quoi donc ?

— Si jamais je faisais quelque chose qui te mettait mal à l'aise dans notre intimité, jure-moi de me le dire.

Il était vraiment adorable.

Elle fut touchée qu'il soit aussi attentionné envers elle.

— Je te le promets. Mais il y a peu de chance pour que ça arrive.

— Tant mieux, dit-il avant de l'embrasser le plus tendrement du monde.

— C'est tellement agréable lorsque tu m'embrasses.

— J'adore tes lèvres. Et j'adore te caresser, dit-il en laissant sa main glisser sur ses hanches puis entre ses jambes.

Connie gloussa tout en cherchant sa bouche pour un baiser. Ses mains et ses doigts avaient un effet magique sur elle.

Quand ils firent de nouveau l'amour, Jonah contrôlait parfaitement la situation pour lui offrir un plaisir intense et réciproque.

C'était beau au point qu'elle se mit à pleurer doucement alors qu'il la tenait dans ses bras.

— Je voudrais que cette nuit soit éternelle, avoua-t-elle.

— Moi aussi, dit-il en l'entourant de ses bras protecteurs, comme si elle était la chose la plus précieuse au monde.

Ils parlèrent un moment puis elle s'endormit contre lui, comblée et follement amoureuse, pour la première fois de sa vie.

- 9 -

— Tu sais, tu n'as vraiment pas besoin d'apporter tout ça. Nous ne serons que trois, dit Jonah alors qu'il voyait Connie préparer un second panier de nourriture.

Elle le regarda, l'air ingénu et naturellement belle dans sa robe rouge à manches longues et ses bottes de cow-boy. Sa magnifique chevelure cascadait sur ses épaules et Jonah n'avait qu'une envie : enfouir sa main dans cette masse et l'attirer à lui.

Il n'arrivait pas à assouvir son envie d'elle. Il la désirait, entièrement, à tout moment. Ils avaient pourtant fait l'amour au réveil mais, visiblement, cela ne lui avait pas suffi.

— Je sais que c'est trop mais je veux vraiment que ce soit une journée inoubliable.

— Elle le sera. Sache aussi que ma mère va être en état d'alerte et qu'elle cherchera sûrement à en savoir plus sur nous deux.

— Tu vas lui dire la vérité ?

— Mes activités nocturnes ne regardent pas ma mère.

Elle sourit, amusée.

— Mais non… Je voulais dire… Tu vas lui dire que nous sommes ensemble ?

Il la prit dans ses bras et l'embrassa avec fougue.

— Connie, je crois qu'un seul coup d'œil suffirait à n'importe qui pour savoir que nous sommes un couple. Je n'aurai pas besoin de le dire à ma mère. Quand elle me verra, elle saura que je suis fou de toi.

Elle sourit de plus belle.

— Ah bon ?

— Oui, mademoiselle Bedford, je suis fou de vous. Et maintenant, allons-y.

Il était à peine 14 heures quand ils se garèrent devant chez sa mère.

Jonah prit les paniers sur la banquette arrière, ouvrit la barrière et guida Connie jusqu'au perron.

— Mon chéri ! Je suis ravie de te voir ! dit sa mère en ouvrant la porte.

— Bonjour, maman.

— Connie, ravie que tu aies pu te joindre à nous.

Jonah observa la réaction de sa mère.

Il vit dans la lueur de ses yeux qu'elle avait compris.

— Oui, maman, Connie et moi sommes là, tous les deux.

— Tu ne peux pas savoir comme ça me fait plaisir.

Jonah lui sourit, heureux de voir l'air réjoui de sa mère.

Son sourire disparut en voyant qu'il y avait quatre couverts. Puis, regardant par la fenêtre qui donnait à l'arrière de la maison, il vit un SUV qu'il reconnut aussitôt.

Ses doutes le rattrapèrent.

Regardant de nouveau sa mère, il vit qu'elle avait soudain l'air mal à l'aise. Il posa les paniers et lui fit face.

— Maman, tu peux m'expliquer ce qui se passe ?

— C'était mon idée, dit-elle alors que la porte de derrière s'ouvrait.

J. D.

— Tu es sérieuse ? s'enquit-il sèchement, au comble de l'irritation.

— Tout à fait. Je me suis dit que ça vous donnerait l'occasion de passer un peu de temps ensemble.

Jonah évita de regarder J. D.

— On a passé du temps ensemble lundi, lui rappela-t-il puisqu'il le lui avait déjà dit au téléphone.

— C'était un rendez-vous de travail. Je parle de passer du temps en famille, tranquillement.

— Si tu préfères que je parte…, proposa J. D.

— On ne t'a rien demandé, interrompit Jonah, animé par une colère intense.

Connie lui posa la main sur le bras.

— C'est bon, ça va aller. Fais un effort, s'il te plaît.

Il n'avait pas envie de faire d'effort, il n'avait pas envie d'avoir J. D. dans sa vie, aux côtés de sa mère et de Connie.

Mais il ne voulait pas non plus faire de scène.

Pas devant Connie.

Il rompit le silence.

— Comme vous voulez, finit-il par dire, comme si tout le monde attendait la sentence, suspendu à ses lèvres.

Il se mit en retrait, regardant les deux femmes les plus importantes de sa vie sortir les provisions que Connie avait apportées. Elles parlèrent cuisine, Thanksgiving et Connie raconta qu'avant de venir ils avaient passé une heure à la maison de retraite des vétérans pour distribuer les cookies qu'elle avait faits.

J. D. resta en retrait également, observant lui aussi la scène, sans mot dire.

— Connie, merci beaucoup pour tout ce que tu as apporté. C'est formidable. Vraiment, tu n'aurais pas dû. Et je suis ravie que tu sois venue.

Jonah pouvait entendre dans le son de la voix de sa mère à quel point elle était heureuse pour son fils. Cela faisait longtemps qu'elle lui posait des questions à ce sujet et qu'elle s'inquiétait qu'il ne trouve personne.

Connie était différente des filles avec qui il était sorti auparavant, et sa mère le savait aussi bien que lui.

Pendant l'heure qui suivit, tout en buvant un cocktail de manière informelle dans la cuisine, Jonah fit bonne figure. Il prit sur lui pour supporter cette réunion de famille improvisée qui ne lui convenait pas du tout.

Enfin, ils passèrent dans la salle manger. Aussitôt, la situation devint plus tendue. Tout simplement parce qu'il n'arrivait pas à digérer que J. D. ait réussi à s'inviter dans leur réunion de famille.

— Pourquoi tu n'es pas chez Liam ? s'enquit-il sans détour une fois qu'ils furent tous assis à table et que le repas était servi.

Il connaissait déjà la réponse puisque Liam en avait parlé au mariage de Kieran, mais il voulait entendre la réponse de la bouche de J. D.

J. D. parut mal à l'aise.

— Gwen était invitée et je ne voulais pas m'imposer.

— Tu as préféré t'imposer ici, rétorqua-t-il, hargneux.

— C'est moi qui ai demandé à ton père de se joindre à nous, dit sa mère d'une voix peu assurée.

— Et on peut savoir pourquoi ? Pour qu'on ait une vraie relation entre père et fils, c'est ça ?

— Jonah, arrête, ne sois pas comme ça, cela ne te ressemble pas. En quoi serait-ce si terrible de passer du temps avec ton père ?

À présent, la tension autour de la table était palpable, mais Jonah ne pouvait plus reculer.

Peu lui importait que ce soit sa mère qui ait invité J. D. De son point de vue, J. D. s'était imposé dans leur réunion de famille, et il ne pouvait pas lui pardonner.

— Maman, je ne sais pas à quoi tu t'attendais mais je peux t'assurer qu'on ne va pas finir par former une grande famille heureuse et unie.

— Pourquoi pas ? On pourrait trouver un terrain d'entente. Si tu arrêtais de te comporter comme un enfant capricieux, lança J. D.

Jonah bondit de sa chaise.

— J'arrêterai de me comporter comme ça quand tu arrêteras de te comporter comme si tu avais le droit d'être là.

J. D. se leva à son tour.

— J'ai le droit d'être là. Je suis ton père.

Jonah jeta sa serviette sur la table.

— Tu n'es rien pour moi. Et, pour toi, je suis une erreur, tu te souviens ? cria-t-il avant de quitter la pièce.

Il était tellement en colère qu'il avait du mal à respirer.

Ce n'était pas comme cela qu'il avait envisagé la journée. Dans son idée, il allait passer un après-midi détendu et joyeux en compagnie des deux femmes les plus importantes pour lui.

Ensuite, il s'était dit qu'il ramènerait Connie chez elle et qu'il lui ferait de nouveau l'amour.

Il ne s'attendait pas à tomber sur J. D.

Ce dernier n'arrêtait pas de s'immiscer dans sa vie contre son gré, et il ne supportait plus de le voir.

Il regardait par la fenêtre du salon quand il entendit son prénom au loin.

Connie était dans l'embrasure de la porte, les bras croisés.

Il n'eut pas besoin de la regarder dans les yeux pour savoir qu'elle allait lui faire la morale.

— Je peux savoir ce que tu fais ?

— J'essaie de me calmer.

— Je parlais du repas de famille. C'est vraiment la relation que tu veux avoir avec ton père un jour de Thanksgiving ?

Ils se dévisagèrent, chacun en colère contre l'autre.

— Arrête de dire que c'est mon père.

— Tu ne peux pas nier la vérité. C'est ton père. Tu ne vois pas à quel point ta mère est peinée ? Tu ne pouvais pas faire un effort pour elle ?

— Laisse ma mère en dehors de ça.

Le visage de Connie se fit moins dur.

— Jonah, tu vois forcément ce que je vois, non ? Nous ne sommes plus des enfants.

Il n'aimait pas ce qu'elle était en train d'insinuer. Après toutes ses années, sa mère était-elle encore…

Le simple fait d'y penser lui donna la nausée. Pourtant, intérieurement, il comprit où elle voulait en venir et cela ne fit qu'augmenter sa fureur.

— C'est impossible ! maugréa-t-il.

— Jonah, tu vois qu'il y a beaucoup d'affection entre eux. Ta maman est aux abois. Elle ne souhaite qu'une chose : réunir les deux hommes qui comptent le plus dans sa vie. C'est une femme aimante qui malgré ses efforts n'arrive pas à te rallier à sa cause.

— Je la connais mieux que toi, je n'ai pas besoin de ton analyse psychologique, lâcha-t-il, au comble de l'énervement.

— Tu en es sûr ? Si tu n'étais pas aussi obnubilé par ton ego, tu verrais que tu fais souffrir ta mère chaque fois que tu rejettes ton père.

Il la fusilla du regard, incrédule.

— Mon ego ? Donc c'est comme ça ? On se dispute à cause de J. D., et en plus tu prends son parti ?

— Je suis de ton côté. Mais tu ne prends pas assez de recul par rapport à la situation. Ce n'est pas un monstre, malgré ce que tu penses. Il veut faire partie de ta vie. Tu es tellement aveuglé par ta rancœur que tu ne vois pas la chance que tu as.

Jonah se sentit coupable d'avoir gâché le repas dont Connie se réjouissait tellement, elle qui n'avait plus vraiment de famille.

Il éprouva le besoin de s'excuser, de s'approcher d'elle.

Dans son élan, il bouscula le chevalet et le drap qui recouvrait le tableau qui tomba à terre.

Jonah s'immobilisa devant le portrait en cours.

Il reconnut aussitôt le modèle.

J. D.

Il jura à voix haute.

Connie tressaillit fébrilement.

Au même moment, on frappa à la porte.

Il était trop absorbé par sa découverte pour prêter attention au monde alentour.

Ce qui le choqua le plus dans ce portrait, ce n'était pas tant la ressemblance avec J. D. mais l'émotion qui en émanait, l'amour qui transparaissait dans chaque coup de pinceau.

Il eut la nausée.

J. D. était entré dans la pièce.

Il le toisa amèrement, empli de colère.

— On voulait te le dire mais on ne savait pas comment, avoua simplement J. D.

Il vit sa mère arriver derrière J. D.

Quand elle posa une main sur son épaule, il éprouva un profond sentiment de trahison.

Connie n'était pas derrière lui, ni à côté de lui. Elle était neutre. Ce constat le mit dans une rage folle.

Il regarda sa mère, impuissant.

— Maman, tu as perdu la tête ?

— Jonah, ne parle pas à ta mère comme ça.

Jonah serra les poings.

— Tu n'as rien à me dire. Tu as abandonné tout droit sur moi dès l'instant où ma mère a quitté cette ville pour sauver ta réputation il y a trente ans !

J. D. eut un léger mouvement de recul.

— Nous avons agi pour le mieux, en notre âme et conscience.

— Nous ? Tu n'as rien fait. C'est ma mère qui a fait ce qu'il fallait, pour moi, pour toi, pour tout le monde, mais pas pour elle. J'ai grandi en étant conscient que sa famille lui manquait, qu'elle avait tout abandonné pour être sûre que personne d'autre ne souffre par ta faute et ton égoïsme. Si tu savais comme je t'en veux pour tout ça !

— Je sais que tu m'en veux, mais je t'aime et tu ne peux rien y faire.

Ce n'était pas ce qu'il voulait entendre.

Les paroles de J. D. ne firent qu'attiser sa fureur et sa haine.

— Pourquoi tu ne peux pas disparaître de notre vie ? hurla-t-il avant de donner un coup de poing dans le mur.

— Jonah !

La voix de Connie le rappela à la réalité. Il se tourna vers elle. Elle secouait la tête, visiblement choquée et déçue par son comportement.

J. D. intervint.

— Je ne peux pas disparaître de votre vie car je vous aime tous les deux. Depuis toujours. Un jour, quand tu auras un enfant avec la femme que tu aimes plus que tout, tu comprendras pourquoi je n'ai pas pu t'oublier. Tu fais partie de moi.

J. D. marqua une pause, les larmes aux yeux.

— Quoi que tu penses, sache que tu n'as jamais été un horrible secret que je voulais absolument cacher au monde. Tu es mon fils. Au même titre que Liam, Kieran et Sean. Si tu choisis de me détester, soit. Mais ne t'avise pas de manquer de respect à ta mère sinon tu auras affaire à moi.

Jonah fulminait.

Il n'avait qu'une envie : partir avec Connie.

Mais Connie le regardait comme une étrangère.

En silence, il la supplia de le soutenir, priant pour qu'elle comprenne qu'il avait besoin d'elle.

— Jonah ?

— Oui, maman.

— Essaie de comprendre. Ton père et moi avons été très amoureux à l'époque et nous n'arrivons pas à effacer nos sentiments. Ne m'en veux pas.

— Je ne t'en veux pas, mais il t'a fait du mal et il n'était jamais là.

— C'est faux, dit-elle en s'approchant de J. D.

— Maman…

— J. D. n'a jamais quitté mon cœur.

— Tu as tort de lui faire confiance, lança-t-il avant de quitter la pièce.

Il ignora J. D., embrassa sa mère sur la joue puis se dirigea vers la porte d'entrée, s'attendant à être suivi par Connie.

Quand il ouvrit la porte, elle resta dans l'entrée.

— Tu devrais rentrer chez toi te calmer.

— Tu ne viens pas avec moi ?

— Je vais aider ta mère à ranger.

— J'ai besoin de toi, l'implora-t-il.

— Non, tu es trop occupé à haïr ton père. Tu n'as besoin de rien ni de personne.

— Écoute, j'ai perdu mon sang-froid. Je suis désolé. Mais ça va aller.

— Pour toi, peut-être mais c'est pour J. D. et ta maman que je m'inquiète.

— Tu préfères prendre parti pour J. D. que pour moi ?

— Je préfère être là où on a besoin de moi.

Jonah était tellement en colère qu'il n'arrivait pas à ordonner ses idées.

— On en revient à ton dévouement aveugle pour les O'Sullivan. En plus, avec ta promotion tu n'es pas près de les quitter.

— Tu n'es vraiment qu'un pauvre type.

— Et toi tu es aussi crédule que ma mère.

— En effet, et c'est pour ça que j'en ai fini avec toi.

Une attaque frontale directe et non déguisée.

Vaincu, il tourna les talons et chemina jusqu'à sa voiture.

Il voulait se retrouver seul et ne plus penser à rien.

Le temps que Connie revienne dans la cuisine, Kathleen faisait la vaisselle, et J. D. mettait les restes du repas dans des boîtes Tupperware. C'était un joli tableau mais personne ne pouvait nier la scène traumatisante qui venait de se dérouler.

— Il est parti, annonça Connie.

— Tu es restée. Il va sûrement le prendre personnellement.

— C'est un grand garçon, il s'en remettra. Une fois qu'il aura fini de bouder.

— Tu l'aimes, n'est-ce pas ? s'enquit Kathleen.

— Oui. Même si, à l'instant même, je me demande pourquoi.

— Parce que c'est un homme honnête, sûr de lui et attentionné. Il tient ça de son père.

— Comme il me déteste plus que tout, mieux vaut ne pas lui dire qu'il me ressemble, ironisa J. D.

— Il ne vous déteste pas mais il est tiraillé.

— Je n'aime pas le voir comme ça.

— Moi non plus. Mais on doit le laisser trouver le chemin de la raison.

— Peut-être..., dit J. D. en posant une main sur son ventre et en faisant la grimace.

— C'est ton ulcère ? s'enquit Kathleen.

— Oui, mais ne t'inquiète pas, ça va aller.

Connie n'en était pas aussi sûre.

J. D. lui parut pâle et fébrile.

— Vous êtes certain ? Vous n'avez besoin de rien ?

J. D. s'avança vers Connie.

— C'est gentil mais ça va. Surtout, ne laisse pas cette histoire te contrarier. Jonah a un bon fond, sauf quand il se comporte comme un rustre mal dégrossi.

— Je sais. C'est pour ça que je l'aime.

— Alors va le voir. Tiens, prends ma voiture. Kathleen et moi allons nous occuper du reste.

Connie acquiesça, se laissant guider par la sagesse de J. D.

Quelques minutes plus tard, elle se garait devant chez Jonah. Il était absent. Elle passa à l'hôtel. Rien.

Enfin, elle se rendit chez elle.

À sa grande surprise, la voiture de Jonah était là et il était assis sur les marches devant chez elle.

Il avait l'air tellement malheureux et vulnérable qu'il lui fit de la peine. Mais elle était aussi très en colère contre lui.

— La barrière était fermée à clé, tu as sauté par au-dessus ?

— Oui.

— Pourquoi es-tu là ?

— Pour m'excuser.

— Ce n'est pas à moi que tu dois des excuses.

— Je parlerai à ma mère plus tard.

— Je pensais à J. D. Tu n'arrêtes pas de te disputer avec lui. Et je pense que ta mère n'était pas impressionnée par ton comportement.

— Je suis désolé d'avoir agi ainsi. J'ai perdu la tête. Je m'excuse, dit-il en se levant.

À ses yeux, ce n'était pas suffisant.

— Tu dois t'excuser auprès de J. D.

Elle monta les escaliers puis ouvrit la porte d'entrée.

Sentir la proximité de Jonah était un véritable supplice. Elle avait envie de le prendre dans ses bras et d'atténuer son tourment, mais elle souhaitait aussi qu'il prenne ses responsabilités et qu'il assume ses actes.

— Ne fais pas ça. Ne prends pas son parti plutôt que le mien, dit-il en lui attrapant sa main.

— Je ne prends pas son parti. Je prends le parti de la raison.

Il la lâcha.

— Il s'est imposé chez nous.

— Non. Tu as entendu ta mère. Elle l'a invité. Et ils sont amoureux donc c'est tout à fait normal.

— Ne dis pas ça.

— C'est la vérité. Tu dois l'accepter. Sinon, ta mère sera contrainte de choisir. Si tu l'aimes, je te conseille de ne pas la mettre dans cette position. Tu entres ?

— Non.

— Alors pourquoi es-tu là ?

— C'est ici que je me sens le plus chez moi dans cette fichue ville.

De nouveau, elle sentit à quel point il était vulnérable et perdu. Même si elle était en colère contre lui, même si elle lui en voulait d'avoir gâché le repas de Thanksgiving, et même s'il se montrait agaçant et déraisonnable, elle n'avait pas envie de le voir partir.

— Alors entre.

— Si j'entre, je vais avoir envie de toi. Et j'imagine que c'est la dernière chose à laquelle tu penses.

Il se trompait.

Malgré la situation et son irritation, elle avait très envie de lui. Elle avait envie de sentir la chaleur de leurs corps en sueur et d'être emportée par le plaisir qu'il lui procurait chaque fois.

Elle le voulait sur elle, sous elle, autour d'elle, au plus profond de son intimité. Elle voulait sentir sa bouche la dévorer, ses mains l'explorer partout, ses jambes entrelacées avec les siennes.

— Alors entre et faisons l'amour. J'aimerais te faire oublier toute la colère et la souffrance qui tourmentent ton cœur.

— Je n'arrive pas à les étouffer, dit-il, les yeux brillants.

— Avec un peu de bonne volonté, tu pourrais y arriver.

Il la regarda un moment, l'air penaud.

— Je te promets d'essayer. Pour toi.

— Pas pour moi. Pour toi.

L'instant d'après, il entra, referma la porte et la prit dans ses bras. Il fondit sur elle avec avidité, l'embrassant à en perdre haleine. Elle lâcha les paniers par terre.

Sans quitter sa bouche, il la fit reculer jusqu'à sa chambre.

En quelques secondes, ils se retrouvèrent nus sur son lit. Il lui écarta les cuisses pour caresser la moiteur de son intimité tout en l'embrassant avec passion.

Puis il s'arracha à ses lèvres pour la sonder du regard.

En cet instant, Connie sentit la connexion extraordinaire qui les unissait. Elle frémit.

Elle l'entoura de ses bras, l'étreignant comme s'il en allait de sa vie, alors qu'il la pénétrait, scellant leurs corps pour une nouvelle chevauchée.

Ainsi, ils s'installèrent dans un corps-à-corps effréné et tumultueux. Elle gémit, murmura son prénom tout en le dévorant des yeux jusqu'au paroxysme du plaisir. Un moment purement libérateur.

Elle se sentit soudainement aussi puissante qu'une déesse et le prit dans ses bras pour le réconforter.

Il roula à ses côtés, se mit sur le dos, un bras replié sur son visage. Puis il jura à voix haute.

— Était-ce nécessaire ? s'enquit-elle, choquée.

— Dans la précipitation, j'ai oublié le préservatif.

Elle fit un rapide calcul de son cycle.

— C'est bon, ça devrait aller, ne t'inquiète pas.

Il posa une main sur son ventre.

— Si tu es enceinte, on se marie.

— C'est une demande officielle ?

— Je suis sérieux. Pas question de mettre au monde un enfant illégitime.

— Il ne serait pas illégitime.

— Peu importe. Je voudrais faire ça bien, donc il faudra qu'on se marie.

Connie sentit son cœur se serrer.

La discussion lui paraissait prématurée, surtout après l'épisode chez Kathleen.

— Je te fais confiance, ce n'est pas la question.

— Tu me le dirais si tu étais enceinte ?

— Bien sûr.

Il parut se détendre.

— Je suis désolé. Tu sais, ça ne m'est jamais arrivé. Mais avec toi… Tu me fais perdre la tête. Au point d'en oublier des choses importantes.

— Parfois… c'est bon d'oublier. Et de pardonner. Moi, j'ai dû le faire. C'est ça qui m'a permis d'avancer. Aujourd'hui, c'est grâce à toi que j'ai pu vivre cet instant sans avoir peur. Pour y arriver, j'ai dû laisser la colère derrière moi. C'est ce que tu dois faire.

— Je ne peux pas, avoua-t-il.

— Tu es obligé. Tu dois te montrer fort et passer à autre chose.

— Tu m'en demandes trop.

— Pourtant, le pardon, c'est la clé.

— Je pensais que c'était l'amour.

— D'abord on pardonne et après on aime.

Alors qu'elle était de nouveau dans ses bras, Connie espérait avoir convaincu Jonah.

Sinon, elle ne donnait pas cher de leur relation.

- 10 -

Le vendredi suivant, Jonah assistait à une réunion de travail quand il reçut un appel de sa mère. Une fois libéré de ses obligations, il écouta ses messages. Sa mère lui apprenait que J. D. allait emménager chez elle.

La nouvelle eut l'effet d'une gifle.

Il appela Connie mais tomba sur son répondeur.

Il avait à peine parlé à sa mère depuis Thanksgiving, invoquant des projets, des réunions et toute autre excuse pour éviter d'entendre la déception dans sa voix. Il n'avait pas non plus dit quand il comptait revenir à Cedar River.

Après le dernier fiasco, il avait changé son billet et était rentré le vendredi à Portland. Il avait eu le cœur lourd de quitter Connie mais il avait éprouvé un profond soulagement en laissant derrière lui la ville et ce qu'elle représentait à ses yeux.

Il se sentait oppressé par les attentes de Connie. Elle insistait pour qu'il pardonne à J. D. et qu'il ouvre grand les bras à tous les O'Sullivan.

Mais il n'était pas prêt. Pourquoi ne pouvait-elle pas le comprendre ?

Toute sa vie, il avait entretenu et développé une rancœur sans bornes à l'encontre de J. D. en l'accusant des pires maux et en le rendant responsable de tout ce qui n'allait pas dans sa vie.

Une fois le secret découvert, il ne s'attendait pas à ce que ses frères manifestent un tel intérêt envers lui et qu'ils soient aussi désireux de l'inclure dans leur famille. Il ne comprenait pas leur engouement puisqu'il était la preuve vivante de l'adultère de J. D.

Il était le fruit de la trahison et de la malhonnêteté. C'était encore et toujours un poids pour lui, même si les O'Sullivan avaient été très accueillants. Il se disait souvent que cela ne pourrait pas durer et qu'un jour ils finiraient par le traiter d'intrus… Ou, pire encore, d'erreur.

Et, bien sûr, il n'avait pas prévu de rencontrer Connie Bedford.

Connie, dont il était en train de tomber éperdument amoureux.

Entre eux, cela allait au-delà de l'amitié ou de simples relations sexuelles. Il avait déjà eu de belles expériences au lit mais, avec Connie, c'était différent. Le lien entre eux se tissait à un niveau plus élevé, plus intense, plus fort. Quand il lui faisait l'amour, ce n'était pas seulement une question de jouissance. Une multitude de sensations entraient en jeu.

Contrairement à ce qu'il avait pensé au départ, lui faire l'amour n'avait pas éteint mais décuplé son désir. Chaque fois qu'il la voyait, il la désirait encore davantage que la fois précédente.

Il détestait se sentir si vulnérable mais il ne pouvait pas se passer d'elle.

De retour dans son bureau, collé à la vitre, il regarda la pluie ruisseler devant lui. Réfléchir à tout cela lui avait donné mal à la tête.

Un mois auparavant, tout allait bien et rien ne semblait compliqué.

Sa relation avec Connie n'avait pas commencé, il n'était pas en retard sur ses projets et sa mère n'avait pas encore emménagé avec J. D.

En repensant à sa mère, la culpabilité et la honte l'envahirent.

Noël arrivait à grands pas. Jonah devait faire la paix avec sa mère. Elle adorait cette période et il ne voulait surtout pas lui gâcher son plaisir.

Les émotions ayant raison de lui, à 15 heures, il réserva un billet d'avion pour Rapid City, annonçant à ses collaborateurs qu'il avait besoin de s'absenter quelques jours pour régler des problèmes de famille.

Il prenait rarement des jours de vacances, sa décision ne fut donc pas contestée, même si c'était un arrangement de dernière minute. Il rentra chez lui, prit quelques affaires et se rendit à l'aéroport pour arriver à Cedar River vers 22 heures.

Son appartement lui parut plus accueillant que prévu. Il se sentit étrangement plus à l'aise que chez lui à Portland.

Il songea à la si chaleureuse maison de Connie et à son lit… S'il n'avait pas été aussi tard, il l'aurait appelée. Mais il ne voulait pas la déranger et passa la nuit à rêver d'elle.

Au réveil, le samedi matin, il se sentit frustré et perdu.

Dès 9 heures, il appela Connie mais tomba sur son répondeur. Il se rendit chez elle une heure après mais personne ne répondit à la porte. Il la rappela et laissa un autre message.

Il entreprit d'aller à l'hôtel pour voir si elle travaillait et la trouva assise à son nouveau bureau, habillée en tailleur, les cheveux impeccablement coiffés.

Sans qu'elle ait remarqué sa présence, il resta en retrait et l'observa. Elle lui avait tellement manqué.

Il avait envie de la toucher, de l'embrasser, de sentir son délicat parfum.

Enfin, elle le vit.

— Jonah ? Je ne t'attendais pas ce week-end, dit-elle tout en se levant de son siège pour venir à sa rencontre.

— Tu travailles un samedi ?

— J'avais du retard car, ces derniers jours, j'ai passé pas mal de temps à recruter ma remplaçante.

— J'imagine que ça ne doit pas être facile, étant donné tout ce que tu faisais déjà avant.

— Il y a des candidates qui sont très qualifiées.

— Alors tant mieux.

— C'est bon de te voir.

— Vraiment ? Je t'ai appelée deux fois et tu ne m'as pas répondu.

— Je sais.

— Et alors ?

Elle prit son téléphone, tapota l'écran quelques instants, puis reprit le fil de leur conversation.

— Tu n'as pas laissé de message.

— Je ne savais pas que je devais laisser un message pour te dire de me rappeler, dit-il, agacé qu'elle ait l'air aussi blasée.

— Tu as dit que tu avais beaucoup de travail. Je ne savais pas que tu étais là.

— C'est vrai, je croule sous le travail. Je ne sais même pas pourquoi je suis venu.

— Pour faire une petite virée crapuleuse ?

— Connie, je t'ai déjà dit que, si je voulais simplement coucher avec une fille, je resterais à Portland, répliqua-t-il, au summum de l'irritation.

Elle rougit.

— Ce que tu peux être goujat, parfois.

— C'est toi qui as commencé en ignorant mes appels.

— Tu ne peux pas toujours avoir tout ce que tu veux, rétorqua-t-elle en feignant de mettre de l'ordre sur son bureau.

— Sans blague ? Je suppose que tu sais que J. D. et ma mère prévoient d'emménager à deux.

— C'est Liam qui me l'a dit.

— J'imagine qu'il a dû faire des siennes ?

— Il avait l'air moins surpris que prévu. Je crois que ça ne le dérange pas plus que ça.

— Il est trop occupé chez lui pour y penser.

— Ou alors il sait qu'il ne peut pas dire à son père ce qu'il doit ou ne doit pas faire.

C'était une attaque directe, non déguisée.

— Je me fiche de ce que J. D. fait mais je ne supporte pas qu'il soit avec ma mère.

— Trop tard. Ils sont en couple. Et très heureux. J'ai dîné avec eux cette semaine. On a beaucoup parlé de toi. Je me suis dit que tu devais avoir les oreilles qui sifflaient.

Jonah lui lança un regard noir. Il n'appréciait pas qu'elle se moque de lui.

Même s'il était mécontent, il ne l'avait pas vue depuis une semaine et sa beauté le régala. Elle était plus ravissante que jamais. Sa bouche était plus pulpeuse que d'habitude, ses joues étaient empourprées, ses yeux gris étaient plus éclatants. Comme si un changement s'était opéré en elle.

Aussitôt, il fut en état d'alerte.

— Tu es enceinte ?

Elle rit.

— C'est pour ça que tu t'es comporté bizarrement cette semaine ? Tu as peur que je sois enceinte ?

— Je n'ai pas été bizarre. Et tu n'as pas répondu à ma question.

— Il est trop tôt pour le savoir. Mais je crois que c'est peu probable.

Il éprouva une étrange déception.

Peut-être l'avait-il vue sous un nouveau jour parce qu'il espérait qu'elle attende son enfant ?

— Je vois, dit-il en se retenant de la prendre dans ses bras pour l'embrasser.

— Tu as l'air fatigué.

— J'ai eu une semaine chargée.

— Je vois, reprit-elle en écho.

— Tu voudrais venir passer le week-end prochain à Portland ? J'aimerais te montrer ma ville. Je pourrais réserver ton billet d'avion et venir te chercher…

— Tu vas faire la paix avec J. D. ? demanda-t-elle sans transition.

Jonah oscilla quelques instants en arrière sur ses talons. Pourquoi fallait-il qu'elle parle de J. D. dès qu'ils se voyaient ?

— Ce n'était pas dans mes intentions.

— Alors c'est non, je ne viendrai pas à Portland.

Sa réponse l'agaça au plus haut point.

— Tu recommences à me faire du chantage émotionnel parce que je ne me plie pas à ta volonté ?

Elle s'approcha de lui, menton relevé.

— Ce n'est pas ça. Ta mère et J. D. forment un couple heureux. Ils sont amoureux. Faire l'autruche ne changera rien. Si tu n'apprends pas à accepter la situation, quelqu'un finira par souffrir et, ce quelqu'un, ce sera toi.

— Tu en es sûre ?

— Ce dont je suis sûre c'est que tu ne pourras pas changer ni effacer ce que J. D. a fait il y a trente ans. Tu as toujours été très proche de ta mère mais les choses évoluent. Les gens évoluent. Parfois, ils tombent amoureux.

— Je sais que ça ne durera pas entre J.-D. et ma mère et qu'il ne tardera pas à aller voir ailleurs.

— Tu n'en sais rien. Ton père n'est pas un coureur de jupons. Il a eu une seule liaison…

— Inutile de me le rappeler puisque j'en suis le fruit.

— Tu as décidé de ne voir que les mauvais côtés de J. D. et de Liam. Mais, ce faisant, tu te prives d'une relation avec deux hommes vraiment formidables. De quoi as-tu peur ? D'être inclus dans une famille ? Ou d'en être exclu ?

Il ne trouva rien à répondre mais ils n'étaient plus seuls.

— J'aimerais bien avoir la réponse à cette question.

Jonah se tourna pour faire face à J. D.

— Que veux-tu ?

— Te parler.

— Comment as-tu su que j'étais ici ?

— J'ai envoyé un message à ton père quand tu es arrivé. Il était en bas en train de prendre un café avec Liam et ta mère, expliqua Connie.

Jonah éprouva un sentiment oppressant. Connie avait choisi son camp et le trahissait.

Sa vie venait de prendre un tournant tragique alors qu'il éprouvait dans tout le corps une douleur indicible.

— J'y vais, lâcha-t-il.

— Pas avant qu'on ait pu parler. Je suis inquiet pour ta mère. Tu ne lui as pas parlé cette semaine, dit J. D.

— Cette semaine, je n'ai parlé à personne, répondit-il en jetant un regard de reproche en direction de Connie.

— Je ne te reproche rien.

— Il ne manquerait plus que ça. Je n'ai aucun compte à te rendre, rétorqua-t-il sur un ton virulent.

— C'est vrai. Tu es un grand garçon et tu as le droit de vivre ta vie comme tu l'entends. Mais cela vaut aussi bien pour toi que pour moi, ne l'oublie pas.

— Tout va bien ?

Liam venait d'arriver.

Jonah suffoquait. C'en était trop pour lui.

D'un côté il y avait lui, et de l'autre J. D. et Liam. Quant à Connie, elle avait choisi de rester fidèle aux O'Sullivan.

Ils lui avaient sauvé la vie. Elle leur en serait éternellement redevable. Elle prendrait toujours leur parti.

— Tout va bien, dit J. D.

— Papa, tu ne devrais pas…

— C'est bon. J'ai quelque chose à dire à ton frère. Quelque chose que j'aurais dû lui dire il y a longtemps. Tu sais, Jonah, ces dernières semaines, tu m'as fait beaucoup réfléchir. Tu m'as fait me demander ce que j'aurais pu faire pour être un meilleur père pour toi. C'est certain, j'aurais pu mieux faire. J'aurais pu te voir plus souvent, te parler plus souvent, j'aurais pu mieux t'expliquer la situation. Mais je ne l'ai pas fait. J'ai opté pour la facilité. J'ai été lâche. Parce que je ne voulais perdre ni ta mère ni toi. Et que je ne voulais pas non plus perdre Gwen et ma famille. J'ai été égoïste. Voilà, c'est dit. Tout est ma faute. Je n'ai pas été à la hauteur. Ni pour toi, ni pour ta mère, ni pour Gwen, ni pour Liam, ni pour Kieran, ni pour Liz et ni pour Sean. Et c'est toi qui as dû payer le prix de mon échec. J'en suis sincèrement désolé. C'est pourquoi j'aimerais te demander de me pardonner même si tu ne veux plus jamais me parler.

Jonah passa en revue son public. Le visage de J. D. était anormalement rouge. Connie fronçait les sourcils. Et Liam semblait prêt à lui bondir dessus.

— Pour le pardon, tu arrives trop tard.

— Mais ça ne m'empêche pas de te le demander.

— La réponse est non.

J. D. sembla se désintégrer sur place, quant à Jonah, il ignora les tensions qui s'opéraient en lui. Il ne voulait pas réagir à cette scène, il ne voulait pas éprouver de sentiments envers J. D., hormis la haine qu'il lui vouait depuis des années.

— Entendu. Alors tu as gagné. Je vais m'effacer de ta vie, quitter ta mère et vous laisser tranquilles, comme tu me l'as demandé maintes fois.

Connie suivit J. D.

Quand Jonah fut seul avec Liam, ce dernier prit la parole.

— Tu étais obligé de faire ça ?

— De faire quoi ?

— De le briser.

— Je ne sais pas ce que…

— Espère de pauvre type. Tu sais à quel point ça a dû être dur pour lui d'avouer tout ça ? Mais ça ne te fait rien.

Tu ne cèdes rien. Avec toi, c'est à prendre ou à laisser. Tu ne fais jamais d'erreur. Tu es irréprochable, c'est ça ? Tu ne fais aucun compromis ? Jamais ?

Jonah fut piqué à vif.

— C'est bon, tu as fini ?

— Pourquoi ? Tu veux t'en prendre à moi ?

— Je ne suis pas du genre à me battre.

— C'est plus sage. Pourtant ça ne me dérangerait pas de t'infliger une bonne correction.

Il serra les poings.

Jonah ne s'était jamais battu mais, si son frère était partant, il était prêt à tenter de s'y mettre.

— Si vous vous battez, sachez qu'il se passera deux choses.

Jonah tourna la tête.

Il n'avait pas prévu que Connie revienne aussi vite.

Elle était dans l'embrasure, les bras croisés, l'air fâchée.

— Où est papa ? demanda Liam.

— Il est parti se reposer dans sa chambre. Mais écoutez-moi bien. Si vous vous battez, premièrement je donnerais ma démission, dit-elle, fixant Liam d'un air sérieux.

— Et deuxièmement ? s'enquit Jonah.

— Et deuxièmement, je ne te reverrai plus jamais.

Ils restèrent tous deux interloqués quelques instants puis Liam éclata de rire, ce qui énerva passablement Jonah.

— Je crois qu'on ne veut surtout pas risquer ça. Ni l'un ni l'autre.

— C'est bien ce que je me disais. Pour ce qui est de l'agrandissement de la galerie, je crois que l'on en parlera un autre jour.

— Pour ma part, ça me va, dit Liam avant de les quitter.

Jonah attendit que Liam soit parti pour parler.

— Franchement, il se prend pour qui ?

— Il s'est contenté de protéger J. D. C'est ce que les gens font quand ils tiennent à quelqu'un, répondit Connie.

— Ah oui ?

— On doit vraiment parler, toi et moi.

— Tu veux venir chez moi ?

— Non.

Son cœur sombra.

— Viens plutôt chez moi. Nous pourrons déjeuner ensemble. Il y a une clé sous le pot de fleurs à l'entrée. J'y serai d'ici une heure. Fais comme chez toi.

Jonah acquiesça.

Il avança vers elle puis changea d'avis.

Il avait terriblement envie de l'embrasser mais ce n'était ni le bon moment ni le bon endroit.

Il repassa chez lui puis se mit en route en direction de la maison de Connie après avoir acheté des fleurs et des beignets.

Arrivé chez elle, il caressa un peu les chiens puis se posa quelques minutes pour réfléchir à la scène qui s'était déroulée à l'hôtel.

Connie mettait du temps à arriver. Il chercha en vain son téléphone pour l'appeler. Soudain, elle traversa l'allée et ignora le bouquet qu'il lui tendait.

Elle entra, les cheveux détachés, les traits tirés, posant son sac sans vraiment faire attention.

— Tiens. C'est pour m'excuser de m'être mal comporté, dit-il en tentant d'établir le contact avec elle.

Ses yeux n'avaient pas le même éclat que lorsqu'il était venu la voir dans la matinée. Quelque chose n'allait pas.

— Jonah, murmura-t-elle.

— Quoi ?

— J'ai essayé de te joindre.

Il s'avança vers elle, lui expliquant qu'il était sur le point d'aller chercher son téléphone dans la voiture car il venait de s'apercevoir qu'il ne l'avait pas.

— Que se passe-t-il ?

— C'est J. D. Il a eu un malaise. Il est à l'hôpital.

La nouvelle heurta Jonah de plein fouet.

— Comment ça ? Pourquoi ?

— Je ne sais pas mais on doit y aller.

— Je ne…

— Il n'y a pas de temps à perdre.

Il posa ses yeux sur elle et sentit la tension qui émanait de ses mouvements. Il sut que c'était grave.

Son crâne se mit à tambouriner. Il sentit une pression dans sa poitrine. Puis la culpabilité l'envahit. Et si son père était à l'hôpital par sa faute ?

Connie conduisit jusqu'à l'hôpital.

Non pas parce qu'elle pensait que Jonah n'était pas capable de prendre le volant mais parce qu'elle avait besoin de s'occuper l'esprit pour oublier l'image de J. D., pâle et suffocant, allongé par terre dans la réception de l'hôtel.

Heureusement qu'un des employés présents avait suivi une formation de premiers secours et qu'il avait rapidement appelé les urgences.

Connie, elle, avait paniqué.

J.-D. semblait si mal en point.

Liam était déjà reparti chez lui mais, en tant que fils aîné responsable, il avait pris le contrôle de la situation à distance en la rassurant. Il allait contacter le reste de la famille de son côté et lui avait demandé de prévenir Jonah.

Elle l'avait appelé mais, voyant qu'il ne répondait pas, elle était rentrée directement chez elle.

Jonah n'avait pas réagi à la nouvelle.

Il semblait froid, insensible, tel un robot. Aucune trace de colère, de résistance. Aucune émotion. Un regard vide.

Elle n'aurait su dire s'il était en état de choc ou s'il

s'était simplement refermé sur lui-même pour ne pas devoir partager ses émotions.

Le temps qu'ils arrivent aux urgences, toute la famille était déjà là, y compris Gwen et Kathleen, assises à deux extrémités de la salle d'attente.

Connie prit la main de Jonah mais il la retira, restant à l'écart du groupe, entre deux portes. Elle croisa alors les bras, ignorant l'affront qu'il venait de lui faire tout en retenant ses larmes alors qu'elle avançait vers Gwen.

Elle s'assit, prit une grande inspiration et attendit.

Dix minutes s'écoulèrent dans un silence assourdissant avant que Liam arrive, livide et inquiet. Il demanda aussitôt des nouvelles à Kieran, qui était médecin dans l'hôpital.

— Ils font des tests pour connaître le degré de gravité de la crise. Il semblerait que ce soit lié à son ulcère et à son cœur.

— Il a eu une crise cardiaque ? demanda Liam, abasourdi.

Kieran fit un signe de la tête.

— Ils sont en train de lui faire un échocardiogramme pour évaluer les dégâts.

— Tu ne devrais pas être avec lui ?

— C'est délicat. Je suis trop proche du patient. Il est entre de bonnes mains avec le Dr Parker.

Connie connaissait Lucy Parker, née Monero. C'était un médecin hors pair.

Kieran et Liam étaient aux cent coups.

Quant à Jonah, il était toujours près de la porte, les bras croisés, le visage impassible. Elle ignorait si elle voulait le secouer pour le faire réagir ou le prendre dans ses bras pour le consoler. Leurs regards se croisèrent. Elle réussit à lui offrir un sourire rassurant mais de sa part… rien.

C'est à peine s'il réagissait.

Après les dernières paroles de Kieran, le silence avait repris place dans la salle d'attente.

Jusqu'à ce que Kathleen Rickard décide de le rompre.

— Tu es content de toi ?

Une demi-douzaine de regards se tournèrent vers Jonah.

Connie le vit se raidir et regarder sa mère qui avait les larmes aux yeux.

— Maman, je…

— Tu as passé tellement de temps à lui reprocher tout ce qu'il n'avait pas fait pour toi que tu as oublié de penser aux choses qu'il avait faites. Je t'aime Jonah mais, pour le moment, je t'en veux tellement que je ne peux pas te regarder en face.

Le silence qui suivit fut insupportable.

Toutes les personnes présentes dans la salle d'attente semblaient en vouloir à Jonah, comme si elles souhaitaient désigner un coupable pour stigmatiser leurs peurs.

Jonah était la cible.

En cet instant, il devint l'intrus, comme il l'avait redouté maintes fois. Connie le regarda se refermer sur lui-même, impuissante, incapable de l'aider. Il avait besoin d'elle, de son soutien. Mais les O'Sullivan aussi. Elle était tiraillée entre son amour pour Jonah et sa loyauté envers eux.

Il tourna les talons et disparut, comme s'il avait lu le conflit dans ses yeux. Dès qu'il fut parti, la dynamique changea du tout au tout dans la salle.

Les gens se mirent à parler de manière détendue.

Cela attrista profondément Connie.

Elle croisa le regard de Kathleen et sut instantanément qu'elle regrettait ce qu'elle avait dit à son fils.

Sans réfléchir, elle suivit Jonah.

La loyauté ou l'amour.

En cet instant, elle choisit l'amour.

- 11 -

Jonah était assis à la cafétéria de l'hôpital en train de boire un café infect. Tout en sirotant la mixture, il passa sa vie en revue. Ses choix. Tout ce qu'il avait dit et fait pour en arriver là.

Dans sa vie professionnelle, il était hautement respecté et comptait parmi les meilleurs architectes dans son domaine. Il avait de l'argent, des amis et un appartement luxueux. Il n'avait jamais eu de mal à être en compagnie de femmes quand il le souhaitait. Ses rapports sexuels avaient toujours consisté en des expériences sans lendemain. Il avait passé son enfance à rêver de la famille parfaite, avec un père, une mère et des frères et sœurs.

Il avait finalement écopé d'une mère surprotectrice et d'un père essentiellement absent qui avait choisi de passer plus de temps avec sa vraie famille.

Ce dont il avait rêvé, ce dont il avait eu besoin… J. D. n'avait pas pu le lui offrir.

Cela avait créé un vide en lui, un manque qu'il ne pourrait jamais combler avec de l'argent ou des relations sans lendemain.

Il avait donc rempli ce vide par la rage et la rancœur. C'était un excellent moyen de se protéger et de ne pas engager ses émotions. Les gens qu'il côtoyait à Portland n'auraient pas pu le remarquer car, dans son quotidien, il ne laissait rien paraître. Mais, pour lui, détester J. D. était devenu un réflexe aussi naturel que respirer.

Plus il y pensait et plus il se disait que ce serait mieux pour tout le monde s'il s'en allait, s'il quittait Cedar River et qu'il retournait à sa vraie vie.

À Portland, il savait qui il était.

Personne ne le poussait à bout, il avait réussi dans la vie et les gens l'appréciaient à sa juste valeur. Il avait un rôle à jouer. Il n'était pas perçu comme un intrus ou comme une erreur dans la vie de quelqu'un.

À Cedar River, il n'était qu'un imposteur. Une pâle imitation de l'homme qu'il était vraiment.

Il pensa à sa mère.

Il était temps de la laisser vivre sa vie. Si elle aimait J. D., comment pouvait-il s'y opposer ? Finalement, Liam et Connie avaient eu raison de lui dire qu'il n'était qu'un égoïste.

J. D. était probablement entre la vie et la mort à cause de lui, juste parce qu'il n'avait pas su trouver une once de pardon dans son cœur. Parce qu'il ne lui avait fait que des reproches. Parce qu'il s'était comporté comme son père l'avait accusé de le faire : comme un enfant capricieux.

Dans son enfance, à l'adolescence et pour son départ dans sa vie d'adulte, il n'avait manqué de rien. Au contraire, il avait même été trop gâté. J. D. avait agi ainsi pour compenser ses longues absences, sa mère n'avait rien dit car elle se sentait coupable. Jonah avait tout pris avec mauvaise grâce. Il avait tout accepté sans se montrer reconnaissant.

Il pensa à Connie. Une femme qui avait vécu un calvaire dans sa vie et qui était la bonté et l'altruisme personnifiés. Une femme dont les parents ne s'étaient jamais occupés et dont les grands-parents étaient décédés, la laissant seule au monde, pour ainsi dire.

Elle s'en était remise à lui, en toute confiance, douce et attentionnée. Il n'avait fait que la railler quant à la loyauté aveugle qu'elle vouait aux O'Sullivan. Eux qui l'avaient sauvée et aidée à reconstruire sa vie.

Que savait-il de la loyauté ?

Il avait toujours cru qu'il était loyal envers sa mère, qu'ils étaient unis, que leur lien était résistant. Cela avait été le cas, jusqu'à ce qu'elle fasse quelque chose qu'il désapprouvait : former un couple avec J. D.

Mettre des conditions à sa loyauté, ce n'était pas de la vraie loyauté. C'était de l'arrogance pure et simple. Un trait de sa personnalité, visiblement, même s'il l'avait nié jusqu'à présent.

La conclusion était implacable. Il devait retourner à Portland. Et y rester. Il devait laisser sa mère et Connie vivre leur vie comme elles l'entendaient.

Alors que son esprit était bombardé d'images de Connie, elle apparut.

— Tu sais, ta maman ne pensait pas ce qu'elle a dit.

— Je sais.

Elle ne parut pas convaincue par sa réponse.

— Elle souffre et elle a peur.

— Je sais.

Connie s'assit.

— Retournes-y, intima-t-elle, à voix basse.

Il secoua la tête.

— Ils ne veulent pas de moi.

— Peu importe. Ce qui compte, c'est ce dont tu as besoin, dit-elle en lui prenant les mains.

— Je suis bien là où je suis.

— Tu devrais y retourner.

— Pas sans toi.

— Jonah…

Il regarda leurs mains entrelacées puis leva les yeux vers elle.

— Je dois prendre mes distances. Ce sera mieux pour tout le monde.

Elle blêmit.

— Pas pour moi.

Il retira ses mains.

— Je ne suis pas l'homme qu'il te faut, dit-il en sentant son cœur se briser en mille morceaux.

Elle parut choquée.

— Je ne suis pas d'accord.

— Les O'Sullivan sont tout pour toi. Ils t'ont sauvée, ils t'ont protégée, ils t'ont aidée et ils t'ont accueillie dans leur famille. Moi, je ne suis pas un O'Sullivan. J'ai le même sang qu'eux dans mes veines mais, au fond de moi, je ne serai jamais un O'Sullivan. Et ils ne m'accepteront jamais. Ils seront prêts à essayer. Prêts à dire et à faire tout ce qu'il faut mais ce sera toujours superficiel, ça sonnera toujours faux. Ma vraie vie est à Portland. Pas ici.

Ses yeux se mirent à briller à mesure qu'elle comprenait où il voulait en venir.

— Tu t'en vas ?

— Une fois que je serai rassuré sur l'état de J. D.

— Et nous ?

Il poussa un profond soupir.

— Tu mérites de trouver quelqu'un qui cadrera mieux avec ta vie. Je ne suis pas le bon numéro. Tu ne peux pas vivre sans les O'Sullivan et, moi, j'aurai toujours l'impression d'être de trop parmi eux.

— Tu me quittes ?

Ce n'était pas agréable à entendre mais c'était la vérité.

— Je mets fin à notre relation avant que ça ne devienne trop sérieux.

— Trop sérieux ? Pour moi, c'est déjà sérieux entre nous. On est devenus amis, on a fait l'amour. Tu as parlé de mariage…

— J'ai dit que je t'épouserais si tu étais enceinte. Pour toi, ce serait une erreur de m'épouser. Tu serais toujours tiraillée entre les O'Sullivan et moi. Ce ne serait pas une vie. Ce n'est pas une critique, j'admire ta loyauté. Mais on sait tous les deux que cette relation ne peut pas aller plus loin.

— Comment peux-tu dire ça ?

Elle était profondément blessée.

Pourtant, au fond de lui, il savait qu'il avait raison de la laisser partir. C'était ce qu'il avait de mieux à faire.

— Nous avons partagé de bons moments mais les relations amoureuses ne sont pas toujours éternelles. C'est comme ça.

Elle tremblait. Elle semblait être en colère, triste, effondrée.

Mais, avec le temps, elle comprendrait.

— Donc c'est fini ? dit-elle en se levant.

— Oui, c'est fini.

Elle releva le menton, essuyant rapidement ses larmes du revers de la main puis lui fit face.

— Je dirai à Kieran de te prévenir de l'état de ton père.

— Merci.

— Au revoir, Jonah.

Il lui dit au revoir et la regarda partir en ayant l'impression qu'elle emportait avec elle une partie de son âme.

Sentant ses yeux lui piquer, il secoua la tête. Ce n'était pas le moment de faiblir. Il prit une grande inspiration et tenta d'effacer de son esprit l'image torturée de Connie.

Quel échec !

Il aurait été incapable de savoir combien de temps il était resté assis face à son café. Une heure, peut-être deux. Il était sur le point de se lever quand Kieran vint lui apporter des nouvelles.

— Ce n'est pas le cœur. Apparemment, c'est son ulcère. Il a eu une crise aiguë.

— Il va s'en sortir ?

— Pour le moment, oui. Il était mal en point ces derniers temps. Même si ce n'était pas une crise cardiaque son cœur est néanmoins assez faible et il doit à tout prix éviter le stress.

— Tu veux dire m'éviter ?

Kieran ne se prononça pas.

— Liam est avec lui et moi j'irai à son chevet après mon service. Je ne sais pas si tu comptes aller le voir. Mais, si oui, vas-y avec les meilleures intentions.

Jonah regarda Kieran quitter la cafétéria.

Il avait le cœur lourd, le poids de la culpabilité pesait sur ses épaules. Il attendit un moment. Un long moment. Une fois qu'il fut certain que tous les O'Sullivan étaient partis, il se dirigea vers la réception, demanda le numéro de chambre de J. D. et monta le voir.

Il était installé dans une chambre individuelle.

L'infirmière le fit entrer en lui rappelant qu'il n'avait plus que quelques minutes avant la fin des visites. Jonah s'approcha du lit, le cœur serré, la peur au ventre.

J. D. lui parut mal en point. Mais il était vivant. C'était le plus important. Il resta à son chevet, immobile. J. D. avait les yeux clos et respirait péniblement.

Connie avait raison.

Peut-être qu'il était temps de pardonner.

Il devait faire le premier pas, même si c'était le plus dur. S'il ne le faisait pas maintenant, il craignait de ne plus jamais retrouver le courage et la force de le faire.

Il prit une longue inspiration avant de prononcer un mot qu'il n'avait pas dit depuis vingt-cinq ans.

— Papa ?

Il attendit un peu, puis J. D. ouvrit les yeux.

— Eh, fiston, tu es là.

Jonah crut vaciller en entendant la voix faible de son père.

— Je suis désolé.

J. D. avait les larmes aux yeux.

— Ce n'est pas ta faute, fiston.

Il frissonna en entendant la sincérité et l'amour qui transparaissaient dans sa voix.

— J'ai l'impression que c'est ma faute. Si je n'avais pas été aussi têtu et aussi…

J. D. lui prit la main.

— Ce n'est pas ta faute. C'était une crise d'ulcère. Ne dis rien à Connie ou à Liam mais j'adore les frites du restaurant de l'hôtel. Je ne veux pas que tu te sentes coupable ou responsable. Si des gens essaient de te faire porter la responsabilité de ce qui m'est arrivé, envoie-les balader.

Jonah réussit à sourire.

— Tu veux parler de Liam et de Kieran ?

— Peu importe.

— Je sais qu'ils ont tout fait pour essayer de m'inclure dans la famille mais, en vérité, ils ne sont pas prêts à m'accepter.

— Tant que, toi, tu acceptes qui tu es, alors le reste n'a pas d'importance.

— Si, justement, ça a de l'importance.

J. D. poussa un profond soupir.

— Si tu veux faire partie de cette famille selon tes conditions, c'est possible mais ça prendra du temps. Et il faudra que tu acceptes de t'ouvrir aux autres.

— Je pense que le mieux serait que je retourne à Portland.

— Fuir n'a jamais rien résolu.

— Je sais. Je ne fuis pas. Je vais simplement retourner à ma vraie vie. Et je voulais te dire que… Je vous souhaite d'être heureux, maman et toi.

— Merci. Tu ne peux pas savoir combien ça me soulage de t'entendre dire ça. Ta mère sera aux anges de l'apprendre. Elle t'aime plus que tout. Tu es ce qu'il y a de plus important dans sa vie.

— Je sais. Elle m'a toujours fait passer en premier. Il

est grand temps qu'elle pense à elle. C'est pour ça que j'ai décidé de partir. Pour vous laisser faire votre vie. Prends bien soin d'elle.

— Promis. Et merci de m'avoir appelé papa. Tu n'imagines pas à quel point ça me rend heureux. Et Connie ?

— Je l'ai quittée.

— Tu es sûr de toi ?

Son cœur céda un peu plus.

— Oui, c'est pour le mieux. Elle mérite de trouver quelqu'un plus digne d'elle que moi.

— Ne te sous-estime pas. Tu es un homme bien. Ta maman t'a bien élevé.

Jonah serra la main de son père.

— Vous m'avez tous les deux bien élevé.

C'était sûrement ce qu'il avait dit de plus gentil à son père. Et cela validait le pardon que J. D. lui avait maintes fois demandé.

Jonah resta encore quelques instants à ses côtés puis voyant que son père fermait les yeux, il retira sa main.

En se tournant vers la porte, il tomba sur Kathleen. Elle avait les traits tirés et semblait effondrée. Il n'était pas fier d'avoir ajouté à sa tristesse et à son inquiétude par son comportement déplacé.

— Je lui ai parlé, dit-il simplement.

Il ne rentra pas dans les détails, sachant que sa mère comprendrait.

— Je m'excuse pour ce que j'ai dit tout à l'heure. Je n'aurais pas dû mon chéri.

— Ne t'inquiète pas maman. Tu as bien fait de me secouer.

Elle avait les larmes aux yeux.

Il prit conscience que tout ce qu'il avait fait au cours des dernières heures, c'était blesser les gens qui comptaient le plus dans sa vie.

Attendri, il lui prit la main.

— J'avais peur que…

— Je sais, maman. Ne t'inquiète pas. Prends soin de toi. Je veux que tu sois heureuse. Et si tu es heureuse avec J. D., je ne dirai plus jamais rien à ce sujet.

À présent, elle pleurait à chaudes larmes.

— On t'aime tous les deux très forts.

— Je sais.

— Connie aussi t'aime très fort. Ne gâche pas tout.

Jonah était sous le choc.

Connie l'aimait ? Il n'en était pas si sûr.

Ils étaient amis. Ils étaient amants. Mais ils n'avaient jamais parlé d'amour. Jonah n'était pas certain d'avoir le courage d'aimer quelqu'un, de se montrer ouvertement vulnérable, de s'ouvrir complètement à quelqu'un d'autre.

Il avait peur d'aimer.

— Elle a déjà beaucoup souffert par le passé et elle mérite quelqu'un de plus équilibré que moi. Elle est très proche des O'Sullivan. Si je reste, je serai toujours de trop. Je ne veux pas qu'elle ait à choisir entre moi et eux.

— Qui dit qu'elle ne peut pas avoir les deux ?

— Moi. Je serai toujours un obstacle. Et je ne peux pas changer ce que je ressens pour eux. J'ai fait la paix avec J. D., j'accepte que tu sois avec lui mais pour le reste… Ils veulent me forcer à rentrer dans le moule de leur petite famille parfaite, mais c'est plus fort que moi. Je ne suis pas un O'Sullivan. Je suis un Rickard.

— Qui dit que tu ne peux pas être les deux ?

— Moi. Je n'ai pas envie de faire partie de cette famille sous prétexte que J. D. est mon père. Ils ne m'aiment pas vraiment, et je comprends. Je n'ai pas besoin d'eux. Connie, si. Ils étaient là quand elle en a eu le plus besoin dans sa vie. Je n'étais pas là.

— Tu ne pourras jamais changer le passé. Mais tu peux vivre au présent et te projeter dans l'avenir.

— Je sais. Mais Connie a plus besoin d'eux dans sa vie qu'elle n'a besoin de moi.

— Connie a besoin de ton amour. Ne l'oublie jamais, même si tu as l'impression d'agir pour le mieux et que sa loyauté envers les O'Sullivan passera toujours en premier.

— Je sais que c'est ce qu'il y a de mieux pour elle.

Après avoir dit au revoir à sa mère, Jonah eut une brusque révélation. Il était passionnément amoureux de Connie. C'est pour ça qu'il devait plus que tout la laisser partir.

Au bout du quatrième jour en qualité de directrice adjointe de l'hôtel O'Sullivan, Connie comprit que cette promotion était tombée à point nommé. Les longues journées de travail l'empêchaient d'avoir du temps pour gamberger. La période de Noël approchait, l'activité était en pleine effervescence et elle jonglait du mieux qu'elle pouvait pour résoudre les problèmes qui survenaient les uns après les autres.

Elle n'avait pas eu de nouvelles de Jonah. Pas un mot, pas un signe, pas un appel.

Rien. Nada. Zilch. Silence radio.

C'était comme s'il avait disparu de la surface de la terre, même si elle le savait à Portland, dans sa « vraie » vie.

Il lui manquait. Terriblement. Mais pas question de l'appeler.

C'était lui qui avait mis fin à leur relation et qui n'avait pas cru en eux. Parfois, elle se demandait si elle n'avait été pour lui qu'une façon de passer de bons moments avec une femme dans un lit. Dans son lit, d'ailleurs, puisque la plupart des fois où ils avaient fait l'amour, c'était chez elle. Si bien que toutes les pièces de sa maison étaient imprégnées de son souvenir.

Jonah était le premier homme qu'elle avait laissé entrer

dans son cœur et dans son lit. Maintenant qu'il était parti, les deux lui semblaient affreusement vides.

— Connie, tu viens ?

C'était Liam qui venait de passer la tête par l'entrebâillement de la porte.

— J'arrive.

Il l'avait invitée à dîner avec sa famille, en guise de pré-Noël. J. D. était sorti de l'hôpital, et Sean était de retour de Los Angeles pour passer les fêtes de fin d'année à Cedar River.

Elle mit un peu d'ordre sur son bureau puis descendit au restaurant. Il était rempli mais une table avait été spécialement réservée pour la réunion de famille des O'Sullivan.

Tous les O'Sullivan et les Rickard étaient réunis. J. D. et Kathleen étaient désormais officiellement ensemble, et Gwen avait fait la paix avec son ex-mari, ce qui expliquait sa présence ce soir pour dîner.

Une seule personne manquait à l'appel. Jonah.

Était-elle la seule à être consciente de son absence ?

Assise entre J. D. et Liam, un verre de vin à la main, elle se sentait de plus en plus détachée de la soirée et des gens autour d'elle.

Jonah lui manquait plus que tout.

Elle se rendait compte que les gens autour de la table avaient de la peine pour elle. Certains pensaient peut-être qu'elle était beaucoup mieux sans lui et qu'il avait bien fait de la quitter.

Depuis son départ, elle alternait les phases où elle lui en voulait et celles où elle regrettait d'avoir perdu l'amour de sa vie.

— Tout va bien, Connie ? lui demanda J. D.

Il avait retrouvé sa vitalité et semblait avoir rajeuni. C'était formidable de le voir aussi heureux et amoureux.

À la réflexion, tout le monde avait l'air heureux.

Sauf elle.

— Oui, ça va, répondit-elle, un sourire forcé aux lèvres.

— Et ton nouveau poste, ça se passe bien ?

— Très bien. Liam est un peu moins directif qu'à l'ordinaire.

— J'ai entendu, Connie, intervint Liam. D'ailleurs, je te remercie car, grâce à toi, je sais que l'hôtel est entre de bonnes mains et je peux passer plus de temps en famille.

Kayla renchérit.

— C'est vrai, merci Connie. C'est très appréciable de voir Liam plus souvent et de pouvoir passer du temps à trois avec Jack.

En effet, il y avait beaucoup d'amour et de bonheur mais, malgré la jovialité ambiante, Connie se sentait très seule.

— Il me manque, murmura-t-elle, sans savoir si quelqu'un l'entendrait.

Elle sut que c'était le cas de J. D. lorsqu'il lui serra doucement la main.

— À moi aussi, il me manque, dit Kathleen.

— Il faut lui laisser le temps de trouver un moyen de revenir vers nous, quand il sera prêt, dit J. D.

Connie n'en était pas si sûre. Jonah était obstiné. Il avait des idées très arrêtées sur certaines choses. Mais il était aussi très émotif et passionné. Ce n'était pas là les traits de caractère de quelqu'un capable de s'épanouir seul dans son coin.

Connie était persuadée que la solitude n'était pas la bonne solution pour lui.

Il adorait sa mère, il avait fait la paix avec son père, et elle avait senti à quel point il avait envie de partager des moments de franche camaraderie avec ses frères.

Mais tout était allé trop vite pour lui. Il avait pris peur, parce qu'il n'arrivait pas à se positionner dans une famille étouffante et avec une histoire compliquée.

Elle était persuadée que, s'il trouvait un moyen de s'ouvrir aux gens, il pourrait facilement résoudre ses problèmes. Mais, tant qu'il restait fermé, il n'y aurait aucune issue.

— Oublie-le, conseilla Liam sur un ton impatient.

Elle se tourna lui.

— Je ne peux pas l'oublier. C'est plus fort que moi.

— Papa a raison. Il doit trouver un moyen de revenir vers nous. Tout seul. On n'arrivera jamais à le forcer à nous accepter.

Personne dans sa famille ne le connaissait aussi bien qu'elle. Elle avait appris à le connaître.

— Sa réaction est uniquement liée à son instinct de conservation. Vous pensez vraiment que vous vous seriez comportés différemment si vous aviez été à sa place ? dit-elle à voix haute, incluant toute la table dans le débat.

Huit paires d'yeux se tournèrent vers elle.

Après un court silence, Gwen prit la parole.

— Connie a raison. On a vite fait de juger mais réfléchissez à ce que vous auriez ressenti dans cette situation.

Elle marqua une pause, sachant qu'elle avait l'attention de son public.

— Je pense qu'il est exactement la personne dont cette famille a besoin. Quelqu'un qui nous voit comme nous sommes vraiment, avec nos qualités et nos imperfections, avec notre amour débordant l'un pour l'autre même si l'amour n'est pas toujours un sentiment facile à gérer. Vous pensez qu'il a besoin qu'on le laisse tranquille ? Je crois que c'est tout l'inverse. Nous devons lui faire savoir que nous n'acceptons pas qu'il garde ses distances. Il a besoin de savoir que nous sommes là pour lui.

Connie sentit son cœur gonfler de fierté et d'admiration pour Gwen.

— Merci, Gwen, vous avez raison. C'est exactement ce dont il a besoin. Excusez-moi, dit-elle avant de se lever.

— Où vas-tu ? lui demanda Liam.

Connie prit une grande inspiration avant de faire face

à tout le monde. Chacun des convives comptait pour elle, mais c'était Jonah qu'elle aimait et qu'elle voulait aider le plus au monde.

— Je vais à Portland, lança-t-elle, plus décidée que jamais, le cœur ravivé par un nouvel espoir.

- 12 -

Jonah passa le samedi après-midi chez lui à ressasser ses pensées. Ces derniers temps, il réfléchissait pendant des heures à sa vie sans jamais trouver d'issue satisfaisante.

Il pensa à contacter des amis, pour se forcer à sortir de sa solitude, mais il n'était pas d'humeur à voir des gens. De plus il pleuvait non-stop depuis deux jours, excellente excuse pour ne pas mettre le nez dehors.

Les fêtes de fin d'année approchaient et il n'avait toujours pas décidé de ce qu'il ferait. Il avait volontairement évité de prendre les appels de sa mère parce qu'il savait très bien ce qu'elle voulait. Réunir sa famille. Passer Noël avec son fils.

Il n'était pas prêt.

Il souffrait encore trop d'avoir quitté Connie. S'il restait persuadé que c'était pour le mieux, il était néanmoins dévasté de cette séparation. Connie occupait la moindre de ses pensées, jour et nuit, et même s'abrutir de travail ne suffisait pas pour l'oublier.

Il ne l'avait pas appelée, ne lui avait pas écrit, n'avait pas pris de ses nouvelles quand il avait parlé à sa mère la semaine précédente. Mieux valait une coupure nette.

Mais elle lui manquait. Tout lui manquait. Ses attentions, ses mains sur sa peau, sa douceur, ses baisers, sa fragrance enivrante, sa voix, leurs conversations et, surtout, leur complicité.

Il n'avait jamais cru à l'existence d'une âme sœur,

convaincu que c'était une invention destinée à alimenter l'imagination des romantiques.

Aujourd'hui, il doutait de ses convictions.

Connie s'était immiscée au plus profond de son être et il ne voyait pas comment il pourrait l'en extraire.

Seul le temps aiderait à estomper son chagrin.

Mais le temps semblait ralentir. Chaque jour et chaque nuit lui paraissaient interminables.

La sonnette de la porte d'entrée le tira soudainement de ses pensées maussades.

Il n'attendait personne.

En ouvrant la porte, il découvrit Connie.

Elle était ruisselante de pluie, les cheveux collés au visage, vêtue d'un manteau en laine trempé pas du tout approprié au temps qu'il faisait.

Il la fixa, figé, comme si ses pieds étaient bloqués dans du ciment. Puis il réagit, voyant qu'elle tremblait de la tête aux pieds.

— Que fais-tu ? Tu essaies d'attraper une pneumonie ? dit-il en la tirant par le bras pour la faire entrer chez lui.

— J'ai... oublié... de... prendre... un... imperméable..., parvint-elle à dire en claquant des dents.

Il referma la porte et l'aida à retirer son manteau.

— Comment as-tu passé la sécurité ?

— Ta mère m'a donné le code. Et ton adresse.

Jonah la regarda, grelottante, les cheveux en désordre, le mascara dégoulinant... et pourtant, elle était toujours aussi belle.

— Je peux savoir ce que tu fais ici ?

— Tu as oublié que tu m'avais invitée ?

— C'était avant...

— Avant que tu me plaques, oui. Je m'en souviens, dit-elle, tout en continuant de claquer des dents.

— Ce n'est pas ce que je voulais dire. Je suis surpris de te voir.

Elle frissonna. Il lui prit la main.

— Tu dois enlever tout ça et prendre une douche pour te réchauffer. Suis-moi.

Il monta dans sa chambre et lui montra la salle de bains.

— J'ai un sac avec des affaires de rechange dans ma voiture de location.

— J'irai plus tard. Prends une bonne douche et habille-toi chaudement. Tiens, dit-il en sortant un bas de jogging et une de ses polaires.

— Merci.

— Je vais te préparer un thé, annonça-t-il avant de redescendre.

Pendant les vingt minutes qui suivirent, il passa en revue les possibles raisons de sa présence chez lui.

J. D. avait fait une rechute ?

Elle était enceinte ?

Elle ne pouvait pas vivre sans lui ?

Ce n'était pas au sujet de J. D. sinon sa mère l'aurait prévenu.

Elle pouvait très bien vivre sans lui. C'était une femme indépendante, et leur liaison n'avait pas duré si longtemps.

Le plus plausible était sans doute une grossesse.

— Voilà, ça va mieux, dit-elle en apparaissant dans la cuisine.

— Oui, j'imagine que la douche t'a fait du bien.

— Je ne m'attendais pas à autant de pluie. J'aurais dû consulter mon appli météo.

— Tu veux du thé ?

— Volontiers. C'est bon de te voir, dit-elle en lui offrant son plus beau sourire.

Il évita de la regarder. Avant toute chose, il devait savoir pourquoi elle était là.

— Tu peux me dire la raison de ta venue ici ?

— À ton avis ?

Jonah fit le tour du comptoir pour venir à sa hauteur.

— Tu es enceinte ? s'enquit-il sans fioriture.

— Non. Malheureusement.

— Quoi ? Tu voulais un bébé ?

— J'aimerais bien avoir un bébé.

Il paniqua.

— Avec moi ?

— Avec toi.

— Pourquoi ?

— Parce que je t'aime.

Le monde s'arrêta de tourner. Du moins, il venait de quitter l'atmosphère, le corps en apesanteur.

— Pourquoi ? répéta-t-il, bêtement.

— Parce que… Je ne sais pas pourquoi ! C'est arrivé. C'est comme ça, quand on tombe amoureux de quelqu'un. C'est imprévisible et ça nous tombe dessus.

— Je ne suis pas quelqu'un qu'on peut aimer.

Elle venait de lui ouvrir une porte mais il avait trop peur d'entrer, trop peur de se perdre de l'autre côté.

Elle sourit de nouveau.

— Pourtant… Je t'aime. Ton père et ta mère t'aiment. Même tes frères t'aiment.

— Ils pensent que c'est moi qui ai envoyé J. D. à l'hôpital. Je ne vois pas comment ils pourraient m'aimer.

— Si tu ne vas pas les voir, tu ne le sauras jamais.

Il comprenait ce qu'elle attendait de lui, mais mieux valait qu'il reste loin de Cedar River.

— Je suis très bien ici.

— Je sais que tu mens mais je t'aime quand même.

— Tu peux répéter ça ? lâcha-t-il, plus durement que prévu, confus et tiraillé par sa confession.

Elle secoua la tête.

— Je suis venue exprès pour te révéler mes sentiments. Pourquoi j'arrêterais ?

— Connie, je ne suis pas l'homme qu'il te faut.

— Tu peux arrêter de dire ça ? dit-elle en écho avant de se poster tout près de lui.

— Tu comptes me séduire ?

— Si ça peut me donner l'avantage, pourquoi pas ?

Il soupira.

— Faire l'amour ne changera rien.

Elle posa la main sur son torse.

— Non mais j'adore ça. Dès que tu poses la main sur moi, je sens mon amour pour toi grandir.

Ses paroles lui embrasèrent le corps. Son honnêteté le cloua sur place. C'était trop pour lui.

Sans plus attendre, il fondit sur elle. Cela faisait trop longtemps qu'il n'avait pas senti ses lèvres contre les siennes. Il l'embrassa comme s'il en allait de sa vie.

Quelques instants plus tard, ils dérivèrent jusqu'au canapé où ils firent l'amour. Une passion dévorante et inédite s'empara d'eux. Il la sentit jouir et ne tarda pas à atteindre le moment libérateur à son tour. Cela lui arracha un cri de plaisir sans précédent.

Ils restèrent ainsi allongés sur le canapé, entrelacés, le temps de reprendre leurs esprits et de revenir à la réalité. Puis il la porta jusqu'à sa chambre. Ils s'endormirent un instant puis ils refirent l'amour au réveil avant de somnoler de nouveau.

Quand ils rouvrirent les yeux, il était 19 heures. Il partit chercher son sac dans sa voiture, commanda à manger et ouvrit une bouteille de vin.

De retour sur le canapé, alors qu'ils savouraient un verre de vin, Jonah réalisa qu'il y avait un malaise entre eux.

Au bout d'un long silence inhabituel, Connie entama la discussion.

— Ta maman aimerait avoir de tes nouvelles. Tu lui manques. Elle aimerait savoir si tu vas venir la voir pour les fêtes de fin d'année.

Jonah la trouvait tellement belle, jambes nues, glissée

dans un de ses pulls. Mais le moment de frivolité était passé, et il devait assumer ses choix.

— J'ai beaucoup de projets pendant cette période.

— J'ai dit à ta famille que j'allais te ramener à Cedar River, par la peau du cou s'il le fallait. Ils ont tous trouvé que c'était une excellente idée.

Il rit, sans enthousiasme.

— Je crois qu'on a déjà établi le fait que je n'appartenais pas à Cedar River.

— Si, même si tu refuses de l'admettre, tu appartiens à Cedar River. Là-bas, il y a ta mère, ton père, tes frères.

Sa logique était incontestable. D'autant que, depuis son retour de Cedar River, il ne s'était jamais senti aussi étranger à Portland. Mais il avait pris sa décision et comptait s'y tenir.

— Je n'y retournerai pas, annonça-t-il, tout de go.

— Tu n'es vraiment qu'une tête de mule et tu ne mérites pas mon amour, dit-elle en retirant ses jambes pour les poser par terre.

— Je sais.

— Si tu ne rentres pas avec moi, je ne veux plus jamais te revoir, annonça-t-elle d'un ton tranchant.

— D'accord.

Elle le regarda, les yeux écarquillés, abasourdie.

— D'accord ? C'est tout ce que tu as à dire ?

Il se leva à son tour.

— Qu'est-ce que tu veux que je te dise ? Qu'est-ce que tu attends de moi ? Je t'ai dit ce que je pensais il y a deux semaines, quand j'ai pris ma décision.

— Ton père était à l'hôpital, je ne voulais pas te brusquer. Je pensais que tu avais besoin de temps pour revenir à la raison. C'est ce que tout le monde pensait. Maintenant, il est temps de rentrer chez toi.

— C'est ici, chez moi. Quoi que tu en penses.

Elle le fixa, le regard noir, plongée dans l'incompréhension la plus totale.

— Alors pourquoi tu m'as fait l'amour ? Pourquoi tu m'as laissée entrer chez toi ?

— Parce que je suis fou de toi. Tu le sais.

Ses yeux s'éclairèrent un instant.

— Tu m'aimes ?

— Ce n'est pas ce que j'ai dit.

Lui avouer son amour maintenant ne ferait que compliquer la situation. Il valait mieux qu'elle ne se fasse pas trop d'idées.

— Donc c'était uniquement sexuel ?

— Ce n'est pas non plus ce que j'ai dit. Mais, à moins que tu ne sois prête à emménager avec moi ici, je ne vois pas comment on pourrait continuer à se voir. Je ne veux pas te faire de mal. Et je ne veux pas non plus te faire des promesses en l'air. Je ne suis pas comme ça. Je ne peux pas emménager dans une petite ville et me fondre dans le moule O'Sullivan. Quoi que tu en dises, tu fais partie intégrante de ce moule. Ils t'adorent, et à juste titre. Ils ont besoin de toi. Tu as besoin d'eux. Je comprends la dynamique réciproque. Jamais je ne pourrais te demander d'abandonner ce lien précieux. Ils font partie de ta vie, et tu es plus intégrée dans leur famille que je ne pourrais jamais l'être.

— Donc tu les rejettes encore une fois ?

— Oui.

— Mais, eux, ils ont envie que tu fasses partie de leur famille.

— Pour le moment. Jusqu'à ce qu'ils se lassent de la nouveauté. Ils pensent que je devrais être honoré de faire partie de leur clan. Mais ce n'est pas le cas. C'est pour ça qu'ils insistent. Parce qu'ils veulent toujours gagner. Mais je ne suis pas un prix de consolation.

Elle prit le temps de répondre, scrutant son regard comme si elle essayait de le percer à jour.

— C'est vraiment ce que tu penses ?

— Oui.

— Tu te trompes. Ils essaient simplement de t'inclure car tu fais partie de leur famille, c'est tout.

— Pour moi, c'est de la pitié, ni plus ni point.

Elle hocha la tête lentement, visiblement sous le choc.

— Dans ce cas, je crois que nous n'avons plus rien à nous dire. Je vais m'habiller et partir.

— Tu peux rester ce soir. Je vais dormir en bas, tu n'as qu'à prendre mon lit.

Elle ne résista pas, monta dans sa chambre sans dire un mot.

Une fois seul, il se laissa choir sur le canapé, la tête entre les mains. Il aurait souhaité ne jamais avoir entendu parler de Cedar River, des O'Sullivan et de Connie Bedford.

Il s'allongea, ferma les yeux et pria pour avoir tout oublié à son réveil.

Quand il ouvrit les yeux, il n'avait non seulement rien oublié mais il ne fut pas non plus surpris d'être seul chez lui.

Il y avait une lettre sur le comptoir de la cuisine. Il fixa la feuille pendant environ une heure avant de la lire.

Cher Jonah,

Il y a dix ans, j'ai eu besoin que quelqu'un me prenne par la main pour me guider et redonner un sens à ma vie. J'y suis arrivée. J'ai tout fait pour enfouir le calvaire que j'avais vécu et pour retrouver ma dignité. Un jour, je t'ai rencontré et tu as éveillé une envie qui dormait en moi et dont je n'étais pas consciente. Tu m'as fait découvrir la passion et tu m'as mise assez en confiance pour que je puisse chasser mes peurs et que je reprenne possession de ce qui m'avait été volé. Peut-être parce que, sous ton arrogance, j'ai vu qui tu étais vraiment, j'ai perçu que toi aussi tu avais une peur enfouie en toi. Grâce à toi, avec toi, je n'étais plus seule.

Tu penses que les O'Sullivan veulent te contrôler mais c'est l'inverse. C'est toi qui as toujours été aux manettes. Depuis le départ, tu connaissais leur existence. C'est toi qui as choisi de rester dans l'ombre. Ils n'avaient pas ce pouvoir car, jusqu'à il y a onze mois, ils ne savaient pas que tu existais. Maintenant qu'ils le savent, tu as peur. Mais c'est à toi de changer les choses pour avoir la famille dont tu as toujours rêvé. Pour cela, il te suffit de pardonner et d'avancer. Je sais que tu en es capable. Si seulement tu pouvais te voir comme moi je te vois.

Bien à toi, Connie.

Jonah scruta la lettre pendant un long moment. La vérité du contenu le toucha au plus profond de son âme. Jamais il ne s'était cru au contrôle de la situation.

« C'est toi qui as choisi de rester dans l'ombre. »

Il aurait pu faire bouger les choses plus tôt mais en restant dans l'ombre, silencieux, il avait gardé le contrôle de la situation et profité de ce statut pour alimenter son amertume, sa colère et son ressentiment.

Il s'était comporté de manière arrogante envers tout le monde, comme s'il était libre de faire ce que bon lui semblait sans se soucier des retombées de ses actes.

Il avait dit à sa mère qu'il s'éclipsait pour la laisser vivre en paix avec J. D., mais il avait agi comme un lâche.

Et puis il y avait Connie, si courageuse. Elle avait décelé sa vraie personnalité. Elle avait tenté de l'aider dans un souci d'altruisme. Elle lui avait donné sa chance mais il n'avait pas su la saisir.

Connie était ce qui lui était arrivé de mieux dans sa vie. Elle était devenue son amie puis son amante. Malgré son comportement de « pauvre type » comme lui avait dit son frère, elle avait réussi à le voir sous un autre jour, au point de tomber amoureuse de lui.

Jonah se leva, plus décidé que jamais.

Il s'était trompé.

Chez lui, ce n'était pas ici.

C'était à Cedar River.

En cet instant, il en était plus convaincu que jamais.

Le mercredi matin, Connie était en train de former la nouvelle assistante de Liam quand ce dernier l'appela pour lui demander de se rendre à la réception gérer un client mécontent.

Quand elle arriva dans le hall de l'hôtel, il n'y avait pas de client, juste le personnel de la réception, qui la regardait étrangement. Au centre du foyer, elle aperçut Liam. Et J. D. Et Kathleen. Et Kieran. Et Gwen. Ils formaient un petit groupe. Elle s'avança dans leur direction, pour les saluer, mais s'arrêta quand elle vit Jonah au centre de leur cercle.

Quatre jours après l'avoir vu à Portland, elle était encore échaudée par son comportement. À deux reprises, il lui avait clairement expliqué que c'était fini entre eux. Il ne méritait pas une autre chance.

Pour mettre fin à ses supputations, elle expliqua sa présence de manière plus simple. Il était venu rendre visite à sa mère, tout simplement.

Liam s'approcha de lui alors qu'elle le regardait d'un air méfiant.

— Désolé, Connie. C'est mon petit frère, je ne pouvais pas lui dire non.

Jonah s'approcha d'elle. Elle le dévisagea, l'air sévère, les mains sur les hanches.

— Qu'est-ce que tu fais, au juste ?

— Je lâche prise, dit-il en faisant un pas vers elle.

Son cœur fit un bond dans sa poitrine mais elle reprit vite le contrôle de ses émotions.

— Je ne vois pas où tu veux en venir et je n'ai pas l'intention de faire une scène devant tout le monde donc…

Se tournant brièvement vers J. D. et Kathleen, elle vit qu'ils se tenaient la main, comme s'ils priaient.

— J'ai quelque chose à te dire. Maintenant.

Connie se figea.

— Je t'ai rencontrée dans cet hôtel il y a onze mois. Mais je ne me suis pas comporté comme je l'aurais voulu donc j'aimerais recommencer. Reprendre à zéro.

Il prit une longue inspiration.

— Salut, je m'appelle Jonah. J'ai trente ans et je suis architecte. Ma mère s'appelle Kathleen et mon père s'appelle J. D. J'ai trois frères aînés et une sœur qui est morte tragiquement il y a quelques années. J'ai aussi une foule de nièces et de neveux, et je suis sûr que d'autres ne vont pas tarder à arriver. Ma famille habite à Cedar River. C'est une jolie petite ville, un lieu idéal pour s'installer, se marier, fonder une famille. Alors…

— Jonah, je…

— Connie, je t'aime.

C'était la plus belle chose qu'il puisse lui dire et il l'avait dit devant toute sa famille.

Elle s'approcha de lui, prit son visage entre ses mains et l'embrassa.

— Moi aussi, je t'aime, murmura-t-elle avant qu'il ne la serre dans ses bras.

Du coin de l'œil, elle vit que tous souriaient.

Puis le monde alentour disparut. À ses yeux, il n'y avait plus que Jonah. Si beau, si fort, si doux. Elle était comblée.

— J'ai une question à te poser, lui dit-il d'un souffle.

Connie sentit son cœur battre frénétiquement.

— Pas ici. Montons.

— Je préfère. Je crois que je me suis assez ridiculisé

pour aujourd'hui. D'autant que mes frères ne manqueront pas de me charrier à ce sujet.

— Ils t'ont aidé ?

— Et comment ! Je leur dois une fière chandelle.

— Nous serons dans mon bureau, dit-elle joyeusement à l'attention de leur public avant de le prendre par la main.

Tout le monde éclata de rire, et ils s'éclipsèrent sans tarder.

Une fois dans son bureau, elle ferma la porte et s'y adossa.

— Qu'est-ce qui t'a fait changer d'avis ?

— J'ai lu ta lettre, avoua-t-il en la prenant de nouveau dans ses bras avant de la guider jusqu'au canapé face à la baie vitrée.

— Alors, comme ça, tu as découvert que tu m'aimais ?

— Oui, je t'aime, Connie. Je t'aime plus que tout.

— Et tu as dit que tu avais une question à me poser ?

Il lui prit les mains.

— En effet. Tu penses que je devrais me mettre à genoux ? C'est la première fois que je fais ça, plaisanta-t-il.

— Je pense que, de nos jours, le protocole est plus flexible.

Il sourit, aux anges, alors qu'il sortait un petit écrin de sa veste.

Il prit alors une longue inspiration.

— Connie Bedford… Veux-tu m'épouser ?

— Oui, oui et oui !

Il ouvrit la boîte, dévoilant un magnifique solitaire.

— Donc, si j'ai bien compris, c'est oui ?

Elle se jeta à son cou, le couvrant de baisers.

Puis il lui enfila la bague, qui par bonheur lui allait à la perfection.

— Elle est merveilleuse.

— C'est toi qui es merveilleuse. En lisant ta lettre, j'ai pris conscience que tu étais venue me voir à Portland pour me faire entendre raison alors que j'avais mis fin à notre relation, et que j'avais été assez idiot pour te laisser partir une seconde fois. Je suis le plus heureux et le plus chanceux des hommes parce que tu m'aimes.

— Tu es l'homme le plus fabuleux que je connaisse.

Il eut l'air sceptique.

— Je suis arrogant, entêté et catégorique. Je t'ai traitée de paillasson, de bonne à tout faire…

— Comme l'a dit Liam et comme je te l'ai dit, tu t'es parfois comporté comme un « pauvre type », c'est vrai. Mais tu avais raison. Avant de te rencontrer, j'étais plus naïve et j'ai permis aux gens de me tenir pour acquise.

— Aux gens ?

— Oui, bon, à Liam et à J. D. essentiellement, mais ils ne pensaient pas à mal.

— Je sais. Mon père et Liam tiennent beaucoup à toi.

— Tu dis « mon père » maintenant ?

— J'ai enfin accepté la situation.

— C'est formidable. Je suis fière de toi. Tu es courageux.

— Non, c'est toi qui es courageuse de m'aimer, dit-il avant de l'embrasser.

— Je vois que monsieur a de l'humour.

— C'est toi qui me mets de bonne humeur.

— Alors où va-t-on habiter ? À Portland ?

— Pas question. Je veux habiter ici avec toi.

— Et ta carrière ?

— On verra. Tout ce que je sais c'est que je veux élever nos enfants ici.

— Nos enfants ?

— Ce n'est pas dans le contrat ?

— Et comment ! Tu veux qu'on s'entraîne ?

— Vos désirs sont des ordres, mademoiselle Bedford, dit-il avant de l'embrasser passionnément.

Épilogue

— Tu n'as pas trop le trac ?

Jonah regarda son père, vêtu d'un smoking similaire au sien, une fleur à la boutonnière.

— Non, ça va. Et toi ?

J. D. avait un visage réjoui.

— Je ne me suis jamais senti aussi bien. Aujourd'hui, c'est un grand jour.

— Qui l'eût cru ? dit Jonah.

— Parfois, les planètes s'alignent assez longtemps pour nous donner la chance de prendre la bonne décision.

— Toi, tu as lu les livres d'astrologie de maman.

— On ne peut rien te cacher.

Jonah rit de bon cœur.

Il ignorait si c'était lié à l'alignement des planètes ou à tout autre chose, mais il avait pris de grandes décisions ces quatre derniers mois.

Il avait quitté Portland, intégré un petit cabinet d'architecture à Rapid City, vendu son appartement et acheté une maison à mi-chemin entre Rapid City et Cedar River pour que chacun puisse aller au travail sans trop faire de route. Il y avait un grand jardin pour les chiens et plusieurs chambres qui un jour seraient occupées par des enfants.

Sa vie avait changé, en tout point.

Jonah était prêt à tout pour Connie.

— Je suis fier de toi, dit J. D. en lui donnant l'accolade.

Jonah se laissa aller. Il avait arrêté de résister. Il avait parcouru un chemin accidenté, parsemé d'amertume et de regrets. L'amertume avait disparu, et il espérait qu'avec le temps les regrets s'estomperaient.

— Vous avez fini vos mamours ? Je vous rappelle qu'on doit assister à un mariage, intervint Liam.

Jonah s'était habitué aux plaisanteries de son frère. Ils avaient enterré la hache de guerre et leurs rapports étaient beaucoup moins compliqués. Liam était un homme bien et il était honoré d'être de sa famille. Il s'entendait très bien aussi avec Kieran. Sean était encore un peu distant mais ils avaient réussi à se rapprocher.

La cérémonie était prévue dans une petite chapelle en ville, et la réception se passerait à l'hôtel. Rien de clinquant, selon la volonté de la mariée.

— Papa, tu viens ? s'enquit Jonah.

— Et comment ! lança jovialement J. D.

Ils sortirent tous les trois.

Dehors, Kieran et Sean les attendaient.

Le trajet dans la voiture de Liam se déroula dans l'allégresse générale. Jonah était content de pouvoir enfin goûter à la franche camaraderie dont il avait tant rêvé.

Dans la chapelle, il y avait une trentaine d'invités. Jonah se posta devant l'autel, aux côtés de son père qui n'arrêtait pas de réajuster son col.

Puis la musique se fit entendre.

Connie franchit l'entrée. Elle avança vers lui, son regard plongé dans le sien. Elle était belle à couper le souffle dans sa robe rose pâle, avec une couronne de fleurs sur ses cheveux. Un large sourire illuminait son visage.

Tout l'amour qu'il éprouvait pour elle le frappa de plein fouet.

Une fois qu'elle fut arrivée à l'autel, non loin de lui, ils se tournèrent pour voir arriver la mariée.

Jonah n'avait jamais vu sa mère aussi belle. Dans sa robe en dentelle ivoire assortie au voile, elle était tout simplement exquise, resplendissante de joie et d'amour pour l'homme qu'elle s'apprêtait à épouser.

Ses parents se mariaient pour la première fois.

C'était l'un des plus beaux jours de sa vie.

Connie adorait les mariages. Celui-ci, plus que tous les autres. Kathleen était sublime et J. D. un marié très attentif.

La réception se déroulait à merveille et les discours avaient été à la hauteur de l'événement. Beaux et chargés en émotions. Jonah en avait fait un admirable sur ses parents. Connie était vraiment fière de lui, de ses progrès.

Quand le gâteau eut été distribué et que les gens se mirent à danser, pas mal de larmes avaient coulé.

— Je t'ai déjà dit que je te trouvais somptueusement séduisante ? lui murmura Jonah à l'oreille tout en la prenant par la taille.

Connie se tourna vers lui.

— Une ou deux fois, peut-être ? J'avoue que tu n'es pas mal non plus. Et ta mère fait une mariée à ravir.

— Toi aussi, tu seras une mariée à ravir, dit-il avant de l'embrasser.

Ils avaient prévu de se marier pendant l'été, laissant ainsi le loisir à Connie de préparer cet événement inoubliable.

Le solitaire qu'elle portait au doigt brilla, lui rappelant la chance qu'elle avait d'avoir trouvé l'homme de sa vie.

Ces derniers mois s'étaient déroulés comme une tornade. Jonah avait déménagé sa vie dans le Dakota du Sud, elle adorait son nouveau poste à l'hôtel et, après le mariage, elle espérait fonder un foyer avec son époux.

— Je pense que vous me devez une danse, monsieur Rickard.

— En effet, mademoiselle Bedford, dit-il avant de la conduire sur la piste de danse.

— Tu te souviens de notre dernière danse à un mariage ?

— Tu m'as écrasé les pieds.

— Non !

— Si, gloussa-t-il.

— Menteur ! Je me demande de qui tu tiens ça… Du côté O'Sullivan ou du côté Rickard ?

— Justement, je voulais t'en parler. Je me demandais si ce ne serait pas plus simple de changer de nom.

— Ah bon ? Tu y penses vraiment ?

— Je ne sais pas. Mais j'ai commencé à y réfléchir. Pour toi, pour nos enfants…

— Si tu le fais, fais-le pour toi. Ton nom de famille ne changera pas ta personnalité. Je prendrai le nom que tu veux. C'est toi que j'aime, pas ton nom de famille.

Il resserra son étreinte.

— Je t'aime, Connie. Je te trouve formidable et je suis comblé que tu aies accepté de m'épouser.

— Moi aussi, je suis comblée. Et je suis fière que tu aies fait la paix avec ton père. Tes parents t'adorent, tu le sais ?

— Je les adore aussi. Je commence même à me faire à l'idée d'avoir des frères, même si parfois je les trouve agaçants.

— Un trait de famille !

— Sans toi, je n'en serais jamais arrivé là. Merci. Tu ne peux pas savoir combien je suis heureux.

Ils échangèrent un long et langoureux baiser.

— Jonah, ça te dirait qu'on essaie de faire un bébé quand on rentre ?

— Et comment, mademoiselle Bedford. Vos désirs sont des ordres.

Ils éclatèrent de rire.

Connie était aux anges. Son rêve s'était réalisé.

Elle allait épouser Jonah, l'homme à qui elle avait offert son cœur et qui la faisait vibrer de bonheur.

L'héritière de Vegas, de Maureen Child - N°799

Une oie blanche ? C'est ainsi que Cooper Hayes, l'homme avec qui Terri entretient une liaison passionnée et cogérant de l'empire hôtelier de son père, la considère ! Elle, qui a apporté tant d'idées novatrices pour développer la chaîne d'hôtels de luxe dont elle est l'héritière. Aurait-elle fantasmé la magie qui circule entre eux alors que Cooper la manipule depuis le début de leur relation ?.

Le retour d'un amour, de Kimberley Troutte

Matthew Harper... Vivant ? Face à l'homme qu'elle a aimé dix ans plus tôt et qu'elle pensait disparu en Afghanistan Julia perd tous ses moyens. D'autant plus que l'événement qui les rassemble aujourd'hui les oppose : elle veut préserver l'espèce des pluviers que le projet immobilier des Harper met en péril. D'ailleurs, ce Matt, dont elle élève seule à présent le fils, est-il vraiment celui avec qui elle a partagé une idylle ?

Opération bague au doigt, de Maisey Yates -N°800

Quand Isaiah Grayson, son patron, exige qu'elle poste une petite annonce pour se trouver une épouse, Poppy s'indigne. Même si cela fait dix ans qu'elle joue sa secrétaire, il est hors de question qu'elle gère sa vie personnelle, et encore moins qu'elle fasse passer des entretiens aux futures candidates, comme il le lui demande. Ne voit-il pas que la seule qui le connaisse parfaitement et qui sache comment le rendre heureux, c'est *elle* ?

La famille dont elle rêvait, de Judy Duarte

Sous le regard inquisiteur de Carlo Mendoza, vice-président du domaine viticole Fortune, Schuyler vacille. Carlo, persuadé qu'elle est l'hôtesse qu'il a commandée pour une rencontre sur le domaine, lui demande ni plus ni moins de jouer son rôle : être professionnelle et démarcher les clients. Un rôle que Schuyler ne se sent pas la force de refuser car il lui permettrait de faire discrètement connaissance à la fois avec les Fortune, sa famille biologique, mais aussi avec Carlo qui exerce sur elle une attraction irrésistible

---

Deux berceaux pour une mère, de Melissa Senate - N°801

SÉRIE: LES LES LIENS DU CŒUR 1/4

Marions-nous. Pour les bébés. Lorsque Liam Mercer, qu'elle rencontre aujourd'hui pour la première fois, lui propose de l'épouser, Selby est abasourdie. Le mariage est une option qu'elle n'avait jamais envisagée pour conjurer le malheur qui les touche tous deux depuis que leurs nourrissons ont été échangés à la maternité, six mois plus tôt. Et si Selby ne peut abandonner ni l'enfant qu'elle élève depuis sa naissance, ni celui qui porte ses gènes, peut-elle pour autant confier son cœur à un parfait inconnu ?

Des triplés pour un détective, de Melissa Senate

SÉRIE: LES LES LIENS DU CŒUR 2/4

Se réveiller une alliance au doigt dans le lit d'un séduisant inconnu – Reed, si ses souvenirs sont exacts –, Norah n'aurait pu imaginer pire lendemain de soirée. Seulement voilà, quand Reed lui explique que ce mariage lui permettrait de toucher un héritage familial et qu'il promet de lui venir en aide pour élever ses trois petites filles, Norah hésite... l'union serait temporaire et cela la soulagerait grandement, mais ne serait-ce pas une folie ?

La captive des dunes, de Olivia Gates N°802

SÉRIE: LES PRINCES DU ZOHAYD

Harres aal-Shalaan : un nom qui fait vibrer Talia autant qu'il l'inquiète. Car le prince du Zohayd, l'homme qui lui a sauvé la vie au péril de la sienne, est aussi un ennemi de sa famille. En fait, Talia n'a jamais été dans une situation aussi délicate. Perdue en plein désert avec lui, elle doit se concentrer sur l'essentiel : rejoindre l'oasis la plus proche, où Harres et elle pourront se réfugier. À l'abri de cet océan de sable, mais aussi du feu qui la dévore au contact d'Harres, et auquel elle se doit de résister...

La maîtresse des sables, de Olivia Gates

SÉRIE: LES PRINCES DU ZOHAYD

Depuis qu'Amjad aal-Shalaan, héritier du trône du Zohayd, lui a sauvé la vie, Maram rêve en secret de s'unir à lui. Hélas, le « Prince Fou », comme on le surnomme, méprise les femmes et ne lui a jamais manifesté le moindre intérêt. Mais un jour, lors d'une terrible tempête de sable, ils se retrouvent en tête à tête dans un refuge au milieu des dunes. Dans ce lieu isolé, empreint de la chaleur du désert et où personne ne peut les trouver, Maram sent l'espoir la gagner. Se pourrait-il qu'elle ait enfin la chance de conquérir l'homme qu'elle aime avec passion ?

Composé et édité par HarperCollins France.

Achevé d'imprimer en avril 2019.

CPi
BLACK PRINT

Barcelonc

Dépôt légal : mai 2019.

MIXTE
Papier issu de sources responsables
FSC® C108412
FSC
www.fsc.org

Pour limiter l'empreinte environnementale de ses livres, HarperCollins France s'engage à n'utiliser que du papier fabriqué à partir de bois provenant de forêts gérées durablement et de manière responsable.

Imprimé en Espagne.